LA FEMME QUI DIT NON

DU MÊME AUTEUR

POURPRE, *roman,* Mercure de France, 1980.
LES CANARDS DU GOLDEN GATE, *roman,* Mercure de France, 1982.
SANS EFFORT APPARENT, *roman,* Balland, 1987.
L'OUEST, *roman,* Bernard de Fallois, 1991.
UNE AFFAIRE EMBARRASSANTE, *roman,* Grasset, 1995, Prix Jean Freustié.
LES CORROMPUS, *roman,* Grasset, 1998, Prix Interallié.
BELLE-AMIE, *roman,* Grasset, 2001.
SILENCE, ON MENT, *roman,* 2003, Prix Renaudot des Lycéens.
LE ROMAN DE CONSTANTINOPLE, *essai,* Ed. du Rocher, 2005, Prix Renaudot de l'Essai.
UNE VRAIE PARISIENNE, *roman,* Grasset, 2007.
LE ROMAN DE LA BRETAGNE, *essai,* Ed. du Rocher, 2008.
PARIS EN TEMPS DE PAIX, *roman,* Grasset, 2011.

GILLES MARTIN-CHAUFFIER

LA FEMME QUI DIT NON

roman

BERNARD GRASSET
PARIS

Photo de la bande : J. F. Paga © Grasset, 2014.

ISBN : 978-2-246-85297-1

Je ne sais quel lointain y baigne toute chose,
Ainsi que le regard l'oreille s'y repose,
On entend dans l'éther glisser le moindre vol ;
C'est le pied de l'oiseau sur le rameau qui penche,
Ou la chute d'un fruit détaché de la branche
Qui tombe du poids sur le sol.

LAMARTINE

CHAPITRE 1

1938. Les accords de Munich

J'ignore pourquoi toute l'île m'appelle la baronne. Mon mari portait une particule mais il n'y a jamais eu de nobles dans sa famille, ni dans la mienne. De titre moins encore. Pendant la Révolution, les Méaban étaient Bleus. En Bretagne, ils ne couraient pas les rues. Quant aux aristocrates, je ne risquais guère d'en croiser à l'Ile-aux-Moines, je n'en ai fréquenté aucun et tant pis : comme certains légumes, toute leur valeur repose sous terre, chez leurs ancêtres. Un peu avant sa mort, Malraux, qui avait réponse à tout, m'a expliqué que ce surnom venait de ma ressemblance frappante avec la baronne Blixen, aussi grande et maigre que moi. Aussi alcoolique et fumeuse également, mais il n'a pas évoqué ce point. Ni l'addiction de sa baronne à l'héroïne, petit travers qu'il partageait avec elle mais que nul n'abordait. Il estimait que nous avions aussi grande allure l'une que l'autre. Peut-être mais en 1950, dans l'île, j'étais déjà la baronne et je ne ressemblais encore en rien à son échalas danois juste bonne à manger du brouillard et à sniffer de la schnouf. Du reste, personne sur l'île n'avait entendu parler d'elle et je doute que son pittoresque statut de soiffarde NRF ait jamais atteint nos rivages. Du moins était-ce aimable de la part d'André, devenu lui une véritable ruine, de m'accorder encore une certaine prestance. Aujourd'hui, à part mon nerf optique, mes conduits auditifs et mes artères qui durcissent, chez moi tout s'affaisse – et, d'abord, ma mémoire. Autrefois elle débordait, à présent elle me fuit. Des détails insignifiants me reviennent à l'esprit mais j'oublie des gens, des lieux et des scènes. Il a fallu que je descende dans la bibliothèque pour retrouver le nom de cette Blixen. Quand une idée me vient, elle passe comme du vent dans une cage si je ne la note pas sur-le-champ. Ma pensée s'écaille. Au moment de commencer ce livre, cela m'ennuie car j'ai horreur des textes généreux en analyses mais avares en anecdotes. Surtout dans les journaux, désormais ma principale lecture. Il y a des années que je ne feuillette plus le *Times*, ni le *Guardian* et ne m'amuse plus qu'à la lecture du *Sun*, du *Daily Mail* ou du *Mirror*. Qu'aucun journaliste n'ait honte en ma présence d'aller fouiller dans les poubelles, je n'aime que la presse de caniveau. Sa brutalité me réveille et, à mon âge, mieux vaut taper fort sur les neurones. Une douce somnolence me guette en permanence. A m'observer perchée sur la dernière branche du calendrier, personne ne pourrait croire que, bonheur et enthousiasme sous le bras, j'ai longtemps saisi et savouré chaque instant de la vie. C'est comme si j'affirmais – ce qui est vrai – que j'ai été la plus jolie fille du golfe. Quelle importance d'ailleurs ? Ma belle-mère, qui me détestait, disait qu'on ne mange pas un oiseau parce qu'il chante bien et qu'on n'épouse pas une femme parce qu'elle est belle. Pauvre vieille rivée à sa méchanceté comme les gonds à leur porte ! Sa franchise m'a un peu ahurie mais son cher Blaise ne l'a pas écoutée. Moi non plus, d'ailleurs. J'ai su au premier coup d'œil que je ferais de lui ce que bon me plairait. Et ce dont j'ai tout de suite rêvé, c'était de vivre à Kergantelec, au centre de l'Ile-aux-Moines, au cœur du golfe. Sans belle-mère si possible mais ça ne le fut pas. L'époque s'est mise en travers de tous les projets des uns et des autres. Il faut dire que ce premier jour était le 29 ou le 30 septembre 1938. J'avais dix-huit ans, Blaise en avait vingt et, à part nous deux, toute l'Europe avait les yeux tournés vers Munich.

Et d'abord mon père. C'était la fin de l'été et nous naviguions dans la baie de Quiberon à bord de *Valsada*, son deux-mâts dessiné par Charles Nicholson. A sa barre, Papa était arrivé troisième lors de la Fastnet précédente. En 4 jours et 2 heures ! Huit heures après le vainqueur. La faute en revenait naturellement à l'équipage, des diplômés d'Oxford, un tas de ramollis selon lui. Il avait donc engagé quatre autres marins et on avait passé l'été à régater d'un port de Bretagne à un autre. Il ne voulait plus à bord d'élégants étudiants incapables de tirer sur les bouts, uniquement des gros durs nés pour mouliner comme des brutes. Très sexy d'ailleurs mais, à cet âge, les muscles ronds comme des ballons et les tatouages me laissaient froide. Je les regardais à peine, même le plus jeune, un Gallois ébouriffé qui se mettait torse nu au moindre rayon de soleil. Plus tard, je me serais régalée d'une telle friandise mais ce goût ne m'était pas encore venu. Pour gagner vingt secondes par-ci par-là, on virait de bord du matin au soir. Résultat : j'ai appris l'argot marin et on allait vite mais on ne cessait de casser du matériel et, grosse tuile, en revenant de Houat, les drisses du mât arrière ont lâché. Hasard incroyable quand on connaît la suite de l'histoire, on était juste à bâbord d'un îlot appelé Méaban. Plus question de remonter au près contre le vent d'ouest jusqu'à La Trinité. On a quitté l'océan, on s'est réfugié dans le golfe et, porté par la marée montante, *Valsada* a glissé jusqu'à l'Ile-aux-Moines pour jeter l'ancre et précipiter Papa sur un poste radio. Monsieur redoutait que Chamberlain, notre Premier ministre, raide comme un parapluie et mou comme la toile cirée, ne cède encore à Hitler.

Inutile de préciser que ces affaires publiques me passaient par-dessus la tête. J'ai toujours eu tendance à rejeter dans une obscurité ténébreuse les malheurs lointains. Tout ce que j'ai vu, cet après-midi-là, c'était le paradis. Depuis soixante ans que je vis en Bretagne du Sud, septembre est mon mois préféré, le plus doux et le plus ensoleillé, la version celte d'un beau printemps méditerranéen. Je ne pouvais pas découvrir les lieux à une meilleure époque. Postée à côté de mon père à la barre, je lisais sur la carte le nom des îles entre lesquelles on se faufilait. Gavrinis et Berder à bâbord, Er Lannic et la Jument à tribord. Je cite les plus grandes mais il y en avait plein d'autres, se prélassant au soleil, offertes de tout leur long aux chatteries d'un air tiède et d'une marée caressante. On aurait dit que la mer était fleurie et s'entortillait avec la terre. Eparpillés comme des pièces de puzzle sur un tapis vert, d'antiques blocs de granite étaient noyés de camélias, d'hortensias, de roses, de genêts, de bruyères et de fleurs d'ajonc. Au loin, les rivages du continent avaient l'air d'un bouquet plein de salicorne, de lavande de mer et de toute une végétation magique. Des plages de sable blond, des prairies verdoyantes, des bouquets d'arbres alternaient avec marais, baies, anses et étangs. La longue houle de l'océan s'était éteinte, les vagues étaient sages, le vent assoupi. Ici l'ogre Atlantique n'avait plus qu'un cœur de poussin. Une petite musique de chambre avait remplacé les tambours et les basses du grand large. Songer que deux heures plus tôt, à vingt kilomètres de là, l'océan semblait plus acharné qu'un chien sur son os. A la jumelle, Houat et Hoëdic m'étaient apparues nues comme un doigt. Ici on dérivait entre bois et forêts. Le spectacle de ce jardin de mer m'a happée.

Papa s'en est aperçu. Il avait déjà navigué dans le golfe dix ans plus tôt et m'a tapé sur la tête pour qu'au lieu de rêvasser, je tienne la barre avec fermeté. A l'approche de l'île Longue, le flux se torsadait et la surface de l'eau tourbillonnait, il m'a mise en garde :

« C'est peut-être le salon d'été de la Bretagne, mais méfie-toi, le courant de la Jument est le plus fort d'Europe. Il nous porte comme un tapis roulant mais je te préviens, si tu lèves l'œil ou lâche le bras et si, par ta faute, le bateau fait un tour complet sur lui-même ou, pire encore, si je m'échoue sur un banc de sable, je te jette à la mer. Un roastbeef échoué sur un de leurs cailloux ! Toutes ces satanées grenouilles en feraient des gorges chaudes. On n'échappera pas à une photo dans le journal local. Je ne parle pas des snobinards ramollis de Cowes. Ils seraient capables de m'expulser du Cercle et il faudrait au bas mot une guerre mondiale pour que ces eunuques parlent d'autre chose. »

Les guerres mondiales réussissaient à Papa. Il était devenu un héros national en 1917, lors d'une bataille sur la Somme, quand il avait lancé l'assaut de sa compagnie en attaquant parapluie ouvert à la main gauche et pistolet à la droite. Dans la foulée, on l'avait nommé commandant et, à présent, il était colonel honoraire du

IVᵉ Régiment de l'Ulster – une tâche de sentinelle chargée de veiller à ce que sa banque, la Lloyd, n'oublie pas de verser chaque année une jolie somme aux bonnes œuvres de ses anciens compagnons. Mieux encore : le roi George V l'avait élu membre de l'Empire. Depuis il était devenu officier, puis commandeur et, depuis trois ans, chevalier. Il faisait mine d'en rire mais son propre père était chaudronnier sur un chantier naval de Belfast et être appelé Sir enchantait Papa. Echouer *Valsada* dans les eaux bretonnes chez les meilleurs ennemis de la Royal Navy était impensable. Il ne m'aurait pas seulement poussée à l'eau, il m'aurait enchaînée à fond de cale. Rien de tel ne s'est produit. On a jeté l'ancre dans l'anse du Lério, le port de l'Ile-aux-Moines.

Aujourd'hui que nous sommes envahis de touristes, des abreuvoirs les attendent tous les vingt mètres. Le « Cap Horn », la « Brise », la « Hutte », des crêperies, des friteries… A l'époque, quand on posait le pied sur le quai, on n'avait le choix qu'entre le père Labousse et « Charlemagne », deux plongées directes en plein Ancien Régime. L'obscurité, le silence, l'odeur de tabac, la saleté, l'humidité s'y lisaient comme des mises en garde : « Nous sommes toujours au XVIIIᵉ siècle. Prière de ne pas nous emmerder avec vos nouveautés. » Des mammifères dissous dans le muscadet vous observaient d'un œil indifférent et grommelaient en breton si un étranger s'avisait de leur adresser la parole. Comme on s'était amarrés au Petit-Pont, le hasard nous a entraînés chez « Charlemagne ». L'endroit était à peu près aussi lumineux qu'une grotte à mammouths. La patronne, une vieille femme en noir, avait l'air d'une sorcière. On cherchait du regard le balai, les herbes magiques et les amulettes. Il n'y a pas plus jolie que la coiffe en dentelle blanche des Iloises mais sur elle, on aurait dit une vieille crêpe grise pleine de trous. Elle n'a pas levé le nez quand mon père s'est adressé à elle, a continué à essuyer les verres avec un torchon trempé puis, sans avoir écouté un mot de ce qu'il disait, lui a demandé : « Rhum ou muscadet ? » On a obtenu deux bières et on est allé se réfugier près d'une fenêtre. Papa maugréait contre ces marmiteux arriérés quand un jeune homme est entré dans le bistrot. Grand, costaud, roux comme une Guinness, c'était le sosie de mon frère. Je me suis levée, suis allée vers lui, me suis présentée et lui ai poliment demandé s'il savait où nous pourrions trouver une radio dans l'île. Il m'a observée comme une petite créature cocasse :

« Marge et Charles Evans, c'est quoi ça, vous êtes italiens ? »

Bien entendu, pour prononcer nos noms, il avait outrageusement déformé l'accent anglais pour en faire une symphonie de snobisme. Cramponnées au bar, les trois épaves, qui jusque-là ne nous avaient pas vus, ont éclaté de rire. Du coin de l'œil, j'ai vu Papa laisser l'astuce tomber comme une miette de pain mais moi, j'ai souri. Enchanté de son effet, Mathias m'a prise par le bras, m'a ramenée à notre table et a demandé la permission de s'asseoir avec nous. Nos soucis l'amusaient. A l'entendre, les malheurs nautiques de l'Angleterre feraient éternellement le bonheur des Ilois. Par ici, on en restait aux grandes heures de la Royale et personne n'avait oublié les fameux pontons de Brighton où des milliers de marins de Louis XIV avaient grelotté des mois dans les geôles de Sa Majesté. Il s'est régalé à nous raconter une petite anecdote familiale :

« En 1917, quand mon père est parti à son tour pour le front, il est venu saluer sa mère en uniforme avant de quitter Vannes. Juste à côté du café, je ne sais pas si vous avez observé le grand banc dans le creux du port où, depuis mille ans, les vieilles viennent rôtir au soleil à l'abri du vent. Vous regarderez en sortant, il y en a une dizaine. Quand on additionne leurs âges, on remonte à la préhistoire. Mais prudence, elles tiennent l'âme et les cordons de l'île. Au moment où il est passé devant elles, une des commères a interpellé mon père et lui a demandé s'il partait lui aussi à la guerre. Quand il a dit oui, elle lui a juste dit : "Alors, tuez-en un maximum de ces salauds d'English." Depuis trois ans, les Allemands avaient déjà expédié ad patres plus d'un million de Français mais elle en était restée à la Hougue et à Tourville. Je vous préviens, ici le temps passe moins vite qu'ailleurs. On ne trouve pas de radios dans toutes les chaumières. Cela dit, pas de panique, moi aussi il m'intéresse cet Hitler, on va aller chez un copain écouter ce qu'Attila raconte à la TSF. En prime, Blaise réparera votre rafiot. En classe, il tenait son stylo comme un homard mais sur un bateau, c'est un bricoleur de première. »

M'adressant un sourire à ouvrir les portes de l'enfer, il s'est penché vers la fenêtre et a pointé son doigt vers un joli bateau de course en bois, fin et long :

« Là juste devant, c'est son Requin. »

On a pris le chemin du bourg. La côte était abrupte. L'Ile-aux-Moines s'élève très haut au-dessus de l'eau. Etagées sur la pente, ensevelies sous des massifs d'hortensias, de petites maisons blanches dominaient l'anse où, en se retournant, on voyait *Valsada* osciller tranquillement. Des effluves sucrés embaumaient l'air. Passant sous un camélia, j'ai dit n'en avoir jamais senti un aussi parfumé. Mathias a éclaté de rire :

« Oh, lady Macbeth, relisez les classiques. Les camélias n'ont pas d'odeur. Rappelez-vous la devise de Marguerite Gautier : "J'aime les raisins glacés car ils n'ont pas de saveur, les hommes riches car ils n'ont pas de cœur et les camélias parce qu'ils n'ont pas d'odeur." »

Ses sarcasmes n'allaient pas me lâcher mais cela me convenait à merveille car je n'avais aucune envie qu'il nous quitte. Il était trop séduisant. Même Papa avait l'air sous le charme de Mathias et de l'île, douce, chaude et belle. J'avançais vers le bourg comme j'aurais ouvert un cadeau. J'ai demandé si c'était le paradis. Mathias a continué de se moquer :

« Ma pauvre Marge, il faut arrêter de lire de la poésie anglaise. Le paradis, c'est comme le ciel, mieux vaut le regarder un instant qu'y être longtemps. Revenez sur l'île en décembre quand il pleut quatre jours sur trois et quand on ne croise personne de la semaine. »

Il m'asticotait mais ensuite il souriait et on aurait dit que le soleil sortait d'un nuage. Pour rester avec lui, j'aurais volontiers marché jusqu'à la pointe la plus éloignée de l'île. Mais non, son ami Blaise habitait juste à l'entrée du bourg, dans la plus vieille maison du golfe, Kergantelec, dont les hauts murs étaient noyés sous une vigne vierge déjà rougie par la fin de l'été. Rien n'avait changé depuis sa construction en 1633, à l'époque du cardinal de Richelieu, c'est-à-dire du duc de Buckingham. Gueule en terre, deux couleuvrines en bronze montaient la garde autour des battants d'un large portail arrondi qu'écrasaient des feuillages. C'était très Walter Scott mais, en se glissant dans la propriété, on entrait carrément dans le château de la Belle au bois dormant. Complètement inattendue dans ce petit bourg, une cour d'honneur rustique mais immense était tapissée de larges dalles en pierre descellées entre lesquelles fleurissaient un désordre de clématites, de pâquerettes et d'herbe. Dans le fond, derrière le puits, une vieille grange semblait sur le point de s'effondrer. Face à elle, de l'autre côté, la façade était noyée jusqu'au toit sous une somptueuse glycine dont le parfum imprégnait l'air en février-mars. Une brouette pleine de feuilles mortes attendait le déluge, un vélo traînait par terre, rien ne troublait le silence, on aurait entendu glisser les nuages s'il y en avait eu ce soir-là. L'entrée de la maison était ouverte mais Mathias a traversé la cour pour nous entraîner vers une petite porte donnant sur le jardin. Et, là encore, je n'en ai pas cru mes yeux. Soudain on tombait sur un parc. Une roseraie longeait le mur de la cour, des plates-bandes de buis bordaient un parterre de gazon et, ne laissant passer aucune lumière, un vrai bois s'élevait au fond. Une longue allée de tilleuls le perçait en plein milieu et s'enfonçait dans la verdure pour taper bizarrement dans un mur. Cerise sur le gâteau, des balles en cuir rouge traînaient sur l'herbe à côté de trois piquets de cricket. Mon père les a repérés sur l'instant et m'a murmuré : « Chérie, je crois qu'on est chez nous. » Il ne croyait pas si bien dire.

Etendu dans une chaise longue en tissu blanc, le fameux copain nous a observés sans faire un mouvement. Sous des sourcils très droits, ses yeux froids, bleus et calmes comme l'eau d'un lac semblaient attentifs mais absents. Il n'a pas prononcé un mot pendant que Mathias nous présentait puis, posant son livre, il nous a serré la main sans s'arracher la peine de sourire.

Ce silence, cet air absent, ce calme m'ont impressionnée. Mince, complètement imberbe, il ne portait qu'un bermuda et, à côté de Mathias, il avait l'air d'une crevette, mais ravissante. Ses longs cheveux bouclés tombaient sur son front et lui donnaient un air de page de la Renaissance. Parlant à peine, avec une lenteur troublante, il a enfilé sa chemise puis nous a emmenés à l'intérieur, dans le salon qui donnait sur la terrasse où il lisait au soleil. Pendant que Mathias allumait la radio, lui est parti chercher un plateau, quatre verres, de l'eau et une bouteille de Ricard. On ne le dérangeait pas mais on n'avait pas non plus l'air de l'intéresser et il n'a posé aucune question. Comme s'il accordait sa présence et ses services mais gardait ses pensées. En bon fils de famille, bien élevé et formé chez les jésuites, il était poli, accueillant et, pour finir, complètement indifférent à vous. Sur le moment, j'ai trouvé cette discrétion irrésistible.

On ne s'attendait pas à de telles boiseries dans le salon d'une maison de corsaire. Des bandeaux de carreaux de Delft rythmaient les panneaux et, au-dessus des portes, des marines du XVIIIe servaient de linteaux. Un lustre de cristal pendait du plafond mais les Méaban ne l'avaient pas électrifié et les bougies devaient dater du siècle précédent. Les tapis s'effilochaient, la bourre surgissait des fauteuils et, aux fenêtres, plusieurs anciens petits carreaux vert tendre en verre soufflé avaient été remplacés par un banal vitrage. Les tableaux étaient craquelés, les dorures de leurs cadres avaient bruni et, si les commodes et le secrétaire restaient magnifiques, j'aurais juré qu'on ne pouvait plus ouvrir les tiroirs et que les fauteuils allaient s'effondrer sous le poids de mon père.

La demeure tombait en ruine. Il fallait la grâce de Blaise pour s'y glisser comme un elfe.

Il nous a servi à boire en attendant l'heure du bulletin d'informations puis Papa lui a raconté les déboires de *Valsada* et ses histoires de haubans. Régler le problème serait apparemment un jeu d'enfant. Blaise rangeait des tonnes de matériel maritime dans la vieille grange de la cour et descendrait au port avant le dîner pour observer les dégâts. Il semblait impressionné de voir un bateau de Charles Nicholson ancré à l'Ile-aux-Moines, curieux de l'inspecter et, surtout, amusé de le savoir si fragile – au point qu'il nous a enfin gratifiés d'un sourire, là encore à se lever la nuit. J'en étais à me demander laquelle des deux grenouilles me mettait le plus l'eau à la bouche quand Mathias a monté le son de la radio. C'était l'heure des nouvelles.

En un mot, elles étaient excellentes. Monsieur Daladier et le Premier ministre avaient sauvé la paix. Selon le speaker, une foule en délire avait accueilli les négociateurs français à l'aéroport du Bourget. Mathias s'est tapé les cuisses de joie :

« Ouf ! Si le QI de cette nullité de Daladier était converti en francs, il n'achèterait même pas un litron de sa vinasse du Vaucluse mais là, il nous sauve. Pour un peu, on allait être mobilisés. L'Allemagne, il suffit de la renvoyer poliment à la niche : si elle aboie, on lui lâche un os. »

Je connaissais assez les idées de Papa pour redouter sa réaction. Il accusait de longue date Neville Chamberlain d'avoir des bras pour rien, sinon pour les laisser le long du corps. A l'entendre, il cherchait sans cesse des raisons de ne rien faire. Au printemps, à Londres, il avait dit que si on attendait que le Premier ministre adopte un comportement d'homme, on aurait tout le temps d'avoir les cheveux au milieu du dos. Par politesse pour ces jeunes gens qui nous accueillaient, il a juste fait remarquer qu'au lieu d'un os, ce sont des hommes et des femmes qu'on jetait en pâture à l'Allemagne :

« Et cela ne suffira pas à Hitler. Après les Sudètes, il voudra la Suisse allemande, puis il réclamera l'Alsace-Lorraine, et un bout de Pologne ensuite... Pour l'instant, il aboie mais demain, il mordra. Je ne suis pas sûr qu'on ait raison de remettre à plus tard une explication qui aura forcément lieu. On vient de perdre les fortifications et l'armée tchèques tandis que lui se renforce, démographiquement, militairement – et même moralement puisqu'on donne tort à nos alliés. »

Mathias a protesté :

« Comment aurions-nous pu leur donner raison ? Le droit des peuples à disposer d'eux-mêmes vaut pour les Sudètes comme pour les autres. Ils sont allemands, vivent à la frontière et demandent à revenir chez eux. »

Au Carlton, son club sur St. James's Street, soutenu par un de ses amis conservateurs, bien informé, germanophile et sympathisant des idées nazies, ce cynisme aurait lancé mon père sur ses grands chevaux. Pas là. Mathias avait exprimé son point de vue sur le ton courtois d'un jeune homme accueillant que Papa a seulement jugé mal informé. A peine d'ailleurs avait-il eu le temps de le traiter de naïf qu'une dame est entrée dans le salon. Toute en noir, pas très grande, assez forte, elle portait des sabots. Mon père s'est levé pour la saluer et Blaise nous a présenté Nanne, la cuisinière de la maison. Elle l'a embrassé, lui a donné une tape sur la tête en lui reprochant d'être si mal habillé en présence d'invités et a demandé avec un accent breton à couper au couteau combien nous serions pour le dîner. « Quatre », a répondu Blaise sans même nous consulter. Ça ne posait pas de problème à Nanne :

« Alors, ce sera comme au déjeuner. Madame ne m'a pas laissé d'argent, je vous sers des huîtres et du homard. »

J'ai éclaté de rire, croyant qu'elle plaisantait. Pas du tout. A l'époque, à l'Ile-aux-Moines, un homard coûtait moins cher qu'une tranche de jambon et on payait les huîtres au prix des pommes. Ebahi, Papa a annoncé qu'il descendait à bord chercher de bons vins et Blaise, le temps d'enfiler une paire de tennis, l'a accompagné. Restée seule, j'ai suivi Mathias sur la terrasse où il a déplié pour moi une chaise longue. J'ai pris la pose comme si j'offrais mon meilleur profil à un photographe mais il n'a pas paru le remarquer. On ne graisse pas une porte qui ne grince pas et me sentant déjà sous le charme, il s'est dispensé de faire la roue. Il a siroté son pastis en me posant des questions sur Londres. Toute réserve de collégienne snobinarde envolée, j'ai cité comme familiers des lieux où je n'avais jamais mis les pieds. Tout juste si je ne faisais pas de Wallis Simpson une vieille relation et de Buckingham une maison amie. Mathias souriait à mes réponses comme un frère aîné amusé par les sottises de sa petite sœur. Un peu vexée, je lui ai demandé par quel miracle son ami Blaise parlait l'anglais si bien et sans accent.

« Parce que, jusqu'à six ans, il a été élevé par une nourrice anglaise. Son père s'est suicidé juste avant sa naissance et sa mère a sombré dans la dépression. Elle a passé plusieurs années en maison de repos. Blaise vivait ici, tout seul, avec Nanne et Miss. Miss je ne sais quoi d'ailleurs, Blaise l'appelle toujours Miss. Elle habite à la pointe du Trech, tout près de chez moi. Elle est grosse, mais grosse ! Un énorme marshmallow. Quand elle tombe, elle rebondit. Et elle tombe assez souvent car Miss adore le gin. »

Au mot « indiscrétion », j'allais proposer au Harrap's de mettre la photo du beau Mathias quand Nanne est survenue. Pas très contente :

« Dis donc, espèce de concierge, au lieu de raconter la vie des autres, tu ferais mieux de venir ouvrir les huîtres. Job en a monté six douzaines. Tu montreras à la lady que tu es un homme et non une pipelette. »

Il en aurait fallu plus pour froisser Mathias qui se moque de lui-même mieux que personne. Il s'est défilé en riant sous prétexte qu'il laissait plein d'écaille dans la coquille. En revanche, il a proposé de mettre la table et m'a entraînée avec lui. A cause du plateau énorme des huîtres et des soupières où jeter les coquilles de celles qu'on aurait mangées, Nanne avait décidé qu'on ne dînerait pas dans la salle à manger, mais sur l'immense table de la cuisine. Imprimée en 1760, une carte encadrée de la Bretagne occupait tout un mur. On ne voyait qu'elle, magnifique, noire et blanche, démesurée. Pour le reste, la pièce était tapissée de carreaux bleus et blancs, dans le style des tableaux d'intérieur hollandais, avec trois très belles armoires, une pendule, un coffre, une table de dimension royale où on dînait à douze, trente en se serrant un peu, une cheminée où le feu crépitait et tout ce que vous pouvez imaginer sauf un frigidaire et des prises électriques. Je vous rappelle qu'on était en 1938, il n'y avait pas encore l'eau courante à l'Ile-aux-Moines et les habitants de Kergantelec passaient leur vie, des brocs à la main, à courir au puits de la cour ou à la citerne du jardin. Avec ça, la maison se donnait quand même de grands airs. Nanne nous a tendu une belle nappe blanche brodée de fleurs bleues et même pour un dîner improvisé, Mathias a sorti le grand jeu : serviettes en dentelle, argenterie (un peu dépareillée et passablement dessertie) avec couverts à poisson et fourchettes à huîtres, deux verres par personne, rince-doigts... Il était chez Blaise comme chez lui, a mis du pain à griller et s'est chargé d'ébouillanter les homards pendant que Nanne ouvrait les huîtres dans une seconde cour, plus petite, où se dressaient trois superbes palmiers – à croire qu'ils n'avaient jamais grelotté et s'imaginaient toujours à Fort-de-France. Avant de nous quitter, Nanne a improvisé une mayonnaise en un tour de main en soumettant les œufs et la moutarde à une série de convulsions épileptiques puis elle a sorti d'une armoire un far qu'elle a posé sur un plat et emmailloté dans une serviette. Sur quoi elle nous a priés de souhaiter « bon appétit » à l'équipage quand il rentrerait, puis elle nous a quittés.

Blaise et Papa revenus avec trois bouteilles de gewurztraminer et un flacon de cognac, nous sommes passés à table où je me suis assise la première, à la droite de Blaise, tandis qu'en face, Papa s'installait à celle de Mathias. Et là, petit malaise : les deux garçons sont restés debout. On avait oublié le bénédicité. Ni Papa, ni moi ne croyions à ces superstitions bondieusardes mais l'Angleterre voue un culte aux bonnes manières et nous nous sommes relevés. Et là, nouvelle surprise, Blaise a récité son petit compliment papiste en breton ! A Londres, j'aurais souri mais ce soir-là, à Kergantelec, je n'ai pas rendu son air entendu à mon père. Mes persiflages habituels s'étaient dissous comme le sucre dans le café. J'étais sous le charme.

De toute manière, dès la première belon, Dieu a été renvoyé à ses cloîtres et ces messieurs se sont abandonnés à leur passion pour la voile. La Fastnet fascinait Blaise, enchanté qu'elle ait été remportée trois fois par *Jolie-Brise*, un bateau français venu du Havre. Il réclamait des détails sur *Dorade*, le yacht new-yorkais dessiné par Olin Stephens, vainqueur en 31 et en 33. Papa était aux anges. D'habitude, à la maison, quand il mettait la conversation sur ses navigations, tout le monde soupirait et levait les yeux au ciel. Conquis, il invita Blaise et Mathias à venir l'été prochain à Ryde, notre maison au-dessus de la mer, près de Cowes.

Face à moi, à côté de la pendule, un grand tableau m'intriguait. Le portrait d'un homme en uniforme à la silhouette massive et aux traits plus ou moins préhistoriques. S'il était de la famille, alors les Méaban faisaient vite de la graisse et je regarderais d'un autre œil la silhouette si appétissante de Blaise. Mathias a paru stupéfait que je ne reconnaisse pas Georges Cadoudal, le général en chef des troupes royales de Bretagne. Il portait cet ours aux nues :

« C'est le plus grand des Bretons. Un gars du golfe. Il venait d'Auray, simple fils de paysan – riche, mais paysan quand même. Une force de la nature et un véritable génie. Il avait l'allure d'un ours mais il attaquait en chat, frappait en lion et filait en renard. On ne l'entendait pas, on ne le voyait pas, il était partout et insaisissable. Mais avec ces nullités de nobles bretons, rien à faire. Ils l'ont méprisé, ne l'ont pas aidé et, pour finir, comme d'habitude, ils se sont couchés. C'est notre lot : le plus beau pays du monde et la plus vile des aristocraties, toujours prête à la trahison. A Quiberon, en 1795, lorsque la flotte anglaise a débarqué l'armée des émigrés, tous les chefs chouans étaient là pour les accueillir : Loup Blanc, Cœur de Roi, Sabre-tout, la Perdrix, Fleur de Chêne, Jean Jan, l'abbé de Kerauffret, Cadoudal et des centaines d'hommes avec eux. Les rivages étaient submergés. Des paroisses entières arrivaient bannières au vent. Au lieu de fraterniser, ces crétins de hobereaux se sont froissés qu'on ne leur donne plus du "Monsieur le marquis" après chaque virgule. A la première messe, ils ont exigé de faire cérémonie à part. Ensuite, plutôt que de se battre en hommes, ils ont prétendu bâtir le Gibraltar breton et ils ont attendu l'arrivée de Hoche. Il n'en a fait qu'une bouchée. Cadoudal a poursuivi la lutte tout seul avec ses laboureurs en sabots et leurs fourches. »

Mathias avait mis une passion troublante dans ses phrases. Un autre garçon apparaissait, l'antithèse de son personnage de dandy costaud qui rit de tout. Blaise avait un point de vue moins tranché :

« Ne croyez pas que nous étions tous blancs. Aujourd'hui Vannes est une ville très conservatrice mais, à l'époque, elle était bleue. La campagne, c'est-à-dire presque toute la Bretagne, suivait ses recteurs mais les villes étaient fidèles à la République. Les bourgeois y faisaient de bonnes affaires, avaient mis la main sur les biens du clergé et s'étaient emparés des municipalités. Ils ne voulaient surtout pas revenir à l'ordre ancien. Mon ancêtre, marchand de drap à Vannes, était maire de l'Ile-aux-Moines quand ils ont guillotiné Louis XVI. Il n'y a jamais eu de royaliste dans la famille.

— Pourquoi alors ce portrait de Cadoudal ? »

Papa avait posé la question à Blaise mais c'est Mathias qui a répondu :

« Parce que c'est un héros breton. Il a écrit la dernière page de notre épopée, et la plus poétique. Sans lui et tous nos chouans, on serait l'Anjou, le Dauphiné ou l'Artois, rien du tout. Tandis que là, on est la Bretagne, une terre à part. Par la géographie mais aussi, grâce à lui, par l'Histoire. Peu importe que les Méaban et les Gauvain, ma famille, n'aient pas eu ses idées. On a tous son sang. »

Assis en face de moi, Mathias était irrésistible. On aurait dit le jumeau de mon frère mais tout ce qui m'agaçait chez Timmy acquérait un ton délicieux sous ses traits à lui. Avec son physique rouquin de force de la nature, il ressemblait à un rugbyman irlandais mais un regard bleu perpétuellement ironique et cette passion pour l'Histoire corrigeaient son apparence d'armoire à glace. S'il jouait au provocateur brutal, on le devinait curieux de tout. Soixante ans après, je ne comprends toujours pas comment Blaise et lui ont pu se repérer et s'abandonner à une amitié totale, quasiment amoureuse. Si on les interrogeait, ils rappelaient qu'ils étaient les deux seuls Ilois à Saint-François-Xavier, leur collège de Vannes, et à l'internat de Penboc'h mais c'était bien plus subtil. Leurs divergences politiques, leurs familles, ma présence entre eux, le drame de nos enfants, tout ce que je vais raconter dans ces souvenirs aurait dû les jeter l'un contre l'autre depuis des lustres, mais non ! L'an 2000 passé, je ne m'explique toujours pas cette liaison. « Parce que c'était l'un, parce que c'était l'autre ? »

Face à Papa, le charme de Blaise, longiligne et silencieux, opérait tout autant. Sur *Valsada*, avant le dîner, ce gamin l'avait épaté en donnant une leçon de voile et en parlant en officier à ses trois matelots qu'il avait quasiment traités de gondoliers. Après l'éloge de Cadoudal, Papa lui a demandé si les Bretons n'avaient pas de héros dans le camp révolutionnaire. Bonne pioche, Blaise en avait un dans sa manche, que Mathias n'aurait certainement pas sorti lui-même de l'oubli où le temps l'avait jeté :

« Si on lit l'Histoire de France, *Les Chouans* de Balzac, *Quatrevingt-Treize* de Hugo ou les délires de Michelet, on voit la Bretagne comme une sorte de marmotte mérovingienne somnolant sous l'œil des recteurs et des seigneurs. Pourtant, l'homme clé des premiers mois de la Révolution est un avocat rennais de trente-cinq ans, Isaac Le Chapelier, élu du Tiers aux Etats généraux, qui a créé le club breton à Versailles. Le soir, pendant que les nobles ripaillaient, il se réunissait avec les autres députés du duché, revenait sur la séance du jour, préparait celle du lendemain et envoyait un courrier à Rennes pour informer ses électeurs. Frappé par cette rigueur, Mirabeau a adhéré à son club, puis des dizaines d'autres et, le 3 août, Le Chapelier fut élu président de l'Assemblée constituante. Il n'occupait pas le siège depuis vingt-quatre heures que, dans la nuit suivante, il abolit les corvées, les droits de chasse, les redevances féodales, la justice par ordre, la vénalité des offices, jusqu'à la noblesse héréditaire. En prime, il supprima le droit d'aînesse et établit l'égalité fiscale pour tous. La fameuse "Nuit du 4 août", c'est lui ! Dans les jours suivants, blasphème suprême pour un Breton toujours soupçonné d'être une grenouille de bénitier, il supprima aussi la dîme et refusa que le catholicisme demeure la religion officielle.

Au départ de l'Assemblée pour Paris, c'est son club qui s'installera dans le couvent des Jacobins et deviendra le fer de lance des réformes. Mais tout cela, les Français l'ont effacé des mémoires pour s'accaparer l'héritage de 1789. Ils piquent dans notre passé comme dans un libre-service. Il faudrait dénationaliser l'Histoire de France. »

Irlandais marié à l'Angleterre comme la limaille à un aimant, Papa était habitué à ce genre de vœux pieux. Nos cousins catholiques demeurés en Ulster l'avaient depuis longtemps mis au ban de la famille. Dans la bouche de Blaise, cependant, ces rêves d'indépendance lui semblaient plus attendrissants que choquants. Ce garçon n'était pas bon qu'à étayer un mât branlant et à tirer des bords en régate. Il avait aussi des idées, peu importe qu'elles soient saugrenues, c'était de son âge. La France survivrait aux états d'âme de quelques gamins rêveurs. Les Irlandais de la famille l'avaient vacciné contre les angoisses de démembrement impérial : tous ces indépendantistes ne faisaient jamais un pas en avant sans regarder en arrière. Grand donneur de leçons de géopolitique devant l'Eternel, Papa n'avait ce soir-là aucune envie d'endosser la toge du professeur devant Blaise et Mathias. S'ils se sentaient en exil dans leur Bretagne chérie, son seul souhait était de leur changer les idées en les embarquant à bord de *Valsada*.

Les trois bouteilles de gewurztraminer ont fait long feu. Pour accompagner le far, Blaise est allé chercher du muscadet dans le chai et, à dix heures, on est passé dans la bibliothèque pour s'achever au cognac. En deux minutes, Mathias a allumé le feu dans une cheminée démesurée où le corsaire devait faire griller des agneaux entiers. Sur de beaux rayonnages en chêne, s'entassaient pêle-mêle de vieux ouvrages reliés, quantités de journaux et des dossiers. Des prie-Dieu avaient été transformés en sièges ; l'humidité des eaux du golfe avait envahi le tableau du port de Vannes au XVIIIe siècle. Comme de toutes les autres pièces se dégageait un sentiment de délabrement poétique accentué par l'éclairage de conspirateurs que diffusaient deux vieilles lampes aussi élégantes sur des tables de nuit que déplacées à cet endroit. Tant d'idées, de passé, de vin et de pénombre m'ont endormie. Quand j'ai rouvert l'œil, tout tournait autour de moi. Avec l'alcool que j'avais dans le sang, la perspective de me balancer toute la nuit sur ma couchette de *Valsada* me soulevait le cœur. Blaise a proposé de m'installer dans la chambre de sa mère. J'imagine que le choix de la pièce a rassuré Papa : ce jeune loup de mer si bien élevé n'immolerait quand même pas une tendre lady dans la couche sacrée de la lignée. Il a donc laissé Blaise m'accompagner au premier étage d'où je les ai entendus se donner rendez-vous le lendemain matin sur le bateau. Mathias, rieur, a décidé de raccompagner Papa pour qu'il ne se noie pas dans le port – ce qui, à l'entendre, arrivait une ou deux fois par an dans l'île. Ensuite la lourde grille de la cour s'est refermée dans un bruit métallique et un silence de mort s'est abattu sur la maison.

Quand les rideaux étaient tirés, la chambre de ma belle-mère, devenue aujourd'hui la mienne, avait tout d'un sépulcre. Cette pièce immense plongeait dans un noir absolu que perçaient de légers craquements dans la charpente et les planchers ou, plus angoissant encore, des cris de chouette, lugubres comme une sonnerie aux morts. Après des milliers de nuits passées seule dans la maison, une légère angoisse, aussi imperceptible qu'une fuite de gaz, s'immisce encore sous les draps quand je me couche. Qu'importe qu'aucun meurtre n'ait jamais eu lieu dans cette île qu'on aborde et qu'on quitte forcément sous l'œil des passeurs, la nuit du golfe est si profonde, muette et sombre que parfois elle m'épouvante. Mais, ce 29 septembre, la peur n'occupait aucune place dans mon esprit. L'ivresse m'empêchait de dormir et, tout ouïe, j'essayais de suivre les déplacements de Blaise. Tâche impossible : il glissait d'une pièce à l'autre comme il file sur le pont de ses bateaux, rapide et souple même en pleine gîte. J'ai fini par m'endormir et quand j'ai rouvert les yeux, il était là, immobile, sous les draps, allongé contre moi. Il n'a pas prononcé une parole et a seulement soulevé ma tête pour la poser sur son bras, contre l'épaule. Il a longuement décoiffé mes cheveux avant de se pencher vers mes lèvres. Tout était si doux que je ne suis pas sortie de ma torpeur. Ses caresses m'effleuraient à peine, il a joué avec mes cils, m'a frôlé les seins. Chaque pore de ma peau tremblait, tout était si lent et si doux. Nous faisions tous les deux l'amour pour la première fois. Quand Blaise a prononcé tout bas un mot dans le creux de mon oreille, il a murmuré : « Tu sais, je suis vierge. » Toujours dans un songe, j'ai juste répondu : « Pas moi, je suis capricorne. » Et je l'ai serré à l'étouffer.

CHAPITRE 2

1940. La débâcle

J'ai tout de suite aimé vivre dans une île. Les chemins ne mènent nulle part ailleurs, juste à la côte, toute proche. La mer maintient le monde au large. Quand on se promène seule, on a l'impression de régner sur un royaume dont on connaît chaque fleur, chaque sentier, chaque maison. A Brouel, autour du calvaire qui observe l'île d'Arz, en foulant les immortelles, on croirait avancer dans un pot de miel. Entre Le Rudel et Pen-Hap, des kilomètres de bruyère tapissent les pentes de mauve. Quand il bruine, le gris du ciel et celui des vagues se rejoignent comme si le ciel versait lui-même cette teinte douce, silencieuse et étouffée. Le brouillard va au bourg comme la voilette aux dames d'antan, élégant et discret. Calmes comme celles d'un lac, les eaux du golfe rappellent alors les brumes d'Avalon et la grand-plage, celle de Tintagel au pied de la forteresse du roi Arthur. Puis le soleil perce l'édredon des nuages et les petites maisons blanches s'illuminent, l'herbe scintille et l'ardoise mouillée brille. Plus loin, sur le chemin du Guéric, en pleine lumière, la route s'aventure sous la voûte si compacte des arbres qu'on marche dans la nuit et qu'on se rêve dans la peau d'un chouan. Mathias avait raison le jour où il nous a accueillis : cette île est magique. Dès que Blaise a demandé ma main, je me suis fait une joie à la perspective d'échapper des semaines par an à Londres dans ce décor hors du temps. Tant mieux pour moi car l'Histoire nous a rattrapés et m'a ancrée par la force des choses dans cette heureuse disposition.

Ayant fait l'amour avec Blaise la première fois le soir des accords de Munich, je l'ai en effet épousé le 10 mai 1940, juste le jour où la Wehrmacht s'est jetée sur la Belgique. Coup de chance, ma belle-mère avait exigé que la cérémonie ait lieu à l'Ile-aux-Moines. Madame n'avait pas de passeport, n'avait jamais quitté le Morbihan et ne comptait pas poser un orteil dans le reste du monde, cet espace illimité et dangereux d'où ne provenaient que des nouvelles affolantes. Il n'était pas question que, pour ce grand jour et par ma faute, elle sépare les deux hommes de sa vie, son fils et le recteur. L'été précédent, l'Angleterre avait de toute manière eu sa part du gâteau matrimonial quand Papa avait organisé des fiançailles chez nous à Ryde afin de présenter Blaise à tous ses copains du Royal Yacht Club de Cowes. Petite anecdote qui avait beaucoup agacé ma belle-mère : Blaise ayant remporté une régate et gagné 30 livres, une jolie somme à l'époque, son premier revenu, je l'avais entraîné au casino de Brighton où nous les avions perdues. Quoi qu'il en soit, la guerre compliquait tout et ni Mathias, le témoin de Blaise, ni Timmy, le mien, mobilisés l'un à Rennes et l'autre à Lille, n'avaient le droit de quitter le territoire français. Entre Hitler et ma belle-mère, nous n'avions pas le choix. Quant à savoir lequel des deux était mon pire adversaire, à l'époque, j'avais un doute. L'Allemand n'avait pas encore donné toute sa mesure.

La Bretonne, elle, ne m'avait rien laissé ignorer de ses talents.

Dès notre première rencontre, avant même qu'elle connaisse ma passion pour le jeu, j'ai su que je serais toujours de trop dans le panorama. Blaise pouvait bien me prendre pour la rose des Tudor, elle ne voulait pas de moi dans son vase. A l'annonce par son fils de notre mariage, elle avait pleuré toute l'eau du lac Léman. Depuis, elle ne m'adressait pas la parole. Lui poser une question exigeait une prudence de démineur. Si j'abordais un point d'ordre pratique, elle répondait avec la sobriété d'un dictionnaire et des mots piquants comme un fleuret. Si j'effleurais un sujet personnel, elle n'entendait pas. Que j'insiste et un petit rire métallique claquait, sec comme une porte qu'on ferme. Donnée par Nanne, la consigne était de faire comme si de rien n'était : « Madame est fragile, elle a passé beaucoup de temps dans une maison de repos. Il ne faut pas la harceler. » J'ai vite compris : plutôt réchauffer une boule de neige qu'espérer l'attendrir. Pour autant, elle semblait normale. Mince comme un crayon, de très beaux cheveux gris qu'elle coiffait en un élégant chignon Belle Epoque, bien habillée, toujours en demi-deuil, noir, gris ou mauve, une voix douce sans la moindre trace d'accent breton, elle habitait à Vannes dans l'appartement de son mari avec lequel elle n'avait vécu que trois mois mais qu'elle continuait, à quarante-trois ans, d'évoquer et de citer à toute occasion. Sur l'île, quand elle daignait apparaître, elle ne mettait jamais un pied en dehors de Kergantelec, sauf le dimanche pour la messe de huit heures dont, d'ailleurs, elle se plaignait : « C'est très gênant, elle coupe la matinée en deux. » Nul ne pouvait ignorer qu'elle était insomniaque, elle le rappelait chaque matin avec des soupirs à attendrir un tigre.

Mathias m'avait mise en garde : « Tu verras, c'est un vrai cannibale, il ne lui manque qu'un os dans le nez. » Au restaurant, si le service était trop lent, elle se levait de table avant la fin du repas. A l'église, elle quittait son banc pour aller gifler les enfants qui bavardaient. Dix fois, elle avait provoqué des esclandres à Saint-François-Xavier quand un professeur ne comprenait pas le génie de son fils et s'autorisait à lui mettre de mauvaises notes. Avec ça, elle laissait ce précieux petit génie en pension et ne le rejoignait même pas à l'Ile-aux-Moines le week-end. En revanche, furieuse que Blaise passe alors sa vie chez Mathias, elle adressait des lettres comminatoires aux parents Gauvain à propos des plats qu'ils étaient autorisés à lui servir. Au fond, c'était une hystérique mais elle trompait son monde grâce à une belle allure et de grands airs. Le matin, elle enfilait des gants pour lire *L'Ouest-Eclair*, le soir elle exigeait que Blaise enfile une veste pour dîner avec elle. Moins elle apparaissait, mieux on se portait mais son fils chéri la vénérait et, s'il m'autorisait à ne tenir aucun compte de ses avis, lui s'y pliait avec une docilité de caniche. Comme elle demeurait à Vannes et apparaissait peu, je la laissais pépier dans le bocage derrière mon dos. Il ne faut pas poser trop de conditions au bonheur et, à dix-huit ans, les contrariétés sont de la poussière : un coup de balai et elles s'envolent. Les ukases de Madame faisant cependant la loi, le mariage eut donc lieu sur l'île pour le plus grand bonheur de Papa qui vint par la mer à bord de *Valsada* et de Timmy qui se promettait deux ou trois jours de croisière avant de regagner son régiment.

Les filles du golfe l'émoustillaient. Il venait passer une permission sur la « ligne Vaginot ».

La veille, un jeudi, dans la matinée, un brouillard à couper aux hélices avait submergé l'île. Mais, ce 10 mai, comme l'avaient prévu les météorologues de la Luftwaffe, un soleil radieux couvrait le golfe et, au-delà, l'Europe occidentale. Exceptionnellement, saisi par une sérénité paternelle inédite, Papa n'avait pas allumé la radio à son réveil et ce n'est qu'à dix heures, en arrivant à la mairie, qu'on a appris le début de l'invasion nazie. D'abord, en lady, voyant une foule sur la place du bourg, j'ai cru que le village allait m'offrir une aubade. J'ai vite déchanté, c'est le cas de le dire. Tout le monde venait aux informations que personne n'avait. Papa s'est précipité à la poste pour appeler Londres. Timmy et Mathias, que ma belle-mère surnommait Plic et Ploc, ont annoncé qu'ils repasseraient sur le continent dès la fin du déjeuner. Tous se montaient la tête, sauf Blaise, souriant, serein et calme comme une mer sans vent. Cette guerre idiote l'avait privé des jeux Olympiques prévus à Tokyo en 1940 où, devenu l'an précédent champion de France à la barre d'un Dragon, il espérait représenter son pays. Désormais, elle saccageait son mariage. Il s'est assis à la terrasse du café de la place et a rendu les armes. Déjà, nos noces étaient petites : sa mère et lui n'avaient pas de famille et la mienne s'était réunie l'été précédent pour les fiançailles. A présent, l'Histoire achevait de les ratatiner : ses témoins et les miens allaient lever le camp tandis que les invités n'avaient qu'une hâte : partir écouter la radio. Pour un peu, il m'aurait ramenée à Kergantelec. Au lieu de cela, Papa et ma belle-mère ont décrété la mobilisation générale. Prié d'activer les feux pour célébrer la messe dès midi, sans attendre quinze heures comme prévu, le recteur a pris l'air stupéfait comme si on lui annonçait l'arrivée au port de Jésus-Christ en personne. Puis il s'est emparé des deux garçons d'honneur (les fils de Nanne) et les a entraînés à l'église où ils ont obtenu de servir la messe dans leurs costumes de petits pages. Par miracle, Miss, que j'avais choisie comme second témoin, a ramené la bonne humeur de mon cher époux en arrivant posée sur des coussins dans la malle du triporteur. Handicapée par son poids, elle s'était en plus foulé la cheville. Elle s'est extraite de sa brouette motorisée comme Marie-Antoinette sortant de son carrosse. Puis elle s'est effondrée en larmes dans les bras de Blaise sous les applaudissements de Mathias et de ses copains.

Cultivant ses névroses avec un soin de jardinier, ma belle-mère a vu dans cette débâcle un signe : cette union s'annonçait mal. Pour donner le change, elle m'a embrassée à l'entrée dans la mairie mais on aurait dit qu'elle avalait du verre. Le maire, lui, était fier de marier un des plus prometteurs fils de l'île et, dit-il, son meilleur marin. En cette heure grave pour le pays, il se réjouissait également d'accueillir dans sa communauté une jeune Anglaise dont le frère portait parmi nous l'uniforme de nos frères d'armes. L'hommage prend toute sa saveur quand on sait que deux mois plus tard, cette paillasse s'est révélée pétainiste comme cochon. Passons. De toute manière, ça n'a pas duré longtemps, l'heure tournait et, les alliances à peine passées, on a filé à l'église.

Pauvre recteur. Tout jeune à l'époque, il avait hérité de la paroisse un an plus tôt mais il vénérait ma belle-mère qu'il prenait pour une conscience locale. Le dimanche, quand elle l'invitait à déjeuner, il baissait des paupières approbatrices à chacune de ses phrases. Inutile de dire qu'il avait sué sang et eau sur son discours long comme la pluie. Plumes et poils, Nelson et Duguay-Trouin, pudding et kouign-amann, France et Angleterre, tout entrait dans son répertoire mais tout le monde regardait sa montre. Il s'attendait à une cérémonie royale, on lui accordait le temps d'une bénédiction cistercienne. Il s'en est remis à une sorte de pilotage litanique automatique et, à midi et demi, bénis des dieux, on a mis le cap sur la propriété des Gauvain, la plus spectaculaire de l'île.

Bâtie en 1880 par des Anglais, elle avait d'abord servi d'hôtel. Au rez-de-chaussée, une salle immense bordée de bow-windows dominait un jardin à la française descendant en pente douce jusqu'au golfe. On se serait cru dans la propriété que décrit Virginia Woolf dans *La Promenade au phare*. Blaise se sentait autant chez lui dans ce palace qu'à Kergantelec. Madame Gauvain, la mère de Mathias, l'avait plus souvent élevé que sa propre mère et avait dressé une table magnifique pour les trente invités de son second fils. Dès la messe dite, Papa était repassé par la poste et avait enfin joint Londres. Il revint enthousiasmé : Winston, un vieil ami et son idole, devenait Premier ministre. Lui-même aurait des fonctions à l'Amirauté. Un avion l'embarquerait à Rennes à vingt heures.

Tout le monde a pris place, l'Histoire n'attendait pas. Papa a prononcé un petit discours tendre pour moi, paternel pour Blaise et optimiste pour tous car je me rappelle qu'il l'a achevé par l'annonce qu'on allait faucher Hitler et sa bande de voyous plus vite qu'un épi de blé. C'était garanti et si urgent qu'il engloutissait ses plats comme s'il craignait le passage d'un prédateur.

Le contraire de ma belle-mère qui n'avalait rien, agaçait sa salade de homard et déplaçait les feuilles sur l'assiette sans y goûter, tout en m'observant, hostile, comme si j'allais introduire le virus de la typhoïde dans la famille. Par chance, Mathias et Jean Morio, les deux témoins de Blaise, se levèrent pour lui adresser un éloge à deux voix absolument assassin et désopilant. Ses trois caractères étaient passés au crible : celui qu'il présentait, celui qu'il avait et celui qu'il croyait avoir. Pour finir, eux aussi ont promis d'aller vite peloter la Lorelei et d'en finir sans délai avec les aigles teutoniques qui faisaient passer leur duvet pour des écailles. Pauvre France et pauvre Angleterre : nous planions à mille lieues au-dessus de la réalité. A deux heures et demie, Papa a levé le camp. Avant de partir, il m'a serrée dans ses bras et a murmuré que j'étais l'amour de sa vie. Voyant arriver mes larmes, Timmy m'a tapé sur les fesses et prié de me comporter en Anglaise digne de ce nom :

« On ne pleure pas en public, petite sœur. Tu es la plus belle et la plus brillante. Dis-toi que cette journée a été courte mais que la vie est longue. L'année prochaine, on ira danser à Berlin. C'est plein de petites cochonnes, là-bas. Ça déniaisera ton Blaise. »

C'est simple, je n'ai jamais autant pleuré que le jour de mon mariage. Blaise m'a raccompagnée à Kergantelec où je me suis enfermée dans ma chambre jusqu'au lendemain. Orphelin de père, donc soutien de famille, mon bel époux n'était pas mobilisé et nous avions prévu d'embarquer sur *Valsada* pour faire en voyage de noces le tour de l'Irlande. Il n'en était plus question. D'abord, Papa avait ramené avec lui ses deux matelots et Blaise ne voulait plus s'éloigner de la France en pleine bataille.

Au lieu de cette longue croisière, il a désarmé le bateau qu'il a mis au corps mort dans le port et on s'est contenté des îles du Ponant à bord de *Nominoë*, son Requin. Nous sommes allés à Groix, nous avons dormi deux jours à Belle-Ile, Blaise m'a grillé des poissons sur la plage de Houat, puis sur celle d'Hoëdic. J'étais sous le charme de sa débrouillardise à la Robinson Crusoé. Il savait pêcher, naviguer, cuisiner sans jamais se presser ni lanterner. Il aurait fait griller des brochettes sur ses doigts sans se brûler. Ses gestes étaient précis et, en mer comme à terre, rien n'échappait à ses yeux sans cesse en patrouille. Il savait quand laisser traîner des lignes pour ferrer des bars et sur terre, en promenade, il repérait les herbes qui parfumeraient sa pêche. Parfois, je regrettais de l'intéresser moins que la nature. Sur le Requin, quand j'avais passé la journée à le voir à la manœuvre torse nu, bronzé, musclé et délicieusement imberbe, j'étais prête à ne plus dormir avant la Victoire. Au lieu de ça, à peine lui et moi allongés sur les couchettes, Blaise s'assoupissait comme un loir. Du coup, à Belle-Ile, j'ai exigé de dormir sur la plage de Port-Fouquet, à la belle étoile, bien serrés dans notre sac de couchage. A l'aube, pendant que Superman se remettait de ses efforts nocturnes, j'allai à Palais acheter des croissants et jeter un coup d'œil sur les titres de *L'Ouest-Eclair*. Les choses n'avaient pas l'air de se passer trop mal. Français et Anglais n'étaient pas des Polonais et les mâchoires alliées se refermaient sur les hordes teutoniques aventurées en Belgique.

On continuait de planer vent arrière sur nos illusions sans soupçonner que ce temps merveilleux pour amoureux romantiques était aussi une bénédiction pour les Messerschmitt. Le ciel nous est tombé sur la tête le

17 mai à notre retour. Arrivés au crépuscule, on n'a croisé personne dans le bourg mais, à Kergantelec, entrant dans la cuisine, une cargaison de riz, de pâtes, de café en grains, de sucre et de farine bivouaquait sur la table ! Et, derrière cet amoncellement, ma belle-mère ! La bonne bourgeoise française pétocharde était aux cent coups :

« Mon pauvre chéri, l'armée française est bousculée. On parle déjà de retraite stratégique. Mais je ne crois pas un mot des menteurs de l'état-major. C'est reparti comme en 14. Ça va durer des années. Et, comme en 14, on va manquer de tout. Je fais des provisions. Tu ne manqueras de rien. »

Assez intelligente pour saisir que les opérations militaires tournaient au vinaigre, elle n'avait pas assez de sens civique pour sentir que dans les heures graves, tout le monde doit se tenir. Indignée par ces munitions pour planqués, j'ai dit qu'en Angleterre, les épiciers auraient refusé de la servir et que chacun aurait méprisé un tel défaitisme. Daignant enfin me voir, elle a répliqué que mon île n'avait jamais été envahie parce qu'elle n'en valait pas la peine mais qu'elle, elle avait l'expérience des guerres longues et ne recevait pas de leçons d'une lycéenne. Si j'y tenais, cela dit, elle pouvait rendre le thé qu'elle avait acheté pour moi. Sur quoi, elle a prié son fils de bien vouloir partager son épuisant fardeau de corvées et lui a fait porter ses stocks dans la chambre d'amis, attenante à la sienne, où elle comptait les mettre sous clé. Bien entendu, Blaise s'est exécuté et je me suis repliée dans notre chambre, agacée par ces mœurs de notable indigne. Je me trompais : ce n'est pas la bourgeoisie qui était décevante, mais la France. Bientôt, tout le monde a imité Madame de Méaban, elle n'avait pris qu'un peu d'avance. Au bout de huit jours on pouvait lire la vérité dans les yeux de chacun comme sur la première ligne des tableaux d'opticien : le pays se couchait. Quant au gouvernement, au lieu de se battre, d'appeler à la guerre et de mobiliser l'empire, il organisait des Te-Deum à Notre-Dame de Paris. J'étais dégoûtée.

A Kergantelec, l'atmosphère était irrespirable. J'avais réglé les deux radios sur l'antenne de la BBC mais ma belle-mère se rebranchait sur Radio-Paris dès qu'elle voulait écouter les informations. Par ailleurs, elle continuait d'écumer les épiceries de Vannes, de Larmor-Baden et d'Arradon pour constituer des stocks sans éveiller l'attention des voisins – qui faisaient la même chose. Plus fort encore : elle a convoqué les métayers des deux dernières fermes de son héritage pour qu'ils créent une basse-cour derrière la cuisine autour des palmiers. Sont arrivés de Ploërmel des poules, un coq et des dindons. Alors que les troupes battaient en retraite sur tout le front, on a dressé une clôture pour séparer le poulailler du parc et Madame a sacrifié la moitié du gazon pour créer un potager. Ensuite, après avoir fait élaguer les arbres de la propriété et ranger des centaines de bûches, elle a commencé à prendre son vélo pour aller ramasser des branchages au bois de la Chèvre, au Guéric et au bois Martin. Si cela n'avait pas été tellement mesquin, c'eût été à mourir de rire mais personne, malheureusement, ne songeait à s'amuser. Le premier juin, les jeux étaient faits. La presse pouvait bien monter en neige deux ou trois actes de résistance héroïque, on ne ramasse pas le lait renversé et on ne repousserait plus la Wehrmacht.

Nous étions pendus à la radio toute la journée quand, soudain, Dunkerque est devenue la capitale de la France.

Et là est survenue une miraculeuse et incompréhensible halte dans l'assaut allemand. A la barbe d'Hitler, toute la Royal Navy, des centaines de chalutiers et autant de navires de plaisance ont jeté sous les bombes un pont entre nos héros et l'Angleterre afin de rembarquer nos troupes. Ce fut la plus noble et héroïque des déroutes mais, du jour au lendemain, l'atmosphère dans l'île a changé. On ne me disait plus bonjour de la même manière, quand on le faisait ! Les Français qui se rendaient partout sans même lutter avaient l'air indignés que Winston ne songe pas une seconde à les imiter. Faites-moi confiance, je ne laissais pas dire n'importe quoi. Evidemment qu'on rembarquait plus d'Anglais que de Français puisque cette partie du front était la nôtre ! Mais nous n'abandonnions personne sur les plages et des dizaines de milliers de Français arrivaient en Angleterre. Et ainsi de suite jusqu'au 3 juin, à onze heures, quand le maire lui-même est venu m'apporter un télégramme de Papa. Timmy avait été tué à l'entrée d'Ostende où sa compagnie tenait un barrage pour retenir les Allemands le temps que le reste du régiment rembarque.

Je suis tombée de ma chaise, évanouie. Quand ma belle-mère m'a ramassée, la dernière phrase de Timmy m'est revenue à l'esprit pour m'exploser dans le cœur : « La vie est longue, petite sœur. » Toute pudeur britannique oubliée, je me suis effondrée en larmes et là, je dois dire que ma belle-mère a été attentionnée. Elle m'a embrassée, m'a raccompagnée dans ma chambre, m'a fait du thé et, me tenant pour la première fois un discours gentil, m'a transmis tendrement la leçon de sa propre vie :

« Soyez courageuse, Marge : la branche cassée ne tue pas l'arbre. La vie continue. Vous allez faire des enfants et j'appellerai Timmy mon premier petit-fils. Peut-être aura-t-il des taches de rousseur comme vous ou une crinière de lion comme votre frère chéri. De grands bonheurs nous attendent même si, aujourd'hui, tout semble s'effondrer. Timmy nous a quittés et on dirait bien que la France aussi rend l'âme mais il y aura bientôt un nouveau petit Timmy dans les allées de Kergantelec et la France n'est jamais morte… »

C'était un peu cornélien : la mère romaine calmant les grandes douleurs au fil de longues phrases au déroulé de tapis rouge ! Mais ce fut efficace. Mes larmes, de toute façon, se noyaient dans le flot des autres. Tout le monde pleurait. La défaite tournait à la débâcle. Quand quelques-uns enterraient leurs morts, tous les autres voyaient sombrer le pays. Depuis vingt ans, on nous serinait que l'armée française était la première du monde et, tout à coup, au premier choc, elle se décomposait. La nation s'écroulait. Les Bretons n'ont jamais été bavards mais là, dans le bourg, même au marché, un silence de deuil nous enveloppait. Ma belle-mère, inquiète de me voir rejetée, avait d'autorité cousu un feutre noir au revers de mon caban et, en effet, la mort de Timmy me réintroduisit dans la communauté. On m'embrassait, on me tapait sur l'épaule, on m'appelait « ma pauvre ». Les catastrophes s'enchaînaient. Madame Gauvain en larmes nous apprit que Mathias avait été fait prisonnier à Laval. Rennes avait subi un de ces épouvantables bombardements qui terrorisaient les populations. Le temps avait suspendu son vol, plus personne ne faisait quoi que ce soit. Les pêcheurs ne sortaient plus, on n'allait même plus au bistrot, on écoutait la radio et on gémissait. Le pays et les gens étaient bons à ramasser par terre.

Justement, sortie de la naphtaline, une grande âme s'est offerte à nous relever : Pétain a fait don de sa personne. Un vieillard à la voix chevrotante ! Dire qu'autrefois, dans des naufrages comparables, cette nation avait su trouver Jeanne d'Arc et Danton ! Depuis des années, il manœuvrait pour s'approcher du pouvoir, à sa façon, comme l'escargot se hâte vers la laitue, avec son style bien à lui, l'obséquiosité digne. Ses sympathies sautaient aux yeux : il avait demandé à être le premier ambassadeur de France auprès de Franco. Mais qu'importe, du jour au lendemain, des millions de gens se sont accrochés à cette vieille branche comme à leur dernière bouée de sauvetage. J'étais atterrée. Et, parmi toutes ces poules mouillées, naturellement, ma belle-mère. Elle contemplait « le Maréchal » comme le château de Versailles. Ça m'a tourné les sangs. Prendre cette ruine pour un sauveur, c'était confondre un esquimau Gervais avec le pôle Nord. Notre récente entente cordiale n'y a pas survécu. Les couteaux ont été tirés pour de bon le 18 juin.

Je suis fière de dire que j'appartiens au tout petit nombre des Français qui ont entendu en direct le premier appel du général de Gaulle. Rien d'étonnant : je passais la journée l'oreille collée à la BBC. Le discours ayant été annoncé sur l'antenne depuis le matin, j'avais rameuté Blaise, ma belle-mère et Miss et nous l'avons écouté au salon dans un silence d'église. Dans un premier temps, pour être sincère, on n'a pas très bien compris. Un ministre inconnu au bataillon invitait tous les militaires des armées de terre, de mer et de l'air à le rejoindre. Pourquoi parlait-il à la radio alors qu'il avait justement des dizaines de milliers de soldats français sous la main en Angleterre ? En quoi cela concernait-il les civils français auxquels il semblait s'adresser ?

« En rien », a tranché sur-le-champ ma belle-mère. Incarnation irréprochable de la citoyenne qui aura toute sa vie ses papiers en règle, elle n'avait que « le Maréchal » à la bouche. A part Jésus, personne ne lui inspirait plus de respect. Sans chercher à comprendre le propos de ce de Gaulle que tout le monde trouve aujourd'hui limpide, elle sentait qu'il pourrait donner des idées subversives à son fils. D'entrée de jeu, elle a perçu que ce « matamore » (je la cite) entrait dans sa vie comme une tuile vous tombe sur la tête. Le soir, au dîner, elle en parlait comme d'un crocodile : « grande gueule et petits bras ». Ce qui m'a confortée dans l'intuition que cet étrange Appel pouvait m'aider à rentrer en Angleterre. Miss, elle, trouvait le ton de ce général trop solennel et sa voix un peu aiguë. Ça faisait Mounet-Sully en toge au Théâtre-Français. Pour elle, un vrai héros s'exprimait comme Churchill, sans emphase, avec humour et sur un ton paternel. Mais enfin, ce de Gaulle était à Londres, c'était bon signe.

Blaise et moi n'avons saisi ce que le Général espérait que trois ou quatre jours plus tard quand il a accueilli avec enthousiasme les marins de l'île de Sein. Et là, mon beau mari a ressuscité. Jusque-là, il se sentait en exil de sa propre vie. Les jeux Olympiques de Tokyo, sa raison de vivre depuis qu'il avait passé le baccalauréat, n'auraient pas lieu. Son pays luttait, ses amis étaient sur le front et lui regardait les jours défiler à la queue leu leu. Il avait besoin de battre des ailes et n'en pouvait plus de ressasser son amertume. Un de ses copains, Anthony, un Espagnol de Quimper, l'éternelle médaille d'or de dissertation à Saint-François, avait un jour écrit que se complaire dans ses souvenirs, c'est lécher de la poussière. Blaise se répétait le mot. L'exploit des flibustiers de Sein lui a ouvert les yeux au rasoir. Lui aussi allait rejoindre les Français Libres. Egalement par la mer, mais sur un sublime bateau, à bord de *Valsada*!

Evidemment, je serais de la croisière. Mais il nous fallait d'autres équipiers. Qui ne soient pas pétainistes, qui aiment l'aventure et qui sachent la boucler. Tous ceux auxquels Blaise pensait, copains de Saint-François ou de l'île, étaient encore mobilisés, si ce n'est prisonniers. Nous n'osions pas aborder les autres, Vichy pétillait à pleines bulles. Heureusement, trois jours plus tard, revenu pour le week-end de Rennes où il étudiait la médecine, Jean Morio, son témoin, a bondi de joie. Il préparait son propre départ avec Morvan Warec'h, un pêcheur de l'île, terriblement embarrassé à la perspective de voler à son père le chalutier qui faisait vivre la famille. *Valsada* tombait à pic. Pour apprendre à le manœuvrer et sous prétexte de nous entraîner en vue de la régate du 14 juillet, on a remisé les drapeaux anglais dans la cabine et on est allé deux fois virer des bords autour de Houat et Hoëdic en rentrant assez tard afin de nous habituer à la navigation dans l'obscurité. La plaisance était interdite mais la Kriegsmarine était occupée ailleurs. Blaise et Morvan comptaient partir un jour de pleine lune afin de passer de nuit le plus près possible des rochers du raz de Sein et d'Ouessant. Pour ne prendre aucun risque inutile, sortir directement en Manche et mettre le cap sur Cowes, je suis allée à Vannes acheter des cartes postales des phares d'Ar-Men, de la Jument et de Nividic afin qu'on ne prenne pas l'un pour l'autre. La date du départ fut fixée au vendredi 5 juillet.

Blaise redoutait la réaction de sa mère. Vaine alarme : elle n'a pas prononcé un mot pour le retenir. Depuis son titre de champion de France, elle voyait en Blaise un héros. La gloire olympique lui ayant échappé, elle a tout fait pour l'aider à la rattraper en coup de vent. Elle a même eu l'idée de tisser une voile entière aux couleurs de la Bretagne pour que l'arrivée de Blaise n'échappe à personne. Pendant dix jours, dans le parc de Kergantelec, Miss et elle ont cousu des bandes noires et des hermines stylisées sur le foc avant de *Valsada* étalé sur l'herbe. En un quart de seconde, elle avait rejeté Pétain aux orties et, comme Madame avait un sens assassin de la formule, elle traitait maintenant ce vieux schnock de paquebot qui marche à la rame.

Le 3 juillet, tout était prêt, le climat radieux et les nuits si pures que, le soir, quand nous montions sur la terrasse de Kergantelec, on aurait suivi les flèches jusqu'aux étoiles. Mais dans la journée du lendemain, le temps s'est gâché. Le soleil tapait toujours aussi fort mais l'atmosphère a changé du tout au tout. Au petit déjeuner qu'on prenait dans la cour, Nanne n'a posé sur la table que du lait, un pot de beurre salé et des craquelins, sorte d'immenses hosties cabossées dont le Morbihan se régale. Ni thé, ni marmelade, ni toasts grillés. Quand j'ai demandé ce qui se passait, Nanne a juste grommelé qu'ici, on était en Bretagne, qu'on mangeait comme des Bretons et que ceux qui n'étaient pas contents n'avaient qu'à rentrer chez eux. J'étais si stupéfaite et Nanne d'habitude si gentille que je n'ai pas réagi tandis que Blaise, plus placide que jamais, haussait les épaules et se léchait les babines : il replongeait avec joie en enfance. Puis est arrivée Miss, en pleurs. Au marché, quand elle avait demandé un mulet, Marianne Warec'h, la mère de Morvan, le lui avait jeté par terre et personne ne l'avait ramassé pour cette pauvre Miss rendue impotente par son embonpoint. Personne non plus ne lui avait adressé la parole. Nous nous observions interloqués quand ma belle-mère, ouvrant sa fenêtre, nous a crié d'écouter notre maudite BBC. Alors la nouvelle est survenue, comme un tir de canon pendant la messe : à Mers el-Kébir, avec un porte-avions, deux cuirassés, neuf destroyers et trois croiseurs, l'amiral Somerville avait envoyé par le fond l'escadre française de la Méditerranée. Le bilan était accablant et, pire que tout, le plus beau cuirassé de la flotte française, le *Bretagne*, avait explosé : 1 000 morts. De notre côté : deux disparus ! J'étais abasourdie, fière de voir que ma vieille Angleterre restait maîtresse des mers et bien décidée à lutter jusqu'au bout mais épouvantée à la perspective de croiser dans l'île des parents de matelots du *Bretagne*. Miss n'osait même plus traverser le bourg pour rentrer chez elle au Trech et a passé trois jours à Kergantelec avant de remettre le nez dehors. J'en ris mais je n'ai pas fait mieux. Blaise, de toute manière, me l'avait interdit. Je n'ai même pas eu l'autorisation de les accompagner, sa mère et lui, à la messe solennelle organisée le vendredi à l'église pour les morts du *Bretagne*. La baie d'Oran était en feu, la bataille d'Angleterre commençait mais Miss et moi nous terrions dans le parc. J'avais honte et, pour la seule fois de ma vie, gagnée par la terreur de Miss, j'ai eu peur.

Pour finir, cette cérémonie a arrangé nos affaires. A leur retour, Blaise et ma belle-mère m'ont résumé l'état d'esprit du pays : « Ces salauds d'English ne changeront jamais, mais ils vont en faire baver à ces salauds de Boches. » La formule m'a soulagée mais n'amusait pas ma belle-mère. Comme tous les gens qui ont du caractère, c'était un sale caractère. Alors que Blaise et moi étions sur le point de flancher, elle a rallumé les feux du clan Méaban :

« Pauvre France. Et misérables Français. Ils détestent les Allemands, ils détestent les Anglais, ils détestent ces minables Italiens, ils détestent tout le monde et quand tout le monde se bat, ils se couchent sur la descente de lit d'une vieille baderne. Ils prennent Pétain pour le lion qu'il prétend avoir été et ne voient même pas que c'est devenu un gros matou édenté. Toi, mon fils, tu vas sauver l'honneur. Tu vas y aller en Angleterre et devenir un personnage. Ça me consolera de tes affligeants résultats scolaires… »

Elle était de même matériau que son île, du granite. Sur elle, l'effet Pétain avait duré trois jours. Maintenant qu'elle avait choisi son camp, elle ne transigeait plus. Moyennant quoi, elle m'a prise par le bras et on est descendu au port. Plus question de se cacher. Quant à Miss, encore épouvantée, elle l'a priée de suivre le mouvement, de cesser de geindre et de commencer en vitesse un régime. On est resté deux heures sur le banc des vieilles à observer Blaise, Jean et Morvan préparer *Valsada*. Quand un Ilois passait, s'il ne nous saluait pas, ma belle-mère l'interpellait. Quelques-uns ont haussé les épaules, la plupart ont dit bonjour, personne ne nous a envoyées aux fraises. Le soir venu, encore remontée comme une pendule, au dîner, elle a parlé à Morvan sur un ton de reine en audience :

« Avant de partir avec Blaise et Jean, tu diras à ta mère qu'elle doit un mulet à Miss. On ne crache pas à la figure d'une pauvre petite dame quand on se couche devant toute l'Europe. Les Anglais sont ce qu'ils sont mais, au moins, ce sont des hommes, des vrais. Un de ces quatre matins, ils reviendront. Et ils présenteront la note. »

Cette mise au point accomplie, elle s'est levée, est allée l'embrasser puis a pris dans son portefeuille cinquante livres sterling, une très jolie somme sortie on ne sait d'où, qu'elle a partagées entre les trois garçons afin qu'ils s'offrent un gueuleton en arrivant à Cowes. Le nouveau départ était finalement fixé au surlendemain, à six heures du matin, pour glisser hors du golfe en profitant de la marée descendante et des premières lueurs du jour. Un dimanche, on les prendrait pour des plaisanciers. Mais sans moi.

La mort de Timmy, l'effondrement de la France, Mers el-Kébir, la peur panique transmise par Miss… J'ignore ce qui a déréglé la machine mais je n'ai pas eu mes règles à la date prévue. Au lieu de garder pour moi ce secret sans intérêt, je me suis collée dans la nuit contre Blaise pour lui annoncer la grande nouvelle : tout indiquait que j'étais enceinte. Quelle mouche m'avait piquée ? A la seconde même, je suis devenue sacrée. Le lendemain, à l'aube, ma belle-mère était au courant. Et le verdict est tombé : Madame ne prendrait pas le risque de sacrifier dans la même traversée son fils et son petit-fils. Mon sort était fixé : je restais sur l'île.

Pas question, le jour J, d'accompagner les garçons au port et d'interpréter en public les adieux de Fontainebleau. Blaise a quitté Kergantelec un peu avant six heures. Nanne était venue et lui a noué autour du cou un sachet en soie rempli de poussière balayée devant l'autel à l'église, ma belle-mère lui a passé au doigt l'alliance de son père et j'ai glissé dans son passeport deux photos prises à la mairie le jour de notre mariage. Puis il est parti et on a pleuré toutes les trois.

CHAPITRE 3

1940. La régate du 14 juillet

Deux heures après leur départ, je suis descendue sur la plage observer au loin la sortie du golfe par où ils s'étaient échappés. Le soleil annoncé brillait et la mer semblait laquée comme un paravent chinois, si belle qu'on serait resté à la regarder jusqu'à ce que les yeux nous tombent de la tête. Pourtant j'avais peur. Assoupi, l'océan semble aussi vierge qu'une page blanche mais son casier judiciaire est interminable. Vous pouvez bien embarquer par temps calme, vous participez quand même au tirage de ses insondables tombolas. C'est un bourreau à l'affût qui pose des lèvres mouillées sur la plage et cache son poignard sous l'écume. Il neigera en enfer avant qu'Anglais et Bretons fassent confiance à ce pharisien fait pour la tendresse comme les ours pour la broderie. Bien qu'un été éternel semblât s'être posé sur l'île, j'ai tremblé pendant trois jours. Morvan avait rappelé la veille le vieux dicton : « Qui voit Groix voit sa croix, qui voit Sein voit sa fin, qui voit Molène voit sa peine et qui voit Ouessant voit son sang. » C'était exactement leur parcours. J'en étais malade. Avec Miss, nous prenions nos repas en silence, sous le regard de Nanne qui triturait son chapelet et de ma belle-mère incapable d'avaler autre chose que des verres de Plancoët. Puis le miracle est survenu : le Général lui-même a évoqué l'arrivée de Blaise sur les antennes de la BBC.

Inutile de dire que, réunies dans la bibliothèque, nous l'écoutions comme le Messie. Six jours après Mers el-Kébir, il n'avait toujours pas évoqué le drame mais, le 9 juillet, il a affronté l'agression anglaise de face et donné raison à Churchill. L'épreuve était insupportable mais, eût-il été membre du gouvernement royal, il aurait donné les mêmes ordres. Odieux mais inévitables : l'Angleterre ne pouvait prendre le risque de voir coupée la route du canal de Suez. Alors, comme un message personnel pour Kergantelec, il a poursuivi son propos et affirmé que des Bretons l'avaient déjà compris et qu'à Cowes, dans « La Mecque de la voile anglaise » (je cite le Général), la foule avait acclamé l'arrivée d'un magnifique deux-mâts aux couleurs du Duché. A bord, trois marins aguerris venaient se joindre à la France Libre dont un jeune champion qui avait fait et ferait à nouveau la gloire de la France. Par prudence, il ne donnait aucun nom mais, sur l'instant, ma belle-mère s'est jetée dans les bras de Nanne et Miss dans les miens. On s'est toutes embrassées en larmes, puis on a ouvert une bouteille de Veuve Clicquot, tiède mais divine. La guerre pouvait bien durer ; désormais ma belle-mère était rassurée : Blaise serait à l'état-major.

Tout le monde aujourd'hui vous explique que sa famille a été résistante dès le premier jour mais, à l'époque, aucun héros futur n'y songeait et nul n'écoutait « Les Français parlent aux Français ». La preuve : personne dans l'île n'a entendu cette communication et ne nous en a parlé. Il faut dire qu'une autre nouvelle stupéfiait les chaumières : Mathias était rentré ! Le 13 juillet. Bien sûr, il s'est précipité à Kergantelec. Le départ de ses meilleurs amis l'a assommé. Blaise, surtout, aurait dû l'attendre. Comme si qui que ce soit avait osé espérer un retour si rapide. Chacun en était resté à la guerre précédente où les prisonniers n'étaient revenus qu'après l'armistice. Il a bien voulu l'admettre et nous a raconté par quel miracle il avait échappé à la captivité. Et là, j'ai su à la première seconde qu'il courait à la catastrophe. Mathias n'avait qu'un mot à la bouche : Bretagne, Bretagne, Bretagne. C'est à elle qu'il devait sa libération. On aurait dit une vieille girouette soudain dégivrée par un fort coup de vent d'est. Voilà que les Allemands se souciaient de leurs lointains cousins celtes ! Comme si on n'avait jamais vu un lion compatir au sort des moineaux. Enfermés à Mühlberg, lui et les autres Bretons avaient pourtant bel et bien été séparés des Français et regroupés dans le stalag 4B où ils avaient vu apparaître une bande de sauveurs du Parti national breton, le PNB. S'ils se déclaraient patriotes bretons, on les transférerait à Luckenwalde, près de Berlin, avant de les rapatrier à Rennes. Evidemment trop contents d'échapper au Reich, la plupart avaient accepté. Mathias s'était prétendu goémonier ; les nazis en recherchaient car il paraît qu'on fabrique de la soude avec les algues. Plus fort encore : à l'arrivée, on leur avait juste demandé de prendre un abonnement à *L'Heure bretonne*, un mensuel indépendantiste dont personne n'avait jamais entendu parler.

C'était trop beau pour être vrai mais, comme on dit à Londres, la preuve du pudding, c'est qu'on le mange et Mathias était là en chair (appétissante) et en os. J'ai pris ma serviette et je l'ai accompagné à la plage où je l'ai retrouvé égal à lui-même, plus beau que jamais, rieur, fort comme un tronc et doux comme l'herbe. La peau blanche comme le lait, les cheveux rasés, des bras larges comme mes cuisses, on ne pouvait imaginer un contraste physique plus brutal avec Blaise, mince, bronzé, bouclé et mélancolique qui marchait sur les œufs sans les casser. Même chose pour leur caractère : Blaise, lisse comme le verre, ne se confiait jamais et ne posait aucune question personnelle. Mathias, assoiffé de confidences comme une éponge, se vautrait au contraire dans l'indiscrétion avec une ingénuité de géant enfantin. Il voulut tout savoir du voyage de noces et des prouesses sexuelles de Blaise. Venant d'un autre, cette curiosité m'aurait indignée mais, entre ses lèvres si sensuelles et son rire si gai, tout semblait bêtement chaleureux et fraternel. Quand ses questions m'ont trop embarrassée, je me suis jetée à l'eau où il m'a rattrapée, prise dans ses bras, saisie comme un sac, hissée sur ses épaules et, comme en jouant, serrée deux ou trois fois un peu trop longtemps contre lui. Il prenait la vie pour une fête, saisissait les occasions comme des fruits et semblait s'amuser avec moi comme l'aurait fait Timmy. Mais ce n'était pas un adolescent, ni mon frère et je me suis sentie mal à l'aise. Troublée également. J'étais tombée amoureuse du mystère qui se cachait derrière la beauté de Blaise. Celle de Mathias vous éclaboussait de sa franchise enjouée. Sans souhaiter qu'il cesse pour de bon, je trouvais ce marivaudage en maillot de bain prématuré. La plage avait beau être presque déserte, je connaissais déjà les îles. Personne ne vous regarde mais tout le monde vous observe. Encore cinq minutes à batifoler dans les vagues et Monsieur allait flirter.

Tout émoustillée que j'aie été, j'ai eu le sang-froid de l'emmener boire un verre au « San Francisco », le grand hôtel du port dont le jardin, à l'époque, ouvrait encore sur la plage. Un bol de cidre et il m'a demandé de lui prêter le Requin de Blaise pour participer à la régate du lendemain. Tout s'effondrait partout en France mais le maire de l'île, devenu pétainiste en moins de temps qu'il n'en faut pour retourner sa veste, obéissait au doigt et à l'œil aux homélies du Maréchal et voulait que la vie reprenne son cours comme si de rien n'était. Premier acte de patriotisme municipal : on maintenait le Tour de l'île du 14 juillet. L'année précédente, il était venu des bateaux de course de La Trinité, de Carnac, de Port-Navalo et d'ailleurs. Là, on attendait un ou deux « Forbans » du Bono et quelques sinagots, les navires de pêche de Séné, de Vannes et de Larmor-Baden ainsi qu'une dizaine de barques, des canots, des dinghys… Le Requin n'appartenait à aucune de ces catégories mais Mathias se moquait comme de l'an 40 du handicap que les organisateurs nous infligeraient ; seule l'excitait la perspective de courir avec un bateau aux couleurs de la Bretagne. Et de remporter la victoire sous les yeux de *L'Ouest-Eclair* et de *L'Heure bretonne* ! Il avait apporté le grand Gwenn ha Du qui flotterait à l'arrière de *Nominoë*, si bien nommé pour plaire à ses nouveaux amis celtes. Un détail m'embêtait : excellent au foot et au rugby, Mathias n'était pas un grand marin. Blaise en riait assez et ne lui aurait jamais confié son bateau chéri. Qu'à cela ne tienne : il avait déjà prévu qu'un copain vienne barrer le bateau, un pêcheur de Conleau qui connaissait les courants du golfe comme le fond de ses poches. Un reporter de *L'Heure bretonne* l'accompagnerait. Tout semblait organisé. Il ne manquait que la clé du cadenas bloquant la barre de *Nominoë*. Ma clé !

Mathias me faisait-il son charme habituel ou essayait-il de me manipuler ? Sur la plage, j'avais retrouvé l'oiseau sur la branche d'avant la guerre, toujours à roucouler, à lancer des trilles et à laisser apprécier son joli plumage. J'avais joué le jeu, ronde et douce comme une brioche. S'il voulait se servir du bateau et du nom de Blaise pour ses folies folkloriques, il risquait de voir mon autre visage, sec et cassant comme les aiguilles de pin. Je me voyais très mal fantasmer sur l'indépendance de la Bretagne à l'heure où, de l'autre côté de la Manche, mon royaume luttait pour sa survie contre les nazis. Complètement à contretemps, les caresses de hérisson de Mathias m'inquiétaient. Son retour promettait trop de bons moments. Couper les ponts était exclu, je ne tenais pas à me retrouver seule dans l'île, en tête à tête avec ma belle-mère. J'ai donc accepté de prêter *Nominoë*, mais à une condition : être à la barre. Depuis l'âge de cinq ans, je naviguais avec mon père, je n'avais pas besoin des conseils d'un gars de Conleau. Mathias a sauté de joie. A l'entendre, il n'avait pas osé me le demander. Tout s'arrangeait. Et, en effet, nous avons fait ensemble la régate. Que j'ai gagnée comme en 1939 avec Blaise, pendant que Mathias se bornait à border les voiles. Inutile d'ailleurs de trop me vanter. La marée était montante et, dès le passage de l'île d'Arz, le Requin, plus léger et plus toilé, avait remonté son handicap de départ accordé à la flotte des lourds sinagots et des petits dériveurs scotchés sur place par le courant. Peu importent les conditions de la victoire, seul compte le résultat. J'étais aux anges. Cela n'a pas duré très longtemps. Car, qui nous attendait à la remise des prix ? Tous les faux-jetons et les demi-sel qui prenaient cette saleté d'Hitler pour une grappe de raisin dont on savoure les grains.

La comédie a commencé avec le discours du maire. Le volcan s'était transformé en Puy-de-Dôme. Deux mois plus tôt, à mon mariage, la France l'illuminait de son glaive et il promettait à ses alliés britanniques de belles victoires communes. Désormais, les pistolets à pétards et les chars à bœufs de l'invincible armée française remisés dans le hangar de ses illusions, il vouait un culte à Pétain, le dernier clou où accrocher la défroque nationale. En costume et en cravate (un jour férié à l'Ile-aux-Moines !), il a larmoyé comme son héros sur notre triste sort. Descendue sur le port pour la circonstance, ma belle-mère maugréait à voix basse et, s'en étant aperçu, le maire a ajouté quelques propos sévères contre les esprits supérieurs et les démocrates naïfs qui nous avaient fait tant de mal. Heureusement, il ne se prenait pas pour un orateur et n'a pas abusé de notre patience. Tout le monde s'est jeté sur le muscadet, trop heureux de siffler quelques bonnes bouteilles que « les Boches n'auraient pas ». Sans voler haut mais sans faire de mal à personne, ces mauvaises blagues n'ont pas eu l'heur de plaire à un certain Kerzannec, le journaliste de *L'Heure bretonne* venu assister au triomphe de ses couleurs. Notre victoire, tout Gwenn ha Du déployé, l'avait enchanté et il avait pris dix photos de Mathias mais la cérémonie l'exaspérait. Sa petite voix flûtée, sa maigreur d'intellectuel binoclard, ses cheveux gras et rares, tout était moche chez lui. Dans le Larousse, au mot « frustré », son visage aurait mieux convenu que n'importe quelle définition. Sa bouche sans lèvres était mince comme la fente d'une tirelire. Avec ça, bavard comme la radio. Et mauvais comme les orties :

« Pétain, Pétain, Pétain. Caresser cette relique, pour nous Bretons, cela reviendra à semer dans un buisson d'épines. Avec ce mourant, tout ce qui nous reste à faire, c'est à vivoter en Armorique dans nos chaumières pendant que le reste de l'Europe se bat et se recompose. La France a la lèpre. Il ne faut plus la toucher. Elle est bancale, estropiée et gâteuse ; pas question d'avaler des sirops et de marcher avec des béquilles pour faire comme elle. C'est l'Allemagne qui va nous ressusciter, certainement pas l'Etat français. »

Il parlait sur un ton d'oracle mais sa célébration de la messe en *si* m'a énervée. Si l'Angleterre se rendait, si l'Allemagne tenait des promesses qu'elle n'avait même pas faites, si Pétain se laissait faire, si ceci, si cela, alors la duchesse Anne allait ressusciter ! Du ton le plus courtois donc le plus méprisant, j'ai observé qu'on ne changeait les frontières qu'une fois les guerres achevées. Or celle-ci était loin de l'être. Les Anglais, comme toujours, finiraient par la gagner. Pourquoi n'allait-il pas plutôt offrir ses services à Londres où tant de Bretons étaient ces temps-ci accueillis à bras ouverts ? Mathias m'ayant présentée plus tôt comme sa sœur, il n'a pas osé m'envoyer paître mais le cœur, sinon le ton, y était :

« L'Angleterre est la pire ennemie de la Bretagne depuis toujours. Avant d'être occupée par la France, nous avons été envahis par les Plantagenêt. Geoffroy, le frère de Richard Cœur de Lion, nous a été imposé comme duc. Nous n'étions plus qu'une province anglaise. Et c'est l'Angleterre ensuite qui nous a ruinés pendant les deux siècles de guerre entre elle et la France, de Louis XIV à

Napoléon. Auparavant, nous étions la province la plus riche de France. La Bretagne était surnommée le "Pérou du Royaume". Chez nous, au Moyen Age, il n'y a jamais eu de famine. Nous alimentions la Normandie, le Poitou, l'Anjou... On vendait de la toile à toute l'Europe. Les galions qui ont conquis l'Amérique pour l'Espagne portaient nos voiles. Mais tout s'est effondré lorsque Colbert a établi un code douanier qui nous a ruinés. Il ne nous restait qu'à servir de chair à canon pour la Royale, à vivre comme des galériens et à rapporter mille maladies dans nos bourgs quand on revenait à terre. Au XVIIIe siècle, toutes les provinces françaises ont vu leur population augmenter, sauf la Bretagne saignée à mort par la rivalité franco-anglaise. On se rappelle les pontons de Brighton, mais ça n'est qu'un détail de l'Histoire. La vérité, c'est que la France et l'Angleterre, ensemble, nous ont anéantis. Aujourd'hui, leurs ennemis sont naturellement nos amis. »

Résultat de ce cours d'Histoire : les nationalistes bretons continueraient de nicher dans l'arbre européen mais comptaient changer de branche. L'Allemagne le fascinait. J'abrège le résumé de sa conférence mais le Valhalla, les dieux aryens et toute leur camelote mythologique lui tournaient les sangs. Sa langue savourait les termes teutoniques comme des friandises. Il a évoqué deux ou trois fois le « Führer ». La grande fraternité celte allait renvoyer les Latins à leur huile d'olive et à leur hystérie de bonnes femmes ! Un tel salmigondis de concepts nébuleux, de souvenirs truqués et de rêves préhistoriques aurait dû provoquer des fous rires, mais pas du tout. Mathias buvait ces paroles comme l'hydromel magique de Merlin l'enchanteur. Comme seules ma belle-mère et moi émettions des objections, Kerzannec agacé nous a finalement renvoyées à la niche :

« Ces dames sont bien des Françaises ! Athènes a inventé le citoyen, Rome le législateur, Berlin le guerrier et Londres le commerçant mais Paris n'a créé que la femme du monde, charmant trophée dont nous avons deux spécimens parmi nous. Des dames qui aiment les phrases mais pas les actes ; pour qui vivre, c'est bavarder ; des dames qui dialoguent avec leurs ennemis mais ne compatissent pas aux douleurs de leurs proches ; des dames pour qui un débat ne s'achève pas par des actes mais par un bon mot. Elles ne sont même pas coupables de cette futilité, elles sont seulement françaises, filles ou femmes d'un pays où tout le monde papote et file au premier coup de feu. »

Bref, deux écervelées gênaient l'envol de son rêve archéo-celtique et personne dans le groupe qui nous entourait n'a pris notre défense. Au contraire, notre description en précieuses ridicules complètement dépassées par le grand souffle venu de la Forêt-Noire a suscité des gloussements amusés. Seule Madame Gauvain, embarrassée, nous a proposé de venir dîner chez elle. En public, ce cher Fransez (c'était le prénom de Kerzannec qui, en réalité, s'appelait François comme tout le monde) défendait chaque idée comme un morceau de la Vraie Croix mais en privé, il nous enchanterait par ses récits de l'ancienne Bretagne. Pauvre Madame Gauvain ! Ma belle-mère l'a envoyée sur les roses :

« Faites-lui des crêpes de sarrasin aux lentilles, servez-lui du bon houblon fermenté de Prusse et bavardez au coin du feu en paléo-patois. Moi, je rentre à Kergantelec, c'est l'heure du bulletin de la BBC. Je suis peut-être une femme savante légère comme la fumée de cigarette mais je ne lèche pas les bottes de ceux qui nous bombardaient la semaine dernière. »

Courageuse, ma belle-mère n'en demeurait pas moins bourgeoise d'abord, donc prudente. Du reste, plus que franche, elle était bagarreuse. Détestant Madame Gauvain depuis des lustres, elle avait sauté sur l'occasion de lui cracher au visage son hostilité. Mais revenue chez elle, elle s'est inquiétée. Peut-être était-elle allée un peu loin ? Blaise à l'abri (si l'on peut dire), nous restions dans la gueule du loup. Elle m'a priée de rejoindre Bellevue, la maison des Gauvain, et leur dîner de Walpurgis. Pourquoi attirer sur nous les foudres de Thor et d'Odin ? Que j'aille plutôt m'amuser avec Mathias, faire des grâces à Kerzannec et ramener les Méaban dans les bonnes grâces des Nibelungen, ces nains qui avaient mis la main sur nous. J'ai sauté sur la permission.

Bien m'en a pris. Kerzannec était revenu à de meilleurs sentiments. Le salon des Gauvain l'intimidait. Angèle, leur femme de chambre, vêtue de noir avec une petite toque et un tablier blancs, achevait de le dépayser. Ici, on quittait le rail des tempêtes pour se glisser dans une province douillette, bourgeoise et raffinée où des rayonnages pleins de livres reliés de cuir tapissent les murs. Habitué aux salles de classe où il enseignait et aux bistrots où il haranguait, il a baissé le ton. Avant le dîner, au lieu de muscadet, Angèle proposait du whisky ou de la citronnade. Ayant découvert que j'étais anglaise, il m'a même félicitée de ne pas cacher mon drapeau dans ma poche. L'ours s'était fait peluche. Le vent de la victoire soufflant dans ses voiles et Mathias remplissant son verre, il a presque rendu amicaux ses sourires de travers et sa voix aiguisée comme une lame de rasoir. Le bénédicité en breton l'a surpris, lui aussi. Puis lui a inspiré un autre cours d'Histoire :

« Sur les drapeaux chouans, ils brodaient "Pour mon Dieu" mais les Vendéens ajoutaient "Et mon Roi" tandis que les Bretons inscrivaient "Et mon Pays". »

Sa Bretagne héroïque le hantait mais il a paru en goûter aussi les services en vieux Quimper, les nappes brodées et les femmes du monde. Madame Gauvain avait mis les petits plats dans les grands. Disposées dans un rafraîchissoir en argent sculpté transformé en surtout de table, des boules d'hortensias bleus donnaient grand air au souper et, peu à peu, Kerzannec est devenu tout à fait courtois. Au fond, s'il voulait recréer une nation, il ne pouvait se contenter de marins héroïques, de paysans durs à la tâche, de bonnes sœurs lobotomisées et de sardinières penchées sur leurs conserves. Il lui faudrait aussi des filles légères, des comtesses écervelées, des grand-mères débonnaires et des snobinardes piquées de couture parisienne. Il n'a pas protesté, au contraire, quand Madame Gauvain s'est promis d'être une ardente patriote bretonne du moment qu'on pouvait toujours se parfumer chez Guerlain. Si elle quittait la France, la pauvre craignait de manquer d'oxygène. Il a tenu à la rassurer.

A neuf heures et demie, avant que la nuit ne tombe, Mathias et moi l'avons raccompagné à la pointe du Trech où un canot l'a fait passer à Arradon, sur le continent. Avant de nous séparer, entraîné aux bonnes manières par sa soirée, il m'a baisé la main. Ensuite, j'ai donné le bras à Mathias pour qu'il me raccompagne au bourg par le chemin des douaniers. Puis on a continué, on a contourné le château du Guéric et on est revenu sur nos pas. Nous n'arrivions pas à nous séparer. La lune brillait, les étoiles aussi et la nuit était claire quand on a fini par s'asseoir au bord de l'eau, à Port Miquel, face à l'île d'Arz, au pied de l'à-pic d'où l'église domine le fond du golfe. C'est ma plage préférée. L'été précédent, avec Blaise et toute leur bande, on y avait fumé, chanté, bu et ri autour de petits feux de joie. On s'était même offert un ou deux bains de minuit. Le sable est doux comme la farine. A marée basse, les pieds s'enfoncent dans la bouillasse mais, à marée haute, l'eau se réchauffe vite. Pas question, ce soir-là, de se baigner. Nous n'avions pas la force de nous séparer, ni l'audace de nous enlacer. Dans cette obscurité lumineuse, même le silence est devenu trop sensuel. Pour échapper à cette tension, je lui ai demandé de me parler de sa mère. Il la vénérait :

« Sa gentillesse efface sa profondeur mais je lui dois l'essentiel : elle m'a donné le goût de ce qui est beau. Mes résultats scolaires l'intéressaient peu, mes bêtises l'amusaient, elle ne donnait jamais d'ordres mais elle m'a transmis une certaine idée de la grâce. Pendant les vacances, elle m'emmenait à Paris et me traînait partout avec elle, dans les boutiques, au Louvre, aux Puces surtout où elle retournait chaque jour du vendredi au dimanche. Et là, elle m'a gravé dans le crâne le sens de ce qu'on peut aimer et de ce qu'on doit rejeter. Tu ne l'aurais pas reconnue. Comme tous les adolescents, je tombais en arrêt devant des horreurs pittoresques, des tableaux académiques, des meubles prétentieux. Elle, haussait les épaules, me tapait sur la tête, se moquait de moi avec les marchands… Sans pitié. Un jour, il a fallu acheter un crucifix car tous les internes de Penboc'h devaient en accrocher un au-dessus de leur lit. Je voulais juste une petite croix de bois rustique et moche comme tous mes copains mais, dans un stand, elle a découvert un petit Christ espagnol en ivoire posé sur un carré de velours rouge brodé. Je me suis effondré en larmes, j'ai tapé du pied, j'ai hurlé que c'était affreux mais cela n'a rien changé. Elle a fini par me donner une paire de claques et, de retour à Vannes, elle est venue elle-même l'accrocher au mur du dortoir. Tu n'imagines pas comme j'ai été humilié : ma mère dans le dortoir et cette vieillerie chichiteuse au-dessus de mon oreiller ! Aujourd'hui, c'est le plus cher de mes trésors, le premier que j'irais chercher dans les flammes si Bellevue brûlait. Du reste, maman a l'air évaporée mais elle n'est pas folle. Ce Christ est une pièce exceptionnelle. De beauté et de valeur. C'est pour ça que j'adore ma mère, si futile en apparence. Elle incarne notre civilisation, superficielle et profonde. Et le résultat, c'est qu'aujourd'hui, je reconnais le style Régence ou une commode Charles X. Ça ne sert à rien mais ce sont ces compétences qui donnent tout son sel à la vie en société. Je suis beaucoup moins dupe des gens que mon gros cou ne le laisse présager. Du reste, crois-moi, elle est comme moi. »

Pour échapper encore un peu à un silence trop chargé d'émotions, il a voulu en savoir autant sur mon père. Que m'avait donc légué Sir Charles ? Ma mère était morte à ma naissance et, même sur ses bateaux, Papa n'avait jamais fait la moindre différence entre Timmy et moi. Incapable de répondre, je n'ai trouvé qu'une phrase : « Il a fait de moi un homme. » Je n'ai rien ajouté. Ensuite, on est resté l'un contre l'autre, à la manière de Tristan et Yseult déjà unis mais encore séparés par l'épée du roi Marc, en l'occurrence l'ombre de Blaise. Quand le froid, peu à peu, m'a saisie, Mathias m'a réchauffée en posant ses lèvres sur les miennes, mais si légèrement, avec tant de douceur qu'on pouvait encore avoir l'illusion de ne pas trahir la France Libre et son héros. Ce fut aussi douloureux que merveilleux. Je me suis brutalement levée et je suis rentrée m'enfermer à Kergantelec. Néanmoins, c'était fatal, quelques jours plus tard, Mathias est devenu mon amant.

Mon père m'avait souvent mise en garde en répétant qu'à force de traiter tout le monde sur le même pied, on confond le trottoir et la chaussée. Je savais bien qu'on ne se comporte pas de la même manière avec son mari et avec son meilleur ami. Je précise que je n'étais pas assoiffée de sexe. Quelques mois plus tard, je n'aurais pas hésité. Je n'accorde aucune valeur au concept de fidélité conjugale en l'absence du partenaire consacré. En ces matières comme en toute chose, on fait avec ce qu'on a sous la main. Et j'ai pris du plaisir dans beaucoup de bras qui n'étaient pas tous avouables. Mais, à l'époque, je ne prenais pas une vie sans amants pour une journée sans soleil et je n'avais aucune envie de tromper Blaise. Mathias, malheureusement, sentait trop bon l'herbe fraîche et le lait chaud. On faisait du bateau, on allait pique-niquer à Ilur, on se prélassait au soleil sur la grand-plage, il m'offrait des fleurs du jardin de Bellevue, il rapportait la presse du continent quand il allait à Vannes... Dans la vie réglée comme un thermostat d'une Iloise de 1940, il bouillait comme une chaudière. Les frôlements, les regards insistants, les phrases à double sens et l'enflammante incertitude qui les escorte n'ont pas duré longtemps. Sans être la poule de Piccadilly qui trace sa vie à l'eye-liner, j'ai vite découvert que je n'étais pas non plus du style à gâcher des nuits d'insomnie par des cas de conscience. D'autant qu'il ne fallait pas compter sur Mathias pour avancer ses pions avec la lente circonspection des chenilles processionnaires. Il n'allait pas plier sous le poids de la faute parce qu'il caressait la fille dont il était amoureux. Avant moi, il les consommait au goulot. Après aussi, d'ailleurs. Se glisser dans des draps ne signifiait, ni pour l'un, ni pour l'autre, signer un bail à vie. Pour la durée de l'été, je le trouvai irrésistible. Pourquoi ? Mystère. Le charme ne se décompose pas en paramètres et le sien m'avait sauté aux yeux dès le premier jour. Tromper Blaise ne nous a pas brisé le cœur. Au pire, ça l'a ébréché. Ça se recolle. Lui-même ne s'ennuyait pas forcément à Londres. Sous les bombes, on se jette vite dans les bras d'une autre. Résultat : Mathias et moi nous sommes lancés sur le chemin de la passion à toute vitesse. Sans provocation : sur une île, silence et prudence sont les yeux et la main. Pendant un mois, on s'est adoré sans que personne ne cille. Puis l'affaire s'est un peu compliquée. Fin août, j'ai commencé à avoir des doutes. Le 10 septembre, la merveilleuse catastrophe était avérée : j'étais enceinte. Et, cette fois, mes anglaises n'étaient pas simplement en retard, comme en juillet. Je l'étais vraiment.

Rentrée à Vannes, ma belle-mère ne passait à Kergantelec que le dimanche pour assister à la messe, effectuer quelques prélèvements dans notre nouveau potager et contrôler l'état de la basse-cour installée derrière la cuisine. Ce lieu était son enfant chéri. Chaque volatile avait reçu un prénom. Les dindons s'appelaient Goering et Mussolini mais les poules restaient plus modestes, Cocotte, Blanche, Duchesse et compagnie. Dieu, qu'elle les ménageait ! Elle leur tenait de vraies conversations. Et pas question d'emporter à Vannes leurs œufs pour ses voisins affamés. Quand ils en demandaient, elle n'avait qu'une formule : « Elles ne pondent plus. L'air marin les a détraquées. » Tu parles ! Me croyant toujours enceinte de Blaise, elle exigeait que je mange pour deux. Elle attribuait à mes manières d'Anglaise une minceur qui l'agaçait sans (heureusement) la troubler. Nanne avait l'ordre de me gaver de poissons. Et puis basta ! Dès qu'elle avait tout contrôlé d'un coup d'œil, elle retournait sur le continent s'occuper de ses fermes et se livrer à quelques fructueuses opérations de marché noir – si j'en juge par les jambons qu'elle nous rapportait parfois et par les sommes d'argent, petites mais bienvenues, qu'elle m'a toujours données sans que je réclame. Au début, j'ai apprécié cette solitude qui fourrait chaque nuit Mathias dans mes draps mais, l'été achevé, je me suis retrouvée seule, tremblante de peur, dans cette grande maison. Je tressaillais au moindre craquement dans les poutres. Quand on pense que j'ai reçu la médaille de la Résistance et la Légion d'honneur pour mon courage, c'est pittoresque !

L'automne venu, en effet, Mathias avait disparu. Les premiers jours après l'annonce de l'« heureux événement », en bon petit coq, son ego s'était bien entendu ouvert comme une fleur, mais l'Histoire n'attendait pas. Ayant repris sa liaison fatale avec la Bretagne, il passait sa vie entre Vannes et Questembert à exhorter des sceptiques et à démarcher bureaux de tabac et marchands de journaux pour qu'ils mettent en vente *L'Heure bretonne*. Ça se passait mal : le décollage de la Bretagne libre s'apparentait à l'envol d'un canari dévoré par l'emphysème. Le peuple ne gobait pas les parlottes indépendantistes. Mathias pouvait bien les apprendre par cœur, les éditos de Kerzannec n'avaient pas plus d'effet que le crachin, mouillant sans mouiller. A Elven comme à Muzillac, partout, prendre Hitler pour le nouveau Nominoë, c'était confondre le lampadaire du bout de la rue avec l'Etoile polaire. Quand il repassait sur l'île, je ramassais Mathias à la petite cuiller. Le reste du temps, je tournais en rond dans la cour de promenade de ma petite vie étriquée. Pour occuper mes journées en attendant l'heure des « Français parlent aux Français », j'allais ramasser des praires sur la plage du Vran, je parcourais les chemins creux de l'île, je papotais dans le bourg, je prélevais mes œufs, je me faisais des omelettes aux fruits de mer, je lisais les classiques de la littérature française et je songeais, mélancolique, à ma merveilleuse Angleterre où j'aurais pu aider, consoler, déblayer et faire mille choses utiles au lieu de dépérir dans un manoir lugubre où j'avais le temps de trembler de peur la nuit. Il y avait des morts partout en Europe mais je n'ai jamais autant pleuré qu'à celle de Madame de Mortsauf, le fameux lys dans la vallée. Coupée du monde, je n'en pouvais plus. Pour un peu, je serais devenue alcoolique – ce qui n'arriva que beaucoup plus tard – car Mathias, à défaut de bonnes nouvelles (pour lui), rapportait à chaque passage de merveilleuses bouteilles. On buvait en amoureux de grands crus de Bordeaux confisqués je ne sais où par ses camarades, du menu fretin raclé sur la vase et ramené dans les filets du fumeux Parti national breton, très à cheval sur le dogme mais peu regardant sur la troupe.

A la mi-novembre, j'ai commencé à paniquer. Officiellement enceinte de quatre mois et demi puisque le bébé annoncé était celui de Blaise parti début juillet, j'étais plate comme une limande. Inquiètes, Nanne et ma belle-mère parlaient de m'envoyer consulter à l'hôpital de Vannes. Je prenais des airs excédés mais, en réalité, affolée, je me demandais comment justifier une grossesse de onze mois. La guerre avait bon dos mais n'expliquait pas tout. J'y pensais jour et nuit quand, un matin de bonne heure, partie me promener vers Le Trech, je suis tombée sur Miss, très élégante, en route pour le bourg. Ça ne lui ressemblait pas. La marche et elle n'empruntaient pas les mêmes routes. Taillée comme une cuisinière à charbon, chaque pas lui demandait un effort. Elle avait d'ailleurs l'air au cent septième dessous. Et là, stupeur : quand je lui ai demandé ce qui l'amenait à de telles gymnastiques, elle a répondu qu'elle se rendait à la mairie pour se faire inscrire comme juive. Je suis tombée à la renverse. D'abord, qu'elle soit juive. Ensuite, qu'elle soit assez ingénue pour aller se faire enregistrer. Fallait-il qu'elle soit coupée des réalités pour ignorer que l'Allemagne haïssait les juifs et, même, les persécutait ! Personne alors n'imaginait l'Holocauste mais tous les lecteurs de journaux savaient déjà qu'on leur interdisait vingt métiers, qu'on les maltraitait en public, qu'on les expulsait de chez eux et autres bassesses quotidiennes chez les nazis. Je lui ai demandé si elle était devenue folle. Pourquoi aller révéler à un maire pétainiste comme cochon une identité juive que personne ne soupçonnait ? Ses réponses m'ont consternée : elle respectait la loi et elle faisait confiance au maréchal Pétain pour ne pas s'abaisser à des brutalités de voyou. La pauvre n'avait jamais posé un orteil dans la vraie vie, se gargarisait de rhétorique creuse et s'inscrivait elle-même sur les listes de proscription. Je l'ai prise par le bras, l'ai ramenée chez elle et lui ai ordonné en anglais de suivre mes ordres.

Nous étions des sujets de George VI, nous étions en guerre avec les nazis et nous n'avions pas à obéir à leurs laquais indigènes.

Miss s'appelait Eleanor Sassoon. A Londres, les Sassoon sont connus comme les Rothschild à Paris. C'était sa famille. J'ai compris pourquoi sa « petite maison » du Trech était si accueillante. Sans être très grand, son cottage divinement cosy, plein de canapés fleuris, de meubles ravissants et de gravures précieuses aux murs, offrait une vue époustouflante sur l'île d'Arz. Dans le salon, les cadres en argent, les vases en cristal, les cendriers en porcelaine et une armée de bibelots précieux vous hissaient au premier coup d'œil dans la haute société sans qu'aucun chandelier à sept branches ne vous détourne vers les coulisses. Cette délicieuse bonbonne roulait sur l'or. Un détail aurait pu me mettre plus tôt la puce à l'oreille. Incapable de trouver des manteaux à sa démesure, Miss se faisait faire à Vannes de grandes capes dans des cachemires et des poils de chameau doux comme la peau de bébé. Pour autant, si les gens du pays la trouvaient raffinée et suprêmement british, nul n'avait fait le lien entre Miss et les ladies de Belgrave Square qu'elle avait fuies en 1918. Elle-même ne conservait guère de contacts avec les siens. Sans entrer dans les détails, elle me confia avoir soldé tous ses comptes familiaux, financiers et amoureux à la fin de la dernière guerre. Ses parents morts, restaient deux frères qui lui versaient une rente. Ils n'échangeaient plus qu'une carte de vœux annuelle, rien d'autre – sinon la lettre de recommandation qu'elle avait confiée pour eux à Blaise et dont il ne m'avait pas parlé. Quant à la religion, c'était le cadet de ses soucis. Depuis vingt-cinq ans, elle allait à la messe pour le plaisir de discuter sur le parvis avec les grenouilles de bénitier de l'île. Le Nouveau Testament lui convenait autant que l'Ancien. Elle ne se sentait pas plus juive que marchande des quatre saisons. Pour autant, elle refusait d'avoir honte d'une communauté dont ses frères, à Londres, étaient des membres éminents. Dans son esprit, ne pas aller à la mairie, c'était enfreindre les consignes officielles (une fantaisie qu'elle ne s'était jamais accordée) mais aussi se désolidariser de sa communauté à l'heure où elle devait se serrer les coudes. Je l'ai ramenée sur terre en lui faisant peur :

« Ma pauvre Miss, le nazisme humaniste, c'est comme le sel sucré ou l'eau qui ne mouille pas. Ça n'existe pas. Pétain a l'air d'un grand-père gâteux et bonne pâte mais il s'entoure de fanatiques aigris trop heureux que les Allemands leur offrent une République qui n'avait jamais voulu d'eux. Pour l'instant, ils caquettent en allemand comme des perroquets mais Winston va leur claquer le beignet et, quand le vent tournera, toute cette vermine montrera son vrai visage. Vous devez être prudente. N'agitez pas votre Union Jack et ne sortez pas vos châles de prière. Ils nous attendent au tournant. »

Miss ne se l'est pas fait répéter. Ne rien faire était sa règle de conduite habituelle ; si, en plus, c'était un ordre, elle s'y pliait volontiers. Sa docilité m'a ouvert les yeux. Les nouvelles autorités faisaient peur. Dès 1940, on a parlé de tabassages, d'arrestations, de disparitions. Même ma forte tête de belle-mère redoutait les méthodes qui s'installaient chez nous. Cela dit, à quelque chose malheur est bon car ces primates d'extrême droite dopés à la testostérone d'orang-outan m'ont donné le moyen d'être loin de l'Ile-aux-Moines en mars, à l'heure où, normalement, j'aurais dû accoucher. Sous le prétexte de leur échapper, je me suis fabriqué une bonne raison de quitter Kergantelec où ces brutes sauraient vite que vivait une Anglaise mariée à un des traîtres de Londres.

A cette fin, j'ai pris l'habitude de m'inviter à Bellevue quand Kerzannec venait déjeuner chez Madame Gauvain. Monsieur n'avait plus tant le moral. Les choses n'allaient pas si bien à Rennes où les pauvres petits comploteurs bretons se faisaient damer le pion par quantité de groupuscules fascistes. A table, il ne cessait de geindre. Le PPF de Doriot, le parti franciste de Marcel Bucard, le MSR, d'autres encore, leur cherchaient des noises. L'immeuble du PNB avait été attaqué. Un guignol avait lancé sur le marché *Bretagne*, un hebdomadaire collaborationniste dont les représentants détruisaient les exemplaires de *L'Heure bretonne* chez les marchands de journaux. Des bagarres éclataient dans la rue. Et patati et patata. Kerzannec s'arrachait les cheveux. Varsovie était aussi plate qu'une planche à dessin, Londres flambait chaque nuit et cette pauvre chochotte compatissait aux paires de claques que ramassaient ses maigres troupes. Il avait beau enterrer la France sous des gravats d'insultes, la moindre vaguelette menaçait son beau château de sable breton. Inutile de dire que je jubilais car ces revers rendaient sa milice hystérique, ce qui affolait tout le monde. Ma belle-mère, en particulier, ayant en horreur ces brutes mal léchées, redoutait maintenant qu'elles viennent un matin nous faire payer le départ de Blaise. Or cela m'aurait, au contraire, arrangée. Il me fallait filer accoucher au loin. D'où mes risettes et mon amabilité à l'égard de Kerzannec qui, en quelques semaines, m'a pardonné d'être anglaise. Au point d'entrer dans mon jeu.

Un lundi, le 9 décembre, attendant que j'aie quitté la maison et lui aie fait signe, il a poussé la grille de Kergantelec avec deux camarades et, traversant la cour, a rudement agité la cloche d'entrée. Il portait une espèce d'uniforme noir et de hautes bottes qu'il ne mettait jamais quand il traversait l'île à pas pressés, tout maigre, silencieux, vêtu de gris, glissant comme une ombre dans le bourg. Déguisés en simili-Allemands, ses comparses et lui faisaient froid dans le dos. A peine ma belle-mère avait-elle ouvert sa porte qu'il a demandé où était l'épouse anglaise du traître Blaise de Méaban. Une heure plus tard, chez les Gauvain, il en riait :

« Vous auriez dû m'entendre, on aurait dit que j'avais suivi les cours d'expression orale de l'école des Gauleiter. Le sang s'est vidé du visage de cette pimbêche d'aristo. Plus rien à voir avec le caniche qui me jappait aux basques le 14 juillet. Avant même qu'elle ait repris ses esprits, j'ai encore grogné : "Alors, ça vient?" Plus tendue qu'un arc, elle m'a regardé comme si j'étais un loup, sauf que la pauvre n'avait pas de flèche. J'ignore s'il lui reste des tripes mais ses dents avaient disparu. L'exemple achevé de l'héroïne en porcelaine qui n'a jamais vu le feu. Pour finir, la bouche sèche, elle a dit que vous étiez absente depuis plusieurs jours. Le jeune Gwenn m'a proposé de fouiller la maison. J'ai cru qu'elle allait s'évanouir. "T'affole pas, mémé, a continué Gwenn, on va pas te voler tes confitures. Amène-nous seulement dans la chambre de l'Angliche et de Du Guesclin." Vous le croirez ou pas mais le terme "mémé" lui a rendu des forces. Sous l'affront, elle a retiré ses gants de jardinage, ôté son tablier, repris du poil de la bête et traité Gwenn de grossier personnage. On avait retrouvé la Bretonne d'antan, résolue à affronter le danger. Avant qu'elle sorte sa fourche, je l'ai priée d'avoir sa belle-fille près d'elle jeudi prochain, à notre retour. On l'emmènerait à Vannes pour interrogatoire. Rien de grave. A moins qu'elle s'obstine à n'être pas là. Je pense qu'on vous l'a attendrie à point. Si vous voulez filer, c'est le moment. Elle ne vous retiendra pas. »

Il s'était habitué à moi. Quand Mathias lui avait demandé d'aller inquiéter la vieille Méaban pour me rendre service, la couleuvre Churchill était passée comme une pilule. Nous n'étions plus ses pires ennemis. Il s'en trouvait chaque jour de nouveaux qu'il haïssait bien plus. Paris et Vichy le dégoûtaient alors que soudain, Londres la maudite lui inspirait presque du respect. Mathias ne lui ayant évidemment pas dit un mot du secret lié à ma grossesse, il pensait seulement faciliter la liaison amoureuse d'un de ses camarades avec une petite Anglaise inoffensive et sexy. Pour un peu, j'en aurais fait un ami. Le pauvre n'en avait guère. Sa silhouette d'intello sous-alimenté, sa voix métallique, sa nervosité, tout mettait mal à l'aise. Même ses intonations parisiennes l'éloignaient de sa troupe où tous ou presque avaient l'accent breton. Je ne parle pas des filles. On rêve toutes de passer au lit avec un bûcheron et de se réveiller à côté d'un ménestrel. Je me demande qui pouvait fantasmer sur son charme de caissier pète-sec. Sinon moi et mes calculs. Le soir, rentrée à Kergantelec, quand ma belle-mère m'a ordonné de tout de suite passer sur le continent, j'ai eu une pensée pour lui, reconnaissante, amicale, presque tendre. Grâce à cette demi-portion, j'allais accoucher à l'abri des regards. Et des questions embarrassantes.

CHAPITRE 4

1941. Naissance de Timmy

C'est évidemment à Mathias que j'ai demandé de me trouver un point de chute hors de l'île. Ma belle-mère n'a élevé aucune objection. Au contraire, elle m'a confié une petite somme d'argent. Dès que Mathias et moi avons posé le pied sur le continent, on a filé vers La Baule, son casino et une maisonnette sous les pins que lui prêtait une tante parisienne. Guerre ou pas guerre, j'ai joué notre pactole au blackjack le premier soir et il a quintuplé ! Du coup, le lendemain, Mathias a payé d'avance huit jours en pension complète au Royal, le plus beau palace de la station, où nous avons transféré nos pénates. Les clients se partageaient entre Allemands et champions du marché noir. Aux repas, quand nos voisins ne croassaient pas en prussien, ils parlaient de métaux non ferreux ou de cargaisons de choux-fleurs. Les dames descendaient à la salle à manger en fourrures et exhibaient des bijoux hors de prix, leurs comparses commandaient des grands crus et fumaient le cigare à table. Jeter l'argent par les fenêtres était la norme. Ayant tout flambé dès le second soir, nous nous sentions comme deux eunuques au milieu d'une orgie. Une inclination de tête et ces nouveaux riches jetaient quinze millions entre eux et nous. Par chance, comme on passait pour le petit couple romantique, beaucoup posaient sur nous des regards attendris et, la nuit, au casino, les uns nous payaient des verres et il est arrivé que d'autres offrent des jetons aux jeunes amoureux. Mathias en souffrait, pas moi.

Prendre l'argent où il se trouve ne m'a jamais gênée. On ne choisit pas les cartes de sa vie, on joue avec, même tendues par des filous. Ces mini-collabos ne m'indisposaient d'ailleurs pas du tout. Avec leurs silhouettes de paysans en smoking, ces maquignons se mouchaient dans les voiles de la morale (ce qui m'amuse plutôt) et l'argent était leur seul ami (ce que je pardonne facilement) mais ils faisaient quelque chose de leur vie. Je les préférais cent fois à tous ces poltrons de bourgeois qui ne prennent jamais un risque, vivent en petits chats douillets et lèchent leurs rares idées sans mouiller leurs moustaches ni salir leurs pattes de velours. Parmi tous les livres sur l'Occupation – et Dieu sait que j'en ai dévoré – un de mes préférés reste *La Bâtarde* où Violette Leduc raconte les exploits de Maurice Sachs dans ses trafics de pommes de terre entre la Normandie et Paris. Je déteste les lâches mais pas les brigands et je prenais leurs subventions avec le sourire quand certains m'alimentaient en jetons. Cela dit, je n'ai gagné que des clopinettes. Une fois lessivée, je restais jusqu'au milieu de la nuit à siroter des lait-fraise et à rigoler avec fausses marquises et vraies poules.

Le lendemain, Mathias m'interdisant la cigarette et l'alcool, il m'imposait d'infinis allers et retours le long de la plage pour me nettoyer les bronches et l'esprit. J'obéissais mais, dès qu'il avait le dos tourné, je filais rejoindre dans sa suite ma nouvelle amie, Misia Litran. Mince comme un fil, elle accompagnait un ferrailleur de Saint-Nazaire gros comme un pipe-line. On ne pouvait imaginer couple plus mal assorti. Lui n'ouvrait pas le bec quand elle respirait un grand coup tous les quarts d'heure et parlait sans interruption pour reprendre son souffle. Même Napoléon aurait battu en retraite devant ce flot de paroles. Mais elle m'enchantait. Un train d'images colorées entrait en gare dès qu'elle prenait la parole. C'était Madame Sans-Gêne, très drôle, culottée et, pour finir, gentille. Son compagnon l'embarrassait car elle ne le trouvait pas assez « smart ». Au petit déjeuner, il exigeait thé et café ; à table, il commandait bordeaux et bourgogne et Misia tremblait pour le château de cartes de sa respectabilité. Dès qu'elle nous avait vus, elle nous avait jugés très chic et elle a tenté de m'entraîner faire des courses à Nantes pour le bébé mais Mathias ne voulait pas en entendre parler. J'avais beau lui seriner qu'elle était à peu près aussi dangereuse qu'un pinceau à mascara, il n'était pas question de nous lier à un ferrailleur pro-allemand. Quand elle nous a invités à dîner à leur table pour Noël, Monsieur a décidé de lever le camp. Réveillonner avec un hôte doté d'un casier judiciaire m'enchantait mais était au-dessus des forces d'un Gauvain qui, en bon bourgeois français, n'aimait les flibustiers que dans les livres. Le 20 décembre, on a plié bagages. Direction : le Moyen Age. On se rendait chez l'abbé Perrot, l'idole de Mathias, un « vrai saint » qui menait lui aussi croisade pour la Bretagne ! Cette définition ne me disait rien qui vaille mais personne ne me demandait mon avis. Mathias vouait un culte à ce missionnaire.

On est arrivé à Scrignac sous la pluie. Tout était gris, le ciel, les maisons, la brume, le silence, l'herbe… Le presbytère datait de la nuit des temps. On n'y avait jamais croisé une femme autrement qu'un torchon à la main. Et encore cela datait-il probablement du bon temps de l'Ancien Régime car une couche de poussière recouvrait tout. Les livres avaient envahi les lieux et les piles de journaux grimpaient au plafond. L'abbé Jean-Marie ne se nourrissait que de mots. Dans la cuisine, on buvait du cidre dans des verres à moutarde autour d'une table qu'éclairait une ampoule nue. Inutile de préciser que dans l'esprit de cet archéo-vicaire, les chambres à coucher étaient faites pour dormir. Il ne connaissait que les lits à une place. Ma cellule ouvrait par deux grandes fenêtres sur le potager, celle de Mathias était au premier étage. Le mobilier se résumait à un lit minuscule et à une armoire gigantesque envahie de frusques et de vieux papiers. J'ai cru entrer en prison. Et dans un pays étranger car l'abbé, à mon arrivée, s'est fait un plaisir de ne parler qu'en breton. Ne comprenant rien, j'ai répondu n'importe quoi en anglais, puis j'ai fermé ma porte, défait les draps, aéré la pièce et entamé un grand ménage. En cinq minutes, j'ai trouvé dans la cuisine un balai, une pelle et un chiffon. Sur un ton de communiqué de la SS, j'ai ordonné à Mathias de me réquisitionner un fauteuil, une table de nuit, deux lampes, un vase, des draps propres et deux couvertures ne venant pas d'un surplus pourri de la fameuse armée française. Après quoi, j'ai vidé l'armoire, ses oripeaux et ses paperasses dans le couloir et j'ai fait la sieste, sans oreiller sur mon matelas de campagne. J'étais anéantie. Je vous rassure : avec moi, ça ne dure jamais. Même en enfer, je ferais mon trou. Sans traîner.

Toute cette énergie n'était pas passée inaperçue. L'abbé avait vite compris qu'il n'allait pas me traiter comme sa chaisière. La forêt était sèche, la moindre étincelle y mettrait le feu. Au dîner, je me suis inondée de parfum et j'ai mis du rouge à lèvres puis, aussi allumée qu'un cierge, j'ai prononcé le bénédicité en breton. A force, je le connaissais :

« *Benigit, va Doue, ar pred a roit d'ho pugale karet. Evit ma c'helint a-hed o buhez. Ho servijin gant karentez.* »

Cette bonne volonté a ramené l'abbé dans de meilleures dispositions. Quand sa cuisinière a déposé la soupière sur la table, il m'a gratifié d'un sourire. Rien de spectaculaire, il plissait un peu les yeux et écartait les lèvres d'un millimètre. Mieux valait être à l'affût si on voulait profiter de ses bonnes grâces. Sa maigreur, son teint pâle, ses joues creuses et mal rasées lui donnaient un air d'inquisiteur médiéval. Ses intonations métalliques n'arrangeaient rien mais son cœur parlait plus fort que sa voix. Très contrarié, stupéfait pour tout dire, d'héberger une femme sous son toit, il était aux anges d'avoir Mathias chez lui. Ils s'étaient connus à Rennes pendant l'été et ce jeune chrétien séduisant, de bonne famille, formé par les jésuites et parlant couramment le breton incarnait à ses yeux la jeunesse idéale. Nous ne lui avons rien dit des secrets inavouables de ma grossesse. J'ignore s'il l'a cru mais, officiellement enceinte de Blaise, je me réfugiais à Scrignac pour échapper aux contrôles de la police allemande qui ne viendrait pas nous importuner chez lui qui passait aux yeux de tous pour son ami. Me découvrir catholique et d'origine irlandaise a achevé de calmer ses préjugés. L'Irlande, la vraie, l'indépendante, pas l'ignoble Ulster d'où venait mon père, était sa Terre sainte. Il rêvait d'en bâtir une seconde en Bretagne. Et cela ne datait pas de la veille. Déjà en 1905, trente-cinq ans plus tôt, en pleine offensive du grotesque petit père Combes, alors que l'armée française expulsait les prêtres, les sœurs et les congrégations religieuses qui ne faisaient de mal à personne, il avait fondé un mouvement, selon ses termes, « à l'irlandaise » : le Bleun-Brug.

Rien de guerrier. En breton, ces mots signifient « Fleur de Bruyère ». A l'époque, l'abbé prêchait d'abord pour sa paroisse. Il redoutait que l'irréligion française contamine ses ouailles. Le retour au breton était son rempart face aux idées laïques. En maintenant la langue et la liberté de l'enseignement, ses deux marottes, il luttait autant pour son Christ que pour la Bretagne. Sa revue publiait des poèmes et des homélies en breton. Une poignée d'abonnés en faisait son miel. Lui-même, devenu une sorte de barde cocasse et antédiluvien, faisait sourire et ne dérangeait personne. La guerre de 14-18 l'avait conforté dans ses convictions. Le vieux duché n'était bon qu'à fournir du bétail humain aux armées de la République et des légumes à ses villes qui renvoyaient les épluchures et les éclopés. Son engagement lyrique pour la langue et la culture avait tourné au nationalisme de clocher. Si la défaite de l'été précédent lui avait un instant brisé le cœur, l'arrivée du Maréchal avait vite recollé les morceaux. Vichy ne parlait que des « provinces antiques » et promettait d'autoriser l'enseignement dans les langues régionales. Cette rouille enchantait l'abbé qui, taquinant un peu moins la muse, s'était mis à signer des pétitions et à hanter les préfectures. A soixante-dix ans ! Je me serais contentée d'en rire si Mathias, lui, n'avait été bouleversé. A La Baule, il m'avait assommée avec l'abbé Jean-Marie par-ci, l'abbé Jean-Marie par-là. Depuis que Kerzannec le lui avait présenté, il le prenait pour un saint. Sa pauvreté, sa foi, ses rêves, son apparente naïveté, tout parlait au cœur de Mathias. Frustré de n'être pas parti se battre à Londres avec Blaise, il avait trouvé une croisade de compensation dans ses rêveries bretonnes et c'est tout juste s'il ne prenait pas l'abbé pour le Gandhi celte. S'il pensait qu'en m'installant chez lui, loin de tout, un souffle divin allait me transformer en paroissienne bas-bretonne modèle, il rêvait éveillé mais je n'ai pas protesté. Trois mois dans les temps mérovingiens ne me faisaient pas peur. A part les craquements dans la nuit à Kergantelec, rien ne m'a jamais fait peur.

Le dîner s'est déroulé en douceur. La soupe avalée, on est passé au français. Nous avons parlé de l'Angleterre. Il la détestait mais il se réjouissait d'accueillir une Anglaise car il respectait notre caractère et pardonnait beaucoup à la vieille ennemie depuis qu'elle avait rendu son indépendance à la merveilleuse petite Irlande. Une fois expédiés les cœurs d'artichauts, le dessert s'est résumé à des pommes. Le péché de gourmandise n'était pas au menu. Sitôt le Seigneur remercié pour son repas, l'abbé regagnait son bureau où plonger dans ses sermons, sa revue et son infinie correspondance. Mathias m'a accompagnée dans ma chambre, bien chaude grâce à son poêle. Par je ne sais quel miracle, l'abbé, qui se serait crucifié plutôt que de confisquer un centime de la quête pour son confort, acceptait de ses paroissiennes un peu de charbon de bois mais, en ascète viscéral, l'utilisait avec une parcimonie de fourmi. Rien à voir avec moi : j'ai plongé dans ses provisions et chauffé tout le rez-de-chaussée. Mais pas l'étage. Ainsi l'abbé gelait dans sa chambre – ce qui convenait au salut de son âme. Et Mathias, soumis aux mêmes frissons, se faufilait dans mon lit dès que l'attention du saint homme se détournait. Ensuite, il me faisait l'amour au ralenti comme si on était dans la mer, lentement, silencieusement, respectueusement, sans troubler le sommeil de l'abbé et des apôtres. Mon Dieu, je l'avais dans la peau ! Blaise ne me manquait pas du tout. Ses performances nocturnes n'arrivaient pas à la cheville des acrobaties de Mathias. Avec lui, j'aurais passé ma vie au lit.

La veille de Noël, je l'ai envoyé à Carhaix, la métropole locale, un confetti, avec pour mission de dénicher un sapin, des boules, des rubans, deux ou trois abat-jour et un cadeau pour l'abbé. Il n'était pas question que ce cinglé d'Hitler nous prive du réveillon. Pas question non plus de fêter la naissance de ce fameux Jésus autour de trois trognons de pomme. Mathias était prévenu : inutile de rentrer s'il ne rapportait pas sucre et farine. Qu'il se jette plutôt dans l'Aulne, un ruisseau, leur Mississippi. A défaut d'une bûche au chocolat, rêve devenu inaccessible, j'exigeais de pouvoir faire moi-même une tarte. Après quoi, comme chaque matin pendant les trois semaines qui suivirent, je suis partie prendre l'air, la seule distraction qu'offrait Scrignac. Tristes promenades. Après l'Ile-aux-Moines où tout est doux et s'étire au soleil, on pénétrait dans un Finistère où tout est âpre, absent et endormi. Dans le village, les portes étaient basses, les fenêtres étroites, les maisons recroquevillées sur elles-mêmes. Même les hommes avaient l'air plus petits que sur l'île. Lents, lourds et pensifs, ils portaient des sabots tandis que leurs femmes mettaient encore la coiffe. La lune éclairait plus que le soleil, c'était la terre du silence. Les tourbillons de mouettes criardes me manquaient. A défaut, quand le soir tombait, le chant des grenouilles m'arrachait à la solitude. Quand on s'éloignait du bourg, des tons ternes, nuageux, tristes, monotones et mélancoliques planaient sur les prairies rafraîchies par la brume. Où étaient nos hortensias, nos mimosas, nos camélias et nos passeroses ? Même les coquelicots se cachaient. Heureusement, comme toujours en Bretagne, il faisait beau quatre ou cinq fois par jour et, soudain, se faufilant entre deux nuages, un rayon de soleil électrique et miraculeux illuminait une petite façade blanche, un étang ou un groupe d'arbres. Plantés dans la lande comme des épées, des calvaires rappelaient qu'un jour, bientôt, on partirait tous au loin, au ciel. Pour entretenir la foi, mieux valait compter sur leur promesse que sur les évêques car on n'avait pas dû en voir souvent dans ce désert où rien n'avait changé depuis l'époque de Merlin l'enchanteur. Les nuages erraient, l'humidité envahissait tout, le vent éparpillait le crachin, les arbres gémissaient et je marchais pendant des heures avec l'intention, un jour, de publier un lexique de la pluie. Il paraît que les Esquimaux ont cinquante termes pour désigner la neige selon la saison, la consistance, la couleur, l'épaisseur. Et les Mongols tout autant pour différencier leurs chevaux... Je songeais à des paragraphes comparant l'herbe du golfe fraîche, parfumée, lavée, vivante et gaie à celle des monts d'Arrée sombre, froide et mélancolique. Puis je rentrais au presbytère où Yolande, la cuisinière de l'abbé, me chauffait du matin au soir des bols de lait. Ensuite je m'allongeais et je lisais. Je recommande Scrignac à tous les esprits soucieux d'approfondir leur culture. Rien ne les détournera de leur projet. Même les oiseaux se recouchent le matin quand ils voient le gris du ciel.

J'aurai bientôt quatre-vingt-dix ans et il y a quatre-vingt-dix ans que les messes m'ennuient. Je ne crois pas un mot de ces prêtres ignorant la vie et marmonnant un prêchi-prêcha déprimant. Le Christ squelettique et ses blessures, la Vierge larmoyante, les martyrs qui ne se battent pas… Rien ne parle à mon énergie dans cette religion culpabilisante. A Rome, dans l'Antiquité, je ne me serais sûrement pas convertie. Renoncer au beau Jupiter et à cette furie de Junon pour prier des fétiches atrophiés et idolâtrer des victimes consentantes, il fallait être débaptisé – c'est le cas de le dire. Quant au rêve de vie éternelle, il m'épouvante. Si Dieu a aussi bien réussi son paradis que la terre, je préfère encore moisir en enfer. Là au moins, on doit croiser des personnalités dignes de ce nom. Pour autant, je n'ai pas échappé à la célébration de Noël. Pour une fois qu'il se passait quelque chose à Scrignac, je n'ai pas manqué la messe. Prudent, l'abbé n'en a pas rajouté sur l'épiphanie offerte à la nation par son cher Maréchal et s'est cantonné au registre plus consensuel de la dureté des temps. J'ai oublié les détails mais sur le moment, j'ai jugé son laïus convenable. Dire qu'aujourd'hui les historiens peignent ce vieux barde comme un loup s'aiguisant les canines sur la dague allemande ! Le 24 décembre, en 1940, nous n'en étions pas là. Si le pauvre abbé rêvait de la naissance d'une nouvelle Bretagne plutôt que de celle de son Christ, il n'a pas imposé sa marotte aux paroissiens. Il serait tombé à la renverse s'il avait connu les crimes abjects que commettrait trois ans plus tard le *Bezen Perrot*, la milice de Bretons nazis qui se baptisa de son nom après son assassinat par un résistant en décembre 43.

La cuisinière a ressorti la vaisselle du recteur précédent que l'abbé Jean-Marie avait reléguée dans une armoire car il la trouvait trop élégante pour un village modeste. Ensemble, on a fabriqué un gros abat-jour rond en papier-carton rose comme on en voit dans les dessins japonais. L'ampoule au plafond n'éblouissait plus et, dans l'après-midi, Yolande a astiqué deux beaux chandeliers descendus d'une chambre du premier étage où ils attendaient le déluge depuis quinze ans. Au lieu d'un éclairage de commissariat, la pièce baignait dans une pénombre presque harmonieuse. A défaut de sapin, on a accroché des branches de gui au-dessus des portes et des fenêtres ; rubans rouges et boules argentées rapportés de Carhaix leur donnaient un léger air de fête. Avec ça, Mathias avait trouvé un demi-foie gras et acheté deux bouteilles de côte-rôtie, j'ai grillé des toasts et confectionné une tarte aux pommes avec de la chantilly. C'était un vrai dîner aux chandelles. On ne faisait pas plus romantique, l'abbé n'a pas dissimulé son plaisir et la conversation a duré une partie de la nuit. Dieu y eut sa part, au moins au début. Mais son Dieu à lui, celui des Bretons :

« Nous sommes plus attachés à lui que les autres. Quand les marins n'ont sur la tête qu'un ciel plombé sans lueur et sous les pieds une mer déchaînée sans fond, ils ont besoin d'un compagnon pour leur rendre l'espoir et ce capitaine, c'est Dieu. C'est auprès de nous qu'il est venu d'abord car c'est ici, dans le Finistère, que le monde commence. Le breton fut sa première langue… »

De cela, je voulais bien convenir. Dieu connaît bien les lieux. Il sortait à coup sûr d'un bistrot du coin quand il a dessiné les contours du duché. Toutes ces îles, ces baies, ces pointes, ces amers… Aucun pays n'a des frontières aussi déchirées. Visiblement, sa main tremblait. L'abbé a souri mais repris son propos, toujours le même, sa chère Bretagne. Perché sur ses illusions comme Don Quichotte sur son bourricot, il la dépeignait en pays pour contes de fées. Lorsqu'elle aurait retrouvé sa liberté du temps de la bonne duchesse Anne, riches et pauvres s'embrasseraient ! Le pire, c'est qu'il avait l'air d'y croire. Il ne voyait pas que l'entente cordiale entre fermiers et propriétaires, c'était l'alliance des loups et des moutons. Et sur qui comptait-il pour accomplir ce miracle ? Sur les nazis, ces néo-païens dont la doctrine et les comportements foulaient aux pieds l'ordre chrétien. Il cita un article qu'il venait de lire comme il aurait évoqué un passage du Nouveau Testament : « *Eur vro renet gant eur beleg.* » En clair : « *Un pays gouverné par un prêtre.* » Il s'agissait de Monseigneur Tiso, le nouveau président de la Slovaquie, encore un valet d'Hitler ! L'abbé comptait sur l'Allemagne pour soulever le couvercle de la tombe où les Français avaient enterré son pays. Comme Vichy donnait des gages à tous les conservateurs d'où qu'ils viennent, l'abbé avait trouvé son avoine dans la vaste mangeoire des promesses de Pétain et pensait sérieusement qu'on détourne le fleuve de l'Histoire en lançant des petits cailloux dans le style de sa revue. A deux heures du matin, quand il est monté se coucher, ayant bu à lui seul une bouteille de côte-rôtie, ses illusions planaient parmi les nuages. L'année 1941 serait celle de la résurrection du vieux duché !

Croyez-le ou pas, j'étais tout à fait prête à supporter ces discours d'illuminé pendant trois mois et avec le sourire. Je trouvais touchant qu'un vieux cinglé rêve en pleine guerre mondiale d'une Bretagne pastorale, imaginaire et pieuse. Il pouvait bien faire autant de guimauve qu'il voulait avec le passé. Même si je n'ai jamais gobé un mot de toutes ces histoires de religion, vivre chez un prêtre ne me dérangeait pas non plus. Cet amas de promesses destinées à museler les pauvres a quand même donné Jean-Sébastien Bach. La gravité perpétuelle, la solennité quotidienne, le train-train guindé, en revanche, sont au-dessus de mes forces. A l'écart du grand brasier mondial, l'abbé soufflait du matin au soir sur ses petites étincelles folkloriques mais demeurait également grave quand il s'arrachait enfin à ses lubies celtiques. Jamais un sourire, jamais une blague. Dans ce paysage lugubre et cette atmosphère maussade, j'ai compris pourquoi les vieilles Bretonnes disent qu'il faut avoir mangé sept sacs de terre avant de mourir. Je suis peut-être légère comme l'air et joueuse comme les cartes mais je ne supportais pas qu'on raye la gaieté du paysage. Si, au moins, Mathias était resté avec moi ! Mais pas question. Lui aussi se vouait corps et âme à la Bretagne et a disparu le lendemain du nouvel an. Il fallait mobiliser des jeunes gens, forcer les dépositaires à distribuer la presse indépendantiste, balancer de bonnes claques et prononcer quelques grandes phrases. Le pauvre se laissait manipuler et conduire dans le couloir de la honte en espérant ressusciter le roi Arthur. Il haussait les épaules quand je le mettais en garde. Non qu'il ne me crût pas mais par incapacité à s'opposer à l'abbé. Son physique de force de la nature cachait son éternelle indécision. Mathias était le genre de garçon qui répond « D'accord » quand on lui demande s'il préfère aller au restaurant ou au cinéma. Même présent, il demeurait absent. Son charme venait de là, mais sa faiblesse aussi. Il se jetait dans l'action pour échapper au vide qui l'envahissait. Il avait regretté que Blaise ne l'ait pas attendu pour rejoindre de Gaulle, à présent il luttait avec des rêveurs bretons accrochés aux basques de l'Allemagne et quand je le mettais en face de ses incohérences, il souriait et me disait son amour. Je n'en pouvais plus. Sans argent, obligée d'être loin de Vannes à l'heure bizarre, forcément bizarre, de mon accouchement, je n'avais pas d'autre solution que de prendre mon mal en patience.

J'imagine que Timmy serait finalement venu au monde à Scrignac si je n'étais pas tombée sur la revue *Stur*. L'abbé s'en délectait. Et là apparaissait son autre visage. Fini la bonne duchesse et les jamborees aborigènes ; on baignait dans la sale odeur du national-socialisme celte. Les bonnes plumes, Olier Mordrel, Morvan Lebesque, Yann Bricler, signaient de longues professions de foi politiques ou culturelles mais, dans les colonnes voisines, encouragées par eux, des seiches malsaines allongeaient leur encre de venin. Leurs phrases tombaient si bas qu'au début, j'en riais. Et puis, un matin, revenant de promenade, j'ai pris la revue qui venait d'arriver au courrier. C'était à n'y pas croire : « *Les Suédois aux corps d'albâtre qui s'unissent à des Africaines aux pattes de singe, les grands Hollandais d'un blond céleste qui ramènent des enfants moricauds des Indes Orientales, ce sont des monstruosités bibliques* »… J'arrête là, il y en avait des pages. Mêler la Bible à ces insanités, je n'en revenais pas. Et lire ce torchon dans un presbytère ! *Stur* m'a ramenée sur terre. Jamais mon enfant ne serait baptisé par l'abbé Perrot. Qu'importe que ce ratichon soit prêt à antidater la cérémonie pour que le jour du baptême ne dépasse pas de neuf mois le départ de mon mari pour Londres. Je n'infligerais pas cette honte à Blaise. Et j'éviterais des ennuis à Mathias car, si ses rêves tournaient court, mieux valait qu'il n'ait pas un jour à rendre des comptes sur ses séjours à Scrignac. Le 20 janvier, à l'aube, tandis que l'abbé tenait conférence à Brest et que Mathias s'agitait je ne sais où, j'ai traîné mes deux valises jusqu'à l'arrêt du car et je me suis enfuie à Concarneau. Là, après six heures au buffet de la gare, je me suis glissée dans le train pour Nantes où j'ai pris un vélo-taxi pour aller retrouver Misia Litran.

Avec elle, pas de surprise. Quand j'ai sonné à sa porte sans m'être annoncée, elle m'a prise dans ses bras, a posé la tête contre mon ventre et m'a installée comme une reine. Baigné de lumière, son appartement digne de Versailles dominait les jardins du cours Cambronne. Après avoir joué les novices dans la cellule de Scrignac, je pouvais me prendre pour la Pompadour. Elle m'a entraînée sur-le-champ dîner à « La Cigale », une brasserie tapissée de céramiques Art Nouveau où on imaginait Offenbach en plein flirt avec la grande duchesse de Gérolstein. Dire que six mois plus tôt, la France rendait l'âme ! Tout était rentré dans l'ordre. Les serveurs, les chefs de rang, les maîtres d'hôtel, les marmitons, les écaillers, personne ne manquait – à cette nuance près que la Kriegsmarine avait remplacé la Royale. La salle était envahie d'officiers allemands. Plusieurs ont salué Misia d'une inclination de tête, elle était chez elle. Disons que c'était gênant mais, après un mois dans le no man's land de l'abbé, j'ai trouvé ça pittoresque. On s'est gavé d'huîtres et d'un muscadet excellent comme il n'en arrive jamais jusqu'au Morbihan où ils nous livrent leurs fonds de tonneau.

En dépit d'une apparence frivole, Misia menait sa barque avec habileté. Le sort de la France avait brutalement fait la fortune de son fiancé, devenu l'interlocuteur privilégié des occupants, mais ce sujet était tabou. Personne ne citerait jamais une phrase d'elle hostile à un camp. Comme elle le disait, « s'il n'y a pas de solution, faisons comme s'il n'y avait pas de problème et parlons d'autre chose ». Cela me convenait. Et me changeait de tous les imbéciles qui tenaient le crachoir depuis six mois que la France ne jouait plus aucun rôle. Ils avaient tous des points de vue et, pour finir, se réfugiaient sous l'ombrelle du Maréchal qui, lui, n'avait qu'une idée : surtout ne rien faire – et, pire, laisser faire les crapules et les antisémites qu'il attirait comme un aimant. La futilité de Misia faisait du bien. Nos journées passaient à nous promener le long de la Loire, à visiter les salons de thé et, pour elle, à faire des « essayages », sa principale activité. A vingt-trois ans, elle avait une garde-robe d'actrice hollywoodienne. Son bonhomme l'exhibait comme un trophée dans tous les raouts de la haute société germano-vichyste – c'est-à-dire la lie de la société. Ils recevaient également cours Cambronne une ou deux fois par semaine. Pour autant, Misia n'était ni folle, ni sotte. Elle parlait comme une corneille abat les noix mais jamais elle ne tenait un propos mesquin ou raciste comme on en entendait du matin au soir à la radio, dans la rue, partout, jusque dans son salon. J'étais beaucoup moins mal à l'aise chez elle que chez l'abbé. Du reste, elle me cloîtrait dans une chambre quand le gratin collabo débarquait avec ses caisses de champagne et son foie gras, vivres qui semblaient constituer pour ces nouveaux riches le pain quotidien que sont le mulet et les pommes de terre pour les gens normaux. Misia était la première à en rire. Ainsi que son compagnon, beaucoup moins âne bâté qu'en apparence.

Morvan Bellec avait cinquante ans, plus de deux fois l'âge de Misia et trois fois son poids. D'abord garagiste, puis ferrailleur, il possédait des ateliers et des dépôts un peu partout entre Nantes et Saint-Nazaire. Il n'avait jamais voté de sa vie et n'avait qu'une patrie, son compte en banque. Dès juillet, il avait choisi son camp, celui des vainqueurs. Cette option ne lui posait aucun problème moral et lui offrait le grand plaisir d'écraser de sa nouvelle prospérité les bourgeois pusillanimes qui toute sa vie l'avaient regardé de haut et se mettaient à le traiter avec familiarité. Par ailleurs, il n'était pas fou. Héberger chez lui une Méaban dont le mari luttait à Londres finit par lui convenir. Si l'Angleterre, comme tout l'annonçait, perdait la guerre, il aurait fait une bonne action ; si, contre toute attente, un jour, elle venait à gagner, mon passage se révélerait un sage placement. Mathias, en revanche, l'insupportait au plus haut point. Tout Breton qu'il fût, les fantasmes paléo-celtiques l'exaspéraient :

« La Bretagne, mais on s'en bat les couilles de la Bretagne. Qu'est-ce qu'ils ont tous avec leur drapeau noir et blanc ? Ces histoires d'identité régionale, de traditions, de coutumes, de racines, c'est de l'archéologie. On n'aime pas un arbre pour ses racines ; on regarde et on admire ses branches. La Bretagne éternelle ne nourrira jamais personne. C'est de la branlette intellectuelle pour profs qui monte à la tête de gamins écervelés. Vous le verrez votre beau Mathias dans quelques mois, la queue entre les jambes. Pétain ne leur donnera rien, cette pauvre cloche de militaire ne lâchera jamais un bout de sa fameuse France. Quant aux nazis, ils se soucient de la Bretagne comme de leur première pantoufle. Je connais les Boches bien mieux que vos petits camarades. Tout ce qu'ils veulent, c'est nous piller jusqu'au dernier grain de blé. Vichy leur sert de grenier. Ils ne se fâcheront jamais avec ce passe-plats de Pétain pour faire plaisir à de vieux druides et de jeunes cons. Tout ce qu'ils feront, c'est de les embrigader comme laquais et auxiliaires de police. Et servir de flics quand on n'a pas la carte officielle, croyez-moi, tôt ou tard, ça ne pardonne pas. »

Ce beau raisonnement relevait en fait d'une forme de politesse. Il faisait l'effort pour Misia et moi de mettre des phrases derrière une antipathie viscérale. Il avait détesté Mathias dès le premier soir à La Baule. Trop poli, trop beau, trop ouvert. Les commentaires flatteurs de Misia et de ses copines lui avaient tourné les sangs. Si ce « jeune coq » ne mesurait pas un mètre quatre-vingt-dix, Morvan aurait sauté sur le premier prétexte pour lui mettre son poing dans la figure. La désinvolture de Mathias incarnait la bourgeoisie incompétente qui sourit sur votre passage, s'amuse de votre apparence, relève vos fautes de français et vous demande innocemment dans quel collège vous avez fait vos études en sachant pertinemment qu'il n'y a pas de réponse. Au casino, le deuxième soir, Mathias avait achevé de se rendre odieux en rejetant les dix jetons que Misia venait de me passer. Notre départ pour Scrignac avait enchanté Morvan et mon retour l'avait contrarié au dernier degré. Seulement ce pitbull impitoyable en affaires se transformait en gros chat dès que Misia s'asseyait contre lui.

Gentille, viscéralement gentille, elle souriait du matin au soir mais n'avait pas les yeux dans sa poche et, sur un ton proche de celui d'Arletty, elle avait un don pour épingler les ridicules des autres – ce qui enchantait Morvan toujours prêt à déceler du mépris de classe chez ceux qu'il croisait. En sa présence, tout devenait vivant et elle l'adorait depuis qu'il l'avait sortie, un an plus tôt, du faubourg de Saint-Nazaire où elle était serveuse. On aurait dit que Dieu veillait sur elle. En tablier, dans son petit restaurant, elle rendait amoureux tous les dockers ; dans ses salons du cours Cambronne, accueillante et enjouée, elle ne se mêlait pas aux conversations graves mais y glissait une touche de fantaisie qui rassurait tout le monde. Son sourire, ses grands yeux bleus, sa douceur qui vous sautait au cœur, tout la rendait irremplaçable. Morvan la vénérait. Du coup, il rapportait parfois des fleurs pour ma chambre, m'a offert un hochet pour la petite merveille à venir et signait les chèques de Misia qui n'en finissait pas d'acheter des vêtements au bébé. Ensuite, elle lui présentait chaque barboteuse ainsi que les minuscules chaussons en laine, les petits bonnets et tout le reste… S'il ne comprenait pas le message, c'était à désespérer. Mais tout indiquait qu'il l'avait reçu cinq sur cinq et ma grossesse était suivie de près par l'un et par l'autre. D'un peu trop même car, un soir, alors que Misia suggérait de recevoir Mathias pour un dîner, Morvan, mine de rien, sans insister, a posé une petite bombe à retardement entre lui et nous :

« Attendons plutôt que le papa revienne. Nos amis allemands seront bientôt à Londres et nous le réexpédieront. Ce bébé tellement attendu, cette si longue grossesse, il doit s'inquiéter… »

Morvan avait prononcé ces mots en me regardant droit dans les yeux, comme pour me signifier qu'il savait compter jusqu'à neuf et que la paternité de Blaise le laissait sceptique. Puis il était passé à autre chose et n'avait pas remis sur le tapis les doutes que Misia, délicate comme elle seule, n'avait jamais abordés non plus. Ce lourd silence mis à part, nos dîners à trois se déroulaient à merveille. Si j'avais cru en lui, j'aurais béni Dieu de m'avoir mise sur le chemin de ce couple providentiel et de m'avoir arraché à son ténébreux serviteur. Seule ombre au tableau : Mathias était interdit de séjour.

Morvan ne connaissait que les chiffres, la matière et la fermeté. Mathias croyait aux rêves et à la foi. Il pensait qu'on peut convaincre par son enthousiasme tandis que Morvan répétait qu'on s'impose par la force. Pour aller de l'avant, Mathias servait des idées, Morvan se servait d'argent. Ils ne tombaient d'accord que sur un point : l'autre finirait mal. « Pas de place pour les idéalistes dans une guerre mondiale, ils gênent tout le monde. Votre bellâtre rêve s'il imagine que l'Allemagne va materner la Bretagne alors que Vichy lui signe chaque semaine le contrat du siècle », avouait Morvan. « Pas de pitié pour les pourris dans la nouvelle Bretagne, il finira contre un mur », répliquait Mathias quand il me retrouvait à « La Cigale » où j'avais table ouverte sur le compte de Morvan. C'était le début de l'année 41. On croyait rejouer le scénario de 1914, personne n'avait encore compris que cette guerre s'apprêtait à devenir bestiale. La Milice, l'Holocauste, les camps, la haine universelle, on ne soupçonnait rien de ce qui nous attendait. M'eût-on annoncé ce que je serais amenée à faire, je ne l'aurais jamais cru.

A l'Ile-aux-Moines, ma belle-mère attendait le bébé de Blaise vers le 1er mars. En fait Timothée est né le 21 avril. Un accouchement parfait et un bébé magnifique : 3 kilos, rond comme une brioche, tout sourire, laiteux comme un yaourt. Pour caresser cette poupée potelée, Misia le changeait dix fois par jour. Morvan lui-même ne cessait de le prendre dans les bras et, touché par la grâce, a accepté que Mathias passe chaque jour cours Cambronne lorsque ses affaires le menaient, lui, à l'extérieur, c'est-à-dire sans cesse. De toute manière, ça n'a pas duré longtemps. Dix jours après sa naissance, Timothée est rentré chez lui, à l'Ile-aux-Moines. En grand équipage, à bord de la Delage D8-120 de Morvan dont le chauffeur nous a déposés sur la cale de Port-Blanc avec cinq superbes valises Vuitton en grosse toile beige au cadre de cuir rouge. On se serait cru à Cannes. Job, le passeur, a eu l'air stupéfait. On n'avait jamais vu cette débauche nouveau riche dans le golfe. Sur la cale, Misia, en Schiaparelli, nous a inondés de larmes mais, de l'autre coté de la passe, l'île irradiait de lumière, de beauté, de joies à venir. Les rayons de soleil argentaient les pins du Trech et du bois d'Amour de reflets étincelants. Les mouettes déployaient leurs ailes pour saisir le souffle du vent et enchaîner de longues glissades. L'herbe scintillait, les petites taches blanches des maisons du bourg luisaient, les toits d'ardoise brillaient. Les palmiers et les mimosas nous attendaient ; il y avait même des hortensias déjà en fleur en mai ! Pendant la traversée, après ces trois mois de luxe inespéré, je savais que m'attendait désormais une existence de bonne sœur mais je crois n'avoir jamais été plus heureuse que ce jour-là. Je rapportais mon trésor dans mon paradis.

Le monde pouvait bien continuer de s'écrouler, j'étais au septième ciel, rien n'allait gâcher mon bonheur. Pas même ma belle-mère qui m'attendait sur le Grand-Pont avec Nanne, deux brouettes et le triporteur.

CHAPITRE 5

1941. « Résistance » ne rime pas avec France

Tout s'est bien passé. Censé avoir un mois et demi, Timmy ne pesait pas quatre kilos mais ma belle-mère n'y a vu que du feu. En bon baigneur anglais, il souriait tout le temps, ses yeux bleus illuminaient une grosse bouille ronde, on aurait croqué ses cuisses dodues, il avait l'air d'un petit cochon de lait. Elle prétend tout savoir mais elle n'y connaissait rien, n'avait jamais langé Blaise et, le premier soir, avait prévu de faire une omelette à son petit-fils ! Elle a paru stupéfaite que je l'allaite « comme une femme de marin ». Nanne m'inquiétait plus. Elle n'avait jamais aperçu Mathias sortir de ma chambre avant l'aube mais elle s'était occupée, elle, de ses deux fils et je craignais qu'elle trouve le mien un peu trop gringalet pour être honnête. Heureusement le livret de famille de Timmy, obtenu par Morvan, me servait de joker : le jeune Méaban était officiellement né le 14 mars à la clinique du Bon Sauveur de Nantes.

La supercherie passée comme une lettre à la poste, la vie a repris à Kergantelec, joyeuse et ensoleillée : jamais mois de mai n'avait été aussi estival. Je ne parle pas des repas ! Le potager avait doublé de superficie pendant mon absence et la basse-cour installée derrière la cuisine aurait alimenté un lycée. Pour finir, ma belle-mère n'avait qu'un conseil à me donner : ne pas parler en anglais à Timmy dans les chemins de l'île. Elle ne s'était pas remise du passage de Kerzannec et de ses camarades. Mais là, elle est tombée sur un os, j'ai été parfaitement claire : je parlerais à mon fils dans ma langue, en tout lieu et à toute heure. Aucune poule mouillée, retranchée au fin fond d'une province calme comme un lac, n'allait me donner des leçons de prudence. Pauvres Gaulois : ils ne bougeaient plus un petit doigt et ils avaient quand même peur de leur ombre.

Avec ça, bas comme l'herbe, ils continuaient de se pousser du col. A l'époque de Vercingétorix, la France avait enfilé, une fois pour toutes, une panoplie historique et ne comprenait pas que la partie, désormais, se jouait sans elle. Un pays inoffensif uniquement soucieux de sa petite soupe continuait à s'imaginer reçu à la table des grands. Des éditorialistes sentencieux prenaient Vichy pour le nouveau repaire de Machiavel mais, face à Churchill, Hitler et Staline, qui avaient-ils ? Le comité Fifi-Riri-Loulou : Pétain, Laval et Darlan ! Après s'être décomposée, une armée pitoyable avait placé un maréchal et un amiral à la tête de l'Etat. C'était à ne pas croire : des débris de flotte et des reliefs de grandeur leur suffisaient. Ils se jugeaient prêts pour la Troisième Guerre mondiale. Avec ça, personne pour se comporter en hommes pendant la Deuxième. Entre Seine et Loire, les couteaux ne servaient plus que de coupe-papier. La journée du 11 mai me l'a gravé dans le cœur.

Depuis mon retour, comme avant, comme à Scrignac, comme à Nantes où cela exaspérait Morvan, j'écoutais du matin au soir la BBC et ne manquais pas « Les Français parlent aux Français ». Du coup, j'ai entendu l'appel pour la fête de Jeanne d'Arc, la poulette rôtie à Rouen par mes ancêtres. Ce jour-là, un dimanche, le Général nous demandait de passer entre quinze et seize heures devant le monument aux morts de nos communes respectives. Inutile de préciser que j'y étais avec Timmy dans son landau. Soixante-quatre Ilois étaient morts pendant la guerre de 14-18. La commune avait gravé leurs noms sur une plaque de marbre noir, à la sortie de l'église, juste à l'entrée du cimetière. J'aurais eu le temps d'apprendre la liste par cœur avant d'être dérangée. Les morts de Verdun et ceux des Dardanelles devaient se retourner dans leur tombe. Où donc étaient passées ces fameuses et si courageuses épouses de marins ? La France potagère ne dépêchait personne. Les sentinelles avaient les yeux éteints. Deux ans plus tôt, la propagande faisait pousser les superlatifs mais, le 11 mai 41, les eaux avaient regagné leur lit. La guerre passait sur le golfe comme un léger brouillard à l'horizon. A croire que, restées à terre, certaines informations ne parvenaient pas sur l'île. Je commençais à désespérer de piétiner entre le cimetière, le parvis de l'église et le monument aux morts quand enfin un « héros » s'est manifesté. Le recteur ! J'attendais n'importe qui, sauf une grenouille de bénitier. Je trouve les curés mielleux et l'abbé Jean-Marie avait achevé de me les rendre pénibles. Un instant, j'ai espéré qu'il venait juste donner un coup de balai autour de l'autel. Mauvaise pioche. Il m'a serré la main :

« Eh bien voilà, il y a deux vrais Français dans ce bourg : une English et un corbeau. Ce n'est pas glorieux. »

Comme on a décidé d'attendre seize heures pour laisser une chance aux patriotes d'apparaître, il est retourné à l'église chercher deux chaises et on s'est installé sous le porche. Etalé comme un immense balcon au-dessus de la mer, le parvis domine la plage de Port Miquel et, au loin, l'île d'Arz. C'est le plus bel endroit du bourg. En semaine pendant l'hiver, c'est le désert, tout dort sur cette immense terrasse, sauf les sternes, les mouettes et les nuages en plein sprint. Pendant la Révolution, on avait bâti sur le côté une ravissante petite mairie dans le style Directoire. Gravée sur son fronton, la devise « Liberté, Egalité, Fraternité » donnait encore un élégant air de monument historique à la maisonnette mais, depuis, les recteurs avaient relégué hors de leur vue ce QG diabolique et la place ne sortait du sommeil qu'à l'aube pour le service quotidien et, le dimanche, après la grand-messe. Là, nous étions seuls, désespérément seuls. Pour profiter du soleil, il nous aurait fallu du thé et des cigarettes ; à défaut de ces friandises devenues introuvables, on s'est réfugié dans la conversation et nous avons fait connaissance. D'habitude, quand il venait déjeuner avec ma belle-mère, je filais à Bellevue chez Madame Gauvain. Il s'en était rendu compte :

« Vous ne m'aimez pas beaucoup. J'ai observé que vous m'évitez. Je ne vous en veux pas. Vous n'êtes pas la seule. En Bretagne, les recteurs ont fait beaucoup de mal. Les bonnes causes ont parfois de mauvais avocats. Pour sauver la religion qui partout ailleurs dans le pays s'effondre, ils ont parfois abusé de leur pouvoir. »

Comme partout avec les curés ! Ça ne m'étonnait pas, ça ne m'intéressait pas et je n'ai rien répondu. Au bout de quelques instants, il est revenu à la charge. Notre solitude l'interloquait :

« Les villes ont un visage, des monuments, une histoire, des héros. Nous, dans les îles, on n'a qu'une âme, la manipuler réclame infiniment de souplesse. Mais ce qui m'étonne, c'est que d'habitude, on a également du caractère. Et puis on est pauvres, on n'a pas grand-chose à perdre. Je ne m'attendais pas à être seul aujourd'hui. »

En somme, je n'étais pas là. Je l'ai remercié pour l'importance qu'il m'accordait. En fait, pour lui, j'étais toujours une Anglaise, donc une ennemie officielle du Reich et de Vichy. Et cela l'ennuyait un peu :

« Tout à l'heure, dans la chapelle des fonts baptismaux, posté derrière le vitrail, j'observais la place pour voir qui passait. Pour être franc, votre arrivée m'a contrarié. Dans le golfe, personne n'a encore pardonné Mers el-Kébir. Dire merde aux Allemands est une chose, prendre le bras d'une Anglaise en est une autre. Et puis, au bout d'un quart d'heure, j'ai eu honte de vous laisser seule. On ne peut pas abandonner l'honneur de la France à un bébé. »

Disant cela, il avait pris Timmy dans ses bras. Il l'a posé sur ses genoux, lui a caressé le bout du nez, s'est amusé avec lui et s'est mis à lui chantonner un couplet de circonstance :

La Bretagne aux Bretons
L'Allemagne aux Teutons
Nous gardons nos bruyères
Nos rondes et nos ajoncs ;
Gonflez-vous de vos bières
Et de vos saucissons.

Il s'en est pris ensuite au maire qui avait commandé une dizaine de portraits du Maréchal que Vichy tentait d'écouler par millions dans le pays au profit du Secours national. Il déconseillait à ses paroissiennes de les acheter pour ne pas aider ceux qui léchaient les pattes de l'envahisseur. Il m'a aussi confié qu'il aurait aimé accompagner Blaise, que c'était dur d'être un recteur car on ne vous considérait pas tout à fait comme un homme, qu'on vous prenait pour une béquille à bigotes, qu'on ne vous mettait pas dans les bons coups…

De temps en temps, des gens apparaissaient, saluaient de loin et poursuivaient leur chemin. A chaque fois, on retenait notre souffle. Pour rien. Toutefois, quand Dame Fléchette est repassée pour la troisième fois, le recteur lui a fait signe et a sorti une chaise pour l'accueillir. Elle non plus, je ne l'attendais pas. C'était l'infirmière du village, connue pour sa vélocité au moment de planter l'aiguille dans la cible – d'où son surnom. Mince comme un crayon, de longs cheveux bruns toujours ramenés en chignon, un éternel sourire aux lèvres, elle était séduisante mais, dans mon esprit, c'était la cheerleader naturelle du comité de soutien à Pétain. Veuve d'un colonel dont le nom de famille enchaînait les particules, elle parcourait l'île à vélo, vêtue comme si novembre durait toute l'année et, sans l'excuse de l'accent anglais, ses intonations étaient encore plus snobs que les miennes… Elle courait après l'argent pour élever ses trois filles et, l'été, louait des chambres d'hôte dans sa villa sur la plage mais, en vraie bourgeoise, elle affirmait toujours que tout allait merveilleusement bien, que ses cossardes travaillaient bien à l'école, que ses visiteurs étaient charmants, que votre maladie était en bonne voie de guérison… J'aurais juré qu'elle prenait Pétain pour un don de Dieu. Grave erreur. Elle l'a rhabillé pour l'hiver :

« Quel pays de démobilisés ! Trois personnes. Je n'en reviens pas. A part remuer des souvenirs lointains de grandeur, la France n'est plus bonne à rien. L'Europe brûle et nous observons les flammes. Je ne parle pas de Pétain ! Cette vieille ruine rêve si elle espère se raccrocher aux branches nazies ; à son âge, il ne serait même plus capable d'attraper la grippe. »

Et patati et patata. Elle était bavarde. Mais précieuse car mieux renseignée que le recteur lui-même sur l'état d'esprit du pays. Les gens en disent plus long en baissant leur culotte dans une chambre qu'en entrouvrant leur cœur dans un confessionnal. Elle était optimiste :

« Pétain, Darlan et les autres peuvent bien raconter toutes les sornettes possibles, autant arroser le sable. Plus personne ne les écoute. De là à rejoindre de Gaulle, ne rêvons pas. S'installer à Londres, pour un Ilois, c'est battre la campagne ! »

Je n'ai pas relevé le propos. J'aime bien les gens qui disent ce qu'ils pensent. Et, quoi qu'il en soit, qu'elle aimât l'Angleterre ou pas, elle était là. Je sais bien qu'on nous explique depuis cinquante ans que l'honneur a été sauvé par des cheminots, des immigrés arméniens, des communistes et autres durs à la tâche mais, cet après-midi-là, ces fameux « vrais gens » ne sont pas apparus. Moi, d'ailleurs, je ne les ai pas tellement vus non plus dans les années suivantes – et surtout pas les héros de la SNCF qui n'ont jamais fait dérailler un train de déportés ni, pire encore, bloqué un des convois de la mort que les Allemands surchargeaient sous leurs yeux de grand-mères, de bambins, de mères affolées et d'hommes désespérés. On était trois, des créatures « artificielles » : une aristo sans le sou, un curé et une Anglaise qui prend tout à la rigolade. Personne d'autre. En mai 41, le fameux Parti des Fusillés dormait sur ses deux oreilles. Je ne parle pas des socialistes dont la « Chambre du Front populaire » avait cédé ses pouvoirs à Pétain : comme d'habitude, ils se tâtaient et cherchaient des compresses pour enrayer l'hémorragie.

Dame Fléchette, elle, c'est-à-dire Blanche de Ciry de Croiselle, avait le feu sacré et savait déjà comment agir. La BBC demandait, paraît-il, de griffonner 1918 sur les affiches officielles ou de le peindre sur les murs des bâtiments publics. A Vannes, posée par une main anonyme sur les tables d'un café, elle avait trouvé une feuille de papier ronéotypée proclamant « La France a perdu une bataille, elle n'a pas perdu la guerre ». En dessous était inscrit VDG et, selon elle, cela signifiait Vive de Gaulle, trois lettres qu'on devait, elles aussi, copier partout sur les murs. Une de ses patientes, partie à Lorient, avait rapporté un tract qui disait : « On demande des couturières pour rétrécir la Manche. S'adresser à la Kommandantur. » Elle-même connaissait une des trois petites Vannetaises que la BBC avait évoquées quelques semaines plus tôt car elles se promenaient dans les rues bras dessus bras dessous, la première en bleu, la seconde en blanc et la troisième en rouge.

Il ne faut pas m'en promettre quand il s'agit de rigoler. Ces fantaisies m'emballaient. Si ça n'avait dépendu que de moi, on serait rentré sur-le-champ à Kergantelec chercher des slogans drôles pour les taper et les distribuer en douce dans les paniers au marché. Le recteur, agacé par ces gamineries, s'est mis à parler de machine à ronéotyper et de poste-radio émetteur. Il prenait la guerre très au sérieux. Pour un ratichon, il avait beaucoup moins le nez collé à son bréviaire que je ne le pensais. Au bout d'un moment, il est passé aux choses sérieuses.

Je ne vais pas jouer les héroïnes de guerre car, pendant toute l'Occupation, je n'ai presque jamais pris de vrais risques physiques. A partir de l'été 41, il m'est arrivé de cacher des pilotes anglais abattus au-dessus de Lorient ; à plusieurs reprises, j'ai livré des papiers d'identité à un camarade ou à un autre ; j'ai fait des toutes petites choses. Mais, au printemps 41, quand personne n'agissait, là, oui, j'étais là, et j'ai bien mérité ma médaille de la Résistance et, honneur de ma vie, le titre de MBO (Member of the British Empire), remis à Buckingham par la reine elle-même en 1952, car j'ai participé à la première grande action de la Résistance dans le Morbihan : éliminer le fameux « Kampfgeschwader 100 ». Cette sonorité croassante très « Wagner et Forêt-Noire » désignait les aviateurs pervers qui précédaient les escadrilles de bombardement, survolaient Londres, Coventry ou autres cibles anglaises et désignaient avec précision les objectifs à détruire. La Luftwaffe avait basé plusieurs de ses appareils à Meucon, sur l'aéroport de Vannes. Les pilotes incendiaires, eux, logeaient dans le pays. Et le recteur ne savait pas où exactement :

« Ils sont très prudents. Jusqu'au mois dernier, deux autocars les amenaient le matin à la base et les ramenaient le soir en ville. Mais ils ont appris que Londres avait envoyé une équipe de saboteurs chargés de leur tendre un “piège routier”. Désormais, ils arrivent et repartent deux par deux dans des voitures de tourisme ou bien dorment sur le terrain d'aviation. Londres veut connaître leurs adresses en ville et leurs horaires précis.

C'est là que vous intervenez : l'aumônier de Saint-François-Xavier m'a appris hier que plusieurs d'entre eux ont réquisitionné des chambres à Penboc'h, dans l'ancien domaine d'été du collège, juste à côté du lycée d'Arradon. Si vous acceptiez de devenir prof d'anglais pendant quelques semaines, vous pourriez vous y installer, repérer leurs habitudes et nous en informer… »

Il n'avait fallu qu'une demi-heure au recteur pour me jauger et me trouver une mission. Je n'ai pas hésité une seconde. J'en avais assez de lire les classiques de la littérature française ; agir en Anglaise véritable m'excitait bien plus, j'ai accepté avec enthousiasme. Et là, silence. Le recteur m'a regardée droit dans les yeux. Au lieu de l'emballer, ma précipitation l'inquiétait :

« Ce n'est pas un jeu. C'est dangereux. Le résultat de l'opération aura des répercussions sur l'issue de la Bataille d'Angleterre. Les Allemands sont aux aguets. Ils savent que Londres veut tout savoir de Meucon, de Lann-Bihoué et de la base navale de Lorient. La première équipe envoyée d'Angleterre en mars a été parachutée depuis un Whitley pendant que la RAF bombardait Meucon pour faire diversion mais ses hommes se sont perdus. Peut-être même qu'un ou deux ont été arrêtés. Le temps presse mais si les Boches vous coincent, vous serez fusillée. Timmy n'a déjà pas de père, ne vous décidez pas sur un coup de tête. »

A part le fait qu'il parle de « Boches », le ton du recteur me plaisait. Il avait les joues trop sombres malgré le rasoir et il manquait un peu de poils sur le dessus du crâne mais soudain j'ai découvert comme il avait du charme. Sa voix, grave sans être caverneuse, la façon d'articuler sans se hâter de l'homme sûr qu'on ne l'interrompra pas, la silhouette élancée de celui qui jeûne par vocation, son menton carré... On l'aurait aussi bien vu sur le front avec un casque d'acier qu'agenouillé en soutane à marmonner en latin. Un point quand même m'intriguait. Comment les gens de Londres avaient-ils choisi de faire confiance à un aumônier papiste isolé sur son caillou ? J'ai posé la question. Et là, surprise :

« Vous devez bien vous en douter. C'est Blaise qui leur a conseillé d'entrer en contact avec moi. C'est comme ça que j'ai pu remettre sa lettre à votre belle-mère. »

Il a vu que je tombais des nues et s'est arrêté net comme si on lui avait retiré ses piles. Puis il s'est levé, a pris Blanche par le bras et m'a dit de bien réfléchir avant de venir au presbytère dire si j'acceptais cette mission à Penboc'h.

Je suis restée assise un moment jusqu'à ce que des gouttelettes se mettent à tomber en plein soleil. Voltigeant sans se décider à toucher terre, elles rafraîchissaient sans mouiller. Sur l'île, on dit que le diable marie sa fille et bat sa femme. D'habitude, j'adore ces parenthèses qui annoncent une lumière enchantée pour le reste de la journée. Je remonte le col de ma veste et je me rince le visage à l'eau pure. Là, encombrée de Timmy, j'ai trouvé dommage que, pour une fois, la pluie ne puisse se passer de la Bretagne. Je suis rentrée à Kergantelec où Nanne tirait de l'eau du puits de la cour. M'emparant de ses deux brocs, je lui ai fourré Timmy dans les bras et lui ai demandé de préparer son premier biberon. Il fallait le sevrer et vite, si je devais m'installer à Penboc'h. Déjà prudente, sans donner cette explication, j'ai demandé où était la vieille folle. « Dans sa chambre », a répondu Nanne.

J'aurais dû m'en douter car, quand elle venait sur l'île, ma belle-mère passait sa vie à lire dans cette pièce majestueuse dont les immenses fenêtres donnent, à l'est, sur la cour d'honneur et, au sud, sur le parc. On se serait cru à l'Hôtel de Rambouillet. Aux murs, tissés dans l'étoffe des panneaux de soie, des oiseaux bariolés volaient d'arbre en arbre à travers la jungle. Le lit, l'armoire, la commode, le secrétaire, les deux chiffonnières et la table de toilette reposaient sur des pieds galbés « à la duchesse » ; les accotoirs des fauteuils l'étaient en « coup de fouet » ; sur les côtés des meubles en bois des îles, les motifs de cœur et de losange s'entrelaçaient ; tout était parsemé de bronze doré. Dans le reste de la maison, aucun tiroir ne coulissait, les sièges étaient défoncés, les fenêtres ne fermaient pas mais là, tout était comme neuf, prêt à accueillir Louis XV en personne. C'était son repaire, la bonbonnière où elle mijotait ses sales coups. Je m'y suis précipitée.

Allongée sur son lit, elle a retiré ses lunettes demilune, posé son livre sur la couverture et, sans se hâter, très calme, méprisante à son habitude, m'a demandé ce qui me prenait d'entrer sans frapper. Remontée comme des bretelles prêtes à lâcher, je ne lui ai pas laissé le loisir de jouer les indignées :

« Quand comptiez-vous me remettre la lettre que Blaise nous a fait parvenir ?

— M'a fait parvenir, à moi, sa mère. Pas à vous. »

Comme prévu, elle l'a pris de haut. C'est sa manière. Dix fois je l'ai entendue dire : « On ne renie rien, on n'usurpe rien, on ne justifie rien. » Elle ne se sentait jamais en faute. Si la conversation tournait à son désavantage, elle se levait et partait, fût-ce au milieu d'un repas ou en présence d'invités. Là, tranquillement, elle a rejeté le plaid qui couvrait ses jambes, s'est levée, a enfilé ses mules pour faire trois pas et a saisi une enveloppe sur le bureau qu'elle m'a tendue en me regardant droit dans les yeux :

« Je ne l'ai que depuis deux jours, allez la lire dans votre chambre. Je me passerai de vos commentaires, de vos reniflements et de vos larmes de crocodile. Vous me la rendrez au dîner. »

Sans dire un mot, ni fermer la porte, j'ai franchi le palier et je me suis enfermée dans notre chambre. Première chose à me sauter aux yeux, Blaise, ce chien-chien à sa mémère, la lui avait en effet adressée à elle :

« *Ma chère mère,*

Comme vous l'avez sans doute entendu à la radio, nous sommes bien arrivés. JM et MW ont passé quelques sales quarts d'heure, cuisinés pendant deux jours par les Anglais qui voulaient tout savoir des batteries de DCA, des dragueurs de mines ou des avions allemands qui avaient bien pu nous survoler. Rien de grave. A présent, ils en rigolent. Prévenez leurs familles qu'ils ont pu se rendre à l'Olympia, au bureau d'enregistrement des Forces Françaises Libres, où ils se sont engagés dans notre marine. Grâce à notre ami Charles, j'ai échappé à ce purgatoire et, dès le premier soir, je me suis installé chez lui, à Londres. La mort de T et l'absence de M lui brisent le cœur mais, en Anglais pur jus, il dit qu'il aura toute la vie pour pleurer après la victoire. En attendant, il travaille nuit et jour au cabinet du Premier ministre – ce qui ne l'empêche pas, deux soirs par semaine, de servir comme tout un chacun dans le corps auxiliaire des pompiers. Personne au monde ne mérite plus notre admiration que les habitants de Londres. Leur ville est en cendres, les ruines envahissent les rues et personne ne proteste. Chaque nuit, des merveilles d'architecture prennent feu, s'effondrent dans un volcan de poussière et ensevelissent les habitants ou même les premiers sauveteurs arrivés sur les lieux. Au matin, on dirait traverser Pompéi. Etrangement, Buckingham et les élégants squares du West End sont moins frappés que la City, les docks et les quartiers pauvres de l'est. Le cabinet se demande si les Allemands n'essayent pas de provoquer des émeutes et le redoute – ce qui est idiot car ici tout le monde se sent dans le même bateau, la même galère, en fait. Ils conservent même leur humour. En janvier, le soir de l'anniversaire de M, son père m'a emmené dîner au Claridge. Au retour, en taxi, sur la route d'Hamstead, on a été pris dans un bombardement. A l'arrivée, le chauffeur a juste dit : "On a eu de la chance." Quand j'ai répondu "Oui, j'ai bien cru qu'une bombe finirait par nous atteindre", il a répliqué "Non, monsieur, je parlais des feux rouges, on n'en a eu aucun". Tout cela pour te dire que j'étais prêt à m'engager dans les forces anglaises comme le souhaitait Charles. Mais les choses ont tourné autrement.

Dès le surlendemain de mon installation à Londres, dans la maison de Charles et, pour être plus précis, dans la chambre de jeune fille de M, le Général m'a fait convoquer à Carlton Terrace, le QG des Français Libres. J'ai attendu trois heures dans l'antichambre en compagnie de sa secrétaire, une jeune femme charmante de très bonne famille. Lorsque le Général m'a reçu, j'ai cru voir Louis XIV, grand, grave, noble et terriblement intimidant. Par politesse ou par curiosité, il m'a demandé dans quelle arme je souhaitais servir mais, quand j'ai répondu que je souhaitais rejoindre JM et MW et m'engager sur un navire, j'ai compris que la question n'était que de pure forme. Et ce n'est pas le genre d'homme dont on discute, surtout moi, les décisions. Je fais donc désormais partie de son cabinet. Non pour mes qualités intellectuelles ou politiques car il a tout de suite perçu qu'à part manœuvrer un voilier, je n'étais bon à rien. En réalité, à ses yeux, ma principale qualité était d'abord d'être bilingue. Et ensuite d'être intime avec Charles. Depuis le départ de Paul Morand, un écrivain diplomate qui naviguait dans le Tout-Londres comme un mulet dans le golfe, les Français Libres n'ont guère d'entrées dans la haute société anglaise et le Général a jugé mon installation chez un membre du cabinet plus précieuse que mon talent pour lire les courants et sentir le vent. Cela te semblera frivole mais il s'agit de politique. Tu ne peux pas imaginer la rancune qu'a provoquée ce Morand en fichant le camp. L'Angleterre est une telle société de castes qu'il est quasiment impossible de se faufiler auprès de ceux qui détiennent le pouvoir alors qu'à lui, toutes les portes étaient ouvertes. Au bout de deux jours, quand ils se sont aperçus que j'étais aussi reçu chez les Sassoon, j'ai cru que j'allais être nommé aide de camp du Général. Pas encore! Ma mission se résume presque à organiser des dîners chez Charles et des thés au Savoy. Heureusement, cela ne durera pas.

Nous sommes trop peu nombreux pour qu'on me refuse éternellement d'effectuer des missions en France. Cette fameuse nation surpeuplée d'anciens combattants et de patriotes professionnels ne nous envoie guère de volontaires. Du coup, chaque nouveau venu est accueilli à bras ouverts et les Français Libres forment une vraie salade mélangée. Il y a les "décérébrés" comme moi qui n'ont plus que la guerre comme sport où s'accomplir. Les aventuriers qui se cramponnent au malheur du pays comme à un emploi. Les calculateurs qui se prétendent prêts à monter sur l'échafaud pour la liberté et s'apprêtent à grimper sur un piédestal après la victoire. Les notables de la IIIe qui regardent la politique avec des yeux de propriétaires et prennent Pétain et sa clique pour des squatteurs. Les juifs qui refusent d'allumer des bougies et préfèrent le combat à la prière. Les aristos tombés de l'Action française et de la dernière branche de leur arbre généalogique. Les militaires qui en ont marre de battre en retraite… Le mélange est plutôt marrant. Pensées et arrière-pensées se superposent comme les couches de pierre et de mortier. On se regarde tous en chiens de faïence mais comme on est tous rebelles, proscrits et condamnés à mort sans avoir même jamais lancé un pavé de notre vie, on reste soudés. Le Général, de toute manière, tient l'ensemble de la troupe d'une main de fer. Je ne l'ai quasiment jamais vu sourire. Avec ça, on se fait aussi des amis pour la vie. Mon meilleur copain est Maurice Schumann, le garçon qui parle en notre nom à la BBC. Même sous les bombes, je fais la nouba avec toute sa bande de journalistes.

La vie continue et je vous supplie, chère mère, de ne pas vous tourmenter pour moi. Je suis dans un pays libre, entouré de gens que j'admire et qui me protègent. C'est pour vous, pour ma petite M et pour son bébé que je prie tous les dimanches. Je sais bien que, dans ce pays déshonoré et cette époque déshonorante, vous serez dignes l'une et l'autre mais, je vous en supplie, soyez raisonnables. Quand toute cette aventure s'achèvera, je veux retrouver la maison aux canons, ma petite mère, ma tendre épouse, mon merveilleux bébé, mon bateau, ma vieille institutrice anglaise, Nanne et tous les autres. Laissez-moi me charger de l'héroïsme si l'occasion se décide à apparaître.

Je vous aime et je vous embrasse, votre fils B »

Je suis descendue au jardin. Blaise s'éclatait à Londres. Ça m'a fait plaisir. Une guerre mondiale, c'était parfait pour lui qui avait tout sauf des diplômes, ces vieux passe-partout qui, soudain, n'ouvraient plus aucune porte. Mon bel époux n'était plus seulement sexy ; en héros cool, il devenait à mordre. Pour la première fois depuis des mois, il m'a manqué. Pas au point de suivre ses conseils. Monsieur faisait la fiesta, entrait dans l'Histoire et me recommandait de ne pas bouger un orteil à l'Ile-aux-Moines. J'avais autant besoin de tels avertissements que de cours d'hébreu. Ça m'a énervée – surtout qu'il soit passé par sa mère pour me les transmettre. Par vengeance, je n'ai pas rendu la lettre. Quand ma belle-mère a commencé à crier, j'ai claqué la porte et filé au presbytère. Moi aussi, j'allais faire la guerre. J'étais abandonnée en pleine cambrousse mais pas question que je passe l'Occupation en robe noire, silencieuse, un foulard sur la tête, assise les mains sur les genoux. Je laissais ça aux antiquités de Scrignac.

CHAPITRE 6

1941. Feu sur le Kampfgeschwader 100

Quand je suis arrivée, le recteur se préparait un dîner : trois pommes de terre sautées et une tranche de jambon. Ni sexe, ni vin, ni tabac, ce n'était plus une vie, c'était du jansénisme. Quand il m'a proposé un verre d'eau, j'ai protesté que je ne faisais pas carême toute l'année. Que je ne le faisais d'ailleurs jamais. Conciliant, il m'a ouvert une bouteille de porto prélevée dans l'armoire où il rangeait les alcools qu'on lui offrait. Une vraie cave à laquelle il ne touchait pas. Il m'a emmenée dans le salon, m'a installée dans un fauteuil et a mangé son frichti sur les genoux pendant que je sirotais mon apéritif. Le décor rappelait celui de l'abbé Jean-Marie : le même dépouillement, la même bibliothèque délabrée, la même pénombre, la même fraîcheur. Tout était pareil, sauf tout, car lui était là, jeune, souriant, un air heureux sous le bras. Il avait vraiment du charme et je me suis demandé comment j'avais pu ne pas m'en rendre compte plus tôt. Il voulait savoir pourquoi je souhaitais m'engager. J'ai répondu que c'était le devoir de toute Anglaise : « my country right or wrong ». La réponse à ne pas faire. Il m'a remise dans le droit chemin :

« Donc si l'Allemagne était votre alliée ou si l'Angleterre était neutre, vous n'interviendriez pas. Eh bien, ce serait un péché. Ce ne sont pas les Allemands qu'on combat, ce sont les nazis. Je ne me bats pas par patriotisme mais parce que j'ai dédié ma vie à l'Evangile. Que l'Alsace ou la Silésie appartiennent à la France, à la Pologne ou à l'Allemagne, peu m'importe. Depuis deux mille ans que l'Eglise prie pour l'Europe, les cartes évoluent, les villes changent de nom, les régimes se succèdent. C'est de la politique et c'est l'affaire de César. Mais que l'on jette en prison des hommes pour leurs idées politiques ou pour leurs simples origines raciales, c'est un crime et cela devient l'affaire de Dieu. Même si je l'admire, je ne suis pas pour de Gaulle, je suis pour la morale. Vous comprenez ? »

Pas vraiment. Si un ami me parle de patriotisme, de loyauté, de camaraderie, tout est clair mais si une âme met le sujet sur la faute, la foi, la conscience, je m'enfonce dans la brume. Je préférerai toujours un beau discours citoyen à un grand sermon moralisateur. C'est l'ennui avec ces curés : ils veulent sauver l'humanité entière. Moi, je me fichais bien de ce que l'Allemagne faisait en Allemagne, c'est l'Angleterre et uniquement l'Angleterre que je voulais défendre. Mais enfin, ce jeune aumônier mince comme un parachutiste me plaisait. Alimentée à l'eau de source, son ardeur lui donnait du charme. Dommage que ces célibataires par discipline avancent en fermant les yeux sur la moitié du monde. J'ai quand même affiché mon plus gracieux sourire pour répondre :

« Je vise moins haut que vous. Si les Allemands veulent remettre les sacrifices humains au goût du jour et revenir à Wotan, aux dieux de la forêt et aux totems vikings, grand bien leur fasse. Les païens ne me dérangent pas. En revanche, s'ils viennent me bombarder, alors oui je m'enrôle dans votre croisade. »

J'imagine que, plus tard, quand Staline a ordonné qu'ils sortent de leur hibernation, les communistes ont fait passer de vrais examens aux volontaires qu'ils faisaient entrer dans leurs réseaux. En mai 41, à l'Ile-aux-Moines, on n'en était pas là. Le recteur n'avait pas les moyens de faire la fine bouche. Tout trouvait place dans son escarcelle, même une pimbêche anglaise. Sans répliquer, il est retourné à la cuisine d'où il a rapporté deux parts d'un far dur comme du plastique mais délicieux qu'on a mangé avec les doigts car on était vraiment chez le curé d'Arz. Déposé sur le givre de sa vie sexuelle, son regard me plongeait dans le cœur. Entre ses lèvres n'était jamais rien passé de plus fort qu'un verre de Coca-Cola. Pourtant, clair et transparent comme une vitre, il était infranchissable comme une porte blindée. A défaut d'autre chose, je me suis resservi une goutte de porto. C'était la troisième. Il me l'a fait remarquer. Apparemment la Résistance s'accommodait mal de l'alcoolisme. Je l'ai remis dans le droit chemin :

« Commencez par ne pas me servir dans une burette. Un verre à porto normal m'aurait suffi. Pour l'instant, j'ai eu droit à deux débuts de gorgées. On est en Bretagne, doux Jésus, vous n'allez pas recruter les foules si vous ne carburez qu'à l'eau lustrale ! C'est pour ça que le protestantisme n'a jamais pris dans le duché. Lire la Bible amusait moins les villages que se rincer le gosier. »

Il m'a rendu mon sourire et demandé quand je comptais faire baptiser Timmy. Un rien le ramenait au boulot. Mon numéro tapait dans un mur. Je n'avais pas dit mon dernier mot mais, ce soir-là, je n'ai pas insisté et je suis rentrée à Kergantelec. J'espérais qu'il me raccompagnerait mais il a estimé que, désormais, moins on nous apercevrait ensemble, mieux ce serait. De toute manière, a-t-il dit, on se reverra très vite. Il avait raison.

Dans les trois années suivantes, j'ai souvent trouvé le temps long. On planifiait une action et des consignes venues de nulle part ne cessaient de la reporter. En mai 41, rien de tel : Londres était en feu et, quand les Anglais donnaient un ordre, il fallait l'appliquer sur-le-champ. Le lendemain à dix heures, le recteur m'a appelée d'Arradon. On m'attendait. Ma belle-mère, comme chaque lundi, était repartie à l'aube pour Vannes. Le temps de glisser deux petites culottes et deux chemisiers dans un sac, j'ai confié Timmy à Nanne en disant comme si de rien n'était que je m'absentais quelques jours. M'observant comme une folle furieuse, elle m'a juste rappelé sur un ton méprisant de ne pas oublier mon tire-lait – « à moins qu'on ne te le suce en ville » ! Très grande dame, je n'ai pas répondu et, sur un ton d'impératrice en représentation, lui ai seulement interdit de dire quoi que ce soit à ma belle-mère si elle passait un coup de fil – ce qu'elle ne faisait jamais. Puis j'ai enfourché mon vélo et j'ai filé à la pointe du Trech où un bateau envoyé par le recteur m'a fait passer à Arradon. J'y étais avant midi et, à l'heure du déjeuner, j'étais « postée ». Juste en face de l'entrée de Penboc'h, sous les toits d'une ancienne épicerie où, quelques années plus tôt, Blaise et Mathias venaient acheter des bonbons à l'heure des récréations. Le commerce avait fermé mais la marchande habitait toujours la maison. Je ne lui ai pas dit mon nom mais, au premier coup d'œil, elle a repéré ce qu'elle détestait plus que tout au monde : une bourgeoise. A peine le recteur disparu, elle m'a balancé ses quatre vérités :

« Vous deviez vous ennuyer dans votre château. Vous venez jouer à la guerre en attendant de pouvoir vous remettre au golf. Mais ne vous faites pas remarquer. On ne se met pas de parfum ici. Et on ne mange pas petit doigt en l'air. Je vous servirai un petit déjeuner à six heures du matin et le dîner à six heures du soir. Pour le reste, débrouillez-vous. C'est des Jeanne d'Arc dont on a besoin, pas d'une bande de marquises. Ce recteur, il est comme tous les autres, il lèche le gant des aristos. Moi, je préfère les gens du peuple. Je leur fais confiance. Ils se battent pour nous. Les riches, c'est tous de la pâte à collabos. »

J'aime la franchise mais je n'apprécie pas la grossièreté. Pour qui se prenait-elle, cette marchande ? Avec son accent de sabot breton, sa couperose et ses hanches de buffet Henri II, elle commençait à m'énerver. Moi aussi je les connaissais, ses merveilleux gens du peuple, toujours à vouloir tuer les curés et à remplir les prisons. Toujours à pester au nom de la justice et à massacrer à celui de l'égalité… Une virago française n'allait pas me donner des leçons de démocratie. Je l'ai prise de haut :

« Vous vous trompez complètement, Madame. Churchill est duc de Marlborough et, même chez vous, ce sont toujours les riches qui se sont battus pour les autres. Montaigne, Condorcet, Vauban, Tocqueville, La Fayette, Voltaire, Montesquieu et tous ceux qui ont fait de ce pays un symbole de liberté étaient des aristocrates. Ici, quand le peuple prend le pouvoir, il provoque des bains de sang. Vos Marat, Hébert, Gambetta, Clemenceau et compagnie, vous pouvez vous les garder. Du reste, ils ne vous dérangeront pas. Ces temps-ci, ils ne bougent pas un orteil. Les communistes sont les alliés des Allemands. Ne comptez pas trop sur eux. Fiez-vous plutôt aux Anglais… Et, pour l'instant, contentez-vous de ne pas noyer de beurre ce que vous aurez la bonté de me servir. »

Elle n'a pas tiqué, m'a emmenée dans ma chambre puis m'a fait grimper dans le grenier d'où, en effet, par une mansarde nettoyée de frais, on voyait parfaitement l'entrée de Penboc'h et les parterres de gazon où les Allemands garaient leurs véhicules. Des jumelles m'attendaient sur une petite table. Revenue à de meilleurs sentiments, mon hôtesse a annoncé que le temps risquait d'être long mais qu'elle me monterait du cidre. Ensuite, on a pris nos vélos et elle m'a montré l'école où, si j'étais interrogée, j'étais censée donner des cours d'anglais. Le directeur était prévenu mais il était inutile que je me présente. Moins on en savait les uns sur les autres, mieux ça valait. A treize heures, j'étais à mon poste mais l'épicière se demandait encore de quel bois je me chauffais. Avant de me quitter, elle m'a posé une dernière question :

« Vous êtes catholique ? »

Je l'ai envoyée aux fraises :

« Je ne me souviens pas. »

Ça lui a suffi. Elle a évacué les lieux en rigolant. Nos rapports s'amélioraient.

J'ai vite compris pourquoi les films policiers sont une imposture. Flic est le pire métier du monde. On ne fait que tuer le temps. Encore le premier jour n'a-t-il pas été le pire. Comme s'ils m'avaient attendue, ces messieurs du Kampfgeschwader se sont levés en début d'après-midi. Vers trois heures, ils sont sortis s'agiter après leur petit déjeuner. La nuit, ils bombardaient de braves gens dans leur lit mais, le jour, ils batifolaient dans l'herbe. Torse nu en bons éphèbes prussiens, les uns bronzaient au soleil dans des chaises longues, les autres jouaient au ballon. Ils entraient, sortaient, se tapaient sur l'épaule, roulaient par terre... Jumelles sur le nez, je collais à leurs mouvements comme un chewing-gum à leurs semelles et pour ne pas prendre deux fois en compte dans mes relevés ces monstres dorés comme la bière blonde, je leur inventais des prénoms mais je m'embrouillais. Tout compte fait, la tâche était plus complexe que prévu. Par chance, les Allemands restent aussi allemands à Vannes qu'à Berlin. Au bout de trois jours, leurs horaires étaient gravés dans le marbre : mes huit tueurs apparaissaient le cheveu hérissé et la barbe piquante à quinze heures et, à dix-huit, ils disparaissaient, nettoyés de près, à bord de deux Citroën et d'une Mercedes.

En mai, à l'ouest de l'Europe, les journées sont déjà longues et leurs avions décollaient de Meucon vers vingt heures trente. Pour échapper aux radars, ils rasaient les flots jusqu'à Londres où, à la tombée de la nuit, leurs légers avions larguaient des engins incendiaires afin d'allumer les brasiers que les lents bombardiers, un peu après, écrasaient de bombes dans l'obscurité complète. Un beau travail d'indics, ces bambins étaient des judas. Quand ils rentraient au milieu de la nuit, ils dînaient au champagne en riant et en chantant pendant que, de l'autre côté de la Manche, on ramassait leurs victimes en morceaux. Je les aurais déchiquetées, ces hyènes que le sang de leurs proies n'éclaboussait même pas. Au lieu de ça, je me tortillais sur ma chaise en me pressant les seins pour qu'ils n'explosent pas. Promener une crémerie sur sa poitrine est très douloureux. Mon tire-lait n'avait pas la voracité de Timmy.

Revenue à de meilleurs sentiments, l'épicière m'avait apporté *Les Misérables*, le type même de roman social que seul un Français osera signer. Les cent premières pages faisaient le portrait dégoulinant d'admiration d'un évêque noble comme le tsar, doux comme la laine et généreux comme la pluie. On ouvrait la symphonie des pauvres par une ode à un riche. Tout ce que je déteste : bons sentiments, condescendance, charité ostentatoire... Ce pauvre Hugo trouvait les pauvres aussi irrésistibles que des éclairs au chocolat mais il lui fallait une dose de mondanité chrétienne avant de les câliner. Comparé à Dickens, ça manquait de boue. C'était la France dans toute sa duplicité, incroyablement généreuse en paroles mais snob comme elle seule. La suite était pire, les pauvres devenaient éblouissants de misère et la mesquinerie des riches flamboyait. Au moins, cela m'occupait car Dieu sait que la vie est courte mais que les journées sont longues.

Quand la lune était pleine tel un projecteur funeste braqué sur Londres, les petits monstres couraient des risques aux manettes de leurs Messerschmitt mais, dès qu'elle disparaissait, ils remontaient tranquillement le long de la Tamise et désignaient sans risque leurs cibles. Or la nuit noire s'annonçait pour le dimanche suivant et la RAF s'attendait au pire. L'épicière, qui s'appelait Armelle – au bout de deux jours, on s'appelait par nos prénoms –, m'annonça le samedi que l'équipe venue les abattre agirait le lendemain. A dix-huit heures, ses membres attendraient les équipages à Conleau, juste avant la Rabine, la promenade bordée d'arbres qui longe la rivière de Vannes jusqu'au centre-ville. Je n'avais qu'à surveiller mes chacals pour contrôler qu'ils partaient à l'heure. Si, par catastrophe, ils changeaient leur horaire, je devais immédiatement le dire à Armelle qui savait quel numéro appeler pour retarder, voire décommander l'opération. Cette prudence excessive m'a agacée. Les Français n'avaient pas livré bataille en mai 40 et s'apprêtaient maintenant à décaler notre petite escarmouche. Décidément ils ne changeaient pas mais je n'ai rien dit. Je faisais toute confiance à mes Allemands pour lever le camp à l'heure dite. Pas de fantaisie avec eux : petit déjeuner à quinze heures, embarquement à dix-huit, massacre à vingt-deux et champagne à minuit.

Naturellement, rien ne s'est passé comme prévu. A dix-sept heures trente, alors que je préparais mon sac pour rentrer une heure plus tard sur l'île, j'ai soudain observé que Penboc'h s'agitait. A six heures moins vingt, les équipages ont embarqué à bord des deux Citroën et de la Mercedes arrivées avec un bon quart d'heure d'avance. C'était la catastrophe. A Conleau, tout était minuté à la seconde près. Ils allaient nous passer sous le nez. Pire que tout, Armelle n'était plus là. Quand je me suis précipitée au rez-de-chaussée pour la prévenir, cette grosse vache avait disparu. Sans réfléchir, je me suis jetée dehors, j'ai sauté sur mon vélo et, prenant autant d'élan que possible, je me suis lancée vers la route que j'ai coupée juste devant la première traction avant. On ne s'est pas loupés. J'ai fait le vol plané du siècle. Ma robe était déchirée, ma jambe droite en sang, mon bras gauche raclé jusqu'à l'os et mon nez saignait comme une fontaine. Je ne parle pas de mes seins : ils fuyaient ! J'imagine que c'était très impressionnant mais le plus merveilleux, c'est qu'ayant donné un coup de frein brutal pour m'éviter, la première voiture avait été légèrement emboutie par la deuxième Citroën. La Luftwaffe était aux cent coups. Mais aux petits soins. Pendant que deux ou trois d'entre eux donnaient de violents coups de pied dans les pare-chocs pour les redresser, d'autres me ramassaient, me posaient comme une châsse sur l'herbe du bas-côté, essuyaient mon sang avec leurs mouchoirs, secouaient délicatement mes membres pour s'assurer que rien n'était cassé et, cerise sur le gâteau, présentaient de plates excuses à leur petite relique anglaise. Il n'était évidemment pas question que je leur réponde avec fautes de français et accent Mayfair mais, surgie de nulle part, Armelle s'est interposée, hurlante, insultant ces bons à rien, leur interdisant de me toucher et appelant le village à la rescousse. Du vrai Grand-Guignol mais très efficace. Le temps que les aviateurs et leur escorte s'assurent que j'étais en un seul morceau, la mascarade a pris dix bonnes minutes. Quand ils sont partis en promettant de m'apporter bientôt un vélo neuf, ils étaient juste à l'heure pour payer leurs crimes. Cinq kilomètres plus loin, ils tombèrent dans le premier gros guet-apens organisé à Vannes pendant l'Occupation. Trois « chevaliers du ciel » sur les huit vidèrent les étriers une fois pour toutes et trois autres furent blessés.

Au même moment, j'étais dans la barque qui me ramenait à l'Ile-aux-Moines. Armelle avait prétendu me raccompagner. Du jour au lendemain, la Pompadour était devenue la Madelon. Elle m'aurait baisé les mains, cette sombre idiote, si j'avais joué le jeu. Mais j'avais envie d'être seule. Besoin même, car je tenais à conserver un calme irréprochablement british devant cette poissarde alors que je commençais à trembler. Et ça ne s'est pas arrangé quand la barque m'a lâchée à la cale du Trech. A peine le temps de grimper la côte pour frapper à la porte de Miss, j'ai été submergée de frissons, de tressaillements, de grelottements et, pour finir en apothéose, j'ai explosé en sanglots dans ses bras. Elle a commencé par gémir et par agiter les bras en tous sens puis, me voyant incapable de prononcer un mot, elle a mis de l'eau à bouillir pour me préparer une tasse de thé. Une heure plus tard, on trempait nos biscuits Lu dans l'Earl Grey et on parlait de Blaise et de Timmy. Je brûlais de faire mon intéressante mais personne dans l'île ne devait m'associer à l'attentat, surtout cette pauvre Miss, angoissée de naissance. Je suis restée chez elle trois jours. Non seulement, j'étais couverte de bleus, d'écorchures et de plaies mais, le lundi matin, je ne pouvais plus bouger le bras gauche. Dans l'accident, je m'étais déchirée un muscle de l'épaule et si, sur le moment, je n'ai rien senti, le lendemain, au réveil, je souffrais le martyre et n'arrivais même pas à soulever une tasse. Je me suis donc laissé soigner, talquer et masser jusqu'au moment où je pourrais enfin prendre Timmy dans mes bras. Je lisais des livres et des revues anglaises sur la terrasse, au-dessus de la prairie couverte de marguerites et de jonquilles qui descendait jusqu'au rivage, juste en face de l'île d'Arz. Miss me mitonnait des petits plats à la sauce de menthe, on écoutait la BBC, on papotait en sirotant du thé et j'étais au septième ciel. Enfin je suis rentrée à Kergantelec le jeudi soir, juste à l'heure des « Français parlent aux Français ».

Dans le salon, près du poste, ma belle-mère partageait le canapé bleu avec Nanne, qui donnait son biberon à Timmy. L'air stupéfait, elles m'ont accueillie sans desserrer les lèvres. Le temps qu'elles éteignent la radio, Timmy m'avait reconnue et tendu les bras vers moi en gazouillant un son ressemblant à « Mummy », mot qu'il n'avait encore jamais prononcé. Cet enthousiasme juvénile a miraculeusement détendu l'atmosphère. Je l'ai pris dans mes bras, me suis saisie du biberon que me passait Nanne et, dans un silence assourdissant, me suis muée en Pietà nourrissant son enfant. Ces airs de sainte étaient plus que ne pouvait supporter ma belle-mère. Se levant, elle a lâché d'une voix tranchante qu'il était évidemment inutile de me demander d'où je venais. En effet. Sur quoi, elle est remontée dans sa chambre en annonçant qu'on en reparlerait au dîner.

Le soir, à table, dans un esprit d'apaisement, sans attendre que le dragon m'interroge, j'ai expliqué que j'étais juste partie une semaine à Nantes chez mon amie Misia Litran. J'aurais mieux fait de me taire. On en dit toujours trop. Ma belle-mère a éclaté de rire :

« Vraiment ! Alors, la prochaine fois, prévenez-la. C'est naturellement la première personne que j'ai appelée quand cette andouille de Nanne m'a annoncé votre disparition. Misia et son palefrenier vous attendent encore. S'ils sont censés mentir à votre sujet, faites-le-leur savoir. »

Elle triomphait et a laissé passer un instant avant de prendre à témoin Nanne qui dînait avec nous :

« Ça veut jouer les Mata Hari et ça ne songe même pas à prévoir une couverture. Vous n'êtes qu'un pied nickelé. Et un danger public ! Car il y aura forcément des représailles. Les Allemands vont fusiller des Vannetais. Ce dont on se moque bien à Londres, j'imagine. »

Je dois avouer que cela me tourmentait. Pas trop car j'en avais par-dessus la tête de ces Français qui pensent qu'on passe toujours entre toutes les gouttes. Mais un peu quand même. Pour ne pas capituler en rase campagne, j'ai juste désigné le succulent poulet grillé qui nous attendait en observant que le malheur des Vannetais ne coupait pas l'appétit des Iloises. Il en aurait fallu plus pour clouer le bec de ma belle-mère. Elle en avait encore à mon encontre :

« Vous pouvez bien traiter un chat de poisson, ça ne le fera pas nager. Vous n'êtes pas un soldat. Laissez la tâche de tirer des coups de feu à vos compatriotes. Ici vous nous mettez tous en danger. En particulier Timmy. Qui s'occupera de lui quand on aura été arrêtées ? Je crois que vous êtes folle. Tout simplement folle : une enfant gâtée qui s'amuse de tout, même de la mort. De quel côté êtes-vous ? Des adultes ou des cinglés ? »

Elle n'a pas eu à attendre. Je lui ai répliqué du tac au tac :

« Du côté des vainqueurs ! Et à fond. Pas du bout des lèvres comme une vieille bourgeoise qui ramasse ses œufs et ses carottes en tremblant à l'idée que le vent tourne et en se demandant si les Boches ne finiront pas par emporter la partie. Ce ne sont pas vos prières de pharisienne et votre prudence à la Pétain qui feront déguerpir les Allemands. Si on veut les chasser, il faut les tuer. Vous comprenez ce que je dis ? Les tuer. »

Que j'insulte la Gestapo en pleine rue ne l'aurait pas plus estomaquée. Elle m'a dévisagée comme si elle voyait la folle de Chaillot glapir dans sa cuisine. Elle en a perdu la parole. Dès son plat avalé, sans attendre le dessert, elle s'est levée de table en annonçant qu'elle rentrait le lendemain à Vannes. Son départ à l'aube a ramené la paix. Quand Nanne m'a rejointe dans ma chambre pour donner son biberon à Timmy, j'étais en train de l'allaiter et elle a vu mon bras rouge comme une écrevisse et couvert de pansements. Elle s'est assise sur le lit, a caressé mes plaies du bout des doigts et a promis de me soigner comme une reine. Première étape : elle s'est précipitée pour me faire du lait et des tranches de pain grillées qu'elle a tartinées de sa fameuse confiture aux prunes. Puis elle a annoncé qu'elle allait tout de suite prévenir Miss de mon retour. Je lui ai dit que c'était inutile et que j'irais moi-même en promenant Timmy. Au lieu de ça, à dix heures, j'étais au presbytère.

Un petit cardigan bleu pâle très Chanel, une jupe moulante comme un gant, des ballerines et, dans les bras, mon gros bébé blond. Ces harmonies maternelles et ces nuances de bleu, c'était la Vierge Marie présentant l'enfant Jésus au Temple ! Avec un soupçon de rouge à lèvres et un doigt de blush à la Marie-Madeleine, c'était à désespérer si je n'arrachais pas un instant le recteur à ses promenades sans fin dans les allées de son bréviaire. N'importe quel homme normal aurait fantasmé mais ces manœuvres n'ont servi à rien. Le recteur jouait d'un violon à une corde : la foi, la foi, la foi. Si une jolie fille frappait à sa porte, il filait par la fenêtre. Il n'aurait pas fait la différence entre l'épicière d'Arradon et la Vénus de Milo. Quand je suis entrée dans la cour du presbytère, il s'apprêtait à sortir et il a fallu que je mette le pied dans la porte pour qu'il me laisse entrer. Au lieu des grandes félicitations que j'attendais, j'ai eu droit à un verre de limonade. Et à un long silence. Ceinture noire de dialogue avec l'Eternel, il ne trouvait pas ses mots pour une simple conversation homme-femme. Du reste, enfermé dans son ministère comme un cachet dans sa capsule, il ne les cherchait même pas. Il m'a quand même rassurée. Dans l'échange des coups de feu à Conleau, les Allemands avaient tué un tireur ennemi et c'était un des Anglais largués quelques jours plus tôt par un Whitley. La Kommandantur pensait donc que l'attentat était le fait d'un commando venu de Londres. Elle ne parlait pas de se venger sur la population civile et cherchait, au contraire, à étouffer l'affaire pour ne pas mettre en doute l'invincibilité de ses troupes. A part ça, mes sourires avaient beau tourner autour de lui comme la lune encercle la terre, sa soutane lui servait d'armure. Il me fixait comme une mouette inspirée fixe une palourde puis il reprenait son vol. Il saurait me trouver le jour où il aurait besoin d'une héroïne mais d'ici là, mon âme ne méritait aucun traitement particulier. En désespoir de cause, même si je n'avais pas dit mon dernier mot, je l'ai abandonné à ses bonnes œuvres et j'ai pris la route du Trech. Sans aller jusqu'à chez Miss, je me suis posée chez les Gauvain. Mathias, au moins, savait se servir d'une femme. Il n'avait pas un missel dans la culotte.

CHAPITRE 7

1942. Le baptême de Timmy

Des mois se sont écoulés. Jamais je n'ai dit un mot de mes cinq jours à Arradon. La Gestapo ne m'a pas repérée. En juin, la Wehrmacht a envahi la Russie. Une vraie promenade. Les panzers s'enfonçaient dans la steppe comme la flèche traverse une pomme. Toutes les semaines, on apprenait la chute d'une ville : Minsk, Smolensk, Kiev… La route de Moscou était grande ouverte. Les manœuvres allemandes prenaient au piège des armées entières. On se demandait ce qu'ils allaient faire de ces millions de prisonniers. Ma belle-mère, Miss, Nanne et moi suivions ces triomphes avec effroi. De manière complètement inattendue, c'est Kerzannec qui m'a ouvert les yeux à la fin de l'automne, un dimanche, à Bellevue, pendant le déjeuner :

« Hitler se prend pour Alexandre le Grand mais il a tort. Il n'occupe qu'un petit bout de la Russie. Bientôt, il aura froid. Là-bas, il ne neige que deux fois par an mais c'est pour trois mois à chaque fois. Les moteurs ne démarrent plus et on meurt gelé sur place. Ensuite, quand le dégel veut bien apparaître, on patauge dans un océan de gadoue. La Blitzkrieg peut faire des merveilles au mois de juin dans les prairies françaises mais, en hiver, sur les bords de la Volga, ça ne marche pas. »

En quelques semaines, Kerzannec avait beaucoup changé. Devenu aimable, il m'apportait parfois des fleurs et m'avait offert une timbale en argent gravée au nom de Timothée. Il s'habillait mieux. Il avait de l'argent. Il n'affichait plus un air excédé à la moindre contradiction. Même le mot « Bretagne » ne le sortait plus de ses gonds. C'était à ne pas y croire quand on se rappelle les hurlements qu'il avait poussés pendant l'été lorsque Monseigneur Duparc, l'évêque de Quimper, avait lancé une mise en garde solennelle contre le séparatisme. Dans un sermon, il avait proclamé : « Jamais Breton ne fit trahison. » Puis il avait cité la devise d'Anne de Bretagne. A Bellevue, Kerzannec les avait traînés dans la boue, lui et sa muse :

« Faux-jetons de prélats. Ces gloutons n'ont pas cessé de trahir. Comme nos aristocrates, ils ont toujours léché le manche de la cognée et pris le parti de la France. Si je pouvais, je jetterais ces porcs dans une oubliette à suçoter des hosties. Pareil pour la duchesse Anne, cette bonne à rien. Dire qu'on la présente comme la duchesse en sabots, une sainte proche de son peuple ! En vingt-trois ans de règne, auprès de Charles VIII puis de Louis XII, elle n'aura pas passé six mois dans son cher duché. De mémoire royale, aucune reine n'aura été aussi dépensière, pas même Marie-Antoinette. Elle avait des dizaines de dames de compagnie, ses robes occupaient des appartements entiers, elle entassait les fourrures, sa folie des bijoux ne l'abandonna jamais, elle ne supportait que la vaisselle d'or ou d'argent ; passionnée de vènerie, elle entretenait des équipages de chevaux, de chiens, de faucons… C'était une collectionneuse pathologique et complètement zinzin : elle s'est fait fourguer la hache de Clovis, l'épée de Dagobert, l'armure de Jeanne d'Arc et toute une quincaillerie capétienne… Et voilà qu'une vieille mitre la ressort de la naphtaline ! Quand elle est née, on était libre ; quand elle est morte, la Bretagne avait disparu. Qu'est-ce que cette vieille bique a encore à nous dire ? »

Huit jours plus tard, au mois de juillet, à Rennes, son camarade Célestin Lainé avait créé une armée bretonne. Je suis sérieuse ! Que j'avais ri, pourtant, sur le moment, quand Mathias me l'avait annoncé avec espoir et même fierté ! Leur force portait un nom, *Lu Brezhon*, qu'ils marmonnaient comme un mantra. C'était vraiment l'armée Carambar, une petite troupe composée de « bodous » de cinq hommes sous les ordres d'un caporal. Quatre « bodous » formaient un « ker » commandé par un lieutenant. Fallait-il que j'aime Mathias pour l'écouter sans pouffer vanter cette organisation ! Avec ça, ils n'étaient pas bons à grand-chose. Mathias était revenu du Pardon de Sainte-Anne d'Auray avec un œil au beurre noir après que les fidèles avaient rossé les militants qui vendaient *L'Heure bretonne.* Bien que j'aie fait mine de compatir, j'étais de tout cœur avec ses agresseurs. Son journal était devenu un vrai torchon. On y insultait les méridionaux, on dénonçait les responsables du ravitaillement qui n'étaient pas bretons jusqu'à la huitième génération, on crachait à longueur de pages sur les « mocos », mot incompréhensible qui désignait tous ceux qui ne satisfaisaient pas aux fantasmes raciaux de la rédaction. « *Ar Vretoned mestre en o bro* », « les Bretons maîtres chez eux » revenait comme un refrain.

Même Madame Gauvain, toujours en extase devant les choix de son fils, s'inquiétait. Un soir, elle m'avait montré en tremblant un article de *L'Heure bretonne* : « *La Bretagne est un peuple jeune, pauvre, travailleur et asservi. C'est pourquoi elle est étroitement solidaire du combat que mènent le Reich et les autres nations opprimées par la capitalisme anglo-saxon et menacées par le marxisme juif.* » Elle en tremblait. Tout oiseau sur la branche qu'elle fut, elle humait un menaçant parfum de trahison dans ces phrases. Dans quels draps son Mathias chéri s'était-il fourré ? Elle comptait sur moi pour le ramener à la raison. J'y avais renoncé. Jusqu'à ce que Kerzannec lui-même tire la sonnette d'alarme.

C'était à la fin de l'automne 41. Peut-être au moment de Pearl Harbor. Ou un peu avant. Kerzannec était venu passer la soirée sur l'île, à Bellevue. On ne servait plus de porto devenu introuvable, on avait renoncé aux biscuits d'apéritif, le chauffage central ne fonctionnait plus mais les soirées dans le salon conservaient grand air. Le bois crépitait dans les deux cheminées, on buvait le muscadet dans des verres en cristal, Angèle, la femme de chambre, servait toujours en tablier blanc, Mathias avait mis une veste et une cravate et Madame Gauvain avait fait dresser un sapin qui embaumait la pièce. Quand elle a demandé à Fransez s'il serait des nôtres pour Noël, sa réponse nous a stupéfiés :

« Non, je ne serai plus là. Je pars pour Vichy où je redeviens François Kerzannec. J'entre au Commissariat aux prisonniers de guerre. Ils savent ce que nous avons obtenu pour les Bretons emprisonnés en Allemagne et ils m'ont demandé de les rejoindre. C'est ma dernière soirée parmi vous. »

Lui à Vichy ! C'était le monde à l'envers. Depuis un an, Fransez traînait Pétain dans la boue et traitait son gouvernement de mouroir. A présent, François rejoignait Laval et sa clique. Calcul d'un indépendantiste persuadé que sa cause était confisquée par une bande minable, orgueil d'un second couteau du Morbihan flatté d'être convoqué dans la capitale, lucidité d'un fasciste ne tenant plus à s'associer aux exactions de la base, clairvoyance d'un professeur d'Histoire qui ne croit plus à la victoire nazie et revient vers un Etat français destiné, malgré tout, à survivre ? Toutes les hypothèses tenaient debout mais Kerzannec veillait à les maintenir dans le brouillard. Quand Madame Gauvain lui demanda la raison de ce coup de théâtre, au lieu de répondre, il jeta son fiel sur la France :

« Ce pays n'a plus besoin de héros. Ce n'est plus notre registre, mais celui des Anglais, des Russes, des Finlandais, des Allemands… Nos archives, de toute façon, en regorgent. Les morts anciens nous suffiront à l'avenir. Les Français ne prêtent plus attention qu'aux larmes qu'ils versent sur eux-mêmes. Ce que veut la politique française, ce sont des victimes dont elle prendra soin. C'est pour ça que je pars pour Vichy, l'hospice national : je vais m'occuper des prisonniers de guerre, essayer d'en ramener un maximum d'Allemagne. Ce Commissariat, ce n'est rien du tout mais, croyez-moi, il va nous ouvrir toutes les portes. Tandis que l'indépendance bretonne, elle, va toutes nous les fermer. C'était un rêve merveilleux mais il a été confisqué par une bande d'abrutis et de petits voyous qui l'ont saccagé pour longtemps. Il ne s'agit plus de se battre pour ses idées, l'avenir en France passera par des réseaux. Je vais m'y faufiler. Mathias me rejoindra. »

J'ignore s'il le lui avait annoncé mais son épilogue est tombé à plat. Mathias a explosé :

« C'est ça, je vais grenouiller dans une ville d'eaux avec des fonctionnaires pendant que Blaise se couvrira de gloire avec de Gaulle ! »

Sur quoi, il a jeté sa serviette sur la table et il a quitté la pièce. Personne ne l'a retenu. Dépassée par les événements, sa mère a jeté au plafond un regard navré et inquiet. Les bretonneries de son fils l'affolaient. Si Kerzannec n'était plus là comme garde-fou, elle redoutait le pire. Elle me faisait de la peine. Mais la lucidité de Mathias me rassurait. Il comprenait enfin que l'honneur se trouvait à Londres. Kerzannec, lui, ne s'alarmait pas. Assis à droite de Madame Gauvain, il lui a pris la main et parlé avec tendresse :

« N'ayez pas peur. Nous ne sommes qu'au début de la guerre. Elle durera encore des mois, peut-être des années. Mathias n'a que des gouttes de sang sur la conscience. Le jeu demeure ouvert. Tout le monde flotte et navigue à la godille. La carte bretonne ne vaut plus rien mais quand le conflit sera achevé, il n'y aura pas de vainqueur en France. On mettra au pilori une poignée de maudits qui se seront déshonorés dans les fourgons de l'armée nazie et on passera l'éponge sur tout le reste. Ce pays minable aura vite fait de tourner la page sur ces années lamentables. Ne tremblez pas pour Mathias. Je veille sur lui. Tout comme Marge. Il est paré de tous les côtés. »

Madame Gauvain, plus subtile en mère qu'en citoyenne, a déconseillé de tenir de tels raisonnements devant Mathias :

« Le départ de Blaise l'a brisé. Depuis, il se force à agir et s'enfonce dans une lutte auprès de garçons qui le déçoivent. Il ne croit pas une seconde à la réalité de cette armée bretonne qu'il vante en public et qu'il dénigre devant moi. Mais il ne voudra pas se rétracter. C'est le héros wagnérien type, sûr et certain d'échouer mais résolu à ne pas se renier. Blaise a emporté avec lui l'héroïsme, le courage et la liberté et lui a laissé les mauvaises cartes : la tentation de l'échec, la fascination pour le gouffre, le charme de la victime... J'ai peur. Mon fils est trop pur. »

C'était bien vu mais nous n'avons pas épilogué car Mathias est revenu finir le dîner parmi nous. Ensuite, lui et moi avons raccompagné Kerzannec au Trech où son passeur habituel attendait de le ramener sur le continent. Puis nous sommes rentrés à Kergantelec. La nuit était tombée, les arbres cachaient la lune, une obscurité froide s'était refermée sur nous, on allait de flaque en flaque, l'humidité se glissait sous les manteaux, je me suis collée à Mathias. Tout semblait englué dans la mélancolie, le souffle du vent égouttait les feuilles sur nos têtes, la vie somnolait, aucune bête ne faisait le moindre bruit, on était à l'écart du monde. Mathias n'a pas prononcé un mot, moi non plus, je me demandais ce que je faisais là à jouer les bonnes mères en attendant le retour de son guerrier valeureux. Arrivés devant les canons du portail, je ne l'ai pas laissé monter. A force d'avoir peur la nuit dans cette maison trop grande, je demandais souvent à Miss de rester dormir. Ce soir-là, comme je dînais à Bellevue, elle partageait ma chambre, déjà endormie dans mon lit auprès du berceau de Timmy. Mathias a posé un baiser sur mes lèvres puis il est reparti chez lui. En me quittant, il a juste dit « A bientôt quand même », sa formule fétiche.

Le lendemain, j'en ai eu assez de la léthargie îloise. J'ai appelé Misia. Elle n'attendait que ça. A deux heures, la Delage est passée nous prendre, Timmy et moi, à Port-Blanc. Restait le problème de l'argent. On m'accueillerait à bras ouverts cours Cambronne. Mais pas au casino de La Baule si j'arrivais les mains vides. Or c'est là que je brûlais d'aller. Avant de partir, j'ai donc pioché dans la collection de pièces anciennes du chanoine de Méaban. C'était le trésor caché de Kergantelec. Jamais ma belle-mère ne l'avait évoqué devant moi.

Ce lointain curé de la cathédrale de Vannes appartenait à la légende familiale. C'était le frère de l'arrière-grand-père de Blaise. Un jésuite et un érudit. Directeur des études au collège Saint-François-Xavier, il avait participé à la fondation de la Société polymathique du Morbihan, une académie de savants locaux soucieux de répandre l'instruction et d'étudier le passé régional. Pendant quarante ans, entre 1850 et 1890, ses compagnons et lui avaient creusé la terre et mené des fouilles autour des principaux mégalithes des environs. Recueillis ou même parfois rédigés par lui, la bibliothèque regorgeait d'ouvrages savants sur les pierres dressées, isolées, alignées, en table ou superposées de Bretagne. A en croire les archéologues contemporains, ces pionniers avaient commis des dégâts irréparables. Ils nettoyaient le terrain à la pioche là où, aujourd'hui, on le caresse au plumeau. Qu'importe, le chanoine avait eu droit à tous les honneurs et, à Vannes, derrière la Porte-Poterne, une rue portait encore son nom. Au passage, sans le moindre scrupule et sans choquer personne en son temps, il avait accumulé quantité de pièces de monnaie gauloises, romaines et mérovingiennes. Maniaque comme lui seul, il les avait rangées dans des boîtes de cuir doublées de velours où elles étaient retombées dans un sommeil qui s'annonçait à nouveau millénaire. Un jour où je m'ennuyais dans la bibliothèque, j'étais tombée sur ces étuis cachés en fouillant derrière l'*Histoire de Bretagne* en dix volumes du père Querré.

J'ai emporté à Nantes deux coffrets de monnaie mérovingienne. Morvan s'est jeté sur la collection. Certaines pièces étaient en or, d'autres en argent, quelques-unes en plomb. Il les soupesait, les frottait, les croquait, les observait sans fin, fasciné. Une découverte le laissait ébahi : à l'époque des rois fainéants, plusieurs souverains s'étaient appelés Thierry. Misia, elle, couvrait Timmy de baisers et le serrait contre elle à l'étouffer. Dès qu'elle consentait à le lâcher, il cavalait à quatre pattes dans le salon où il se redressait, s'agrippait aux fauteuils et balayait des bras les tables basses qu'on avait débarrassées en catastrophe. Pour se mettre debout, il ne cessait de s'accrocher aux genoux de Morvan qui le prenait dans les bras, le jetait en l'air, le faisait éclater de rire. Tout à coup, Morvan a crié « Merde alors ! » J'ai cru qu'il avait repéré une pièce de Charlemagne ou de Pépin le Bref au moins. Pas du tout : Timmy venait de faire ses premiers pas. A huit mois ! On s'est extasié. C'était un vrai Méaban, un sens inné de l'équilibre, encore un futur marin. Puis on a débouché le champagne et, après avoir couché le jeune prodige, on est parti fêter l'exploit à « La Cigale ». Les Allemands occupaient une table sur deux. Cela ne m'a fait ni chaud, ni froid. Un homard, une meringue et tous mes préjugés s'envolent. Dire que j'aurais pu me morfondre à Kergantelec en grelottant. A l'heure du couvre-feu, cette débauche de lumière et de chaleur me convenait à merveille. J'ai remis à plus tard les problèmes de conscience. Il y avait plus urgent : mon séjour à La Baule. Et là, Morvan s'est montré parfait.

Ces pièces de Chilpéric, Clotaire, Clovis et consorts ne devaient pas finir chez un numismate où, dit-il, on m'en donnerait des ronds de carotte. Au lieu de ça, il m'a offert deux mille francs pour que je puisse miser. Si je gagnais, je lui remboursais l'avance; si je perdais, il faisait établir la vraie valeur des pièces et il me les achetait. J'imagine qu'il faisait confiance au casino de La Baule pour ratisser mes mises et lui offrir un magot facile à dissimuler si le vent tournait contre lui. Ce calcul ne me gênait pas et j'ai accepté avec reconnaissance. Avant de partir pour le Royal, j'ai passé deux jours à Nantes à faire des courses avec Misia et je me suis offert une robe et un manteau Balenciaga. Puis, en grand équipage, à bord de la Delage, Misia, Timmy, sa nourrice et moi sommes partis taquiner la chance. En trois jours, j'ai gagné quinze fois ma mise! Sans panache. J'ai joué en vraie bourgeoise. Aucune trompette de la renommée ne m'accompagnait. Pas de gros gain, de petits bénéfices. D'abord, quand j'arrivais, après le dîner, une heure ou deux au blackjack où je doublais sans éclat mon stock de jetons. C'était facile. Quand je glissais cent francs sur le tapis, certains autres joueurs, le genre ferrailleurs ou BOF très distingués, en jetaient dix fois plus. La banque luttait contre eux, ne se souciait pas de moi et ne venait pas me chercher en poussant trop loin son avantage. Ensuite, seulement quand j'avais mille ou deux mille francs de gain, j'apparaissais à la roulette où je commençais par miser sur les couleurs – jamais le noir des SS, toujours le rouge des Horse Guards. Là encore, en fourmi, rien d'une cigale, je bétonnais mes petits profits. Enfin, à l'extrême fin, quelques centaines de francs, jamais plus, sur le 14 et sur le 21, les deux dates de naissance de Timmy. Et le troisième soir, banco, le 21 est sorti deux fois de suite ! Croyez-moi, je n'ai pas traîné. Dix-huit mille francs, c'était le Pérou, j'ai plié bagages. J'étais sur un nuage. J'ai prévenu ma belle-mère que Timmy et moi passerions Noël chez Misia et Morvan. La vieille bique avait compris à qui elle avait affaire. Elle n'a même pas protesté.

On a réveillonné à trois, un souper somptueux. J'ai offert à Misia une dessin de Foujita déniché dans une galerie du passage Pommeraye : une petite fille au visage de chérubin, aux vêtements colorés et aux mains fourchues qui semblaient prêtes à broyer qui approcherait. C'était angélique et effrayant. Tout à fait nous ! A Morvan, j'ai donné un Clodomir, un Dagobert et, évidemment, un Thierry. Moins antique, il m'a passé autour du poignet un bracelet en argent de chez Cartier. Tout cela inondé de champagne. Un an plus tôt, je me morfondais à Scrignac ! C'était fou. Je prenais presque goût au conflit. Début janvier, je suis quand même rentrée à l'Ile-aux-Moines.

L'hiver était glacial mais nous nous prélassions comme des coqs en pâte entre la bibliothèque et la cuisine de Kergantelec chauffées comme des fours. Dès le premier soir, j'avais installé un tripot avec le matériel acheté à Nantes : tapis vert, jetons, roulette, sabot de blackjack. Le couvre-feu n'existait pas sur l'île, où les Allemands ne posaient pas le pied. Chaque soir, on jouait. Madame Gauvain, Miss, Blanche de Ciry et moi bien sûr mais, peu à peu, des tas de gens nous ont rejointes, jusqu'au recteur à l'occasion. On misait des clopinettes, parfois des légumes, des bonnes bouteilles ou même des bûches mais nous étions aussi excités que si nous avions joué notre dernière chemise. J'ai même pris avec flegme la chute de Singapour et les dizaines de milliers de soldats faits prisonniers par les Japs en février. La voix cassée par l'émotion, Churchill avait dit à la BBC que c'était la pire défaite de l'histoire anglaise mais, ce soir-là, j'organisais un poker et j'avais l'esprit ailleurs. On avait coupé les ponts avec la réalité. La guerre se poursuivait au loin, on observait et on attendait, rien de plus. La grande France ne donnait plus de leçons au monde et se serrait la ceinture en maugréant. Tout ce qu'elle tuait, c'était le temps.

Après la Libération, Blaise a dit un jour que l'antisémitisme d'Hitler avait été une bénédiction pour l'Europe. Sans lui, l'Allemagne aurait conservé tous les physiciens juifs qui, réfugiés en Amérique, mirent au point la bombe atomique pour les Alliés. Cela semble cynique mais la remarque demeure en dessous de la vérité. Cette rage raciste des nazis n'a pas seulement préservé notre liberté, elle a aussi sauvé notre honneur. Sans elle, la France n'aurait pas levé le petit doigt pour se dresser contre le fameux Reich. Les Anglais mouraient par dizaines de milliers, les Polonais par centaines de milliers, les Russes par millions et nous, on échangeait nos tickets de rationnement en commentant le climat. Je vous jure que pendant l'année 42, les Allemands se sentaient comme chez eux en France. On leur en voulait d'être là mais rien de plus. Personne ne se posait de questions sur le sort des juifs. Nous vaquions à nos affaires comme avant. A Kergantelec, ma belle-mère ayant renoncé à attendre le retour de Blaise, la grande affaire de l'été 42 fut le baptême de

Timmy. Pendant des semaines, on ne s'est soucié que de fruits de mer, de bouquets de fleurs, de tenues et de champagne. Prier pour Bir-Hakeim importait bien moins que trouver un organiste pour la cérémonie religieuse. Mathias fut le parrain, Misia la marraine et la moitié du bourg vint faire la fête avec nous. Nul n'aurait osé imaginer la Shoah. A la messe du dimanche suivant la rafle du Vel d'Hiv, le recteur avait demandé de prier pour toutes ces personnes âgées, ces enfants et ces braves gens arrachés de chez eux sans avoir commis le moindre délit. Mais, en vérité, personne ne s'est interrogé sur leur sort ultérieur. L'île était choquée mais impassible. Ces malheurs nous dépassaient. Et ne sortaient personne de ses propres contrariétés. Parmi les siennes, ma belle-mère ne se réjouissait guère d'accueillir Morvan Bellec sous son toit :

« Un industriel du marché noir, il ne manquait plus que ça. Et, naturellement, sa poule l'accompagne. J'espère qu'ils ne diront pas "Bonjour Messieurs-Dames" en arrivant. Demandez à Gildas de mettre une casquette quand il ira charger leurs malles dans son triporteur. Le style "grand genre" doit leur plaire. Ils vont adorer la Gauvain... »

Et patati et patata... Tout ça pour rien. Dès qu'il a posé un pied à Kergantelec, Morvan l'a mise dans sa poche. D'abord, en arrivant avec vingt homards encore tout agités. Ensuite, en apportant un agnelet et, loin de prendre des mines, en se retroussant les manches pour creuser un large sillon dans le parc, tailler des branches et monter une rôtissoire sur laquelle il a embroché l'animal. Nanne était conquise, d'autant plus qu'il parlait avec elle en breton – ce qui agaçait ma belle-mère et a stupéfié

Mathias. Au dîner, en passant à table, il a remercié son hôtesse de les recevoir et lui a tendu un paquet-cadeau de chez Lalique. Deux petites mouettes en cristal suffirent à lui clouer le bec et, le lendemain, au baptême, pendant que Misia jouait à la marraine, elle s'est laissée tout sourire prendre le bras pour entrer à l'église. Ensuite, revenu à la maison, il a envoyé valser cravate et veston, a achevé la cuisson de l'agneau, a servi tout le village, et a levé le coude pendant des heures. Même Mathias était sous le charme.

A dix heures du soir, le calme revenu, Morvan et lui ont siroté du cognac, étendus sur les chaises longues de la terrasse devant le salon. L'avenir ne souriait ni à l'un, ni à l'autre. Morvan, lucide, savait que le Reich et ses acolytes français allaient passer à trappe. Mettre son magot à l'abri et disparaître le tentait mais il ne résistait pas à l'appât des sommes folles que la panique allemande déverserait sur lui avant la débâcle. Mathias, amer, ne se faisait plus la moindre illusion sur la résurrection bretonne et avait pris en grippe ses compagnons indépendantistes chaque mois plus nazis. Un an plus tôt, chacun croyant ses choix confortés par l'Histoire, ils se détestaient. A présent, ils se consolaient en jugeant le cas de l'autre plus pathétique encore que le sien et discutaient sans acrimonie. C'est ce soir-là que j'entendis parler pour la première fois de projets en Irlande. Au lieu de tendre l'oreille, j'ai traité Eamon de Valera, le président qui hait les Anglais, de nain grotesque. Du coup, ils ont attendu que je m'éloigne pour monter leurs petites affaires et je n'y ai pas prêté attention.

Je le répète, en 1942, chacun ne se souciait que de lui-même. L'été était merveilleux, Misia est restée quinze jours, Timmy était le centre de l'univers. Pendant des mois, nous avons vécu comme dans un monde paisible où aucune peine ne frappe à la porte. La boue s'était répandue partout mais la France, le museau dans l'herbe, y trouvait à brouter. En septembre, j'ai caché pendant huit jours un pilote de la RAF abattu au-dessus de Lorient et, en novembre, on a soigné un mitrailleur de bombardier qui avait les jambes brisées. Nous n'avions même pas peur. Les Allemands ne venaient jamais sur l'île. Ces actions nous fouettaient le sang, rien de plus, comme un souffle d'aventure dans un monde assoupi. Nous n'étions plus attentifs au mal. Devenu un peuple de basse-cour domestiqué, ce pays si fier de ses sans-culottes ne songeait plus à franchir sa palissade. Je passais ma vie en promenade sur les chemins de l'île. A Scrignac, j'avais envisagé d'écrire un dictionnaire de la pluie. Revenue au bercail, je songeais à une encyclopédie sur l'éventail des verts de l'herbe, de l'émeraude à la pomme, du cresson à la frisée, du gazon au feu de circulation... Dans l'île lovée entre l'eau, le ciel et le cri des goélands, rien n'avait changé depuis Nominoë. Pour ne pas m'ennuyer je jouais à la poupée avec Timmy. En novembre, les Allemands ont envahi la zone libre et la flotte de Toulon, au lieu de rejoindre la Royal Navy, s'est sabordée. Tout le monde a trouvé héroïque cette pitoyable dérobade. Les Français m'exaspéraient.

L'amour, ça va, ça vient, ça n'est pas si important. Mathias m'énervait. Il avait une belle paire de c...uisses, un sourire à se damner, des épaules de rugbyman, tout ce qu'on aime mais son QI de noisette commençait à m'agacer. J'ai besoin d'admirer mes amants. Lui était hésitant, flottant, inquiet. Sa pensée semblait désarticulée. Il enchaînait des tourbillons de projets qu'il ne menait jamais à terme. Voilà qu'il apprenait le gaélique. Pourquoi ? Mystère. Tout ce qu'il arriverait à faire, c'est à jargonner avec des copains irlandais qu'il aurait merveilleusement compris en leur parlant anglais. Dès qu'on abordait la question, je m'énervais. Quant à se réconcilier sous les draps, cela arrivait de moins en moins. Ce coureur de jupons se passait parfaitement de moi. A peine le pied posé sur le continent, il troussait toute la volaille bretonnante qui rêvait de fest-noz, de biniou, de crêpes au sarrasin et de défilés derrière le Gwenn ha Du. Je n'avais plus que Timmy pour m'aimer. Son bréviaire dressait un mur infranchissable entre le recteur et mes rêves de liaison hérétique. Il avait parfaitement saisi mes sentiments mais n'en tenait aucun compte. Un jour que je lui faisais des avances presque indécentes, il m'avait dit qu'un chien a quatre pattes mais ne prend pas deux chemins à la fois et que le sien le menait à Dieu et uniquement à Dieu. A La Baule, je m'accordais de petits extras mais, sur l'île, entre Miss, Nanne, Madame Gauvain et Blanche, je me sentais redevenir vierge. Tourner vieille fille n'arrangeait pas mon moral. Heureusement pour moi, les nazis ont montré leur vrai visage. Quand l'amour vous déserte, il y a encore plus excitant : la haine. Et la foudre s'est abattue sur nous juste avant Noël.

A l'aube, dans la brume, sous un ciel gris comme le chagrin, une dizaine d'hommes ont débarqué sur le port et sont allés directement au Bindo taper à la porte d'Elise Kwass, puis à celle d'Henri Marx, des habitants de l'île comme les autres, dont la plupart d'entre nous ont appris ce jour-là qu'ils étaient juifs. A neuf heures, tout était fini : arrêtés, Elise et Henri avaient été transférés sur le continent. Dans le bourg, le pays était sous le choc.

Ça n'arrivait donc pas qu'aux autres. Que ces horreurs frappent la Pologne était révoltant mais qu'elles touchent le golfe, cela devenait odieux. Le maire a eu la mauvaise idée de passer sur la place du marché. Soudain, le visage jusque-là bien caché de son pétainisme ramolli a sauté aux yeux. A part nous bercer de phrases larmoyantes, à quoi servait son héros de Verdun si on venait arrêter les gens chez eux ? Au lieu d'enfiler son écharpe et d'aller d'un seul pas à Vannes pour ramener Elise et Henri Marx, le shérif a commencé à ergoter. La chose à ne pas faire car, une fois le dialogue engagé, la vraie question est vite sortie : mais qui donc avait donné leurs adresses ? Il n'y a pas de plaques dans l'île et les rues n'ont pas de nom mais le commando allemand savait parfaitement où il allait. Quelqu'un les avait dénoncés. Le temps que le maire cherche une réponse, il s'est pris un crachat pile sur son caban. Quand il a fait demi-tour, la fermière a lancé une endive terreuse sur lui. L'île se réveillait.

Tout doucement, cela dit. Il a encore fallu quelques mois, le temps que Vichy sorte l'idée du STO, pour qu'on se retrouve tous dans le même camp. Le soir de l'arrestation d'Elise et Henri, chez le recteur, nous n'étions encore qu'une poignée. Et là, pas de surprise, les fameux communistes n'avaient rien à proposer. Qui s'occupait des enfants juifs dans la région ? D'héroïques républicains espagnols, de vaillants cheminots, des sardinières... ? Tintin ! C'étaient de braves bonnes sœurs à Notre-Dame de Timadeuc ou à l'abbaye de la Miséricorde de Jésus. Les héros révolutionnaires graissaient leurs pétoires en vue du grand jour mais ne levaient pas le petit doigt pour les tâches plus urgentes, plus féminines et plus anonymes. On s'est encore retrouvées bien seules et c'est Blanche, catholique et bon ton comme elle seule, qui est allée à vélo jusqu'à Malestroit rencontrer mère Yvonne-Aimée de Jésus pour proposer de prendre des enfants sur l'île. Arrivées juste après le jour de l'an, les premières, deux sœurs de six et sept ans, ont été confiées à Miss : en huit jours, elles ont fait de sa vie un enfer et elle les a rétrocédées à Madame Gauvain. Ne supportant pas les enfants, à part Timmy, je lui ai trouvé toutes les excuses. Pas question pour autant de baisser les bras : chaque après-midi, après l'école, Miss leur faisait réciter leurs leçons et leur apprenait l'anglais. Ensuite, dans leur dos, elle ronchonnait mais, pendant les vacances scolaires, elle trouvait des prétextes pour passer chaque jour les voir. Accomplir son devoir est pénible mais on y prend goût. La preuve.

CHAPITRE 8

1943. Le passage de Blaise

Je m'étais promis, en commençant ces mémoires, de ne pas m'appesantir sur les années d'Occupation et j'ai déjà écrit cent pages. Je ne regrette pas la guerre mais c'est elle qui a donné un sens à nos vies. On savait pourquoi on agissait. Et c'est le seul moment où, en France, je n'ai pas eu le sentiment que tout le monde détestait tout le monde. On se contentait de haïr les Allemands mais que le temps se traînait ! On ne sauvait pas des pilotes de la RAF tous les quatre matins. Londres ne souhaitait pas que la Résistance multiplie les sabotages avant l'heure H. Désœuvrée, je passais mes journées à parcourir l'île avec Timmy dans sa poussette, dans mes bras, sur mon dos ou à mes côtés. A l'aube, on partait vers Brouel voir les îlots du golfe flotter sur un lit de brume transparente. Timmy adorait affoler les paisibles canards qui glissent en famille sur l'anse du Guéric. Peu à peu, j'ai découvert tous les sentiers de chaque bourg. Aujourd'hui encore, rien qu'à l'odeur, je peux dire les yeux fermés si je suis au Trech, à Pen Hap, au Rudel ou à Port Miquel. Au bois de la Chèvre, sur la côte sous le vent, face à l'île d'Arz, on baigne dans l'odeur des épines de pin puis on s'enfonce dans les relents de miel des ajoncs du Vran. Plus loin, au bas de Kerno, le parfum du chèvrefeuille alterne avec celui de l'immortelle des dunes. A la senteur des figuiers, des tilleuls, de la glycine ou de l'œillet sauvage, je peux nommer le mois où nous sommes. Sous le cimetière, sur le sentier côtier, l'odeur âcre du poisson séché se mêle à celle du goudron dont les ostréiculteurs badigeonnent leurs casiers à huîtres. Au Goret, sur la côte au vent, le crachin vous gifle des arômes de varech et d'iode au visage. Ici, on sait que les cris suraigus des goélands vous accompagneront, plus loin ce seront les piailleries des mouettes qui se reposent sur des tapis d'algues. Un peu partout, des pins démesurés servent de repères tandis que, dans les cours protégées des maisons de capitaine, on voit monter la garde par les palmiers qui servaient de lest aux cap-horniers après leurs livraisons à Valparaiso. Savoir que, pour d'autres, mon île est une prison accablée de gouttelettes et de grisaille d'octobre à mars relève du charme de la vie : chacun son sale goût. Ça vaut dans tous les domaines.

Au mois de mars, par une journée ensoleillée, sans prévenir, je suis entrée avec Timmy chez Blanche en début d'après-midi, à l'heure où ses filles étaient à l'école. Surprise : elle était en robe de chambre en train de préparer une soupe dans sa cuisine, la seule pièce à peu près tiède de la maison. Toujours en mouvement et survoltée, traîner si tard ne lui ressemblait pas. Tout comme son accueil embarrassé, si différent de son enthousiasme habituel. Et là, qui est apparu, ébouriffé, pieds nus et en maillot de corps ? Le recteur qui sortait de la chambre, pour ne pas dire du lit ! Un silence de mort s'est abattu sur nous. On s'est tous les trois arrêtés net. Ne me parlez pas de morale. Je n'ai pas songé une seconde à cette empoisonneuse. Ni à la religion. Je me moquais éperdument que le recteur ne se plie pas aux ukases que le christianisme impose dans tous les domaines. Tant mieux pour lui s'il croyait ce que le Vatican enseigne et tant mieux pour Blanche s'il ne suivait pas les règles que prescrit le pape. Qu'en revanche, il ait cédé aux avances d'une autre m'a abasourdie. Endormie sur les lauriers accordés par Blaise, Mathias et quelques rencontres, je me croyais irrésistible. Je me surévaluais. Les ailes de petit ange remuant de Blanche avaient atteint le sanctuaire amoureux du recteur que je lorgnais depuis des mois. Il ne restait qu'à être bonne perdante. J'ai donc éclaté de rire et réclamé un verre d'eau bénite pour me remettre de cette émotion. Puis j'ai partagé leur soupe de légumes, le plat que je hais le plus au monde. Sur quoi, sans le dire, on a tous admis qu'il ne s'était rien passé.

Avec le recteur, de toute manière, le silence était la règle. En cette matière, comme dans les autres. Je ne l'ai jamais entendu appeler son chef de réseau autrement que « Machin ». Jamais même il ne m'a dit quel pêcheur de l'Ile-aux-Moines exfiltrait dans la baie de Quiberon les aviateurs que nous avions cachés à Kergantelec, chez Miss ou ailleurs. Il avait adopté le fonctionnement pyramidal des résistants communistes. Personne ne connaissait le nom de plus de trois autres membres du réseau : celui qui vous donne les ordres, les deux qui vous aident et point final. C'était très efficace : si on était arrêté, on n'avait rien à dire.

Je n'ai jamais essayé de reprendre sa gourmandise sacrée à Blanche tellement vivante et gaie. A côté d'elle, on faisait tous relâche. En sa présence, les journées filaient. Dès le matin, elle battait des ailes, courait planter ses aiguilles et distribuait urbi et orbi sa bonne humeur. Tendre comme la mousse, un teint de dragée, charmeuse, elle aurait souri à un mur. Avec ça, efficace à vendre de l'eau à une baleine. C'est elle qui a tout organisé pour l'hébergement d'une dizaine de gamins juifs sur l'île. Présentés par elle, les pires dangers se transformaient en bonne action à laquelle il était impossible de se dérober. Pour autant, elle ne se donnait jamais des airs, fuyait le sérieux comme le diable fuit l'encens et purgeait nos angoisses par le rire. Par malheur (et par bonheur), elle avait une petite araignée au plafond et s'est fait arrêter à Vannes par bêtise, par futilité, par étourderie parce qu'elle fumait à un bistrot du port une cigarette blonde tirée d'un paquet que nous avait laissé un pilote anglais hébergé à Kergantelec. Mais elle n'a pas parlé. L'arrestation du recteur, quelques mois plus tard, n'avait rien à voir avec elle. A ce moment-là, elle était déjà à Ravensbrück. L'année 43 fut un cauchemar. Avec pourtant de délicieux moments de bonheur, comme un mardi du début d'avril.

Pour une fois, Kergantelec était vide. Souvent, Blanche et ses filles s'y installaient quelques jours pour échapper au frigidaire de leur maison sur la plage assaillie de courants d'air. Avec Miss, résidente presque permanente, on vivait entre la cuisine et la bibliothèque, chauffées par la grande cheminée et deux poêles. Madame Gauvain, qui s'ennuyait à mourir à Bellevue, venait souvent nous rejoindre avec ses petites pensionnaires. A l'occasion, on se faisait des festins d'huîtres. C'était l'Occupation mais c'était aussi notre jeunesse. On riait sans cesse, on jouait aux cartes, au Monopoly. Je formais Blanche et ses filles au poker. Quand Bellevue regagnait ses pénates à la nuit tombée, le reste de la communauté se faufilait dans les étages glaciaux pour se glisser en pouffant sous un amas de couvertures dans trois lits où l'on se tenait chaud, serrées comme des sardines. Mais cette semaine-là, il faisait doux, le soleil brillait et ces dames étaient rentrées chez elle. Etendue dans mon lit, je regardais dormir Timmy. Lorsque nous étions seuls, je l'allongeais contre moi et n'en finissais jamais de peloter mon petit bonhomme dodu. La lune illuminait la chambre et j'aurais presque pu lire sans allumer la lampe de chevet quand soudain, j'ai entendu grincer la porte d'entrée qui ouvre sur la cour d'honneur. Cent fois déjà, j'avais eu cette impression terrifiante. La nuit Kergantelec interprète une symphonie de craquements et il m'a fallu vingt ans pour ne plus tendre l'oreille à tous ses mouvements. En 43, je n'en étais pas encore là. Et, pour le coup, en effet, quelqu'un montait les marches. J'ai cru que mon cœur allait lâcher. J'ai caché Timmy sous les draps et, terrorisée, je me suis faufilée derrière les rideaux, prête à sauter par la fenêtre. Or, surprise, le cambrioleur tellement redouté a tapé à la porte de la chambre. Tout doucement, à peine un grattement. Plus morte que vive, j'ai vu tourner la poignée et un homme est apparu : Blaise !

Je l'ai reconnu à l'instant, toujours aussi long et mince. Lui, dans la pénombre bleutée que projetait la lune, a tout de suite vu la forme de son fils caché sous le drap. Il s'est assis au bord du lit, a doucement soulevé le tissu et s'est penché au-dessus de Timmy pour l'observer, le sentir, le caresser du bout des doigts. Je ne bougeais pas quand, au bout d'une minute ou deux, il s'est relevé, a tourné la tête vers la fenêtre et, tout bas, m'a dit : « Bon, ça va, Milady, sors du rideau. » Puis il s'est approché, m'a prise dans ses bras, m'a longuement serrée contre sa poitrine, a plongé son nez dans mes cheveux puis a fait glisser ma chemise de nuit et s'est allongé en m'entraînant avec lui. Heureusement que les lits de Kergantelec sont immenses et que Blaise fait l'amour comme une murène des profondeurs, se faufilant lentement en vous et vous enlaçant, mais ne supportant aucun bruit. Rien à voir avec Mathias, une espèce de fauve qui vous retourne d'un coup de patte, démembre draps et couvertures, vous laisse en miettes et, à peine son souffle retrouvé, va pisser par la fenêtre. Avec mon tendre époux, c'était Paul et Virginie ou Tristan et Yseult, plus doux, plus long, plus troublant. Au lieu d'incendier les sens, il trouvait votre corde sensible et la caressait sans fin et sans chaos. Quand on s'est levé, au bout d'un temps infini, Timmy n'avait pas ouvert l'œil. Je l'ai soigneusement bordé puis, vers minuit, nous sommes descendus dans la bibliothèque.

Deux ans et demi s'étaient écoulés et il était le même, exactement le même. Sans parler, il a commencé par ranimer les braises pour allumer un feu. Il avait toujours les gestes précis et sa lenteur maniaque de technicien qui me fascinait à bord de *Nominoë*. Puis il a poussé le canapé au bord du foyer, m'a prise dans ses bras et, seulement alors, il a commencé à me poser des questions. Timmy, Miss, sa mère, l'île, Mathias, il voulait tout savoir sur tout le monde. A peine a-t-il laissé entendre qu'il n'appréciait pas tellement que je prenne des risques avec la Résistance mais sans y croire, se doutant bien qu'une femme qui vibre autour des tapis de casino n'allait pas traverser des années d'Occupation en se tournant les pouces. Un jour, bien plus tard, à mon propos, il a dit qu'on ne devenait pas résistant mais qu'on naissait résistant. Mon amitié avec Misia l'a amusé et les activités de Morvan ne lui ont fait ni chaud, ni froid. Il a juste dit que celui-là, à la fin de la guerre, il devrait sûrement le tirer d'affaires, rien de plus. Il nous prenait comme nous étions, n'émettait pas de réserves. Il n'avait pas changé. Comme avant, il ne livrait pas ses impressions, ni ne portait de jugement. Enfin, on est passé à Londres. Il avait fait la connaissance de mes copines d'enfance, connaissait toutes les maisons de campagne où j'allais le week-end, fréquentait les dancings de la ville… A l'entendre, il avait passé trois années à faire la java. Quant à ses activités auprès du Général, je ne les ai connues que bien plus tard, après la Libération quand il a daigné en parler, c'est-à-dire presque jamais. Cette nuit-là, tout juste m'a-t-il avoué qu'il vivait désormais à Alger. Que venait-il faire ? Mystère, il n'en a rien dit. Peu bavard en temps normal, il devenait muet comme une carpe dès que les circonstances le permettaient sans paraître un mufle. Seule information glanée pendant ces heures de rêve au coin de la cheminée : il était en France depuis déjà trois mois et arrivait de Limoges où (je l'ai su bien plus tard) il avait été envoyé pour calmer les ardeurs d'une troupe de maquisards un peu trop pressés de passer à l'action et, surtout, réticents à le faire avec des communistes. Il se reprochait d'être venu dans le Morbihan mais Timmy et moi lui manquions trop. Il me l'a d'ailleurs prouvé en me refaisant l'amour sur le canapé, ce qui ne lui ressemblait guère, le zèle sexuel ne faisant pas partie de ses vertus.

Vers six heures du matin, avant l'aube, sans risque de croiser qui que ce soit, nous avons quitté la maison pour aller nous asseoir au bois d'Amour, juste au-dessus du goulet de Port-Blanc, là où les eaux de la Jument passent au grand galop. Les premiers rayons de la lumière perçaient le voile de la nuit et, peu à peu, se sont dessinés les contours de Creizic, puis de Gavrinis, de Berder et de toutes les îles qui sont apparues, l'une après l'autre, comme un spectacle magique. Piqué de rochers fleuris, un désert vierge, bleu, frais, pur et calme s'étendait à nos pieds. Blaise en avait des sanglots dans la voix :

« Trois ans que j'attends cet instant. Quand je mourrai, vieux monsieur couvert de médailles, je veux qu'on vienne jeter mes cendres ici. C'est la nature comme je l'aime, ni vide, ni nue, mais éternelle. L'œil ne se pose que sur le spectacle que voyaient nos ancêtres : la mer. A la campagne, dans ta chère Angleterre, dans cette maudite France, tout se plie à des règles, des bornes, des droits. Ici le maïs, là le potager, plus loin le bétail… Partout des clôtures. Tout appartient à quelqu'un. On abat des arbres pour dresser des barrières. Agressée, la nature se défend, ses broussailles vous griffent, même ses roses vous piquent. Ici, on ne sème pas, on ne laboure pas, on ne déchire pas la terre, on hisse la voile, on s'offre au vent, on laisse le chalut glisser et la manne remplit les filets. Malgré nos tempêtes, nous sommes la douceur et la campagne, en dépit de son calme, est l'horreur. »

Je n'ai pas émis de réserves. Je me tourmentais pour Timmy resté seul à Kergantelec. Blaise, lui, planait dans son nirvana breton :

« Est-ce que tu sais comment la Bible décrit le Paradis ? Comme un lieu où il n'y a pas la mer ! Cette religion n'est qu'une masse d'âneries. Quand je pense que j'ai passé douze ans à Saint-François, que j'ai été premier en instruction religieuse et que je n'ai jamais cru un seul jour à l'existence d'un Dieu. Et maintenant, je passe pour un Français Libre et un patriote modèle alors qu'enfant, je ne voulais que l'indépendance de la Bretagne. Seul le hasard guide nos vies. »

Dans les films sur l'Occupation, les maquisards portent toujours de grosses canadiennes. Lui était arrivé en costume et en imperméable, Monsieur Tout le Monde, rien du baroudeur romanesque. Avec ses trois poils de moustache, il faisait plus gamin que jamais. Assis sur un rocher, collé contre moi, il souriait aux anges, dans son paradis. Je lui ai demandé si le général de Gaulle était toujours aussi inflexible qu'il le racontait dans sa lettre. Réponse : oui, royal. Mais la majesté n'empêchait pas un opportunisme ironique. Il l'avait enseigné lui-même à Blaise :

« Un jour, à Londres, j'ai visité avec lui la résidence où vivait Talleyrand quand il était ambassadeur de France. Au mur, ils ont gravé un de ses refrains : "Il n'y a pas de principes, il n'y a que des événements ; il n'y a pas de lois, il n'y a que des circonstances". Tu sais ce qu'a dit le Général quand on a lu cette phrase ? Juste ces mots : "C'est bien vrai. Dire que j'ai donné à mon fils le prénom de Philippe ! Les circonstances conseillaient alors de plaire à un homme que les principes imposent aujourd'hui de combattre." »

Je répète cette phrase de Blaise car je ne l'ai jamais vue citée dans aucun des milliers d'hommages rendus à de Gaulle par cette nation française tellement flagorneuse. Mais je n'ai pas beaucoup d'autres confidences historiques à reproduire car Blaise en était très avare. Du moment que l'Ile-aux-Moines surnageait, la France aurait bien pu sombrer sans que cela le tourmente. Là, à peine de Gaulle évoqué, il m'a prise par l'épaule pour me serrer plus fort encore contre lui. J'aurais passé le reste de ma vie sans bouger de là mais je n'en pouvais plus d'angoisse de savoir Timmy seul à Kergantelec. Blaise m'a laissée regagner le bourg. Lui-même rentrerait un peu plus tard. A mes côtés, on pourrait le reconnaître. Au contraire, personne ne ferait le rapprochement entre une silhouette pressée et lui parti depuis si longtemps.

« Oh, dame non ! » a crié Nanne quand Blaise, passé par le jardin, est apparu dans la cour arrière. Le temps qu'il se faufile entre les poules, elle a porté les mains à son cœur et s'est mise à pleurer comme une madeleine. Depuis une demi-heure, Timmy galopait entre ses pattes et les miennes. L'œil toujours en patrouille comme un périscope en chasse de quelque proie, les larmes de Nanne l'ont transformé en statue. Il est resté immobile et silencieux alors que cet inconnu entrait dans la pièce et, sans dire un mot à Nanne ou à moi, se dirigeait vers lui, l'attrapait sous les épaules et le prenait dans ses bras. Blaise l'a observé sous toutes les coutures, l'a jeté en l'air, l'a suspendu par les pieds, l'a soupesé en détail puis l'a enfin reposé debout au milieu de la grande table, satisfait :

« Qu'il est beau, mon fils. »

Voyant Nanne se précipiter dans les bras de Blaise, Timmy s'est jeté dans les miens. Le temps qu'on s'asseye pour prendre le petit déjeuner, agrippé à mon cou, il est resté silencieux à dévisager Blaise. J'avais beau ébouriffer sa frange rousse et le chatouiller, rien ne le déridait. Jusqu'à ce que Blaise sorte de la poche de son pardessus une petite traction noire avec des fanions tricolores sur les ailes et la pose à côté de sa tasse. Alors Timmy, en vrai

Britannique ou en vrai Méaban, on en discute encore, s'est arraché à moi, a contourné la table d'un pas énergique, s'est emparé de la voiture miniature et, sans un mot ni un regard, a filé jouer sur le parquet de la bibliothèque. Blaise a souri, l'a suivi, s'est installé dans le canapé pour observer son fils et s'est endormi. Un peu plus tard, je l'ai réveillé pour l'installer dans notre lit au premier étage. Il m'a juste demandé de vérifier sur *L'Ouest-Eclair* que la marée haute serait à onze heures comme il l'avait su rien qu'en regardant le rythme de la Jument et la hauteur du flux. Et, si c'était le cas (ça l'était), de le réveiller à treize heures trente. Je l'ai donc laissé dormir cinq ou six heures. Puis il est sorti. Pour aller voir Madame Gauvain, m'a-t-il dit en m'embrassant sur les lèvres avec un savoir-faire délicieux qu'il n'avait pas deux ans plus tôt – et qu'une sale petite Anglaise avait dû lui enseigner. Mais on ne l'a pas vu à Bellevue. Quelques heures plus tard, j'ai compris qu'il ne repasserait pas. Soudain, trois ans après notre mariage, j'ai découvert que j'aimais mon mari, que je l'admirais et qu'il me manquait. Quand j'y repense, c'est inouï comme il était calme. Passé parmi nous, il n'avait laissé derrière lui qu'une petite voiture, des silences, des regards, des impressions et des sourires… Et mes larmes.

CHAPITRE 9

1944. La nuit du 4 août

Cette guerre, on n'en sort jamais. J'en suis encore à 1944. Et je ne suis pas la seule à en touiller les souvenirs. Soixante-dix ans après, la France baigne toujours dans l'eau de Vichy. C'est la maladie de ce pays, regarder l'avenir dans son rétroviseur. Cela ne date pas d'hier. Songer qu'Hugo a écrit *Quatrevingt-Treize* en 1873 ! Quatrevingts ans plus tard, le spectre de la Révolution continuait de planer sur les esprits. L'Occupation aura joué le même rôle pour mon temps. Si cela continue, je passerai l'arme à gauche avant d'avoir commencé à raconter le reste de ma vie. Hier, j'ai bien l'impression que *Ouest-France* m'a crue morte. Un jeune homme a appelé et c'est moi qui ai répondu. J'ai senti à sa voix qu'il n'en revenait pas de m'entendre. Son rédacteur en chef avait dû lui demander d'obtenir quelques informations sur mes derniers jours et là, stupeur, il tombait sur le vieux croûton en personne toujours en train de mariner dans son bouillon. Il était mignon, ce petit stagiaire. Pour se rattraper aux branches, il m'a expliqué que le journal souhaitait faire le portrait d'une grande résistante du Morbihan. Je me suis retenue d'éclater de rire et de lui dire à quoi j'avais résisté : à Hitler bien sûr, mais aussi à tous ces faux-jetons de socialistes et de communistes qui se servaient de Pétain pour confisquer les valeurs qu'ils avaient piétinées avec lui. Je ne parle pas de ces saletés de vichyssois à la Kerzannec ou à la Mitterrand qui se sont glissés parmi nous à la dernière minute. Pour moi, les résistants, les vrais, ce sont les gens comme Blanche, le recteur, cette bécasse d'épicière à Arradon qui ne venaient de nulle part, ne lisaient pas *L'Action française*, ne militaient pas au parti communiste, ne se berçaient pas des illusions de *Breiz Atao* mais voulaient simplement une bonne petite démocratie popote à l'ancienne et à l'anglaise. Moi, je me fichais bien d'Hitler et de Staline, ce que je voulais c'était l'aventure. Mais comment expliquer ça à un pauvre gamin qui voulait parler à une héroïne ? Au lieu de lui planter tout un décor effacé par le temps, je lui ai demandé s'il savait où je me trouvais le 6 juin 1944, le jour du Débarquement. Il n'en avait évidemment aucune idée et, gentiment, pour me flatter j'imagine, il a suggéré que je devais être avec les combattants de Saint-Marcel, le grand maquis du Morbihan. J'ai éclaté de rire :

« Mais non, mon trésor. Je barbotais à La Baule, au casino, et je vous assure qu'en juin 44, les émotions y étaient aussi fortes que sur les plages de Sword et de Juno. Les pachas du marché noir y jouaient le fruit de leurs dernières rapines. On glissait dans les flaques de champagne. Je me suis rarement autant amusée. »

J'aime bien la provocation mais je ne mentais pas. Je suis aussi heureuse d'avoir été joueuse toute ma vie que résistante quelques mois. Jouer, c'est avoir confiance, aimer le risque, croire au destin, tenter la chance. C'est garder les yeux grands ouverts sur les joies du hasard, avoir de l'espoir, se fier à sa bonne étoile. Fumer, boire, ce que j'ai beaucoup fait plus tard, c'est se fuir mais jouer, c'est aimer la vie. J'ai adoré ça, j'aime encore, je continue à faire tous les concours du *Figaro*. Je ne supporte pas les gens qui restent les bras ballants à attendre que la fortune leur tombe du ciel. Le soir du 5 juin, j'étais au Royal dans la suite de Misia et j'ai même entendu avant le dîner le message que la BBC adressait aux résistants bretons pour activer la lutte armée dans nos cinq départements : « La flèche ne percera pas ». N'étant évidemment pas du petit nombre de ceux qui pouvaient en comprendre le sens, j'ai juste vérifié la qualité de mon maquillage, puis nous sommes descendues, Misia et moi, au restaurant avant de rejoindre les tapis verts. Petit détail du temps qu'on a bien oublié, les menus étaient rédigés en français et en allemand. Misia et moi commandions toujours les mêmes plats : bouquet de langoustines poêlées avec une mousseline de carottes pour elle et noix de saint-jacques au cidre avec un moelleux de sarrasin aux pommes pour moi. Je me rappelle même comment ils l'écrivaient en lettres gothiques : *Sautierte Langoustinen auf Karottencreme* et *Jacobmuschel in Cidre mit Bouchweizen-Apfelküchlein.* Le tout immanquablement accompagné de vin blanc, souvent venu de Moselle car les sommeliers faisaient également du zèle.

La vie semblait facile, des tas de messieurs proposaient de nous inviter à leur table et on voyait parfois arriver à la nôtre une bouteille de champagne offerte par l'un ou l'autre. N'allez pas imaginer que cela me choquait : il m'est arrivé de tomber amoureuse pour une nuit d'un curé, d'un communiste, d'un ferrailleur ou même d'un pétainiste, pour citer les virus les plus répandus à l'époque mais si tout va très vite quand je suis sous le charme d'un homme, cela n'allait jamais très loin car je ne peux pas aimer quelqu'un qui me contrarie – et rien ne me déplaisait plus que la vulgarité des BOF venus parader au casino. Donc on buvait leur champagne puis on les priait d'aller poursuivre leur cirque ailleurs quand ils se manifestaient plus lourdement. Ne me prenez pas pour une sainte-nitouche : je me rappelle que, ce soir-là, pendant que mes copains d'enfance embarquaient sur les barges qui les largueraient bientôt sur les plages de Normandie, Misia et moi avons dansé jusqu'à plus d'heure. Au point que, le lendemain, ce fameux 6 juin, on ne s'est levées qu'à midi. Et là, panique.

A notre étage, dans le couloir long comme le front de mer, les gens s'agitaient avec frénésie. Une rumeur avait insinué que l'interminable plage de La Baule serait le point de chute suivant des Alliés. Les valises s'entassaient devant les portes, les femmes s'énervaient, les grooms couraient dans tous les sens. En une heure, les clients avaient compris que leur statut ne vaudrait bientôt plus un sou. Installés en première classe depuis quatre ans, ils sentaient que les prochaines autorités allaient forcément contrôler leurs billets. C'était le branle-bas de combat. A la réception, le personnel consolait des dames aux cent coups. Si la fin du monde ressemble à ces journées, je vous rassure, ce sera pittoresque. Misia et moi pouffions mais n'avions pas l'intention de rester seules dans des salons désertés. Du coup, comme les autres, on est rentrées à Nantes où Morvan a refusé de me prêter sa voiture pour regagner l'Ile-aux-Moines. Il n'était plus question qu'un chauffeur s'aventure au volant d'une grosse cylindrée sur les routes du Morbihan. Il y avait cent cinquante mille Allemands en Bretagne, pressés de fondre sur la Normandie. Si ce n'était pas un panzer gêné dans sa manœuvre, ce sont les résistants qui feraient un carton sur la Delage. Mes malles Vuitton et moi-même sommes donc rentrées en train. Douze heures à étouffer, dont six passées à observer la gare de Redon.

Ce retour fut très mélancolique. D'habitude, que je revienne de La Baule les poches pleines ou bien lessivée, apercevoir le bois d'Amour depuis la cale de Port-Blanc suffisait à me réchauffer le cœur. Mon île m'attendait avec mon fils, Miss, Blanche, Nanne, le recteur et tous nos amis. Ce jour-là, pourtant, alors que la Libération s'annonçait imminente, au lieu du bonheur tellement attendu, c'est l'angoisse qui m'étreignait. A quelques mois d'intervalle, Blanche et le recteur avaient été arrêtés puis déportés quelque part en Allemagne. Blaise aussi, pris dans une souricière à Paris et englouti par Buchenwald. Je ne pouvais pas croire que les trois reviendraient. Je redoutais que l'apparition du premier sur la barque du passeur annonce la mort des deux autres. Certaines nuits, cette angoisse me dévorait le cœur sans que j'aie le droit d'avouer ma peur. Antoinette et Louison, les deux filles cadettes de Blanche, habitaient désormais à Kergantelec et, devant ces gamines, je devais faire bonne figure. Je les accompagnais à la messe à la place de leur mère et nous priions chacune pour notre prisonnier préféré. Victoire, l'aînée, s'était installée au Trech, chez Miss, où elle vivait comme un coq en pâte tout en faisant marcher la maison car ces catastrophes successives avaient rendu notre vieille amie quasiment impotente. Quant à Mathias, un beau jour, en décembre 43, sans l'annoncer à personne, surtout pas à sa mère ou à celle de son fils, il avait disparu. En Irlande ! Chez cette saleté d'Eamon de Valera, le seul chef de gouvernement qui adressera les condoléances officielles de son pays à l'amiral Doenitz après le suicide d'Hitler.

Depuis, on avait parfois des nouvelles. Par Morvan, son ancien ennemi juré qui l'avait fait passer à Dublin où il transférait également ses fonds – qui ont tranquillement fructifié car, comme l'avait pressenti Morvan, les investigations de la Libération se sont concentrées sur les milliards partis pour la Suisse, l'Espagne, Tanger, Monaco et autres lieux de perdition qui attiraient l'œil tandis que, sous les auspices bienveillants du Sinn Féin et du Fianna Fáil, les paisibles prairies du Connemara blanchissaient en toute impunité les petits malins venus prendre l'air de la République libre ! Si je trouve un éditeur pour ce livre et s'il me reste un fond de venin, après les Français, je réglerai leur compte à mes chers cousins, les Irlandais, dans un second ouvrage. Ceux-là aussi, pendant cent ans, je les aurai vus prêcher avec la même ferveur le pour et le contre !

Cela dit, être un menteur ou un imposteur n'empêche pas d'être un héros. J'ai tellement dénoncé l'outrecuidance des communistes que je ne peux pas nier qu'à l'heure H, en effet, ils furent là. A partir de 1942, sans eux, les actions militaires de la Résistance auraient compté pour du beurre. Ils savaient d'ailleurs très bien trouver les gaullistes quand le besoin se faisait sentir. C'est sur l'ordre du Front National de Vannes, leur mouvement, que le recteur et moi, en août 42, avons cambriolé la mairie de l'Ile-aux-Moines pour subtiliser des cartes d'alimentation et la liste des jeunes convoqués pour le STO. Cela dit, au lendemain du Débarquement, près de Malestroit, ce sont les gaullistes FFI qui ont livré une véritable bataille contre la Wehrmacht. Autour de La Nouette, une petite ferme où, au printemps, depuis une cinquantaine d'années, en tant qu'ancienne résistante du Morbihan, je ne suis pas la dernière à lever le coude avec mes camarades cocos qui, eux aussi, me surnomment « la baronne » – mais rouge. Tu parles !

Ce fameux 18 juin, à Saint-Marcel, encadrés par les SAS (Special Air Service) anglais, nos hommes étaient 3 000 et ont envoyé 400 Allemands au tapis. Confiée aux cosaques de la division Vlassov, la lie de la terre venue d'Ukraine et de Géorgie, et aux miliciens bretons du *Bezen Perrot*, la vengeance fut typiquement « Troisième Reich » : au Faouët, quatorze jeunes fusillés au-dessus des tombes qu'ils avaient eux-mêmes creusées ; au fort de Penthièvre, soixante-neuf détenus passés par les armes ; au bois de Colpo, vingt prisonniers abattus d'une balle dans la nuque par les *Bezen Perrot*… J'abrège car il est temps de laisser les morts reposer en paix. Mais je l'évoque. Sans cette ultime marée de sang, les lecteurs ne comprendraient pas la suite.

La débâcle allemande n'a pas tardé. Sans qu'on en connaisse les détails car à partir du 15 juillet, l'électricité fit totalement défaut, rendant impossible l'écoute de la BBC. Mais les faits parlaient d'eux-mêmes : un beau matin, la Feldkommandantur a réquisitionné les bicyclettes de tous ceux qui allaient prendre le frais dans les eaux de Conleau pour échapper à la canicule. La Blitzkrieg de juin 40 était loin ; c'était la Grande Vadrouille : les Vikings nous quittaient à vélo ! Et le 4 août, Vannes s'est retrouvée libre. Dès que la nouvelle est parvenue à l'Ile-aux-Moines, Madame Gauvain, Nanne et moi avons passé nos bicyclettes à Arradon pour participer aux réjouissances. Nous apportions des brassées d'hortensias sur les porte-bagages. Partout, des drapeaux tricolores flottaient aux fenêtres. Un gymnaste des Korrigans, le principal club de sport de Vannes, avait hissé un immense étendard au clocher de Saint-Patern. C'était la fête. Arrêtés par les FFI, des prisonniers allemands auxquels on avait confisqué leurs bottes, remplacées par des sabots de bois réquisitionnés dans les stocks, avaient dû défiler au pas de l'oie devant la préfecture. C'était un peu mesquin mais on riait aux éclats, moi la première. Les choses ont mal tourné en fin d'après-midi quand les FFI ont ramené de Surzur un groupe de prisonniers géorgiens. Ces vermines avaient commis tant d'horreurs que la foule s'est déchaînée au moment où leur camion s'est arrêté devant la prison de Nazareth. Toute une bande de « mitraillettes d'honneur », ces couards qui n'avaient pas levé le petit doigt pendant l'Occupation, se sont jetés sur eux et les ont massacrés. Nanne, Madame Gauvain et moi n'avons rien vu car nous étions ailleurs, mais on a senti comme une espèce d'hystérie s'abattre sur la ville. Puis sur nous. Le destin nous attendait place du Champ-de-Foire.

Tout le monde buvait. Les gens parlaient fort, chantaient, s'interpellaient, annonçaient l'arrivée imminente des Américains. En dames, nous trempions nos lèvres dans du cidre mais tout autour le vin coulait. Franchement, je m'amusais beaucoup. On s'embrassait, on se tapait sur l'épaule. Un pochetron s'est à moitié effondré sur moi et s'est excusé en me prenant dans ses bras :

« C'est si bon de boire. Moi je suis marin de commerce et j'attends un embarquement depuis cinq ans. Quand je suis saoul, je sens la terre bouger sous mes pieds comme en mer. »

J'étais en train de gentiment détacher ce beau garçon de mon épaule quand, coupant court à ce petit flirt, des cris différents ont en un instant changé l'ambiance. Les clameurs, les huées, les acclamations, les braillements, les exclamations, chaque bruit sonne à sa façon. Là, tout à coup, les criailleries joyeuses ont pris un ton différent, déplaisant, inquiétant, affolant même. Comme un courant d'air glacial en plein soleil. Tout le monde s'est tourné vers l'endroit d'où provenaient ces hurlements et on a vu apparaître quatre gamins de vingt ans, projetés à coups de savate devant eux. Malgré leurs vêtements déchirés, on reconnaissait tout de suite qu'ils portaient l'uniforme des *Bezen Perrot*. Au lieu de se cacher, ces crétins s'étaient laissé arrêter et on les livrait à la foule. Des claques, des crachats, des gifles, des bourrades, ils passaient un sale quart d'heure. J'ai cru qu'on allait les lyncher sur place mais le groupe de FFI qui les accompagnait veillait à éviter l'irréparable. Si l'un d'entre eux tombait par terre, ils le redressaient avant que des cinglés ne le bourrent de coups de pied. Ils dégoulinaient de sang quand même. Dans notre groupe, nous étions sidérées, incapables de prononcer un mot ou de faire un geste. C'était odieux mais inévitable. Si on se reprochait de ne pas intervenir, on s'absolvait en se disant qu'ils n'en mourraient pas et qu'ils l'avaient cherché. Personne ne s'était interposé quand ils commettaient leurs crimes, à leur tour de payer le prix de la lâcheté générale. Quand ils sont arrivés à notre hauteur, juste devant nous, le plus jeune, un adolescent, s'est cassé la figure. Il pleurait en se protégeant le visage sous ses bras. Avec ses cheveux blonds tombant sur le front, il avait vraiment l'air d'un môme. J'ai fermé les yeux quand mon voisin, le gentil sac à vin de la marine marchande, lui a balancé un coup de pied dans les côtes. C'était affreux mais un de ses gardiens, bienveillant sous son apparente brutalité, a attrapé sa proie par ses boucles pour la redresser. Et là, le gamin, épouvanté, aux abois, implorant sa mère, a reconnu Madame Gauvain et, dans un souffle, l'a appelée au secours : « Madame Gauvain, par pitié, sauvez-moi. »

Parfois le temps s'arrête. Les secondes se mettent à durer des heures. Désactivés, les circuits coupés, incapables de faire un geste, ni de prononcer un mot, on reste debout mais comme une statue, immobile, présent et absent, l'attention toujours en alerte mais les muscles tétanisés. Comme si je me tenais ailleurs, regardant la scène de loin, je nous ai vues, Madame Gauvain et moi, en talons hauts et robes élégantes, bien coiffées, maquillées, au milieu d'une nuée d'hommes mal élevés et de bonnes femmes hystériques. Une virago s'est mise à hurler :

« Mais oui, bien sûr, c'est la mère du Mathias, le rouquin, l'Apollon "*Breiz Atao*" qui nous cassait la gueule si on n'achetait pas son journal de collabos. Elle faisait partie de leur bande. »

Je ne sais plus ce qu'elle a ajouté, mais impossible de lui couper le sifflet, elle hurlait à la cantonade et ses voisines se sont jetées sur Madame Gauvain et moi. Faites-moi confiance, je ne me laisse pas faire. Au bout de quelques secondes, redescendue sur terre, j'ai commencé à hurler en anglais et à balancer des claques et des coups de poing aux mégères qui prétendaient me toucher. Nanne, collée à moi, les frappait aussi fort et les abreuvait d'injures. Mais Madame Gauvain, elle, s'était défaite, comme liquéfiée, transformée en poupée de chiffons. On aurait dit qu'elle se soumettait à un rendez-vous que le destin lui promettait depuis des années, quand son fils adoré s'était piqué de politique. Elle ne parlait pas, ne se débattait pas, se laissait emporter, bousculer, gifler. Nanne et moi avons eu beau nous jeter derrière elle, on l'a vue disparaître, happée par le groupe des FFI que dix mégères belliqueuses nous ont empêchées de rejoindre.

Quand Nanne et moi sommes arrivées chez ma belle-mère, rue du Mené, c'était la détresse au bras de la misère. Ma robe était déchirée, j'avais perdu une chaussure, j'étais échevelée et, cerise sur le gâteau, je pleurais. De fureur contre tout le monde, de pitié sur moi-même, d'inquiétude pour Madame Gauvain... Mes nerfs lâchaient, ma belle-mère jubilait. Elle a passé un savon à Nanne, a traité la foule de racaille et moi d'irresponsable et, pour finir dans sa note habituelle, nous a tous noyés sous son mépris. Quant à la Gauvain, elle n'avait que ce qu'elle méritait. Nanne a rugi, crié que Madame Gauvain était la femme la plus douce de l'Ile-aux-Moines et n'avait jamais fait de mal à personne. Il fallait tout de suite aller trouver le maire. L'autre s'est transformée en sorcière, éclatant d'un rire maléfique :

« Aller trouver le maire. Et pourquoi ? Il a autre chose à faire qu'à papoter avec les dames de la bonne société. Ouvrez les yeux, bande d'idiotes : c'est la révolution dans les rues. On n'arrivera même pas aux portes de l'Hôtel de Ville. Laissez la populace vider son sac. On verra bien demain matin quand la ville cuvera son vin. »

Sur quoi, elle s'est assise sur son fauteuil près de la fenêtre d'où elle surveillait, derrière des voilages blancs, l'agitation deux étages plus bas. Cet égoïsme, cette méchanceté, cette morgue de vieille grue malfaisante se prenant pour le sel de la bonne société m'a ressuscitée. Folle de rage, je me suis levée, j'ai craché par terre et, dans ma tenue de pute en fin de beuverie à Soho, j'ai dit à Nanne qu'on partait à la mairie :

« Inutile de se faire accompagner par une grippe-sou rapia qui a fait du marché noir et dont tous ceux qui la connaissent se demandent qui l'a sortie de l'asile. Tu vas voir, Nanne, la réputation qu'auront les Méaban quand j'aurai fini mon numéro. »

C'étaient les mots adéquats. La vieille a bondi de son siège :

« J'en ai assez. Blaise n'a pas mérité ça. Je ne vous laisserai pas faire un esclandre devant tout Vannes quand mon fils souffre le martyre en Allemagne. »

Pas question d'ébrécher le futur statut de héros de son cher fils. Sur un ton glacial, elle m'a ordonné d'aller me rincer, de me recoiffer et de trouver dans sa penderie une tenue et des chaussures convenables. Quant à Nanne, qu'elle reste ici et prépare de quoi dîner. Elle n'avait rien compris mais quand j'ai pris Nanne par le bras pour qu'elle nous accompagne, la harpie n'a pas moufté, lui a passé un châle à jeter sur ses épaules et a exigé qu'elle retire ses bas noirs à mi-mollets. Madame voulait une escorte digne de son rang ! Une fois dans la rue, elle s'est calmée. Il faut dire qu'il était sept heures et demie et, à Vannes, la ville la plus conservatrice, la plus religieuse, la plus travailleuse et la plus paisible de France, guerre ou pas guerre, la plupart des gens sont rentrés chez eux. Deux heures plus tôt, on avait fusillé une pauvre femme devant son fils de douze ans mais, l'atmosphère de « grand soir » déjà estompée, ne restait qu'une ambiance de fête bon enfant. Les insectes malveillants sortis le temps de l'orage étaient rentrés manger leur soupe. En trois minutes, on a atteint la mairie.

Première étape : slalomer sur le parvis entre les reliefs à moitié calcinés d'aigles du Reich, de croix gammées en bois, de bustes et de tableaux du Führer, de drapeaux et de panneaux de signalisation rédigés en pataphar gothique. L'heure du ménage avait commencé. Seconde étape : pénétrer dans la bâtiment dont un groupe de jeunes gens contrôlait l'entrée. Pas très aimables pour des vainqueurs, surtout face à une délégation de bourgeoises – vraisemblable nid de frelons collabos potentiels. Quand ma belle-mère a demandé à rencontrer Maurice Marchais, l'ancien maire révoqué en 1941 et rétabli dans ses fonctions le matin même, leur chef l'a prise de haut :

« Qu'est-ce qu'elle croit la douairière ? C'est la mairie, pas un salon. On sert pas de petits-fours et on boit pas le champagne. La guerre n'est pas finie, les Américains ne sont pas encore là, les Allemands de Lorient vont vouloir traverser la ville pour rejoindre Nantes, il reste des miliciens planqués à gauche à droite… On a autre chose à foutre qu'à baiser des mains. Monsieur Marchais est en conférence, alors mémère reviendra demain, ou après-demain, ou le mois prochain. Et maintenant, on circule. »

A quarante-cinq ans, ma belle-mère suivait sa ligne gramme par gramme et conservait au millimètre près la silhouette du jour de son mariage. Etre traitée de mémère l'a ulcérée. Qu'un blanc-bec ne voie pas d'entrée de jeu qu'elle était « à part » a achevé de la sortir de ses gonds :

« Vous, espèce de jeune malotru, je vais vite savoir votre nom et vous aurez intérêt à me présenter des excuses sans délai. Je suis Clémence de Méaban, je suis une vieille amie de Maurice et je suis la mère de Blaise de Méaban qui a sauvé l'honneur de cette ville en rejoignant de Gaulle en juillet 40. Mon fils était son aide de camp à Londres pendant que les jeunes cons de votre acabit se doraient les fesses sur les plages du golfe. Et aujourd'hui, pendant que vous paradez avec des galons gagnés à la loterie, mon fils est au bagne, déporté en Allemagne. Alors je vous conseille de filer annoncer ma venue à Maurice ou vous ne tarderez pas à rejoindre les bataillons disciplinaires conçus pour les petits mufles de votre espèce. »

« Aide de camp » du Général, c'était bien trouvé. Ça a marché. Un des acolytes du garde-chiourme connaissait Blaise, savait son rôle dans la Résistance, a parlé dans l'oreille du chefaillon et nous a priées d'entrer attendre dans le hall où cinquante personnes s'agitaient et couraient dans tous les sens. Deux bonnes sœurs et un curé criaient que le grand séminaire était en flammes après que des Allemands cachés dans le réfectoire avaient mis le feu à trois cents crucifix ! Un fermier de Ménimur annonçait l'arrivée d'automitrailleuses allemandes. Tout valsait dans tous les sens. Découragée, je me suis assise sur les marches : dans ce capharnaüm, personne n'allait s'occuper de Madame Gauvain. Eh bien, erreur. Les vocalises de la Méaban ont atteint leur but. Au bout de quelques minutes, on est venu nous chercher.

Quinze personnes partageaient l'immense bureau du maire qui semblait complètement dépassé par les événements. C'était un vieux monsieur terriblement Troisième République, courtois, bien habillé, cravaté de l'aube à la nuit tombée, le notable de province fait pour les journées historiques comme moi pour dire la messe. Sa maigreur faisait peur. Le cheveu blanc et rare, la moustache tachée de nicotine, les gestes lents, la démarche ankylosée, il glissait entre les cris des uns et des autres et faisait mine d'organiser un chaos qui lui échappait totalement. Aux premiers temps de l'Occupation, il avait traité Pétain de « vieille ganache », ce qui lui avait valu l'honneur d'être chassé de son poste mais le pauvre n'avait plus une telle énergie. Les douze dernières heures l'avaient autant fatigué que ses quatre années au purgatoire. Il avait l'air plus refroidi qu'une momie égyptienne. Après une journée d'enfer, une stupeur ahurie est passée dans ses yeux à notre apparition. Puis il a souri. Ces trois dames bien élevées le ramenaient au bon vieux ronron des années 30, quand il prenait une décision tous les 36 du mois. Tout heureux d'échapper un instant à l'épuisant mouvement du monde, il s'est levé pour accueillir ma belle-mère et lui baiser la main sous l'œil goguenard des durs à cuire qui s'imaginaient que leur agitation frénétique allait changer le sort de la guerre. Puis il nous a entraînées près d'une fenêtre pour entendre ce qu'on pouvait bien avoir à demander. Il était humainement impossible d'ajouter une ride à celles qui sillonnaient son front mais, ébahi, il a réussi à froncer les sourcils. On venait réclamer la libération sur-le-champ de la mère de Mathias Gauvain. Manque de chance, il connaissait le fils :

« C'était un *Breiz Atao*. Que voulez-vous que je fasse pour lui dans cette atmosphère ? »

S'il comptait expliquer toutes les raisons l'empêchant d'agir, ma belle-mère a tout de suite mis les points sur les i :

« Rien. Et on se moque complètement de Mathias. Je vous parle de sa mère. Elle n'a jamais fait de politique, c'est une brave femme qui héberge chez elle deux jeunes israélites depuis des mois, vous ne pouvez pas, dès le premier jour, couvrir de votre autorité des actes que, par nous, vous savez injustes. Ce n'est pas pour ça que la ville est revenue vous chercher. Redevenez tout de suite l'homme courageux que Vannes aimait. »

Je n'aime pas qu'on parle des israélites, comme si le mot « juif » écorchait les lèvres. Mais enfin, j'ai trouvé habile qu'elle prête au maire un courage passé imaginaire pour l'inciter à en avoir un réel et actuel. J'ai ajouté que le réseau du recteur de l'Ile-aux-Moines avait plusieurs fois caché des pilotes anglais chez Madame Gauvain. Vous m'auriez entendue : le ton odieux de la reine excédée d'avoir à s'expliquer. Mais, avec ce mollusque, mieux valait y aller au cric. En effet, il a saisi ma main pour dire qu'il savait qui j'étais et qu'il souhaitait plus vivement que tout le retour de Blaise. Puis il s'est dirigé à pas lents jusqu'à son bureau où il a rédigé un ordre d'élargissement immédiat pour le directeur de la prison de Nazareth. Habile, il ne parlait pas de libération mais exigeait qu'on la remette à l'escorte venue la chercher pour interrogatoire à la mairie. Puis il a fait signe à un militaire qui a lu le papier et l'a pris du bout des doigts comme s'il saisissait un rat crevé. Agacé, le maire lui a précisé sur un ton cassant qu'ensuite, il devait nous raccompagner à Port-Blanc. Puis il a salué courtoisement ma belle-mère, m'a embrassée et nous sommes parties, Nanne et moi, chercher Madame Gauvain.

Le jeune homme qui nous accompagnait n'avait pas vingt-cinq ans. Petit soldat de plomb engagé de frais, il n'avait jamais vu le feu mais roulait des épaules comme un vétéran de la Garde. A croire qu'il était né sur un camion citerne tant il avait les jambes entre parenthèses accentuant encore, si c'était possible, une démarche d'homme de Néandertal. Il nous a embarquées dans une traction avant dont on avait retiré les portes pour tirer plus facilement. La nuit commençait à tomber et les rues à se vider, on est arrivés à la prison de Nazareth en deux minutes. On aurait dit que tout le monde fuyait comme la peste le lieu où, six heures plus tôt, on avait massacré ces sales Russes. Notre guide a remonté à toute vitesse les couloirs. Le calme régnait. Quinze jours plus tôt, quelqu'un m'avait dit que la prison était bourrée comme un cartable de gens raflés par la Milice venus s'entasser dans les cellules déjà occupées par les droits communs. Tous semblaient s'être évaporés, certaines grilles ouvraient sur des pièces vides, nos pas résonnaient dans le silence, on ne se serait jamais cru en pleine révolution. Le gardien-chef, un bonhomme à moustache, une vraie caricature de Français moyen avec béret basque et baguette sous le bras, s'était épinglé un écusson rouge et portait un lorgnon. Je l'avais vu vingt fois dans *L'Ouest-Eclair* : un vieux de la vieille de la pénitentiaire, un syndicaliste voué à survivre à tous les régimes. De Gaulle pouvait bien remporter la victoire, personne ne bougerait. Comme toujours au lendemain de ses révolutions, la France ne déplacerait qu'un meuble ou deux dans l'administration. Il suffirait d'enfiler un brassard pour échapper aux demandes d'explications. Il n'a pas posé de question, a écrasé sa cigarette dans un cendrier, s'est levé, nous a emmenés vingt mètres plus loin dans un couloir paisible et a ouvert une cellule. Assises par terre, prostrées et muettes, les trois femmes ont fait un bond quand il a hurlé : « Gauvain, par ici. » Personne n'a bougé.

On pouvait dire ce qu'on voulait à Madame Gauvain, elle n'entendait plus. Quand Nanne et moi sommes entrées dans la cellule pour la chercher, je l'ai reconnue à sa robe blanche à petits carreaux bleus. Pieds nus, sale, des écorchures plein les bras et les joues, elle se tenait la tête sous les bras glissée entre les genoux. On ne voyait que son crâne presque rasé avec quelques touffes de cheveux roux. Bouleversée, les larmes me sont montées aux yeux. Heureusement, Nanne s'est penchée vers elle, l'a prise par le bras et, avec douceur mais sans ménagement, l'a forcée à se relever. Revenue à moi, j'ai enlevé le châle des épaules de Nanne, l'ai posé en foulard sur la tête de Madame Gauvain et lui ai dit tout bas en anglais qu'on rentrait à l'Ile-aux-Moines. Là encore, elle n'a pas prononcé un mot. Il a quasiment fallu la porter pour qu'elle passe la porte. Pendant cette interminable minute, je n'ai pas osé regarder les deux autres prisonnières pour ne pas les mettre mal à l'aise en les dévisageant. Je n'ai pas non plus demandé ce qu'on leur reprochait au garde-chiourme. On est sorties sans même signer un papier et notre chauffeur, peut-être impressionné par le calme de Nanne, mon anglais ou la détresse de notre amie, a renoncé à ses airs de héros excédé et a accepté de nous conduire sur la plage d'Arradon où nous avions laissé notre barque en début d'après-midi. Il faisait nuit noire à présent, c'était le meilleur moment pour rentrer discrètement sur l'île et épargner toute rencontre à Madame Gauvain. La mer descendait, la godille de Nanne et le courant nous ont poussées, en vingt minutes on a atteint la cale du Trech. Quand on est enfin arrivées à Bellevue, il était quatre heures du matin. Je n'en pouvais plus. Je ne suis même pas rentrée à Kergantelec et je me suis écroulée dans le lit de Mathias. Sa mère n'avait pas prononcé un mot depuis que nous étions entrées dans sa cellule.

Pour finir, j'ai passé l'été à Bellevue avec Timmy. Les filles de Blanche dormaient au deuxième étage avec les deux collégiennes juives. Installée un peu plus loin sur la pointe, Miss nous rejoignait pour les repas. Le temps était merveilleux, les nouvelles du front excellentes, les enfants heureux, les rires et les galopades parcouraient la propriété. Tous les jours, je suppliais Madame Gauvain de se reprendre, de ne pas pleurer sur son sort et d'être forte pour aider Mathias à retrouver sa place en France, le jour où il réapparaîtrait. Ça a fini par marcher. Elle avait pris vingt ans et des mèches grises sont apparues quand elle retirait son turban mais, peu à peu, elle a retrouvé l'usage de la parole, ses cheveux ont repoussé et une esquisse de sourire est réapparue. Petite satisfaction en prime : pour la première fois depuis 1940, Kergantelec n'a plus couru après l'argent et les sommes étriquées que ma belle-mère donnait car Misia est venue s'y installer.

A Nantes, Morvan sentait trop le soufre. Depuis des mois, il avait organisé son départ et l'évasion de sa fortune mais il ne tenait pas à entraîner dans sa cavale une femme aussi divine que peu discrète. Elle est donc venue nous rejoindre, apportant avec elle sa gentillesse, son enthousiasme, ses tenues, ses parfums, ses bijoux et son argent. Je ne parle pas en l'air : dans le double fond d'une de ses valises, il y avait une centaine de napoléons – que j'ai tout de suite destinés à deux ou trois virées à La Baule dès que la vie reprendrait son cours. D'après Morvan, cela ne tarderait d'ailleurs pas. Il suffirait d'échapper aux radars de l'épuration pendant trois ou quatre mois. Ensuite, après qu'une poignée de maladroits auraient été abattus pour l'exemple, tout se réglerait par de la prison avec sursis, des amendes ridicules et des peines d'indignité nationale dont tout le monde se fichait bien, dans une nation qui aurait dû en être frappée tout entière.

Papa vint passer Noël avec nous. Il avait terriblement changé. Il ne se remettait pas de la mort de Timmy. Sans qu'il nous révèle quoi que ce soit, il avait l'air d'en savoir plus long que nous sur les prisons allemandes et le sort de Blaise l'épouvantait. Malgré la victoire désormais acquise, il était amer. Son récit du comportement des Londoniens sous le Blitz n'avait rien à voir avec les contes et légendes colportés par Winston. Des pillards se jetaient sur les night-clubs éventrés par les bombes et arrachaient aux victimes leurs boucles d'oreilles, leurs bracelets et leurs portefeuilles. Pendant les bombardements, les gangs arrivaient dans les rues dévastées avant les secours et se livraient à des razzias. On avait rétabli la peine du fouet en public ! Puis on avait condamné des voleurs à cinq ans de travaux forcés. A Kergantelec, on tombait des nues. Depuis 1940, Londres était notre Vatican, le Montségur de la liberté et de l'honneur, soudain Papa révélait son autre face. Dans les abris antiaériens du métro, on reprochait aux juifs d'attirer les bombes puis d'accaparer les places. A ces récits, ma belle-mère buvait du petit-lait. Tout ce qui me blessait lui réchauffait le cœur. On ne se retrouvait en silence que pour songer à Blaise. Le jour de l'an 1945 a été un cauchemar tant on avait peur. C'est ce qui me reste de l'Occupation : des souvenirs exaltants quand tout allait mal et une insupportable angoisse lorsque la victoire s'est profilée.

CHAPITRE 10

1945. La résurrection

Jamais un hiver ne m'a paru si long. Même le temps s'y mettait. Il pleuvait sur l'île comme dans nos cœurs. Une pluie dure comme du verre, coupante, froide. Ce que je redoutais plus que tout s'est produit. Blanche est rentrée la première, en avril. Puis le recteur, début mai. On a fêté leur retour comme il se doit mais les larmes que je versais n'étaient pas que de bonheur. Je m'étais convaincue que les trois ne reviendraient pas. Même si j'affirmais le contraire à Kergantelec et persuadais Miss, Nanne, Misia et Timmy que ces réapparitions prouvaient qu'on survivait à la déportation, leur résurrection signait dans mon âme l'arrêt de mort de Blaise. Leur état achevait de m'épouvanter. On aurait dit des squelettes. La tête rasée, les joues creuses noircies par la barbe, les yeux exorbités, le recteur ressemblait à un bagnard. Blanche était un spectre. Quant à les faire parler de Ravensbrück et de Neuengamme, leurs camps respectifs, inutile d'y songer. Blanche m'avait dit d'une voix tendre mais excédée que quiconque n'y était pas allé n'entrerait jamais dans ces lieux et que ceux qui y étaient entrés n'en sortiraient jamais. Se pressant contre moi, elle m'avait en même temps juré que

Blaise, lui aussi, allait réapparaître mais je n'arrivais pas à la croire.

Presque chaque jour, le matin, à l'aube, je descendais m'asseoir face au golfe, à la pointe du bois d'Amour, là où Blaise m'avait emmenée la nuit où il était passé nous embrasser dans l'île. A cette heure, ni bateau, ni vent, ni vagues sur l'eau, pas même de cris de mouettes. La mer et le ciel se confondaient dans les teintes grises de la brume, douces comme le velours, mélancoliques et silencieuses. J'ai compris à ces moments la profonde tristesse des bords de mer, là où les femmes prient Dieu d'arracher leur homme à l'océan pour les ramener au port. Parfois l'angoisse s'emparait de moi, mes doigts se mettaient à me piquer et je transpirais sous mon ciré. Mes jambes ne m'auraient plus portée si je m'étais levée. J'avais peur de celui qui rentrerait, si un miracle me le rendait. Je redoutais les silences de Blaise et je savais par mille récits d'îloises que les marins revenus à terre n'évoquent jamais le froid mordant, les cambuses crasseuses, la fatigue, l'épuisement plutôt, ni la peur et les vagues acharnées à lessiver le pont et à les emporter, toute cette vie écœurante dans la jungle mortelle des eaux glaciales. Que me raconterait-il ? On ne naît pas impunément dans une île qui ne cesse d'envoyer ses fils mourir au loin dans les glaces de Terre-Neuve, entre les bancs de morues de l'Islande. Chacun garde ses pensées pour lui, par crainte d'attirer le mauvais sort. Le recteur, un soir, au début de notre amitié, m'avait montré le registre d'un de ses prédécesseurs qui, en 1880, avait interrogé ses paroissiens, hommes et femmes, sur leurs voyages. Il y avait près de mille habitants à l'époque, beaucoup plus qu'aujourd'hui. Seuls douze d'entre eux s'étaient rendus à Paris et quatre cents n'avaient jamais été plus loin que Vannes mais quatre cents autres connaissaient Reykjavik ou Saint-Pierre et Miquelon. Si, par malheur, je songeais au destin des Ilois, la peur me sautait dessus et mes larmes coulaient. Rentrée à Kergantelec, je prétendais pour rassurer Timmy que le vent m'avait raboté les yeux.

Et puis le miracle est survenu, le 6 juin 45, un an exactement après le Débarquement, plus d'un mois après la chute de Berlin, alors que plus personne à Kergantelec ne croyait au retour de Blaise. J'avais emmené Timmy à la plage où il ramassait des coquillages et traquait les crabes minuscules qu'il entassait dans son seau pour ensuite les enterrer dans le jardin. Soudain, j'ai vu arriver Nanne essoufflée d'avoir couru depuis le bourg : un ministre avait téléphoné de Paris ! C'était en fait un secrétaire de la rue Saint-Dominique, au ministère des Armées, là où de Gaulle avait installé ses bureaux. Blaise était rentré. Il arriverait à Vannes le lendemain. On s'est jetées dans les bras l'une de l'autre, on a pleuré sans discontinuer, on s'est précipitées chez Blanche juste au-dessus et on s'est toutes remises à verser des larmes, à rire, à chanter et à consoler Timmy que cette hystérie paniquait. Mon rêve s'était accompli : les trois étaient revenus sains et saufs. Disons saufs.

Dès qu'il a mis le pied sur la cale du Grand-Pont où nous l'attendions tous, un autre Blaise est apparu. Physiquement, il n'avait pas changé, amaigri bien sûr mais bien moins que nous ne le redoutions. Moralement, en revanche, le contraste sautait aux yeux. Il a d'abord longuement enlacé sa mère, puis moi, puis il a pris Timmy dans ses bras et a embrassé Nanne, Miss, Madame Gauvain et plusieurs des Ilois présents. Sans rien dire. Il n'a pas prononcé un mot. Nous pleurions tous, sauf lui, froid comme un rocher, plus beau que jamais mais enfermé en lui-même. Personne n'osait parler. Un silence épais comme la pierre nous séparait les uns des autres. Le malaise nous étreignait. Je retenais mes larmes. Blaise a juste demandé à Timmy s'il voulait bien remonter avec lui à Kergantelec, entre hommes, en passant par la plage. Il lui a caressé la tête puis embrassé le front et Timmy, rassuré, a dit qu'il lui montrerait où trouver des palourdes.

Quand ils se sont éloignés, ma belle-mère était aussi désarmée que moi. Signe de son désarroi, elle m'a prise par le bras pendant que nous empruntions le chemin du retour par le port, sans eux. Aucune d'entre nous ne voulait exprimer la première sa déception et son angoisse. On avait tellement attendu ces retrouvailles ! Parvenue devant chez « Charlemagne », ma belle-mère s'est juste arrêtée pour me serrer contre elle et dire : « J'ai peur. » Il n'y avait rien à ajouter. Avant le dîner, elle a décommandé le recteur, Blanche, les gamines ainsi que Madame Morio et Marianne Warec'h, les mères de Jean et Morvan qui avaient quitté l'île avec Blaise en juillet 40 et servaient encore dans la flotte. Mieux valait rester entre nous.

Il faisait beau. Avant de passer à table, on s'est retrouvé sur la terrasse. Blaise a demandé à boire un Ricard. A Buchenwald, il en avait rêvé, ainsi que de croquer à pleines dents du chocolat Toblerone – que ma belle-mère a fait venir de Vannes par taxi le lendemain à la première heure ! Sa longue promenade avec Timmy semblait l'avoir ramené en douceur parmi nous. Il a expliqué qu'il avait mis du temps à rentrer en France parce qu'avec trois copains, à leur libération, il s'était installé dix jours dans une ferme allemande. Ce qu'ils y avaient fait ? Mystère. Personne ne posait de question précise. A des mots échappés des années plus tard, j'ai deviné qu'ils avaient dû faire payer très cher à ces paysans la barbarie de leurs compatriotes. Il n'en a jamais parlé, ni ses copains devenus de grands amis. Ma belle-mère a juste demandé qui étaient ces trois garçons. Paul, un étudiant, et Geoffroy, un jeune saint-cyrien, l'un et l'autre Parisiens, ainsi que Pascal, un paysan du plateau de Millevaches. Ensemble, ils avaient passé dix-huit mois dans les mines de sel de Wansleben. Le travail était harassant mais ils étaient à l'abri du froid. Ils se seraient même pris pour des privilégiés s'ils n'avaient pas dû endurer le sadisme des kapos polonais. Ceux-là, Blaise les haïssait et cette rancune a duré toute sa vie. Assez vite (au bout de quelques années quand même), il n'a plus fait de commentaires sur les Allemands mais, jusqu'à sa mort, il a exécré les Polonais. Pourquoi précisément, on ne l'a jamais su. Ces confidences du tout premier soir furent quasiment les seules. Il a évoqué la marche des derniers jours quand ils avaient évacué Buchenwald pour dire que, sans Pascal, il se serait laissé mourir sur un bas-côté de la route. Puis il a demandé poliment à sa mère que nous parlions d'autre chose, a posé des questions sur Jean et Morvan, puis voulu savoir si *Nominoë* était en bon état. Ma belle-mère, d'une élégance qui m'a stupéfiée, a répondu que je m'en étais merveilleusement occupée et que j'y avais souvent embarqué Timmy. Souriant, il a encore pris son fils contre lui et annoncé que le lendemain, il l'emmènerait faire le tour de l'île. Tous les deux, entre hommes, en vrais marins. Puis, il s'est levé, a beurré deux craquelins que Nanne avait apportés pour lui avec les apéritifs et nous a priées de passer à table sans l'attendre : il avait besoin de marcher dans l'île. Cette promenade, il la faisait et la refaisait en songe depuis deux ans. Il rentrerait tard. Sur quoi il nous a quittés. Quand nous avons entendu la grille claquer dans la cour d'honneur, on s'est toutes regardées, hagardes. On est rentrées dîner en vitesse dans la cuisine où Misia avait dressé une table de banquet et à neuf heures et demie, la nuit n'étant même pas tombée, on s'est toutes repliées dans nos chambres. Que nous n'ayons pas l'air à l'affût quand il rentrerait ! Timmy voulait dormir avec moi. Sa grand-mère l'a pris dans sa chambre. Quand on s'est dit bonsoir sur le palier, elle m'a serrée contre elle à nouveau, moi qu'elle traitait depuis cinq ans comme un massif de ronces, et elle m'a parlé à l'oreille :

« Je ne sais pas quoi vous conseiller. Si j'étais dans votre situation, je serais terrorisée. Faites semblant de dormir. Ne brusquez rien. De toute manière, tout cela nous échappe. Tant d'autres femmes doivent être dans notre situation… »

Elle a laissé passer un instant avant d'ajouter :

« Je suis heureuse d'affronter cette angoisse avec vous. Vous êtes solide. A deux, on le portera. »

Etendue dans le noir, j'ai laissé passer les heures, tendant l'oreille pour entendre Blaise arriver. Quand je me suis endormie, bien après minuit, il n'était pas réapparu. Au petit déjeuner, dans la cuisine, ma belle-mère m'a murmuré qu'il était monté se coucher dans sa chambre d'enfant, au deuxième étage où dormaient aussi Miss et Misia, descendues à l'aube sur la pointe des pieds. Tout le monde retenait son souffle, sauf Timmy. Excité comme une puce à l'idée d'embarquer avec son père, il avait fait préparer par Nanne un panier avec des craquelins et du pâté Hénaff, avait enfilé son gilet de sauvetage orange et courait en criant de la cour au jardin, de la cuisine à la bibliothèque… Au début, nous l'attrapions à tour de rôle pour le prier de la mettre en sourdine afin de préserver le sommeil de son papa si fatigué mais, à partir de dix heures, on l'a laissé brailler au loin avec l'espoir qu'il réveille Blaise en douceur. Peine perdue. Au point qu'à onze heures, je l'ai amené au deuxième étage pour qu'il aille lui-même taper doucement sur l'épaule de Blaise et le réveiller d'un baiser sur la joue. Anxieuse, ma belle-mère nous avait escortés jusqu'au palier du premier et tendait l'oreille. Moi-même, restée à la porte de la chambre, j'observais de loin comme dans ces contes pour enfants où la maman gâteau couve d'un regard sucré les mains calleuses de son rude marin en train d'ébouriffer les boucles blondes de leurs enfants. Sauf que là, nous n'étions plus chez la comtesse de Ségur. Quand Timmy a sauté sur le lit de son père, Blaise a fait un bond, a rejeté sa couverture et, complètement nu, s'est mis au garde-à-vous, raide comme le bois et figé comme une statue, le menton relevé, les bras collés au corps. Timmy terrorisé s'est mis à pleurer ; d'abord saisie de stupeur, je me suis ensuite glissée comme une ombre pour l'attraper et le sortir de la pièce, puis j'ai refermé la porte et, en silence, effarée, frémissante d'angoisse, je me suis assise sur le bord du lit où j'ai attendu, incapable de trouver mes mots. Lorsque Blaise a fini par s'asseoir, je n'osais même pas le toucher. C'est lui, après un long moment, qui m'a prise par l'épaule et, tout bas, en m'embrassant les cheveux, a murmuré que tout allait bien. Puis il m'a demandé de lui laisser un instant avant qu'il descende nous rejoindre.

En alerte devant sa chambre, ma belle-mère avait saisi Timmy pour le calmer et m'a fait signe de la rejoindre. D'une voix éteinte, crispée par les sanglots qu'elle retenait, elle a juste dit qu'il était encore en Allemagne et que nous devions tous agir comme s'il ne s'était rien passé depuis cinq ans. Ne plus l'interroger et ne surtout pas le traiter en convalescent mais le replonger jusqu'à l'asphyxie dans la vie normale des Bretons. Première chose : il n'était pas question de renoncer au tour de l'île à bord de *Nominoë*. A une nuance près qu'elle m'a glissée à l'oreille en posant bien à plat chaque syllabe :

« Et vous montez à bord. Blaise est fou. Il l'a toujours été mais maintenant, il est peut-être dangereux. Je ne l'autoriserai jamais à partir au large seul avec Timmy. C'est le dernier des Méaban, on ne peut courir aucun risque. »

C'était elle la folle depuis toujours et les souris ne font que des souris mais je n'ai rien dit. Du reste, personne à Kergantelec n'a reparlé de l'incident. Aujourd'hui, on explique qu'il faut mettre des mots sur les malaises. Au moindre événement, des cellules de soutien psychologique accourent. Les victimes sont les enfants chéris de la société. Il faut les aider à se libérer de leur souffrance. Surtout qu'elles ne gardent pas en elles leur colère. En 1945, on collait encore aux anciens préceptes : silence et patience. Blaise a retrouvé sa place au milieu de la table, face à sa mère. Lui et moi sommes partis en excursion à Houat, à Hoëdic, à Groix et à Belle-Ile avec Timmy. On a mangé une à une toutes les volailles du poulailler. Ayant récupéré ses droits, le gazon a mis le potager à mort. L'été a suivi son cours et la vie a repris le sien. J'ai trouvé le courage d'aller dormir avec Blaise dans son lit d'adolescent, puis celui de le ramener dans le nôtre pour ne pas finir percluse de courbatures. L'atmosphère s'est peu à peu détendue. Un soir, Blanche et le recteur étant venus dîner, j'ai demandé si aucun des trois ne songeait à la vengeance et ne souhaitait savoir qui les avait dénoncés. Ce mystère me hantait depuis des semaines. Cinquante ans après, il m'étonne toujours. Que les familles juives n'aient pas demandé des comptes demeure pour moi un mystère. Ce soir-là, je ne pensais même pas aux martyrs de la Shoah, simplement aux déportés politiques, ceux qu'on avait expédiés dans les camps pour des activités antiallemandes qui justifiaient un châtiment. Mais ma question est tombée à plat. Sans élever la voix, ils ont écarté le sujet. Blanche ne voulait plus que voir grandir ses filles et goûter aux joies de la famille. Le recteur, qui avait retiré la soutane et s'était installé chez Blanche, restait un chrétien fervent plus porté à la prière et au pardon qu'aux représailles. Pour Blaise, toute la France devait tourner la page. Je n'ai pas insisté. Ma belle-mère buvait du petit-lait. Après le dîner, entre femmes, dans la cuisine où nous faisions la vaisselle, elle a exprimé son soulagement :

« Blaise va mieux. Timmy, Kergantelec et vous l'avez arraché à cette maudite Allemagne. Il sait à nouveau que l'existence apporte du bonheur. Sa vraie vie va enfin commencer. Je suis certaine que Blaise fera la gloire des Méaban. »

Elle fondait de gros espoirs sur le général de Gaulle, devenu président du Conseil. Le 1er septembre, Blaise était attendu à Paris pour entrer dans son cabinet. Ma belle-mère voyait son fils bientôt ministre :

« Blaise ne parle pas à tort et à travers. Et il a des nerfs d'acier, le sang-froid des marins au long cours. S'il est habile, il ira très loin. »

Très loin d'elle, ça j'en étais persuadée. Quant au sang-froid de Blaise, il s'est vite révélé branché sur courant alternatif. Trois jours plus tard, à Vannes où lui et moi raccompagnions ma belle-mère en voiture, il s'est fait siffler sous prétexte d'avoir klaxonné plusieurs fois. C'était faux, ma belle-mère et moi aurions pu en témoigner, le gendarme nous avait confondus avec la voiture qui précédait. Sûr de lui, il n'a pas écouté le démenti de Blaise et lui a demandé d'un ton martial totalement ridicule pour une infraction aussi bénigne de bien vouloir sortir et présenter les papiers du véhicule. Blaise a quitté la voiture et réitéré sa dénégation. En vain. L'autre, affectant l'air fatigué de l'instituteur qui n'en peut plus des gamineries d'adolescent pris sur le fait, a répliqué que cela suffisait, qu'il était là et qu'il avait entendu.

Debout à côté de lui, Blaise a détourné le visage pour tendre son permis de conduire sans regarder cet imbécile. Un instant ses yeux sont passés sur sa mère et moi. Un regard désespéré, hagard, triste à pleurer. Raide comme la pierre, on sentait son corps tendu par la fureur. Tête baissée vers le capot, il semblait tétanisé. Le gendarme lui a parlé sans que j'entende ses mots. Qu'a-t-il dit ? Ma belle-mère l'ignore aussi mais, soudain, Blaise lui a arraché des mains son permis de conduire, l'a jeté par la fenêtre sur le siège du conducteur, a saisi le gendarme par les revers de son uniforme et lui a hurlé dessus :

« Oui, sale con, je sais bien que tu étais là. Et tu étais là aussi le jour où tes copains m'ont arrêté avec les Boches pour m'envoyer en Allemagne. Je te chie à la gueule, à toi et à toute la gendarmerie française qui m'a coffré à la Santé et m'a chambré dans un wagon plombé. Et si tu continues à m'emmerder, je te roule dessus. »

Ce n'est rien de dire que j'étais ahurie. Une minute plus tôt, on roulait doucement dans une ville ravissante noyée de soleil et, tombé du ciel, un ouragan s'était abattu juste sur nous. Quelqu'un avait tranché les nerfs de ma belle-mère : figée, incapable de prononcer un mot et de faire un geste, elle m'a avoué plus tard qu'elle avait cru que le gendarme allait se servir de son arme. Dans un état second, je suis sortie de la voiture. Je ne sais même pas ce que je comptais faire. Imposer les mains sur Blaise ? Psalmodier des aphorismes sutra ? Animer une séance de sophrologie ? Si j'en ris maintenant, sur le moment, j'ai vu arriver l'irréparable. Mais non ! Comme s'il se le tenait pour dit, le gendarme a repoussé mon pauvre mari et, raisonnable ou terrorisé, lui a seulement donné l'ordre de disparaître et d'aller se faire soigner. Au lieu de ça, Blaise a repris le volant, est allé sur le port, s'est garé, m'a remis les clés et a disparu. Pendant trois jours ! Il n'avait pas prononcé un mot, ma belle-mère et moi non plus.

Depuis deux mois, à mi-mot, à coups de brefs regards et de sourires esquissés, on s'était fait tout un roman de la guérison de Blaise. On a refermé cet ouvrage de pure fiction et on l'a oublié sur une étagère quand il est rentré à l'Ile-aux-Moines. Personne ne lui a demandé où il était passé. Même ma belle-mère, qui se mêle de tout et croit que le monde tournerait moins bien sans elle, n'a pas ouvert le bec. Devant moi, elle se plaignait plus que jamais de ses insomnies hantées par l'angoisse mais, en présence de son fils, silence radio. Officiellement, tout allait bien. Du reste, comme on dit à Londres, «*each cloud has a silver lining*», rien n'est tout à fait noir. A son retour, Blaise semblait apaisé. Il emmenait chaque jour Timmy à la plage pour lui apprendre à nager, ils partaient pêcher palourdes et pétoncles au Vran, ils embarquaient sur *Nominoë* pour préparer la régate du 15 août... Plus le temps passait, plus il évitait les repas en famille car, plutôt que de s'asseoir à table, il avait l'impression d'entrer en consultation. Sur l'oreiller, la nuit, il me parlait parfois. Quelques mots, un baiser sur mes cheveux, un câlin sur l'épaule, rien d'autre! Une fois, divine surprise, il m'a fait l'amour, tendrement, silencieusement et brièvement. Même allongé contre moi, il restait ailleurs. Qu'importe, on se prêtait tous à la règle implicite dans la famille : faire comme si tout était rentré dans l'ordre.

A la fin du mois, à la veille de son départ pour Paris, un dîner à Kergantelec a réuni Blanche, ses trois filles, l'ancien recteur, qu'on appelait désormais par son prénom, Louis, Miss, Madame Gauvain et ses deux collégiennes qui s'apprêtaient à nous quitter et on a ri, bu, péroré et même parlé politique. Louis ayant proclamé que nul pays n'avait une plus belle devise que la France, «Liberté, Egalité, Fraternité», Blaise a répliqué que la fraternité n'avait jamais existé, que l'égalité était impossible entre les grands et les petits, les beaux et les moches, les malins et les idiots et que la liberté ne servait à rien quand on n'avait pas de travail, de diplômes, de relations – sinon à donner une légitimité de façade aux gouvernements et aux exploiteurs. S'il devenait un jour duc de Bretagne, il prendrait comme devise «Clarté, Vérité, Probité». Lorsque ma belle-mère, enchantée par ce programme, lui a promis un avenir politique exceptionnel, il l'a renvoyée doucement dans les cordes :

« Les premières places ne m'intéressent absolument pas, Maman. Ce que je souhaite, c'est une place à l'écart. »

Là encore, cette réponse a plu à ma belle-mère. Epanouie, elle a prédit que les sentiers parallèles menaient aussi loin que les grandes routes. Blaise a souri. Il ne la contredisait jamais en public. A l'aube, le lendemain, il nous a emmenés, Timmy et moi, faire un dernier tour dans l'île. Il ne voulait pas la quitter sans se rendre au dolmen de Pen Hap. Le soleil brillait, aucune brise ne rafraîchissait l'atmosphère, Timmy exigeait d'être sur les épaules de son père auquel il collait comme un chewing-gum. En nage, Blaise s'est mis torse nu. Après des semaines de navigation, il était brûlé comme de la croûte de pain. Je ne l'ai jamais vu plus beau et lui ai demandé s'il comptait exercer des ravages amoureux dans les ministères. Il m'a conseillé de ne pas me tourmenter :

« De Gaulle est fait pour la grande Histoire, pas pour la petite et ses combats subalternes. La France est un château dont il ne connaît que la salle d'armes et les salons. A présent, il s'agite en cuisine. Ça ne durera pas. Il n'est pas du genre à avaler les couleuvres comme des pilules. Blum, Queuille, Chautemps, Raynaud et les autres nuls sont de retour. Il ne tardera pas à envoyer tout le monde balader. A mon avis, je serai vite rentré. Et tant mieux. Je ne suis bien qu'ici. »

Pour une fois, il était bavard. Réchauffé par le spectacle du golfe, son cœur s'ouvrait. Au bout de deux longues heures à crapahuter à travers les broussailles du Vran puis du Guip, on est arrivés à la pointe de l'île où, étalés sur l'immense table du dolmen, j'ai sorti quelques croissants. Le panorama coupait le souffle. Entre les îles et les îlots, les teintes mauves, roses, jaunes et vertes des bruyères, des ajoncs, des prairies et de la mer se mélangeaient comme dans un tableau de Monet. Tout était si calme qu'on entendait soupirer l'air, murmurer l'eau et glisser la lumière. Blaise pointait chaque détail à son fils :

« Là-bas, au-delà de l'île Longue et de la Jument, passé Port-Navalo et Locmariaquer, l'océan menace mais ici, pour nous, les Vénètes, c'est un ami fidèle qui préserve des hivers glaciaux et abreuve nos jardins de doux brouillards d'où jaillissent des sources et des ruisseaux. Il y a longtemps que les hommes savent que le paradis est ici. Tu as vu le cromlech de Kergonan, ici on se prélasse sur le dolmen, tu connais le menhir couché devant la boulangerie Derrien juste à côté de Kergantelec... Tout ce bric-à-brac paléontologique prouve qu'il y a déjà quatre mille ans, il faisait bon fricasser de la poiscaille et bâtir une civilisation chez nous quand, dans le reste de la Gaule, des créatures archéologiques mâchaient des racines dans des champs d'orties et croassaient dans des marais infestés de moustiques. »

Pauvre gamin, que comprenait-il à tous ces termes savants ? Rien. Mais il buvait les paroles de son père comme du bon lait. Je n'ai jamais vu Blaise aussi radieux. Tout réchauffait son cœur, même l'Occupation :

« Si on ne brûlait pas l'encens, on n'en connaîtrait pas le parfum. C'est pareil avec le golfe. Si les Allemands n'avaient pas tenté de nous le voler comme les Français avant eux, on n'en verrait même plus la splendeur. »

Il déraillait mais il planait. Si Timmy ne nous avait pas accompagnés, il m'aurait fait l'amour dans une espèce de transe païenne. A défaut, on s'est étendus sur la pierre chauffée par le soleil, il m'a serrée contre lui et m'a couverte de baisers – ce que ce prude à l'ancienne ne faisait jamais en public, ni même en privé. Enfin, il a fallu rentrer pour qu'il prenne son train. Et là, dernière surprise, juste avant de quitter la maison, il m'a donné une enveloppe pleine de gros billets. C'était totalement inattendu, Blaise n'a jamais un centime en poche. Quand on embarquait pour deux ou trois jours en mer, il prenait des pommes, du pâté Hénaff et des miches de pain, basta. Je lui ai demandé d'où sortait ce pactole tombé du ciel :

« Pendant que j'étais déporté, j'ai été nommé par le gouvernement du Général membre de l'Assemblée provisoire consultative. Depuis septembre 43, sans le savoir, j'étais député. Ils m'ont envoyé le mois dernier deux ans d'indemnité parlementaire. On est riches, ma puce. Tu vas pouvoir faire des folies. »

J'ignore s'il parlait sérieusement mais je n'ai pas caché que j'irais certainement faire un saut à La Baule. Le casino me manquait. J'en avais assez de parier des ronds de carotte avec Blanche et Nanne. Il s'est contenté d'éclater de rire. Lui et l'argent faisaient deux. Il s'en moquait. A se demander s'il était vraiment le fils de la sorcière. Cela dit, il la vénérait et c'est avec elle qu'il est parti pour le port. Elle tenait à l'accompagner à la gare. Moi je suis allée à la plage avec Timmy afin de ne pas m'effondrer en larmes. Moins je comprenais Blaise, plus je l'aimais. De loin, comme d'habitude, car il n'est pas revenu avant Noël. Et encore brièvement. A peine deux jours, le temps de couvrir son fils de cadeaux. Puis il est reparti pour Paris. De Gaulle avait ses humeurs. Il voulait tout envoyer promener. Son cabinet était prié d'être à son poste 24 heures sur 24, sept jours sur sept. Et, en effet, au tout début de janvier, il a démissionné. De là à nous ramener Blaise, il ne fallait pas rêver. Et, à ce moment-là, croyez-moi, je ne rêvais plus du tout. La vie était redevenue un jeu. J'avais entrepris de faire fortune.

CHAPITRE 11

1946. Faire fortune

J'aurai bientôt quatre-vingt-dix ans, j'ai l'air d'un squelette, ils ne tarderont pas à me dater au carbone 14, mais je bouge encore et, l'autre jour, partie me baigner au Rudel, j'ai aperçu des ibis, deux grandes gigues au plumage blanc, à la tête noire et au long bec recourbé. Autrefois on n'en voyait jamais alors qu'on était envahis par les sternes caugek qui, elles, ont quasiment disparu. Timmy adorait la verticale parfaite de leurs plongeons, leur bec noir à pointe jaune perçant l'eau comme une lance, les ailes profilées comme un fuselage d'avion de chasse. Et puis elles ont filé au loin. Le golfe ne leur a plus convenu. Les voitures, les sentiers du littoral, les chemins pour VTT, les parkings, les ports artificiels, les mouillages à tort et à travers, les planches à voile, le kitesurf, le caravaning sauvage, le désherbage hystérique, les terrasses pieds dans l'eau, tous leurs territoires ont été grignotés. Et je ne parle pas de la démoustication et des herbicides qui ont exterminé les insectes dont elles se nourrissaient. A force, résignées, elles sont parties. Maintenant, des ibis se régalent de nos dépôts d'ordures !

Inutile de préciser que je n'ai pas tellement aimé ce spectacle. A mon âge, mieux vaut ne pas trop apercevoir ce genre de créatures qui, dans l'Egypte ancienne, incarnaient le Dieu pesant les âmes des morts. Pourtant, leur vision m'a émue aux larmes. Timmy aurait tant aimé les prendre en photo et les ranger dans ses albums d'oiseaux du golfe. D'où lui était venue cette passion, je n'en ai aucune idée. Les personnalités se forment à notre insu, surtout la sienne. Son père et moi ne lui parlions que d'Histoire, ce qui le laissait de marbre. Il n'ouvrait jamais les livres que nous lui offrions pour Noël ou pour son anniversaire. En revanche, à quatre ans, il distinguait les sternes des mouettes et des goélands qu'il classait en sous-catégories faciles (selon lui) à distinguer. Quand on se promenait dans l'île, il me montrait les argentés au bec jaune avec une tache rouge et s'énervait quand je les confondais avec les marins à pattes roses. Au printemps, il épiait les mouettes dont la tête devenait noire comme le charbon pour leurs quelques semaines de période nuptiale. Les jours de tempête, il m'emmenait observer les petites « pygmées » qui papillonnent en bande au-dessus des parcs à huîtres à la recherche de crustacés qu'elles piquent sans se poser, comme en marchant sur l'eau. Tout cela m'entrait par une oreille et sortait par l'autre mais me laissait ébahie de bonheur. Peu d'enfants ont eu aussi tôt une personnalité aussi forte que Timmy. J'en ai souffert mille morts par la suite mais, petit garçon, mon fils était irrésistible. A cinq ans, le jour de Noël, enseveli sous les cadeaux des uns et des autres, il s'est effondré en larmes, une fois le dernier paquet ouvert, parce qu'il n'y avait pas de jumelles pour observer les oiseaux. A six ans, il se servait dix fois mieux que son père du Leica de Blaise. A sept ans, il était devenu une véritable encyclopédie ornithologique du golfe. Ma belle-mère se ruinait en développement de photos pour ses albums. Les canards, les sarcelles et les bernaches avaient le leur, il y en avait un pour les cormorans, il avait fait tirer en poster un nuage de bécasseaux… Mon fils me fascinait. D'autant plus que je ne m'occupais guère de son éducation. A peine plus que son père qui, lui, ne mettait jamais les pieds sur l'île. Ma belle-mère, Miss, l'ancien recteur, Misia plus tard quand il est devenu adolescent, tant de gens veillaient sur lui que je ne m'inquiétais pas. Dans mon esprit, un garçon de son époque devait être fier d'une mère qui menait une vie professionnelle excitante. Dans les années 40 et 50, on n'était pas nombreuses. Et des flibustières dans mon genre, moins encore.

Ne pensez pas que j'avais envie d'être riche. Je n'ai jamais été jalouse des millions des autres. De leur beauté, de leur élégance, de leur esprit, de leur humour, de leur style, oui, cela m'est arrivé. Mais de leur fortune, non. D'ailleurs l'argent, quand j'en ai eu, et j'en ai eu souvent, je l'ai toujours jeté par les fenêtres. Mais je me suis vite aperçue que le gagner était le plus excitant des jeux – et, dès qu'il s'agit de jouer, vous pouvez compter sur moi. Je n'ai d'ailleurs pas perdu un instant avant de m'y mettre. A peine Blaise sorti de ma vie, l'argent y est entré. Comment ? Par La Baule, bien sûr.

Avec Misia, on s'y est précipitées dès le mois de septembre 45. Et là, surprise, les vieux de la vieille étaient de retour. Tous ceux et toutes celles qu'on avait vu fuir le 6 juin 44, prêts à s'aplatir comme des draps pour échapper aux règlements de comptes de la Libération imminente, avaient retrouvé des couleurs et leurs habitudes. Je n'en revenais pas. Egaux à eux-mêmes, les Français avaient poussé les hauts cris puis aussi vite tourné la page. Au lieu d'être imprimés en lettres gothiques et en allemand, les menus étaient en anglais mais, à ce détail près, rien n'avait changé. Rentrés quelques mois dans leur coquille, le temps que les enragés de l'épuration se fassent les dents, les cadors du marché noir et leurs prima donna réapparaissaient comme au naturel. Les croupiers m'ont reconnue, j'ai invité à notre table des officiers britanniques, Misia et moi avons recommencé à flirter et, le quatrième soir, selon mon habitude, j'ai perdu à la roulette tout ce que j'avais gagné au blackjack. Qu'importe, nous sommes rentrées à Nantes, dans l'appartement du cours Cambronne où les voisins ont accueilli Misia avec des sourires comme si elle revenait de week-end. Tout était si paisible que, deux jours plus tard, Morvan, l'homme le plus prudent que la terre ait jamais porté, nous a rejointes à son tour. Un an plus tôt, il s'attendait à être collé au poteau ; à présent, il rigolait :

« La France est comme la Terre, elle tourne mais on ne sent pas qu'elle bouge. »

Il ne croyait pas si bien dire. Quelques semaines plus tard, Kerzannec est passé à Nantes. Il n'entendait plus ressusciter la Bretagne mais animait un nouveau parti politique tout ce qu'il y a de démocratique à l'ancienne dans le style parlementaire décadent qu'il maudissait à l'été 40. Plus fort encore, ayant appris que j'étais chez eux, il a sonné à la porte de Misia et Morvan. Physiquement, c'était un autre homme. Je me rappelais un intellectuel sombre, maigre comme un chat abandonné, toujours prêt à griffer, incapable de sourire sans raison. Au lieu de cet écorché vif, on a retrouvé un bourgeois sûr de lui, confiant, aimable et même engageant. On avait dû lui offrir les cartes alimentaires par blocs car il avait pris quinze kilos. Ayant coupé ses longs cheveux gras de barde celtique, il avait l'air propre des notables passés à la savonnette. Après avoir baisé la main de Misia, il m'a embrassée sur la joue comme s'il retrouvait une vieille amie. Saluant Morvan, sur un ton affable mais ferme, avec une nuance de menace, il dit avoir beaucoup entendu parler de lui – à quoi Morvan a répliqué que lui-même savait parfaitement d'où il venait. Puis on a tous souri, tels des complices bien informés sur les parcours en pointillé des uns et des autres. Il avait apporté un bouquet de pivoines pour Misia et a offert une bouteille de whisky à Morvan. Je lui ai rappelé qu'à l'époque où il promettait l'enfer à mon Angleterre bien aimée, il ne jurait que par le cidre. Amusé, il a juste observé qu'on avait tous bien des choses à oublier. Au cas où mes états de service dans la Résistance me seraient montés à la tête, il a pris des nouvelles de Timmy et, me regardant droit dans les yeux, m'a demandé s'il ressemblait à sa maman ou à son cher papa.

« Il est roux et a les yeux bleus des hommes de ma famille mais il a le pied marin et le regard perçant de son père. Un vrai Méaban irrigué au sang irlandais. »

Inspiré par ce dernier mot, il a émis sur un ton amical le vœu que Timmy aille un jour en Irlande, « un pays si accueillant où il se sentira chez lui » – sous-entendu : « comme Mathias, son vrai père ». Puis il a souri en me regardant bien en face. Ce serpent avait toujours du venin. Pressée de m'éloigner de ses menaces voilées, je lui ai demandé si lui-même comptait revenir s'installer à Vannes où tant de gens le connaissaient. Il a éclaté de rire :

« Oh non, ma chère. Vivre dans le golfe ne me tente plus du tout. Autant s'installer sur la face cachée et glaciale de la lune. Je vis à Paris et je ne suis en Bretagne que quelques jours, le temps d'installer la permanence de notre nouveau parti. »

Dire qu'il était entré dans ma vie sur la terrasse du « San Francisco », le « palace » de l'Ile-aux-Moines, en train de faire l'éloge de l'Allemagne, bienveillante sœur aînée de sa petite Bretagne ! Monsieur n'en était plus là. L'Europe des peuples bretons, flamands, slovaques, corses et compagnie était sortie des radars. La France sur laquelle il jetait l'anathème était devenue l'alpha et l'oméga de ses calculs. Après être passé à Vichy au Commissariat général aux prisonniers de guerre, il s'activait à présent au Mouvement national des prisonniers de guerre et déportés. Dans les antichambres de Laval, Pétain, Darlan et des autres, il avait rencontré un certain François Mitterrand (c'est la première fois que j'ai entendu son nom que Kerzannec prononçait avec des majuscules dans la voix) et il venait de lancer avec lui un parti politique : l'UDSR, c'est-à-dire l'Union démocratique et socialiste de la Résistance ! Que cet opportuniste se réclame, au vu et au su de tous, de la Résistance m'a laissée sans voix. Décidément en France la paroi était poreuse entre héros et girouettes. Plus tard, Edgar Faure, un autre clown, dirait « ce n'est pas moi qui tourne, c'est le vent ». Et tout le monde de sourire. Sur le moment, cela ne m'a pas amusée. Plus surprenant encore, Kerzannec a cité parmi les fondateurs de son parti René Pleven, un Breton et un gaulliste que Blaise avait connu à Alger, qu'il respectait infiniment et qui avait adressé plusieurs lettres à Kergantelec pendant l'été. Dépassée, je n'ai pas fait de commentaire. En gros, ce groupuscule était un repaire de petits malins qui n'étaient ni de gauche, ni de droite, socialistes sans être marxistes, libéraux mais pleins de compassion, à la fois figues et raisins, poils et plumes, paille et foin… Pour finir, Morvan a résumé le truc :

« Si la gauche gagne d'un cheveu, vous sauvez la droite. Si la droite vacille, vous servez d'appoint à la gauche.

— Exactement, a répondu Kerzannec. Ça fait partie du jeu en démocratie. Soit vous acceptez les règles, soit vous ne jouez pas. »

En prononçant ces mots, il a émis un petit gloussement. Il ne riait jamais franchement. Un air satisfait et complice sur le visage, il affichait le sourire entendu de l'homme tranquille qui sait ne rien risquer en votre compagnie. Misia lui a proposé un second whisky et il l'a accepté en demandant des glaçons. Il nous regardait en face, l'un après l'autre, sans paraître sentir le moins du monde notre méfiance. Tel un zèbre sorti de ses rayures, l'instituteur hargneux s'était transformé en homme respectable. Je l'aurais griffé. Au lieu de ça, j'ai laissé Morvan mener la conversation avec cette belette malsaine et repue. En somme, avant-hier, il était prêt à jouer avec Hitler, hier avec Pétain, maintenant avec de Gaulle et demain avec tous les vieux chevaux de retour de la Troisième République pressés de quitter leurs boxes. Sa foi inébranlable dans l'ordre des choses lui présentait la politique comme un grand magasin où l'on passe d'un rayon à un autre. Il n'y regardait pas à trois fois avant de traverser la rue. Avec une classe politique dans son genre, la France repartait mal : cinq ans de guerre, la pire raclée de son Histoire, des lâchetés à ne jamais les effacer et tout ce qu'on s'apprêtait à changer dans cette cabane vermoulue, c'était le numéro de la République. Lui rappeler que, quatre ans plus tôt, il portait l'abbé Jean-Marie aux nues me brûlait les lèvres. Là encore, j'ai préféré me taire. Si ostensiblement pourtant que Kerzannec s'en est agacé. Il ne venait pas faire des amabilités mais mettre les choses au point avec ceux qui l'avaient connu en 40 : s'assurer qu'on était tous dans le même bain et que nous non plus ne souhaitions surtout pas voir resurgir certain passé. Pour que je saisisse bien le message, il m'a demandé si j'étais retournée à Scrignac récemment. Le ton courtois de la question, son côté familier et la vieille camaraderie qu'elle sous-entendait ont achevé de m'exaspérer. J'ai répondu que ce nom ne me disait rien et que je n'étais jamais allée dans ce lieu inconnu. En clair, je n'avais pas laissé de traces derrière moi. Surtout que cette crapule ne me prenne pas pour une peureuse fragile comme une biscotte! A mon grand soulagement, le message est passé. Quelles qu'aient été ses arrière-pensées, il n'a pas insisté et nous en sommes revenus à son projet de parti politique. Morvan se dévouait si bien pour animer la conversation qu'au bout d'un moment, Kerzannec a sorti sa carte de visite et la lui a tendue afin qu'ils restent en contact. Morvan ne l'a même pas prise :

« Vous savez, je n'ai jamais voté de ma vie.

— Ni moi, a complété Misia avec un sourire à faire fondre la glace.

— Et moi, je vote toujours à Londres. Chez nous, il y a les conservateurs et les travaillistes. Deux partis nous suffisent. C'est de la démocratie simple. Vos groupes charnières nous échappent complètement. Si la gauche l'emporte, elle gouverne sans l'appoint de dix petits malins en échange d'un ou deux portefeuilles. »

Là encore, il a souri de l'air entendu de l'adulte que des gamineries amusent et, au bout de quelques minutes, il s'est levé. Avant de nous quitter, cependant, il a demandé si nous avions repris langue avec Mathias. Evidemment. A peine revenu sur l'île, Blaise l'avait eu au téléphone pour l'assurer qu'il pouvait rentrer en France, qu'il veillerait à ce qu'il ne lui arrive rien. Depuis quelques semaines, toutefois, le contact était rompu. Morvan a répondu qu'aux dernières nouvelles, il vivait en Irlande. Le sourire de Kerzannec nous a ramenés à ce que nous étions à ses yeux, des amateurs qui prennent la pose mais ne savent rien :

« Vous vous trompez. Il est en France, à Aubagne. Il s'est engagé dans la Légion et s'apprête à partir pour l'Indochine. »

Estomaquée, je n'ai rien trouvé à dire. Morvan, toujours calme, a juste fait observer que la Légion n'engageait que des étrangers. Kerzannec a répondu d'une voix douce :

« Il s'est présenté avec un passeport irlandais comme vous devriez le savoir mieux que personne. Quoi qu'il en soit, désormais il s'appelle Gilles Lemoine. C'est son nom de guerre, ça sonne comme l'Ile-aux-Moines. De nous tous, c'est le seul qui continue à fréquenter les Allemands. Ils sont une tripotée à s'être engagés. Ces bons petits gars de la Wehrmacht ramèneront vite l'ordre chez ces satanées faces de citron. »

Il a laissé passer un instant puis s'est demandé si Mathias continuerait à dire le bénédicité avant de passer les Viets au lance-flammes. Il naviguait toutes voiles dehors sur la mer infinie du cynisme. Sur quoi il a éclaté de rire et nous a quittés en annonçant que, si nous changions d'avis, il tenait une réunion publique le lendemain avec Eugène Claudius-Petit, un résistant, un des fondateurs de son parti. Nous étions, bien entendu, les bienvenus.

Quand Morvan a refermé la porte d'entrée, un silence de chapelle s'est abattu sur l'appartement. On aurait dit que la terre avait tremblé. Au bout d'un long moment, Morvan lui-même, qui avait tout vu et, sans doute, tout fait, a rendu les armes :

« On voit cette chose et on aimerait perdre la vue, on l'entend et on souhaite perdre l'ouïe. Cela dit, il a tout compris. On explique sa vie en regardant en arrière mais on la mène en observant devant soi. Les collabos sont tous les mêmes : ils agissent comme si ses bassesses et les leurs étaient parties avec l'eau du bain de Laval. »

C'est alors que Misia s'en est mêlée. Tout sucre, tout miel, d'une voix de première communiante :

« S'ils sont si avides de tourner la page, ils seront aussi pressés de dédommager ceux qui peuvent les ramener aux chapitres précédents. Pourquoi ne leur ferait-on pas payer le silence qui les arrange ? »

Sur l'instant, j'ai cru qu'elle suggérait de faire chanter Kerzannec. La seule personne avec Mathias, elle et Morvan qui savait la vérité sur la naissance de Timmy ! Je lui ai demandé si elle était devenue folle. Pas du tout. Ce sont tous les autres qu'elle avait dans le collimateur et c'est elle, ce soir-là, qui a bâti ma fortune :

« Imagine que tu ailles rendre visite à tous les grands collabos de la région, ceux qu'on a vus à La Baule pendant quatre ans, ceux que Morvan connaît, ceux qu'on découvrira en feuilletant la presse des dernières années.

Une fois en leur présence, tu proposes de les associer à un hommage au maréchal Pétain. Figure-toi leur tête si tu annonces que tu prépares un dictionnaire de la Collaboration pour réhabiliter une période délicate que les communistes et leur presse dénaturent et salissent. Tu défends le rôle de Vichy comme bouclier protecteur de la France, tu dis que tu sais bien qu'ils te comprennent et tu annonces que tu veux les consulter avant de rédiger leur notice dans ton ouvrage. Ils vont pisser sous eux. Crois-moi, ils auront vite fait de signer un chèque de soutien moral à ton projet à condition que tu ne cites pas leurs noms dans ton dictionnaire. »

J'ai cru qu'elle plaisantait mais Morvan, lui, a pris la chose au sérieux. Quand l'argent scintille, tous les poils de son corps se redressent. Il s'est jeté sur Misia, l'a couverte de baisers et a juré qu'il allait lui faire un bébé. On ne m'a plus demandé mon avis. En tant que résistante irréprochable, c'est évidemment moi qui serais à la manœuvre mais je n'avais plus qu'à obéir aux ordres. Ce que j'ai fait et, en vérité, je ne me suis jamais autant amusée que pendant les années 45 et 46. C'est simple, j'ai été ignoble. Et vite. Le lendemain même, au soir, Morvan nous a entraînées au meeting de Claudius-Petit avec l'idée d'y repérer les notables compromis de Loire-Atlantique qui comptaient sur la politique nouvelle pour se refaire une jeunesse :

« Un petit parti comme celui de Kerzannec aura besoin d'argent. Je connais mes copains du marché noir, ils aiment avoir des amis en politique. Surtout s'ils ne coûtent pas trop cher. Ils vont venir entrouvrir leur bourse pour s'assurer un témoignage favorable si la justice s'avisait un de ces jours de les convoquer. »

On s'est donc rendu au lycée Pierre-Landais où se tenait la réunion de la fameuse UDSR. Au maximum, nous étions deux cents sous le préau dans la cour – ce qui a déjà surpris Morvan. Parmi eux, presque aucune femme mais beaucoup d'anciens prisonniers dont Kerzannec et Mitterrand avaient fait leur fonds de commerce depuis leur passage à Vichy. Pour tout dire, c'était commun. Ça sentait la bière et la cigarette brune sans filtre. Habillées en femmes du monde, Misia et moi avions l'air de deux roses dans un terrain vague. Kerzannec nous a accueillis comme de vieux amis et a déplacé deux bonshommes pour nous offrir des chaises au premier rang. Morvan, lui, préférait se balader dans la salle, saluer les uns et repérer les autres. Grimpé sur la table qui faisait office d'estrade, Kerzannec a fait un petit speech pour présenter un certain Christian Montec, leur candidat aux prochaines législatives. Je n'ai pas retenu un mot du propos de ce monsieur. On aurait dit qu'il sortait du cours élémentaire. A peine s'il finissait ses phrases tant il était intimidé. Qu'importe, il avait été choisi pour ses incontestables états de service dans la Résistance et a évoqué vingt fois en trente phrases la nouvelle France que nous allions bâtir tous ensemble. Par pitié, on l'a gentiment applaudi puis Kerzannec l'a éloigné et un jeune homme s'est hissé sur la table d'où l'orateur s'adressait à nous. On attendait Eugène Claudius-Petit, on a eu François Mitterrand.

Et là, stupéfaction, le sosie de Tino Rossi a pris la parole. Misia, rieuse, a éprouvé la même stupeur et m'a demandé tout bas s'il allait chanter. Un danseur de tango gominé parlait au nom du peuple. Dans mes songes secrets, j'ai toujours rêvé de marins-pêcheurs blonds et barbus, grands et costauds, mais dans le genre latin lover, Mitterrand avait du charme. D'autant qu'il parlait doucement, d'une voix grave et tranquille. Il ne clignotait pas encore des yeux comme une enseigne lumineuse survoltée et n'avait pas tout à fait mis au point sa façon un peu heurtée de parler en sourdine mais il alternait avec esprit le miel et le fiel. On sentait le séducteur et, dans le même élan, le moqueur. Après le numéro de Montec, le jour succédait à la nuit. « Nouvelle France » et « Résistance » revenaient dans son laïus comme un refrain mais, dans les couplets, il balançait vicieusement et drôlement des remarques assassines sur le personnel politique qu'il comptait rejoindre. Il s'écoutait discourir et souriait lui-même à ses bonnes formules mais on y prenait autant de plaisir que lui. J'ai complètement oublié le fond du propos mais je me rappelle que c'est ce soir-là, entre ses lèvres, que j'ai entendu pour la première fois que le parti communiste n'était pas à gauche, mais à l'est. Si sa situation sur l'échiquier politique restait mystérieuse, son anticommunisme sautait aux yeux, viscéral et sarcastique, méprisant même. Pour une fois, un politicien français n'avait pas soixante ans et trente kilos de graisse. D'habitude, ils arrivaient au pouvoir à l'âge où les policiers, les facteurs, les ouvriers et les autres partent à la retraite. On ressuscitait. Le public saisi au collet dès la première phrase, il a parlé un bon quart d'heure dans un silence complet.

Quand il est descendu de sa table sous les applaudissements, n'accordant aucune attention à ses camarades, il a cinglé sur Misia. Devant ses électeurs, il ne lui a pas baisé la main mais ce fut tout comme. Un vrai gentleman, curieux de savoir si cette ravissante jeune femme s'intéressait à la politique. Pour le coup, il est tombé sur un os : Misia a proclamé s'en soucier comme de sa première pantoufle mais adorer les spectacles, quels qu'ils soient. Moi, en revanche, a-t-elle ajouté en me présentant, j'étais passionnée. Mitterrand, tout sourire, allait se rabattre sur moi quand Misia a précisé que j'étais une résistante célèbre dans le Morbihan. Eussé-je avoué avoir appartenu à la SS qu'il eût été moins refroidi. Tel un nuage effaçant le soleil, le mot « Résistance » sorti du ronron électoral m'a chassée de l'horizon. Mitterrand s'est excusé, nous a plantées là et s'est mis à serrer des mains. Nous n'existions plus. Sur le moment, cela ne nous a fait ni chaud ni froid car, rejoignant l'analyse de Morvan, on a quitté le lycée en pronostiquant que personne n'entendrait plus jamais parler de ce séducteur pour guinguette des bords de Marne.

Par chance, Morvan avait plus de nez dans ses affaires privées que de jugement dans les publiques. Notre projet de dictionnaire de la Collaboration continuait de lui trotter dans la tête et, revenus cours Cambronne, il m'a donné le nom de la première proie à plumer : Laurent Picard, un cimentier de Saint-Nazaire qui avait eu la mauvaise idée d'aller observer les premiers pas de l'UDSR sous l'œil de Morvan. Dire qu'il s'était déplacé par prudence avec l'arrière-pensée de se faire des amis dans les nouveaux cercles du pouvoir ! Histoire également, selon Morvan, de faire oublier les millions de tonnes de ciment, de béton et d'armatures métalliques qu'il avait fournies à la Kriegsmarine pour bâtir la base sous-marine où les U-boots venaient se refaire une santé avant d'aller marauder en mer d'Irlande. Pas mal de blockhaus du mur de l'Atlantique lui devaient aussi leur formidable immobilité. On peut reprocher beaucoup de choses à ce Picard mais, dans sa partie, c'était un vrai pro. Avec ça, très accessible, il m'a prise au téléphone le lendemain matin et m'a reçue l'après-midi même.

Rien de fastueux dans son bureau, ni de nouveau riche, mais rien de misérable non plus. A l'écart de sa cimenterie, dans la petite maison où siégeait la direction, il occupait une grande pièce lumineuse aménagée pour un homme d'affaires respectable, pleine de dossiers et d'étagères mais aussi décorée par quelques tableaux. Il y avait même une jolie cheminée en pierres blanches (sans doute démontée dans un château) près de laquelle il m'a entraînée pour discuter dans le coin salon avec un canapé, deux confortables fauteuils en cuir et une table basse.

Pendant quelques secondes, il m'a intimidée. Je me suis demandé ce que je faisais là, dans l'antre de l'ogre, au lieu de jouer à la poupée à l'Ile-aux-Moines avec Timmy. Picard était solide comme un bœuf. Quand il m'avait serré la main, j'avais eu l'impression qu'il portait des gants tant sa poigne était ferme et dure. Grand, très grand même, il avait l'air stable d'une bitte d'amarrage. A en juger par ses épaules, il avait porté lui-même des centaines de sacs de ciment avant de les fourguer par milliers à l'Allemagne. Les muscles semblaient comprimés sous son costume d'homme d'affaires à cravate. On sentait le fils de paysan nourri au bon lait, au beurre salé et à la farine de blé noir. Après qu'il m'a invitée à m'asseoir, il a écrasé le canapé de tout son poids, m'a fixée du regard sans exprimer la moindre émotion puis m'a, en somme, demandé ce qui me prenait :

« Alors comme ça, une Méaban, une gaulliste de la première heure, veut réhabiliter le régime Pétain. Les subtilités de la politique française m'échappent parfois mais là, je suis complètement dépassé par les événements. Expliquez-moi ce que vous cherchez au juste ? »

Surtout ne pas montrer mon anxiété, ne pas m'énerver et ne pas me laisser aller à l'ironie gentille que je trouve presque amicale et que mes victimes trouvent blessante. J'ai répondu très doucement, comme une étudiante polie qui soumettrait un projet de thèse universitaire :

« Ce que je veux, c'est la vérité. Raconter la France telle qu'elle a été et non celle que réinventent les vaincus et interprètent les vainqueurs. Les boulangers ont continué à vendre du pain, les industriels de l'automobile ont fait tourner leurs usines, les fonctionnaires pointaient toujours dans leurs administrations. Contrairement à la légende qui prend forme, il n'y avait pas une poignée de héros et quarante millions d'observateurs mais un pays tout entier au travail. C'est ça que je vais raconter. Et c'est ainsi que je serai amenée à parler de vous. »

Il suffisait d'observer Picard vingt secondes pour savoir que rien ne lui faisait peur mais que, pour autant, il ne prendrait pas de risques inconsidérés. Afficher l'air de la justicière venant faire rendre gorge aux collabos n'aurait servi à rien. Jouer l'historienne sérieuse qui compte présenter des chiffres et des faits l'embarrasserait mille fois plus. Ça n'a pas manqué. Au lieu de m'envoyer promener, il a commencé à se justifier :

« En 40, au moment de la débâcle, j'avais mille deux cents employés. En 45, le même nombre et, entre-temps, je leur ai versé un salaire chaque mois. Figurez-vous que je n'y serais pas arrivé si je n'avais construit que des pavillons de bord de mer. La France était à l'arrêt, j'ai pris les commandes de là où elles venaient… »

J'abrège. Il avait tout un discours pour justifier son attitude. C'était même assez convaincant. Heureusement, Morvan (qui tenait à peu près le même) m'avait fourni quelques munitions supplémentaires. J'avais de quoi lui faire peur même si je n'y tenais pas. Que je lui mette le couteau sur la gorge pouvait interrompre brutalement le dialogue. Je n'ai donc pas évoqué les ouvriers de la cimenterie dénoncés aux Allemands pour faits de résistance, arrêtés parfois dans l'usine avant d'être torturés, déportés et, pour trois d'entre eux (à ma connaissance), fusillés. Bien qu'il ait pris soin de verser les salaires à leurs veuves, le parti communiste le harcelait à cause d'eux et le sujet risquait de lui faire perdre le calme qui m'arrangeait. J'ai plutôt abordé en toute sérénité, sans aucune agressivité, comme j'aurais posé la question à un professeur, le sujet du *Phare de la Loire*, le journal suspendu en août 44 qu'il avait soutenu de ses fonds. Car, s'il parlait de collaboration technique imposée à ses usines par les Allemands, il avait bel et bien contribué de son propre chef à la création en Loire-Atlantique (à l'époque on parlait de Loire-Inférieure) du bureau régional de l'Agence de presse Inter-France. Les dépêches de l'antenne bretonne chantaient les louanges de Pétain et de la Collaboration à longueur de temps. D'ailleurs, Picard n'avait-il pas reçu la francisque ? A peine avais-je posé la question qu'il s'est jeté sur elle pour changer l'axe de tir. Sa nouvelle cible : Mitterrand.

« Vous simplifiez tout. Vous avez bien vu Mitterrand hier soir. Lui aussi travaillait pour l'Etat français et aidait la Résistance. Il est "ficelle", ce type-là. Deux ans à Vichy, deux mois à se dégourdir les pattes dans le maquis et, à l'arrivée, des copains dans tous les camps. Pourquoi pas, d'ailleurs ? Il n'y avait pas les bons et les mauvais. Je vous rappelle qu'on était occupés. Nous donnions des gages mais céder en apparence ne signifiait pas qu'on souhaitait la victoire des Boches. Si on vous attribuait la francisque, il n'était pas question de la refuser. Vous croyez que Mitterrand s'y est risqué. Bien sûr que non. Et il ne sera pas le seul demain au Parlement à en avoir une dans ses tiroirs. Mais moi, je ne l'ai jamais portée. Vous entendez : jamais ! »

Je le laissais parler. Pas question pour moi de me dresser en procureur. Quand il a repris son souffle, je lui ai poliment demandé à quelle date il l'avait reçue et qui la lui avait remise. Comme ça, sans hargne, à la manière d'une journaliste faisant son travail. Je savais que la question allait le gêner. Le *Phare de la Loire* avait rapporté qu'il l'avait reçue des mains du « Maréchal » ! Quand je le lui ai rappelé, il a commencé par allumer une cigarette :

« C'était faux. On était en janvier 43, Stalingrad n'était même pas tombée, ces imbéciles de journalistes ont fait du zèle et cru me flatter en prétendant que je l'avais reçue des mains de Pétain. Tu parles, je ne suis jamais allé à Vichy ! Comme ce pauvre régime minable n'exigeait pas de rectificatif, on écrivait n'importe quoi. Ce hochet, c'est le préfet qui me l'a remis. Je m'en fichais comme de ma première bille. »

Il fumait et il se mettait à employer des gros mots. En fait il commençait à s'énerver. Avec un grand sourire, je lui ai dit que je prenais bonne note de ses réponses, que je n'étais pas là pour l'accabler mais pour savoir quoi écrire et ne pas colporter des erreurs. Cette fausse neutralité et mon apparente insouciance ont fini par le sortir de ses gonds :

« Arrêtez votre char maintenant. Je vous ai vue hier soir, vous étiez avec Morvan Bellec et sa poule. Ne me prenez pas pour un perdreau de l'année. Qu'allez-vous écrire sur Morvan ? Sa ferraillerie et ses garages qui réparaient tous les véhicules de la Wehrmacht, vous allez en parler ? Parce que si vous avez besoin de renseignements sur lui, je suis là, n'hésitez pas à m'interroger. Si lui l'a oublié, je me rappelle très bien, moi, où allaient ses ferrailles. »

On était parvenu à l'instant clé, celui du contrat. Et du chantage. Le cours d'Histoire terminé, l'heure était venue de passer à la caisse. Mieux valait jouer franc-jeu. Je n'ai pas tourné autour du pot :

« Monsieur Bellec ne veut à aucun prix être dans ce livre sur la France au travail sous l'Occupation. Comme j'en prépare aussi un sur la Résistance en Bretagne, il m'a fait un chèque de soutien à la maison d'édition.

— Un chèque de quel montant ?

— Pour l'instant de cent mille francs. Mais si nous avons du mal à réunir assez de fonds, il nous aidera à nouveau. »

On parlait argent. Picard était sur son terrain. Les choses sérieuses commençaient. Il s'est levé, s'est éloigné vers son bureau et a pris un cigare dans une boîte en palissandre. En gros costaud viril, il en a tranché le bout d'un coup de dents puis est revenu s'écraser dans son canapé, face à moi. Soudain, il semblait presque à l'aise. Sans donner de réponse, il a plusieurs fois tiré sur son cigare en m'observant, l'œil plissé, comme si je l'amusais. Je lui ai rendu la pareille, une ombre de sourire aux lèvres, sans manifester la moindre impatience. On se flairait. Quand il s'est décidé à parler, il n'était pas dupe :

« Vous êtes une petite maline. Vous arrivez avec vos documents, vos fiches de renseignement et vos airs d'universitaire honnête, curieuse et pleine de bonne volonté mais, à l'arrivée, ce n'est pas un livre que vous allez rédiger, c'est une facture. Je suis sûr que cette petite frappe de Bellec est derrière ça. Vous faites un joli couple : la petite Anglaise et la grosse brute. Vous tendez gentiment la sébile et l'autre montre ses poings si on ne jette pas son obole. Je devrais être furieux et vous fiche dehors mais, en fait, je suis jaloux. Cette idée, j'aurais pu l'avoir. Je parie que votre gribouillette va marcher. Ils vont tous cracher au bassinet, les industriels, les BOF, même les paysans. On est nombreux à s'être sucré pendant la disette. Je vous donnerai des noms. Et cent mille francs comme Bellec. Mais ne revenez pas me voir, je pourrais m'énerver. »

Quand je l'ai quitté, j'avais bel et bien son chèque ! Premier réflexe : aller au casino de La Baule le faire fructifier. Misia ne demandait qu'à m'accompagner mais j'ai cru que Morvan allait nous gifler. Il a confisqué le précieux morceau de papier et mis les choses au point : chaque pièce de butin serait précieusement déposée à la banque car nous allions bel et bien créer une entreprise. Un journal, un mensuel consacré à l'automobile ! Il n'était pas garagiste d'origine pour rien. A part Misia, ses seules passions s'appelaient Jaguar, Delage, Porsche, Alfa Romeo et compagnie. Or, à l'entendre, toute la France partageait cette fièvre :

« Vous verrez, dans vingt ans, tout le monde aura sa voiture. C'est la liberté et c'est la preuve de votre statut social. En plus, elles sont belles, elles vont vite et elles font rêver. Mais personne ne les voit bien, ne connaît leurs qualités, ne sait leur prix, ne peut les comparer les unes aux autres. Dès qu'on créera un journal moderne pour amateurs d'automobiles, les gens se jetteront dessus… »

Dire que j'étais convaincue serait le plus gros mensonge de ce livre. Pour moi, une voiture, c'était un moyen de transport individuel, rien de plus. Je ne demandais pas mieux que de créer un journal mais je songeais à quelque chose comme *Tatler's*, le mensuel snob de la haute société anglaise, *Punch*, une sorte de *Canard enchaîné* londonien, ou même le *Daily Evening*, un tabloïd plein de ragots comme on n'en trouve pas en France. Mais un truc pour garagistes ! Les bras m'en sont tombés. Morvan, pour autant, n'a pas cédé. Monsieur avait une vision. La civilisation de l'automobile commencerait le lendemain. Incapable de m'occuper de gestion et, moins encore, de monter une équipe de journalistes pour organe sérieux, j'ai cédé et bien m'en a pris car *L'Auto*, notre mensuel, a fait ma fortune pendant cinquante ans. Morvan s'est occupé de tout, sauf de l'essentiel, réunir les fonds de départ – ce qui m'a occupée pendant des mois avec un succès inouï. Tout ne s'est pas toujours passé aussi bien qu'avec Picard. Certains m'ont chassée de leur bureau. Plusieurs m'ont menacée physiquement. Un syndicaliste agricole mouillé jusqu'au cou dans les corporations pétainistes a même jeté ma voiture dans sa fosse à purin – ce qui lui a coûté très cher car, déchaînée de rage, j'ai finalement traîné ce sagouin devant la justice à laquelle il avait réussi à échapper. Mais la plupart ont casqué. Et nombreux sont ceux qui m'ont donné de nouveaux noms à rançonner. En septembre 46, quand on a lancé le premier numéro de *L'Auto*, le capital était de deux millions. Quand j'y repense, je n'arrive pas à croire qu'ils ont fait tant de petits. Et je ne parle pas des soirées diaboliques qu'ils m'ont offertes aux casinos de La Baule ou de Deauville. A ma pire époque, dans les années 60, l'établissement aurait pu me dresser une statue. Je vous rassure, nul n'y a pensé. Chez les Méaban, le héros, c'était Blaise. Puis ce fut Timmy. Moi, je n'étais que la vache à lait. Cela dit, ça m'allait très bien.

CHAPITRE 12

1952. Mathias réapparaît

Dès le premier jour, comme toutes les mères, j'ai éprouvé une passion pour Timmy. Très vite, vers six ou sept ans, j'ai senti qu'il ne ressentait pas la même pour moi. Non qu'il fût un mauvais fils, au contraire, mais je ne l'intéressais pas. Il me sautait dans les bras quand j'arrivais à l'Ile-aux-Moines, il pleurait quand je m'en allais et, entre-temps, il ne m'accordait aucune attention. Jamais, à ma connaissance, un enfant n'a choisi si tôt ses passions – dont je ne faisais pas tout à fait partie. D'abord les oiseaux quand il était haut comme trois pommes, puis la mer dès le jour de ses dix ans quand Blaise lui a offert un dinghy 12 pieds pour son anniversaire. Rien de fastueux : c'était un petit canot traditionnel en bois abandonné au creux du port depuis 1939. Plutôt rustique, il ne faisait pas quatre mètres de long et, pour tout confort, il n'offrait que deux bancs, larges comme un bracelet de montre. Pas de cabine, naturellement. A l'origine, le modèle avait été conçu pour être une annexe de yacht. Qui l'avait laissé moisir là ? Personne ne se le rappelait. A force, il se décomposait comme du carton mouillé et, à son retour des camps, Louis, l'ancien recteur, l'avait fait remettre en état au chantier du Guip. Avec 50 centimètres de tirant d'eau, le dinghy pouvait se faufiler jusqu'à la moindre plage du golfe. Choisissant le même nom de bateau que son père, Timmy l'avait baptisé *Nominoë 2*. Même en hiver, un sourire jusqu'aux cheveux, l'air radieux du lion qui voit courir vers lui un gnou, il filait au port, hissait sa voile au tiers et partait faire des ronds dans l'eau entre Arradon, Larmor-Baden, Gavrinis, Irus et l'île d'Arz. Que le soleil brillât ou que le matin fût si gris que même les mouettes se recouchaient, il partait mouiller le ciré. A douze ans, Timmy connaissait les courants du golfe comme les lignes de sa main. Si j'avais peur, il s'abritait derrière la protection de Louis qui, ayant renoncé à son sacerdoce, avait créé une école de voile sur la plage, en bas de chez Blanche, et avait juré d'offrir à mon fils le titre de champion olympique dont la guerre avait privé mon mari. Le jeudi, le week-end, pendant toutes les vacances, ils s'entraînaient. Timmy accomplissait les manœuvres les yeux fermés. Il faisait un nœud de chaise d'une main ! Un matin, quand il avait onze ou douze ans, par un froid de canard, la mer haute, comme il partait du Vran, je l'avais accompagné jusqu'à la côte à travers les chemins de Brouel tapissés de boue, de fougères trempées, de feuilles déchirées, de ronces écrasées, d'herbe décomposée et de fleurs macérées. J'ai entendu Louis, que j'appelais désormais par son prénom, mettre mon petit garçon en condition :

« N'oublie pas, Timmy, sur le dinghy, tu es un poisson et un oiseau. Tu dois sentir la brise, l'observer, la regarder faire vibrer la surface du golfe. L'eau et le vent ne sont pas là pour te bercer comme un bébé au creux des vagues mais pour te parler et te guider. Repère les mouettes, les sternes et les goélands et ne les quitte pas des yeux, ce sont des paresseux qui évitent toujours les zones où le vent est trop fort et celles où il est trop faible. Ils ne font pas de compétition, eux ; ils volent à l'économie, un coup d'aile de temps en temps, pas plus, le strict nécessaire. Espionne-les, les souffles de l'air t'apparaîtront et tu trouveras sans faille les bons passages. Et maintenant, file. La mer descend et te freinera jusqu'au Trech mais elle est encore haute et tu peux attraper le contre-courant du bois de la Chèvre. Ensuite, arrivé à Arradon, tu n'as plus qu'à te laisser glisser jusqu'au port. Je te donne une heure, pas une minute de plus. »

Avant que Timmy n'embarque, Louis a vérifié qu'il avait bien son sifflet de bord autour du cou pour attirer les pétrels et observer leur vol. Puis il a ébouriffé sa tignasse rousse, l'a saisi sous les épaules et l'a planté sur le dinghy qu'il a ensuite poussé vers le large en s'enfonçant jusqu'aux cuisses dans l'eau glacée. Ces deux-là ne se quittaient pas.

J'ignore ce que j'avais d'urgent à faire ce matin-là mais je ne suis pas allée attendre Timmy à l'arrivée et, des années plus tard, il me le reprochait encore. Sans tourner autour des mots. Ce gamin parlait très peu mais ne cachait jamais ses sentiments. Très tôt, il n'a suivi que sa loi. A dix ans, par exemple, l'école primaire terminée, quand on l'a inscrit à Saint-François-Xavier, à Vannes ! Comme son père, comme Mathias, comme son grand-père avant eux, il aurait dû être interne. Et là, refus obstiné. Début septembre, il a disparu pendant trois jours. On a prévenu la police, j'ai fait tous les hôpitaux de Vannes et d'Auray, Blaise est rentré de Paris en catastrophe. Timmy était parti camper sur l'île d'Ur, tout seul, avec sa petite tente et ses provisions. A son retour, à peine avait-il reçu une paire de claques monumentale de son père qu'il a ravalé les larmes dont aucune n'a coulé et annoncé qu'il repartirait et ne reviendrait plus si on ne l'autorisait pas à rentrer chaque soir à l'Ile-aux-Moines par le bus scolaire. Il voulait s'entraîner le jeudi sans être consigné au collège. On a cédé. Comme toujours, car la comédie recommençait. Quelques mois plus tard, alors que j'avais acheté un chien-loup pour calmer mes angoisses lorsque je dormais seule avec lui dans cette immense maison, il est parti s'installer chez Madame Gauvain : il n'avait pas la moindre intention de s'occuper de mon animal quand je quitterais l'île – c'est-à-dire, selon lui, tout le temps. J'ai dû rendre les armes, c'est-à-dire le chien.

Je le croyais fier d'avoir une mère qui gagne beaucoup d'argent. Grave erreur : sans que je m'en aperçoive, lui ne retenait que mes absences. Dans mon esprit, les enfants ne devaient pas se coller à leurs parents, ni les parents harceler leurs enfants. Personne n'a le droit d'exiger une attention constante des autres. Timmy, qui n'avait aucun ami intime, semblait sur la même longueur d'onde. Je n'ai compris que des années plus tard qu'il m'en voulait de ne pas l'emmener au cinéma ou au foot. De toute manière, je n'aurais pas joué le jeu de la ménagère dévouée à son intérieur et à son lardon mais, sur le moment, il n'a rien dit. Timmy n'était pas bavard. Quand il rentrait à Kergantelec, il s'enfermait dans sa chambre et menait la vie de tous les petits écoliers de ces années-là, lisant et rêvassant. Avec ça, même si ses résultats scolaires n'impressionnaient pas, il développait une personnalité bien à lui et savait mordre pour le prouver si on en doutait. Un jour que son père lui reprochait de lire des *Bob Morane*, sorte de romans d'espionnage pour adolescents que Blaise avait qualifiés de débiles, Timmy s'était levé de table sans demander la permission, était parti dans sa chambre chercher *La Voie royale* de Malraux et était redescendu nous lire à voix haute deux pages tellement grotesques qu'on était tous écroulés de rire. Il n'avait pas choisi ce livre par hasard mais pour bien nous montrer qu'à quatorze ans, il pouvait porter un jugement lucide sur tous, y compris sur les idoles de ses parents. Quant à ses idées propres, il les formait dans son coin sans que Blaise ou moi ne tentions de l'influencer. J'en aurais d'ailleurs été bien incapable : mon absence totale de convictions en matière de morale, de religion ou même de politique me rendait absolument incompétente. J'ai toujours su ce que je n'aimais pas ou ce que je refusais mais ma pensée ne va pas plus loin. Je n'ai jamais cru en Dieu, même à cinq ans ; je préfère un escroc amical à un brave homme rasoir ; du moment que les élections sont libres, tout élu me convient. Quant à Blaise, si le hasard de la vie ne l'avait pas jeté dans les filets de De Gaulle, il ne serait jamais entré en politique. Parler des grandes affaires avec son fils ne lui effleurait même pas l'esprit. Il lui avait offert *Robinson Crusoé*, les romans de Rudyard Kipling et vingt aventures de flibustiers ; il l'embarquait en croisière l'été jusqu'en Irlande ou en Ecosse ; il l'emmenait même à la messe ; mais il ne lui disait pas quoi penser. Ce qu'il voulait former, c'était un homme libre, pas un militant. J'ai été stupéfaite quand Timmy a eu sa première grande dispute d'adulte avec son père : à propos de la guerre d'Indochine !

A douze ans, il avait des idées sur le sujet. Comme tout le reste, j'ai un peu oublié lesquelles mais je me rappelle que ce n'étaient pas du tout les nôtres.

En fait, c'étaient celles de son parrain. Car, en 1952, au début de l'été, Mathias avait réapparu sur l'île. Toujours séduisant, c'était un autre homme, plus mince et plus sombre. Dans son uniforme de capitaine de la Légion, képi blanc sur la tête, planté à l'avant de la vedette du passeur, il tenait dans ses bras une petite poupée eurasienne, Gwenaëlle, sa fille âgée de quatre ans. Jamais il n'en avait parlé dans ses lettres. Il venait la confier à sa mère, à l'île, à la Bretagne et à moi. Sur la cale où je l'attendais avec Miss, Nanne et Timmy, une fois Gwenaëlle posée dans mes bras, il m'avait à peine effleuré la joue du bout des doigts, avec tendresse mais sans même m'embrasser. A Timmy, il avait présenté la bambine comme une petite camarade à qui il faudrait apprendre à naviguer. Puis, comme Blaise sept ou huit ans plus tôt, il nous avait laissés là pour remonter à pied tout seul vers Le Trech en passant par la plage, par le Toulpri puis par la grimpette. Plus tard, au bourg, il avait tapé sur l'épaule de ses vieux copains mais son sourire éternel avait disparu des lèvres et il n'avait pas mis les pieds chez « Charlemagne », le QG de sa jeunesse où il passait alors sa vie. A peu de chose près, pendant ces courtes semaines, il n'avait pas sorti le nez de Bellevue où vivaient toujours Madame Gauvain et, désormais, Miss, incapable de se prendre en charge seule dans sa maison du Trech.

Le temps était passé, Mathias avait disparu depuis des années et je ne suis pas du style à cuver les souvenirs.

Ni à ramasser les miettes de mes chagrins. Sa retenue au débarcadère a un peu blessé mon amour-propre mais je ne prends pas pour un pieu chaque écharde enfoncée dans mon cœur. J'avais adoré Mathias, ensuite je m'étais contentée de l'aimer, puis il avait disparu et, pour finir, dix ans plus tard, restait un souvenir merveilleux, rien de plus. Et d'autant plus délicieux qu'il demeurait lointain. L'annonce de sa réapparition m'avait épouvantée tant la distance entre lui et moi me soulageait. La chose au monde, cette semaine-là, que je redoutais le plus était que le hasard nous réunisse dans une seule et même pièce, Mathias, Timmy et moi. Je ne tenais pas à mettre des mots sur une situation diabolique que l'Histoire, par miracle, avait dénouée sans drame. Moins encore à me repasser le film de l'été 40 et de ses images d'amour au soleil. J'ai battu le rappel de tous nos proches pour ne jamais me trouver en face à face avec lui. A mille lieues d'arrière-pensées dont il n'avait pas idée, Blaise est rentré de Paris le lendemain même de l'arrivée de son « frère ». Pendant le passage de Mathias, ils ne se sont d'ailleurs pas quittés, collés l'un à l'autre à travers les chemins creux de l'île, dans le jardin de Kergantelec, sur la terrasse de Bellevue… C'était touchant, bouleversant même – et inquiétant : tout avait changé chez Mathias, sauf tout.

Vous l'auriez vu, on aurait dit un centurion sorti d'un roman de Jean Lartéguy ! Ses rondeurs de jeune homme fondues, il déplaçait sans hâte la silhouette carrée et émaciée du baroudeur ayant transpiré ses sept sueurs à travers les marais de Cochinchine. Il n'avait que l'Europe et l'Occident à la bouche. Les communistes le hantaient, des monstres. Ils avaient tué la mère de Gwenaëlle, ainsi que sa grand-mère, son grand-père, toute la famille si j'ai bien compris, des oncles, des tantes, tout un clan de Hué qui avait choisi le camp français. La petite fille avait échappé au massacre par miracle car, le soir précédent, Mathias l'avait emmenée à l'infirmerie de la Légion pour la faire vacciner. Il ne s'en remettait pas. A l'entendre, il faisait la guerre pendant que Paris faisait la fête. Le plus étonnant, c'est que Blaise l'écoutait sans protester. Je ne parle pas de sa mère, de Miss, de Nanne ou même de ma belle-mère, toutes buvaient bouche bée ses diatribes. Un soir, à table, dans la salle à manger de Bellevue, face au golfe qui se prélassait à nos pieds, j'ai fini par protester :

« Arrête ton char avec tes expéditions coloniales. La guerre, on la connaît aussi bien que toi. Tu sembles l'oublier mais, il y a dix ans, ici aussi on se battait. Les nazis étaient bien pires que le Vietminh qui lutte pour son indépendance. Tu peux nous raconter toutes les tortures possibles et imaginables, je te rappelle que tu villégiaturais en Irlande pendant que l'Allemagne transférait des millions de gens en Pologne pour les gazer et les brûler. Ne viens pas demander aux Français de se battre quand toi tu ne l'as pas fait lorsque nous étions envahis. Je vais te dire la vérité : la France se soucie de Saïgon comme de Portofino. Et si tu veux le savoir, je donne raison aux Vietminh. Moi aussi, à leur place, je chasserais les Européens. On ne peut pas s'être engagée dans la France Libre et lutter contre le Vietnam indépendant. »

Je résume ma harangue et je la rends un peu brutale car j'y avais mis plus de formes. On ménageait tous Mathias. J'ai tout oublié de ces affaires mais, à l'époque, je les connaissais bien. L'héroïsme de la Légion n'effaçait pas les trafics de piastres des sangsues du Tout-Hanoï. Pour autant Mathias ne s'est pas révolté. Au contraire, il a souri comme s'il me retrouvait telle quelle, conforme à ses souvenirs. Quelque chose en lui était cassé. Ses idées pouvaient bien être fermes, il les abandonnait avec nonchalance si elles ne convenaient pas à la situation. Il semblait poser sur nos vies un regard rêveur et désemparé. Toute sa vaillance passait dans le courage physique qui lui avait valu une brochette de médailles au Tonkin, rien dans l'analyse. Qu'on ne soit pas d'accord avec lui et il coupait court sans défendre son point de vue, s'isolant dans une espèce de droiture militaire si franche qu'elle brillait la nuit mais ne s'accompagnait d'aucun commentaire. La machine ne répondait pas. Avant la guerre, quand on s'était tellement amusé, son charme mettait de la frivolité partout dans la conversation, même politique. Là, lassé d'avance, il m'a juste accusée d'être intoxiquée par la propagande de gauche. Rien ne pouvait m'agacer davantage. Je ne le lui ai pas envoyé dire :

« Tu ne comprends pas la France. Crois-moi, c'est la droite qui décolonisera. La gauche ne sait que parler, pleurer et émettre des vœux pieux. Sortis des communistes, il n'y a pas d'hommes dans son camp. Ils n'oseront jamais rendre les armes, ça leur ressemblerait trop. Mais la droite, elle, ne peut pas se contenter de faire des affaires et de dire à chacun de s'enrichir. A force de voir la droite égoïste, marchande et indécente, tu oublies celle qui a toujours sauvé l'honneur de ce pays. Celle qui se battait pour Dreyfus quand la gauche ne levait pas le petit doigt en faveur de ce juif riche qui passait pour monarchiste. Celle des Girondins qui voulaient une révolution humaine. Celle de juin 40 qui partait pour Londres quand toute la Chambre du Front populaire baisait la babouche du vieux gâteux. Celle qui, demain, rendra vos colonies à leurs habitants. Tout ce qui donne à la France un statut particulier parmi l'ensemble des nations vient de la droite. Même son charme, sa mode, son luxe, son art de vivre sont de droite. *Les Liaisons dangereuses* et *Le Neveu de Rameau* sont la Bible des cyniques mondains et réactionnaires qui font le charme de cette nation. Arrête de fantasmer sur la gauche et de la redouter, elle ne fait rien, n'a jamais rien fait et ne fera jamais rien que proclamer une vertu à laquelle personne ne croit. »

Quand je me suis tue, il a juste demandé si j'avais fini. Puis il s'est levé de table et il est allé fumer une cigarette sur la terrasse, derrière les fenêtres, accoudé à la balustrade, face à Port-Blanc et au soleil couchant. Blaise n'était pas intervenu. Pourtant, je savais qu'il approuvait mon point de vue. Il m'avait souvent expliqué le silence de De Gaulle qui, sur l'Indochine, était d'une prudence de serpent. Toujours prêt à stigmatiser la Quatrième République, il retenait ses coups dès qu'on abordait la question et Blaise, comme en toute chose, collait aveuglément à l'analyse du « Général » : l'Indochine était perdue. Une fois, évoquant le corps expéditionnaire en Indochine, il avait dit que l'héroïsme est l'ultime baroud de l'impuissance. Mais là, silence. Une fois de plus, ce soir-là, j'ai observé de face non pas la lâcheté, mais la gentillesse des hommes. Il ne voulait pas blesser son frère. Il a fini par le rejoindre et ils sont partis se promener dans l'île jusque tard dans la nuit. Avant de quitter Bellevue sans attendre le dessert, ils sont quand même venus dire bonsoir aux dames. Et là, Miss, qui n'était pas intervenue dans la conversation, a ajouté son grain de sel :

« Tu as tort, mon petit Mathias, de ne pas voir que la France est un pays différent. Elle n'a pas à agir comme les

Etats-Unis, l'Angleterre ou la Russie. Ce sont des nations qui ont pris pour symboles des aigles ou des lions. Un jour on les massacrera comme des fauves ou des rapaces malfaisants. Tandis que la France, c'est un coq et une fleur de lys. Réfléchis-y. Cela prouve des siècles de sagesse, de poésie et d'ironie. Ce n'est pas parce qu'elle renonce à un combat sans enjeu que la France est un petit pays. Ne la méprise pas. Cela t'a déjà coûté assez cher. »

Dans la bouche de cette grand-mère gâteau, de telles phrases venaient forcément du cœur. Mathias l'a embrassée avec tendresse et a promis de ne jamais oublier ce conseil. Puis ils nous ont laissées entre femmes et une étrange mélancolie s'est abattue sur moi. Quinze ans plus tôt, dans cette même pièce, tout le monde riait et se croyait l'acteur de sa propre vie. A présent Madame Gauvain, qui n'avait même pas cinquante-cinq ans, s'était transformée en vieille dame. Elle restait élégante et déplaçait toujours un nuage de Guerlain à chacun de ses mouvements mais la libération de Vannes l'avait cassée une fois pour toutes. Hier, elle jouait les charmantes écervelées mais posait un regard perçant sur tous. A présent, quelque sujet qu'on abordât, elle détournait le regard comme si elle craignait à chaque instant de s'aventurer sur un terrain mouvant. Heureusement Miss, toute impotente qu'elle fût, apportait de la vie dans cette demeure. Quand les garçons nous ont quittées, elle a ramené la politique à ce qu'elle valait, pas grand-chose :

« Je ne comprends pas que les hommes prennent tellement à cœur ces soubresauts. Moi, je serai toujours un personnage de Jane Austen. Pensez que cette romancière a écrit toute son œuvre à l'époque napoléonienne sans jamais faire une allusion à la guerre. A l'Ile-aux-Moines, je me sens comme ses héroïnes dans leurs presbytères du Hampshire. A l'écart du monde. Disponible pour le bonheur. Quelle rage pousse les garçons à chercher le malheur ? »

Le lendemain, on a fait comme si personne n'avait rien dit. Avant de nous quitter deux jours plus tard, Mathias voulait naviguer dans le golfe, revoir les plages de son enfance, ressentir les courants, retrouver leur odeur, leur vigueur et leurs couleurs. On a embarqué sur *Nominoë* avec Blaise pour aller déjeuner à Port-Navalo. Un soleil de juin brillait, mais sans ardeur. Comme la mer baissait, on a atteint la sortie du golfe en moins d'une heure et Mathias a demandé qu'on aille plutôt jusqu'à Hoëdic. C'était son île préférée. Il avait donné son nom au « Commando Hoëdic », un groupe de combat composé de Vietnamiens qu'il dirigeait depuis deux ans. Il voulait acheter des cartes postales et prendre des photos qu'il distribuerait à ses hommes.

Les nuages approchaient à l'horizon mais on n'y a pas pris garde. Le dicton ne ment pas quand il dit qu'il fait beau cinq fois par jour en Bretagne. On pensait que le temps de se mettre à l'abri dans le port, le soleil viendrait nous réchauffer quand on savourerait nos huîtres en terrasse. Pour être francs, on n'avait pas observé la carte météo de la capitainerie du port avant de lever l'ancre. On aurait mieux fait. Nous n'avions pas laissé Méaban à tribord depuis dix minutes que la mer s'est mise à gonfler. Rien d'affolant au début. Mathias jubilait. Lui-même n'avait guère le pied marin mais Blaise connaissait la baie de Quiberon comme sa poche et moi, j'avais navigué toute ma vie, avec Papa à bord de *Valsada* puis sur *Nominoë*, avec Blaise, seule puis avec Timmy.

De bons paquets d'eau de mer glacée en pleine poire, il en attendait depuis des années. En Indochine, accablé par des chaleurs de bûcher, quand sa crasse ruisselait, il ne rêvait que de traversées mouvementées en mer d'Irlande et de ribote au coin du feu après des promenades dans la neige.

Il a commencé par trouver merveilleux que des citernes se déversent sur nous. A l'époque, on n'avait pas inventé le K-Way et nous n'avions que deux vieux cirés jaunes auxquels manquaient la moitié des boutons. En dix minutes, je ruisselais du fond de mes bottes à ma dernière mèche de cheveux. Je ne parle pas de Blaise qui n'avait pu enfiler qu'un gilet de sauvetage orange par-dessus sa chemise. Envahi par le froid, il tremblait comme un diapason. L'idée de se réfugier à Houat et d'attendre sans doute jusqu'au lendemain était exclue, on a viré de bord pour regagner le golfe. Juste au mauvais moment. Dans les haubans, le mât et les winchs, le vent sifflait, ronflait et même hurlait. Une déferlante nous a soulevés juste au moment où je me glissais sur la banquette tribord. J'ai cru m'être cassée la jambe et Mathias s'est pris la baume en pleine tête. En un rien de temps, des creux de deux mètres, peut-être trois, se sont mis à nous jeter vertigineusement vers l'avant. Tout valsait. J'avais l'impression d'être saoule. On était ballottés, roulés, projetés, secoués comme aux commandes d'un train fou. Le bruit était effrayant, le vent déchaîné. Même les mouettes et les goélands se terraient quelque part sous une corniche de phare, dans une anfractuosité de rocher…

Entre deux déferlantes, les rafales soufflaient si fort qu'elles séchaient les visages en un instant et transformaient l'eau en plaques de sel brûlantes. Je n'avais le temps ni de pleurer sur mon mollet inondé de sang, ni même d'avoir peur. A la barre, tranquille comme Baptiste (il nous a avoué plus tard avoir été moins sur le qui-vive entre les mains de la Gestapo), Blaise donnait ses ordres. A Mathias, de se calfeutrer dans la soute à voiles et de la boucler, à moi de serrer la toile ou de la relâcher. Cap sur la terre, on a finalement atteint Port-Navalo en une heure. Dans le ciel les nuages défilaient à toute vitesse mais jamais soixante minutes ne m'ont paru si longues. Pour couronner le tout, même dans le port, la mer restait déchaînée et je suis tombée à la baille en attrapant un corps mort avec ma gaffe. On revenait de tellement loin que Blaise a éclaté de rire. Avec mes vêtements trempés, je pesais une tonne mais Mathias m'a ramenée à bord d'une seule main. On s'est jetés dans les bras les uns des autres.

En 1952, les restaurants pieds dans l'eau ou vue sur mer, avec terrasses en teck et parasols à rayures bleues et blanches ne se succédaient toujours pas sur les bords du golfe et on a trouvé refuge dans une crêperie du village, enfumée et obscure à souhait, la vraie taverne du XIXe siècle avec vaisselle ébréchée et feu de bois d'époque. J'ai commandé du cidre, enfilé une chemise de son fils prêtée par la crêpière et étendu nos frusques devant la cheminée pendant que les garçons, torses nus, se jetaient sur du muscadet dont ils ont descendu la première bouteille en un quart d'heure en même temps qu'ils engouffraient trois complètes. Comme d'habitude avec des marins, on n'a parlé que de ce qu'on venait de vivre. C'est une manie qui, d'habitude, m'exaspère : passer la journée à tirer des bords et, le soir venu, refaire une par une toutes les manœuvres. Pour une fois, j'ai participé de bon cœur. Blaise refusait de parler de tempête, au pire on avait eu droit à un gros coup de chien. Tu parles : en trente secondes, le vent était passé de 20 à 40 nœuds. Je n'avais jamais pris un tel grain dans la figure, même à Cowes quand je passais les vacances avec Papa sur l'île de Wight. Blaise a juste révélé qu'il avait eu peur de virer de bord pour revenir sur le continent plutôt que de filer sur Houat. Il l'avait fait pour que Mathias puisse repartir le lendemain mais c'était de la folie car, à partir de cet instant, on avait le vent derrière nous et le courant en sens contraire. A chaque instant, il avait craint que le pataras qui relie la tête de mât à l'arrière de *Nominoë* lâche et nous fasse démâter. Et patati et patata… Entre ce qu'on avait pris dans la poire et ce à quoi on avait échappé, deux autres bouteilles de muscadet y sont passées et toute idée de tragédie s'est envolée. A la fin, tout le monde rigolait et les autres clients se sont joints à nous pour la fameuse chanson aux marins d'eau douce : « Sainte Anne, ô bonne mère/ Priez pour les marins qui sont à terre/Et que ceux qui sont en mer/Se démerdent. »

Restait à ramener *Nominoë* à l'Ile-aux-Moines. La mer demeurait mauvaise mais le coup de vent s'était éloigné et, à présent, la marée montait. A entendre Blaise, le courant et le vent poussant de concert, on serait dans une heure au port, rafraîchis et dessaoulés. Les nuages avaient filé. De là à embarquer sur le Requin, non. Pendant qu'il retournait au port, j'ai commandé un taxi. Il n'y en avait que trois à Port-Navalo. Là aussi, dans les années 50, tout était aussi assoupi qu'en 1880. J'ai attendu une bonne heure. Avec Mathias. Comme je fuyais les tête-à-tête depuis son arrivée, j'imagine qu'il a sauté sur l'occasion.

On s'était assis sur un banc devant la crêperie, face au golfe et il a commencé à me parler.

C'est fou comme il avait changé. En 40, dans les mêmes circonstances, il aurait été vif et moqueur, curieux et enthousiaste, un oiseau sur la branche prêt à filer, coupant court à la tendresse, fonçant droit au but, toujours prêt à lever le coude ou à soulever mes jupes. Désormais, aminci, creusé, il était devenu calme, attentif, neutre et « ailleurs ». Le grain sur le cap d'Hoëdic l'avait plongé en pleine mélancolie :

« Ce matin, quand j'ai vu Blaise dans la tempête, j'ai eu l'impression que dans nos vies, il agissait en conducteur et moi en passager. Il a un enfant, une femme, une maison, un avenir et moi, quand je cours sur la neige, je ne laisse pas de traces. A Hanoï, je dis souvent à mes copains que, privé de tempêtes, je flétris comme une femme privée de miroir mais, à la première qui me tombe dessus, je laisse la barre aux autres. Tu sais ce que je suis : un marin resté à quai… »

Blaise ne m'avait pas touchée depuis cinq ou six ans et son sang ne coulait pas dans les veines de Timmy. Il y aurait eu beaucoup à dire mais j'ai gardé mes réflexions pour moi. J'étais quand même surprise que Mathias voie sa vie comme celle d'un marin resté à quai. A l'Ile-aux-Moines, on le prenait plutôt pour un aventurier. Sans doute avait-il tiré les mauvaises cartes en 40 mais désormais il avait plutôt un beau jeu. L'analyse l'a fait rire, mais jaune :

« Tu dérailles, ou quoi ? J'ai complètement loupé ma vie, la seule chose qui me reste à faire, c'est à réussir une belle mort. Et une mort idiote, en plus. Je joue à la guerre avec, à la clé, une défaite garantie. On se bat à un contre vingt, on tue des gens qui luttent pour leur liberté, on manque d'armes, on n'a pas d'avions, on évacue province après province et on imagine qu'on va vaincre une guérilla souple comme un serpent dans l'herbe. Tout ça pour sauver l'honneur d'un pays qu'on hait. Autour de moi, il n'y a que des Ukrainiens de la division Vlassov, des oustachis croates et des anciens nazis. Tout ce qu'ils aiment, c'est la guerre mais la France est le dernier de leur souci. Ils sont prêts à mourir pour leurs camarades et ça fait de bons mercenaires, rien d'autre. Je ne te parle pas de mes copains arabes. Dans vingt ans, quand l'Algérie se soulèvera, ils retourneront contre nous toutes les techniques qu'on leur enseigne contre les Viets. Cette guerre n'a aucun sens. C'est juste le terrain de jeu de quelques milliers de brutes. Et moi, je suis là, indifférent, à me battre pour un pays minable qui occupe la Bretagne. »

J'ai cru tomber du lustre. Il croyait toujours à la Bretagne libre ! Je pensais qu'il était comme tout le monde, qu'il passait d'une idéologie à une autre comme le soleil traverse une vitre, sans rien éprouver. Fausse route : les délires de *Breiz Atao* et compagnie ne l'avaient pas guéri de ses rêveries adolescentes. Pire encore, bien plus embarrassant et menaçant, ses sentiments non plus n'avaient pas changé :

« Depuis mon arrivée, j'attends qu'on soit enfin seuls. Tu n'as pas cessé de m'éviter. Je comprends ton attitude mais elle me blesse. Je ne suis pas seulement revenu pour vous confier Gwenaëlle. Mais aussi pour toi. Je t'aime comme au premier jour, au premier coup d'œil, chez "Charlemagne", quand j'ai su à l'instant même que Dieu m'offrait un miracle. Avec ton pantalon bleu marine et ta chemisette blanche sous un pull noir, tu avais l'air d'un mousse, une vraie sucrerie. A l'époque, je ne savais pas dire la vérité. Je préférais te faire rire. J'étais sûr que tu me choisirais. Mauvaise pioche, Blaise a ramassé la mise. La guerre aurait pu tout changer. Ton fils, c'est le mien. Mais j'étais trop bête, trop lâche aussi. J'avais déjà fait tant de conneries, je n'ai rien voulu briser et c'est moi que j'ai cassé. J'ai complètement loupé ma vie et maintenant, à cause de Gwenaëlle, je n'ai même plus le droit de réussir ma mort. »

Il parlait bas et a passé son bras sur mon épaule. Je ne l'ai pas repoussé. Qu'un homme vous regarde comme le Koh-i Nor ne laisse aucune femme indifférente. De toute façon, je soupçonnais ses sentiments. Mais j'avais peur. Je n'aime pas les amants transis qui ruminent leur rêve. Mathias n'était plus le même, moi non plus. Pendant l'été 40, suspendue à ses gros bras musclés et gonflée à l'hélium de la passion, j'aurais volontiers décollé dans son sillage. Il avait préféré se lancer dans l'aventure avec Kerzannec, nos chemins s'étaient séparés, à présent j'étais liée à Kergantelec, aux Méaban, à Timmy… J'allais le lui dire gentiment pour que tout s'arrête là dans une tendresse fraternelle quand, au moment même où j'ai prononcé les prénoms de Blaise et Timmy, mes nerfs ont craqué. Je me suis mise à larmoyer dans son épaule :

« C'est ta faute, entièrement ta faute. Tu es malheureux et moi, je suis bien plus seule que toi. Tu as fait une fille, tu t'étais trouvé une famille au Tonkin, tu vis des aventures romanesques dans des décors de rêve tandis que moi, Blaise ne m'a pas touchée depuis des années, Timmy me prend pour sa gouvernante, ma belle-mère me hait, j'ai toujours peur à Kergantelec et je passe ma vie à m'occuper d'un journal automobile alors que je ne sais même pas conduire. Le temps m'épluche comme une pomme et mes illusions tombent comme des pelures. Parce que j'ai fait de la Résistance, parce que j'ai bâti un journal, parce que j'ai des amants une fois tous les 36 du mois, on imagine que je brûle la bougie par les deux bouts mais je peux te dire que ça ne réchauffe guère. Quand je veux rêver, moi aussi je repense à nous pendant l'été 40 et la nostalgie frétille comme un petit fil électrique grésillant dans l'eau. Mais un tout petit fil : tu ne m'as pas dit que tu partais en Irlande, tu ne m'as pas dit que tu t'engageais en Indochine, tu ne m'écris jamais et, tout à coup, tu réapparais et tu m'aimes comme au premier jour. Je crois que tu es fou à lier. »

Le taxi est enfin arrivé. On s'est collé l'un contre l'autre à l'arrière, silencieux, en se tenant les mains. C'était une Peugeot 203 toute neuve. Le chauffeur a commencé à nous en faire l'article. Au bout de deux minutes, je l'ai prié de la boucler :

« OK, on sait. C'est une quatre cylindres en ligne, ses 45 chevaux montent à 120 kilomètres/heure, elle consomme 8 litres au cent et elle coûte 490 000 francs. Inutile de nous faire l'article, on est fatigués. »

J'aurais pu en dire plus. A *L'Auto*, Morvan s'occupait des reportages et de la publicité mais je dirigeais moi-même la rédaction et, à force, sans éprouver le moindre intérêt pour la technique automobile, j'étais devenue une pointure dans le domaine. Le chauffeur se l'est tenu pour dit et nous a emmenés sans pia-pia à la gare de Vannes. Mathias voulait rester un jour de plus. Pendant qu'il changeait sa réservation, je suis allé l'attendre dans le salon de l'hôtel de la gare, de l'autre côté de la rue. Et là, quand il m'a rejointe, s'est arrêté à l'entrée et m'a regardée en silence, j'ai compris en un instant, que j'espérais cette catastrophe plus encore que je ne la redoutais depuis qu'il s'était collé à moi sur le banc de Port-Navalo. Alors il a souri et, sans dire un mot, de loin, il a agité la clé d'une chambre. Tout ce que j'ai trouvé à faire, c'est éclater de rire, me lever et me jeter sur ses lèvres. C'était lamentable, absurde, blessant pour tout le monde sauf pour nous deux, irresponsable, puéril et irrésistible.

A l'annonce de son retour, je m'étais juré de ne pas retomber dans ses bras mais j'ai des résolutions de poutrelle en acier et une volonté de ruban. Par miracle, ce fut merveilleux. On a passé deux heures collés l'un dans l'autre. La magie entre nos deux corps fonctionnait toujours aussi bien même si Mathias le taureau s'était transformé en serpent. Il était moins herculéen, plus maigre, plus doux et plus lent mais chacun de ses gestes se glissait entre les miens comme si on n'avait cessé de répéter notre chorégraphie. Quand on reprenait notre souffle, je caressais les cicatrices que six ans dans les rizières lui avaient tatouées sur l'abdomen et à l'épaule. Il n'éclatait plus de rire en faisant l'amour, ne me retournait plus en tous sens comme un sac, ne me malaxait plus les fesses comme de la bonne pâte et, au contraire, me manipulait comme une poupée de porcelaine. Tout avait changé, sauf la magie. Enfouie dans ses bras, j'ai retrouvé l'intuition qui m'avait envahie à la première seconde de notre rencontre et ensuite m'avait portée aux nues en 1940 : Mathias était l'homme de ma vie. Quand on a émergé, il était huit heures du soir, trop tard pour que les passeurs nous ramènent à l'Ile-aux-Moines. J'ai appelé Kergantelec et prétendu avoir attendu des heures Mathias coincé à la caserne où il faisait décaler son ordre de route. Blaise n'a pas fait de commentaire. Il a seulement dit de le rappeler quand on serait à Port-Blanc : il passerait la Jument pour nous embarquer. Au lieu de rentrer directement, on est allé dîner à Conleau, sur une terrasse face à la rivière de Vannes. Au loin, on apercevait la chapelle de Boëdic. Mathias en conservait un souvenir ambigu :

« A seize ans, avec Blaise, on y a passé une nuit entière avec deux sœurs hollandaises en vacances dans le golfe. Au début, on avait chacun la nôtre mais vers minuit, après qu'on est allé se baigner tous ensemble, Blaise m'a confié la sienne et il est parti dormir tout seul dans la vieille maison qui semble hantée. Je n'en reviens pas qu'il t'ait épousée. Sur terre comme en mer, il n'aime que la navigation en solitaire. Je suis sûr qu'il sait ce que nous avons fait cet après-midi. Et il ne te posera aucune question. Jamais. Ni à moi. C'est plus que mon frère, je l'aime plus que tout au monde mais je ne le comprends pas. C'est pour ça qu'il me fascine. Comme il fascine tout le monde. »

Est-ce que Blaise me fascinait à l'époque ? Oui et non. Tout ce que je savais, c'est que je ne pourrais jamais défaire les liens dans lesquels m'enserrait cet homme beau, pur et solitaire qui nous tenait, Mathias et moi, par ses silences. Dans nos vies, Blaise était comme l'œil dans celle de Caïn. Plus bienveillant mais pas moins inquiétant. Deux heures plus tard, quand il est venu nous prendre sur la cale de Port-Blanc, en effet, il n'a posé aucune question.

CHAPITRE 13

1954. Dien Bien Phu

Arrivée à mon âge, je sais bien qu'il n'y a que les sentiments qui comptent dans une vie. Pourtant, même à quatre-vingts ans et des poussières, j'ai encore besoin de café quand on veut me prendre par les sentiments. Le nombre de journaux que j'ai pu jeter à la poubelle parce que le reporter parlait de la « maman » des victimes ou du chagrin du « papa ». Il paraît que Proust était pris de crises d'asthme à la vue de certains tableaux remplis de fleurs ; moi, c'est la sensiblerie qui me fait cet effet. Qu'un homme politique mis en examen parle des malheurs de ses enfants en cour de récréation et je ne rêve plus que de l'expédier aux galères. Même chose pour les actrices qui affirment que rien n'est plus beau que leur « métier de mère ». Et voilà qu'à mon tour, je m'englue dans ce caramel. Il faut croire qu'avec les années, bientôt je pourrai dire avec les siècles, l'alcool et le tabac ont édulcoré mon sale caractère. C'est d'ailleurs à cette époque, vers 1954, que j'ai commencé à beaucoup fumer et à boire plus que de raison. Il faut dire que l'année fut très contrariante : ce fut celle de ma première grève et, surtout, de Dien Bien Phu.

Il avait suffi d'une semaine pour que flambe à nouveau la passion entre Mathias et moi. Je l'avais raccompagné à Paris, puis jusqu'à Marseille où il avait embarqué pour Saïgon. Blaise avait feint d'ignorer la vraie nature de nos relations. Cela dit, si je m'étais promis d'aller passer quelques semaines en Indochine, le tour pris par la guerre m'en avait empêchée. A peine rentré à Hanoï, Mathias avait été caserné à Na San, une base retranchée en pleine jungle, où l'état-major français avait bâti un « camp-hérisson ». L'idée était très simple : on sautait en pleine zone ennemie, on établissait une forteresse cuirassée d'artillerie et on prenait le contrôle des rizières et des forêts où le Vietminh faisait la loi. Au passage, on coupait ses voies de ravitaillement avec le Laos ou la Chine. Le plan avait marché au-delà de tout espoir. Un sursis inespéré dans un flot ininterrompu de reculs. Les généraux n'en pouvaient plus. Ils avaient leur ligne Maginot. C'était si simple qu'on se demandait pourquoi on n'y avait pas pensé plus tôt. Ayant trouvé une nouvelle marotte, ils s'y sont abandonnés dans une frénésie d'optimisme, d'aveuglement et de mépris complet pour l'intelligence et les ressources de l'adversaire. Je ne réécris pas l'Histoire après coup en connaissant la chute du récit. Ce regard accablé sur l'incompétence des militaires, c'était celui de Mathias. Dès le mois de novembre 1953, alarmé par l'outrecuidance de ses chefs, il m'envoyait des lettres désespérées :

« *Ma chérie,*

J'ai été nommé commandant et si tu savais comme tout m'est égal. Sur le front militaire, nous fonçons droit dans le mur. L'état-major perd les pédales dès qu'on prononce le mot Dien Bien Phu. Navarre prend les Viets pour des subordonnés qu'on convoque à l'heure dite et à l'endroit choisi par nous pour livrer bataille. La nullité de notre commandement est à ne pas croire : il annonce ses plans et ses intentions des mois à l'avance et imagine que l'ennemi va tomber dans le piège qu'on lui a balisé jusque dans les journaux ! Je suis sûr qu'on se battra bien et cette idée de camp retranché aurait pu marcher mais cette folle assurance va nous coûter très cher. L'armée française est pleine de jeunes garçons héroïques dirigés par des imbéciles sentencieux. Quand je vois ces paons pérorer à Hanoï, je comprends comment Hitler n'en a fait qu'une bouchée en 1940. Je ne crois plus à l'indépendance de notre vieille Bretagne mais que je le regrette ! Dire qu'on est sous la botte de ce pays grotesque. Et odieux ! Tu devrais voir comment les galonnés et leurs ménagères d'épouses traitent leur personnel indigène. Dans un pays qui se bat pour sa liberté, chacun de leurs ordres est un appel à l'insurrection. Dès qu'il a un atome de pouvoir, le Français moyen est atroce. Tous les Français, d'ailleurs, sont atroces : ils méprisent le monde entier. Et ils lui donnent des leçons en répétant comme un mantra : "République Française, République Française"... Entre eux, c'est pire : ils ont inscrit la fraternité sur tous les murs mais ne la pratiquent jamais. Tu devrais entendre la manière dont nos officiers parlent des politiques. Et comment les politiques se méfient de la troupe. Je t'ai déjà dit que j'avais tellement loupé de choses et si mal mené ma vie qu'il ne me restait qu'à réussir ma mort. Mais je n'ai même plus cette porte de sortie devant moi depuis que Gwenaëlle est là avec pour toute famille une grand-mère complètement dépassée par les événements. Pour elle, je dois tenir le coup. Et pour toi.

Je te vois froncer le sourcil en lisant ces trois mots. Tu ne seras jamais la femme parfaite que tant de mes hommes ont dans leur vie et leur cœur. Celle dont le regard crie une confiance absolue. Dont le silence exprime une douceur éternelle. Dont la tendresse affirme une fidélité pour la vie. Je te vois lever les yeux au ciel et ricaner. Toi, tu seras toujours là mais, même là, tu resteras à côté de moi, pas avec moi. A côté de nous, devrais-je dire car tu es la même avec Timmy ou avec Blaise. Tu auras toujours moins besoin de nous que nous de toi. Mais c'est bel et bien pour toi que je ne vais pas crever dans cette épouvantable Indochine écrasée de chaleur, submergée de moustiques et inondée de boue. Je reviendrai chez nous, à l'Ile-aux-Moines, notre rocher fleuri et, le matin, dans le froid, j'irai voir le soleil se lever sur le Vran. L'été, au lieu du vacarme de la jungle, je vibrerai au bruit d'une petite mouche coincée dans le rideau contre une fenêtre. En sachant que tu es là, tout près – et si loin.

Je t'aime, Mathias. »

Moi aussi, j'avais mes communistes. Depuis sa naissance en 1946, *L'Auto* était devenue une entreprise prospère. Morvan avait vu juste. La France rêvait d'automobile. Peu de gens pouvaient encore s'en offrir mais tous les hommes y songeaient. Dire qu'on avait tiré le premier numéro à 10 000 exemplaires ! Début 1954, on en était à 300 000. Et de 50 pages, on était passé à 150. La publicité en remplissait la moitié. On roulait sur l'or. Morvan avait installé la rédaction dans un hôtel particulier du XVIIIe siècle, en plein cœur de Nantes, juste derrière le château des Ducs. L'imprimerie était en face, de l'autre côté de la Loire, à Rezé. La CGT y faisait la loi comme dans toutes les entreprises de presse. C'est la règle du jeu. On gagne beaucoup d'argent et le syndicat veille à ce que la base touche également sa part – modeste, mais pas insignifiante. Je n'avais pas le goût du capitalisme néolithique des années 2000 avec des banquiers voraces qui gagnent mille fois plus que leurs employés. J'étais plutôt généreuse, on payait bien, tout le monde y trouvait son compte. Morvan avait cependant une conception des rapports de forces qui se heurtait souvent avec celle des ouvriers du Livre – pénibles, brutaux, exaspérants même mais, pour une fois, dans ce pays où les syndicats ne servent à rien, efficaces.

En février 54, en pleine croisade de l'abbé Pierre, tout a explosé. Un peu par ma faute car, à *L'Auto*, le leader de la CGT était Louis, l'ancien recteur de l'Ile-aux-Moines. Huit ans plus tôt, en 46, quand je l'avais engagé comme rédacteur en chef technique, toute l'équipe tenait dans deux pièces et j'étais bien contente d'avoir un homme capable de tout relire et de faire la liaison entre la rédaction et la fabrication. A cette époque, les vrais journalistes ne croyaient pas à notre projet de magazine automobile, surtout installé à Nantes. Seul Morvan, dès le début, s'était méfié de Louis ; il détestait les curés :

« Tous des faux-jetons ! Qu'est-ce que c'est que cette religion qui demande de tendre la joue gauche quand on vous gifle la droite ? Le chrétien est une chiffe molle censée aimer ceux qui ne l'aiment pas. Et ne pas aimer tout ce que les gens normaux aiment, de la pâtisserie au bordel et à l'argent. Au lieu de se battre contre ses ennemis, le chrétien leur pardonne. C'est l'hypocrite-né, un sale petit trouillard qui lèche les bottes de son agresseur. Ça m'étonne qu'il n'y ait pas plus de curetons cocos, ces corbeaux adorent ceux qui leur crachent dessus. Il a fallu que tu nous en dégotes un. Chapeau ! »

Quoi qu'il en soit, il avait été bien soulagé de trouver une plume capable de traduire en bon français les commentaires de ses reporters, presque tous d'anciens garagistes enchantés d'épiloguer un quart d'heure sur les vertus d'un carburateur mais incapables de retranscrire le propos en phrases intelligibles. Pendant les premières années, Louis avait incarné la rédaction presque à lui seul et Morvan avait fini par l'avoir à la bonne. Il aimait bien les défroqués, surtout en ménage avec une jolie femme. A ses yeux, Blanche et sa particule avaient gratté la rouille chrétienne de l'ancien recteur. Tout avait changé le jour où Louis avait pris sa carte à la CGT. Pire encore : il était devenu le délégué du syndicat à *L'Auto*. A la mort de Staline, ils avaient failli se taper dessus. L'heure de silence et de recueillement instaurée par les typos lui ayant tapé sur les nerfs, Morvan était allé parcourir les allées de l'imprimerie en déplorant la mort du géant de la liberté qui faisait pousser les oranges dès qu'il passait en Sibérie. Quand Louis l'avait prié de respecter le deuil du peuple, Morvan l'avait carrément saisi par le col de sa blouse :

« Tu me dégoûtes. Un ancien déporté de Neuengamme en train de pleurnicher sur un despote qui envoie des millions de gens en Sibérie. Ton émotion, c'est du pipeau, des larmes de crocodile versées sur un dictateur, des mots creux et dépourvus de sens, de la petite politique. Tu as un bandeau sur les yeux, des bouchons dans les oreilles et tu auras passé ta vie à réciter ta leçon : hier tu serinais les mémères à l'église avec tes radotages sur la Vie éternelle. Maintenant tu balades des bons à rien avec tes couplets sur la lutte finale et le grand soir qui n'arrivera jamais mais te vaudra une petite carrière d'apparatchik communiste au conseil municipal de Nantes. »

Louis n'avait pas ouvert le bec quand on parlait d'orangers en Sibérie ou de Neuengamme mais il a sauté sur le terme « bons à rien ». Les victimes du système étaient son fonds de commerce. Il a dénoncé sur un ton indigné le mépris de classe de Morvan. Ceux que Morvan traitait de « bons à rien », c'étaient la classe ouvrière, les enfants des quartiers pauvres, les éternels parias de la douceur de vivre française et patati et patata. C'étaient surtout les vingt personnes qui les entouraient. Devant ses troupes, Louis s'est régalé :

« Vous ne manquez pas de culot. Dénoncer les prétendus crimes de Staline quand vous-même, en 1940, vous vendiez du matériel aux troupes d'Hitler installées à Saint-Nazaire. Vous vous moquez bien des tyrans, ce qui vous fait peur, c'est le parti communiste, celui qui défend les ouvriers et vous empêche de les exploiter à votre guise. »

On parle toujours trop longtemps quand on se dispute. Au lieu d'en rester là, Louis a enchaîné les phrases taillées dans l'irréprochable langue de bois des cocos d'époque pleine de formules connues par cœur. On aurait dit une récitation. Ce pauvre Louis avait remplacé les cantiques par *L'Internationale* mais restait un ressort tendu par des automatismes verbaux. Morvan l'a rattrapé au vol :

« Espèce de pharisien, ne fais pas semblant devant tes typos de me vouvoyer alors qu'à l'Ile-aux-Moines, on se tutoie depuis quinze ans. Et n'imagine pas qu'ils sont dupes. Avec tes années de théologie au séminaire, ton blabla savant de stalinien océanique et toute ta science à la con, tu ne seras jamais un des leurs. A cinq ans, tu devais déjà avoir ta tronche actuelle de bon élève et de lèche-bottes. Tu plaisais à la maîtresse comme tu as ensuite plu à l'évêque et maintenant aux permanents du Parti. Moi, je suis comme eux, je n'ai jamais lu un livre avant l'âge de vingt-cinq ans. Enfant, j'en ai bavé dans les mêmes rues qu'eux, avec les mêmes parents qu'eux et, à l'école, les mêmes hontes qu'eux. Tu ne seras jamais leur copain. Tes petits discours sur le jazz, par exemple, tu peux te les carrer où je pense, eux et moi, c'est l'accordéon qui nous plaît. »

Morvan devait avoir raison car ses rodomontades dans notre imprimerie le jour de la mort de Staline n'ont pas provoqué d'autres indignations que celle de Louis venu se plaindre dans mon bureau – en vain car je regardais leurs disputes sans intervenir. A force de taper du pied, ils aplanissaient le terrain et cela m'arrangeait. Quand je m'en mêlais, toutes les insultes avaient déjà été proférées et on n'attendait plus que le cessez-le-feu. En général, j'acceptais d'augmenter les salaires même quand Morvan pestait qu'il n'était pas question de remettre des sous dans la machine. Comme j'avais le dernier mot en tant que gérante, je l'envoyais promener et il me traitait de sale bêcheuse anglaise :

« Avec toi, c'est toujours pareil : indulgence plénière et bénédiction pour les prolos, mépris complet et dédain affiché pour les types comme moi, ceux qui font marcher le système à ton profit. Tu me gonfles avec tes grands airs. Ton père est peut-être baronnet à Londres mais il ne faudrait pas te prendre pour Marie-Antoinette. Tu vas tuer la poule aux œufs d'or. »

Tu parles. L'argent coulait à flots, c'étaient les Trente Glorieuses, le chiffre d'affaires et les bénéfices augmentaient chaque mois et ses pleurnicheries s'asséchaient vite. Je le prenais dans mes bras et lui disais que le seul homme de ma vie, le vrai, c'était lui. Mon mari, c'était du vent à Paris. Mon amour, c'était de la poudre de perlimpinpin en Asie. Il ne me restait que ma bonne grosse brute de Saint-Nazaire. Du reste, je ne mentais pas.

Pour finir, la crise a eu lieu, un an plus tard, juste au moment de Dien Bien Phu, quand Louis a réussi à provoquer une grève à l'imprimerie. Non pas pour une histoire de salaire car j'aurais cédé. Pour un caprice inédit : les typos voulaient décider eux-mêmes qui on embaucherait à l'imprimerie. En Angleterre, cette pratique très répandue ne choquait guère : on l'appelait le « *closed shop* ». Il a fallu attendre Margaret Thatcher pour qu'elle lui déclare une guerre totale. Dans les années 50, cela semblait naturel. A moi, en tout cas – car, pour ce qui est de Morvan, j'ai cru qu'il allait me passer par la fenêtre quand il m'a vue prête à négocier. Jamais il ne céderait : le patron décidait qui il engageait et point final. Egal à lui-même, il a d'ailleurs pris le taureau par les cornes et il est parti pour l'imprimerie affronter les ouvriers réunis en assemblée générale. La situation était tendue, je l'ai accompagné.

Trois jours plus tôt exactement, le 7 mai, Dien Bien Phu était tombé. On s'y attendait. Dès le mois de mars, le colonel commandant l'artillerie du camp s'était suicidé. Cet abruti s'était fait fort de réduire à zéro les tirs ennemis. En quelques heures, il avait compris que tout était foutu. Depuis, la France s'épanouissait dans son rôle favori : pleurer sur l'héroïsme désespéré de ses fils. Personne ne croyait plus à la victoire, les points d'appui tombaient les uns après les autres, aucune colonne de secours n'avait le moindre espoir d'atteindre la forteresse. Jusqu'au bout des parachutistes volontaires avaient sauté dans la cuvette pour renforcer les débris de la garnison. Des suicides tellement chevaleresques qu'on y assistait effondrés et éblouis. On savait les pertes énormes. Mais Mathias était-il mort, blessé ou prisonnier ? On l'ignorait. Je passais chaque jour de longs moments au téléphone avec Miss et Madame Gauvain. A Paris, Blaise n'obtenait rien des amis du Général au ministère de la Guerre, sinon des chiffres affolants : au moins 2 000 morts dans nos rangs et plus de 5 000 blessés ! On évaluait à plus de 10 000 le nombre de nos prisonniers. Quand on se rappelait le traitement infligé par les Japonais aux détenus hollandais ou anglais, le sort des nôtres entre les mains des Vietminh faisait froid dans le dos. Inutile de préciser que le sort de *L'Auto* m'inquiétait bien moins que celui de Mathias. Du reste, je ne me rendais absolument pas compte que l'avenir du journal était en jeu. Morvan ne m'avait pas tenue au courant de ses dispositions guerrières.

Il est monté avec moi sur l'estrade où nous attendait Louis et ils se sont expliqués en public. Toujours les mêmes discours rodés depuis trois ou quatre ans de confrontations. C'était pathétique et tellement français : au lieu de parler salaires, embauches, primes et compagnie comme à Manchester, à Stuttgart ou à Québec, Morvan et Louis argumentaient à coups de Moscou, de plan Marshall, de CIA, de capitalisme international, de rideau de fer… Louis se référait à Marx toutes les trois phrases mais l'avait feuilleté en intellectuel français du modèle courant sans rien approfondir. Autre rite incontournable : il en appelait aussi aux mannes de la Résistance pour dénoncer la rapacité patronale. Je n'avais pas la moindre intention de m'en mêler mais, à force, il m'a énervée :

« Louis, essaye de t'en tenir à des arguments chiffrés et à des raisons professionnelles ; on est ici pour parler de *L'Auto* et de son organisation interne, pas pour réécrire l'Histoire de France. Laisse tomber Marx, Jean Moulin et le bon Dieu. On dirait qu'il te faut toujours un harnais pour tenir droit. »

Il n'a pas apprécié que j'évoque ses béquilles théoriques. Pas plus qu'il n'a aimé que je le tutoie devant ses troupes. Le plus fort, c'est qu'il me l'a dit :

« Nous ne sommes pas à l'Ile-aux-Moines, vous n'êtes pas l'amie de ma femme, vous êtes une patronne qui défend ses intérêts et s'oppose à une revendication tout à fait légitime de ses employés. Ici, ce sont mes camarades que je tutoie, pas mes employeurs. »

Il aurait mieux fait de la boucler. En une seconde, tout ce que je m'étais toujours caché à propos de cet homme m'a sauté au cœur. Même son physique, soudain, m'a dégoûtée : trop maigre, trop Savonarole, trop pomme d'Adam, trop sombre, trop déplumé du haut, trop poilu des bras… Dire qu'en 40, je ne demandais qu'à l'attirer dans mes filets ; j'avais l'impression de rencontrer le fameux saint François-Xavier de Vannes, un combattant du Christ, mince comme un carême et sec comme la justice. On ne m'y reprendrait plus. Même sa voix m'agressait, trop grave, trop sèche, froide comme le métal. A y repenser, avec son austérité, il avait même gâché notre Résistance. Mes copains du maquis de Saint-Marcel avaient cinquante anecdotes marrantes à se raconter lorsqu'on se retrouvait tous ensemble ; nous, les filles du golfe, n'avions que des missions dans nos souvenirs, jamais une franche rigolade. Le « réseau du recteur », comme on l'appelait maintenant, avait été gai comme un monastère. Dix ans plus tard, sur cette estrade, il restait le même : une machine. Dire que lui et moi avions quinze ans de vie commune, dans la clandestinité puis dans la presse ! Et qu'il était parti vingt fois à la pêche dans le golfe avec Morvan. Face à nous, hostile et mécanique, il ne s'est pas déridé un instant. Au bout d'une heure, je n'en pouvais plus de sa sécheresse de curé stalinien. J'étais de tout cœur avec Morvan quand il a mis les pieds dans le plat :

« Ni toi, ni tes camarades ne déciderez qui est embauché dans cette imprimerie. Je vous connais : vous ne prendrez pas de bons professionnels mais vos fils, vos neveux et des gars 100 % CGT. Ce sera copinage et noyautage. C'est absolument exclu. Et si vous espérez me forcer la main, n'oubliez pas qu'on commence la guerre quand on veut mais qu'on l'achève quand on peut. En clair : tu peux bien décider de la date du début de la grève mais ni toi, ni les autres ne serez plus là pour y mettre un terme. Pour une raison toute simple : je fermerai l'imprimerie et le magazine ira se faire imprimer ailleurs. »

Je suis tombée des nues. Les typos aussi. Personne ne s'attendait à cette surenchère dans les menaces. Quelques secondes se sont écoulées. L'équipe était sous le choc. Morvan a enfoncé le clou :

« Vous êtes prévenus. A vous de choisir entre moi qui vous fournis un travail ou Louis qui vous tend un piège. Car voyez les choses en face : il vous flatte mais vous laissera tomber comme une miette de pain dès que le Parti ou le syndicat l'appelleront ailleurs. Entre-temps, il aura paradé dans les journaux et à la radio mais vous, vous serez au chômage. »

Il ne leur léchait pas les pattes mais cela aurait pu marcher si le vieux concierge du bâtiment ne l'avait à ce moment traité de bourgeois. Au lieu d'en rire, de lui dire ce qu'il pensait des bourgeois français et comment ils parlaient de lui dans son dos, Morvan l'a envoyé promener en lui disant qu'il en serait un aujourd'hui s'il s'était donné le mal de travailler à l'école gratuite pour tous ou, plus tard, de relever ses manches et de bosser. Comme si l'autre avait rêvé la nuit d'être un bourgeois ! Pour achever de se mettre à dos l'assemblée, il a asséné à ce pauvre petit vieux que tout le monde, moi la première, avait envie de protéger : « Il ne faut pas pleurer sur son sort quand on n'a jamais rien fait pour s'en sortir. » Résultat : une heure plus tard, l'équipe a voté la grève. Et la crise a commencé. Sans moi.

Je suis rentrée à l'Ile-aux-Moines. Le sort de Mathias me hantait. A Bellevue, sa mère, Miss et moi n'en pouvions plus d'angoisse et d'impuissance. Il faisait un temps merveilleux, l'été a duré six mois et je passais chaque jour chercher Gwenaëlle pour l'emmener à la plage. La signature des accords de Genève en juillet a rendu l'espoir à tout le monde. Nos soldats avaient été faits prisonniers en mai, trois mois de captivité n'étaient pas le bout du monde, on allait bientôt les récupérer. A Bellevue, on a remis en état le jardin qui s'était transformé en jungle et j'ai acheté un lit king-size pour la chambre de Mathias dont les baies vitrées dominaient le port et la mer, de Port-Blanc à Irus et Arradon. Fin août, quand la vérité est apparue, la panique s'est emparée de nous toutes. Sur les 12 000 prisonniers tombés entre les mains vietminh à Dien Bien Phu, seuls 3 300 revenaient. Et dans quel état ! Les actualités montraient des squelettes ambulants. J'ai cru revivre le retour des camps en 45 quand on consultait chaque jour la liste des spectres rentrés à Paris. A cette nuance près qu'à la Libération, les nazis français se terraient tandis que là, les communistes plastronnaient. Jamais en Angleterre ils n'auraient osé ; jamais, d'ailleurs, on ne l'aurait supporté. J'avais beau être du côté des Vietnamiens lorsqu'ils luttaient pour leur indépendance et l'avoir dit et répété à Mathias, ce cynisme me révulsait.

A mon arrivée, en 38, j'avais eu l'impression de quitter mon île chérie pour l'autre grande nation de l'Occident, d'où sortait tout le charme de la civilisation européenne. J'allais chez Madame de Sévigné, Louis XIV, Voltaire, Marie-Antoinette, Napoléon, la Goulue, Coco Chanel et Foch. Pour rien au monde, je n'aurais quitté Londres pour la Slovénie, le Portugal ou l'Autriche. Le monde observait Hitler et ses défilés mirobolants avec des yeux stupéfaits mais la France conservait son éclat fait de vieilles gloires et de grandes victoires, de salons et de révolutions, de culture et de haute couture. Paris tenait avec une arrogance désinvolte le rôle d'Athènes face à Sparte. J'ai été fière de devenir française. La défaite de 40 et Vichy avaient déjà mis à mal une certaine idée de la France. Que le pays de Lannes et de Murat accepte sans le moindre sursaut de fureur que le Vietminh tue 8 000 prisonniers en trois mois m'a révulsée. Désormais, on pouvait impunément gifler la France, hier si vive, hardie et coléreuse. Elle abandonnait ses fils au despotisme de l'indifférence. Jamais l'Angleterre, les Etats-Unis ou Israël n'auraient si lâchement baissé pavillon. C'était devenu la Pologne, rien du tout.

Mathias est rentré à Vannes le 10 octobre 1954. En grand uniforme, képi blanc sur la tête, fourragère à l'épaule. Une maigreur affolante le grandissait encore. Sur le quai de la gare, il s'est avancé vers nous à pas lents, très « Légion ». Dire qu'il n'avait que trente-six ans ! Il portait une immense fatigue sur ses épaules. J'ai été terrifiée. Madame Gauvain, à mon bras, a éclaté en sanglots. Alors Mathias a posé par terre sa petite mallette, pris la vieille dame dans ses bras, l'a soulevée comme une enfant, l'a embrassée sans fin et l'a reposée au sol en éclatant de rire :

« Je suis là, Maman. Toi aussi, Marge également et Gwenaëlle nous attend sur l'île. La vie commence. »

Ses dents éclataient de blancheur. Son sourire aurait fait fondre les pôles. Il m'a serrée contre lui, a posé un instant ses lèvres sur les miennes, a murmuré : « C'est pour toi que je suis revenu de là-bas » puis il a glissé un bras sous celui de sa mère et nous sommes sortis. Madame Gauvain planait, pleurait, reniflait, ne trouvait rien à dire et noyait son bonheur dans ses mouchoirs. J'ai demandé à Mathias où étaient ses bagages. Il n'en avait pas d'autre que cette petite valise en cuir noir : « Avec ce qu'elle contient, je pourrais acheter tout le rayon Homme de chez Harrods. Et l'appartement où entasser mes costumes. Tu verras. »

En effet, j'ai vu. Deux vases en jade sculptés comme deux effigies du Bouddha. Des merveilles venues du palais impérial de Hué. Le grand-père de Gwenaëlle, membre de la cour et proche de Bao Daï, les avait « mis à l'abri » (en vérité volés) pour l'empereur (c'est-à-dire pour lui-même) afin de les monnayer en cas de victoire communiste. A présent, ils étaient à l'Ile-aux-Moines, prêts, dans quelques années, à servir de dot à Gwenaëlle. A peine rentré à Bellevue, Mathias a enfermé dans l'armoire de sa chambre ces merveilles qui auraient fait le ravissement du musée Guimet… et du casino de La Baule. Puis, sans attendre le retour de l'école de sa fille et de Timmy, il m'a emmenée en promenade au Trech où on a repris notre souffle l'un contre l'autre, assis sur la plus haute marche du calvaire. Une petite brise agitait le tapis violet des chardons face à Irus. Il faisait doux mais gris, ma couleur préférée, celle qui, au moindre rayon de soleil, dessine au mieux les contours du golfe, souligne le tracé doré des plages, éclaire les tables à huîtres, rend éclatant le vert des prairies et tapisse d'un blanc pur comme la neige les maisonnettes du bord de mer. Mathias n'a pas parlé, moi encore moins, il a juste pris longuement ma main et promis de ne plus me quitter.

Je m'ennuyais tellement sans lui. A force d'attendre son retour, je me sentais redevenir vierge. Blaise menait sa vie à Paris sans moi et, en vacances sur l'île, me traitait comme sa sœur. Mes seuls orgasmes se résumaient à mes accouplements passagers avec les tapis verts de La Baule. J'aurais tant aimé que Mathias dise la vérité que, sur le moment, je l'ai cru. Et, en effet, pendant deux mois, j'ai vécu au paradis. A trente-six ans, je recommande à tous les hommes trois mois de régime à base de soupe et d'une boule de riz par jour. Mathias était magnifique. Différent mais plus appétissant que jamais : hier, quand il ressemblait à un rugbyman, il était à croquer. A présent, on aurait dit un nageur. A force de crapahuter dans la jungle en portant sac à dos, armes et munitions, ses épaules s'étaient encore élargies alors que son ventre avait disparu. J'adorais le masser, petit vice découvert au Tonkin qu'il m'a vite enseigné. Mais ce bonheur n'était tracé qu'en pointillé. Un silence le hantait : Timmy. Son fils le fascinait, il rêvait de le façonner à sa guise et d'en faire un Breton, un vrai. Je veillais au grain : Timmy était le fils de Blaise, le dernier des Méaban. Tout l'équilibre de notre vie reposait sur ce roman et j'ai plusieurs fois tremblé de peur quand Mathias m'a menacée d'en finir avec cette insupportable fiction. D'angoisse, je n'ai pas quitté l'île pendant trois mois.

La crise au journal tombait bien : il ne paraissait plus. Tranquille à Nantes où je ne mettais plus les pieds, Morvan en avait profité pour mettre ses menaces à exécution : en vrai cogneur, il est allé au bout de sa bagarre avec la CGT et a fermé l'imprimerie. De juillet à septembre, *L'Auto* a disparu des kiosques mais, en octobre, le magazine était de retour, imprimé en Belgique. Quelques milliers d'exemplaires ont fini jetés au caniveau par les gros bras du Livre… Rien de grave. Dès Noël, nos ventes avaient repris le cours de leur montée inexorable. Morvan avait vu juste : « La CGT, c'est beaucoup de tonnerre mais très peu de pluie. » C'était un vrai dur. Je n'ai même pas lutté. Quand je suis revenue à Nantes, tout était accompli.

Entre-temps, à la Toussaint, la révolte avait pris en Algérie comme un feu de broussailles. Mathias a tenu bon quelques semaines, pas plus. Au fond, il s'ennuyait. La guerre était devenue son unique passion avouable. Plutôt que de mettre le feu à sa famille, à celle de Blaise et à notre amour, il a rejoint le 1er BEP de la Légion avant Noël. Ses grands amis du 8e Choc étaient déjà sur place. J'ai fait semblant d'être consternée comme Miss et Madame Gauvain qui, une fois de plus, se noyait dans ses larmes. En réalité, j'étais soulagée, presque heureuse. Alger n'était pas à l'autre bout du monde. Je me promettais de belles parenthèses au soleil le temps que l'ordre revienne à Bab el-Oued. D'ici là, Mathias ne tournerait pas autour de Timmy et de leur mère Bretagne.

Mon mari, mon amant, même mon fils étaient absents mais la solitude à Kergantelec me convenait. La vie continuait. En équilibre fragile mais durable. Quand j'avais peur, je me couchais et je m'endormais. C'est fou ce que j'ai dormi dans ma vie. Morvan n'en revenait pas. Pour lui, on a toute la mort pour ça. Je n'étais pas pressée. Et j'attends toujours de le vérifier.

CHAPITRE 14

1961. Le putsch d'Alger

Faut-il que je m'ennuie, seule, oubliée de tous, véritable spectre déambulant au rez-de-chaussée de Kergantelec, pour m'obstiner ainsi à raconter ma vie. Mieux vaut ça que contempler la mort qui rôde. Et mieux encore que me regarder dans la glace. Dieu que je suis maigre ! Du front aux genoux, mes os pointent. J'ai l'air préhistorique. Si je traîne du côté du Muséum, ils vont m'accrocher à un cintre avec les squelettes de Néandertal. Je suis complètement obsolète, aussi démodée que les napperons en dentelle que ma belle-mère glissait sous ses bouquets de fleurs. Tout s'effondre autour de moi. La glycine et la vigne vierge ont tout envahi. Derrière elles, les pierres se déchaussent. Dans la cour, les dalles se soulèvent, poussées par les racines des plantes grimpantes qui prolifèrent. Je prie chaque matin pour que la façade tienne. Parfois, il tombe un morceau des murs d'enceinte. Les voisins pestent. Je fais semblant de ne pas entendre, je signe un chèque et je les prie de s'en occuper. Avec eux, c'est vite fait, le ciment règle tout. Qu'importe, le lierre ne tarde pas à cacher ces colmatages de rustres. De toute manière, je ne les vois même pas : le parc est devenu une véritable jungle et je ne mets plus les pieds dans le bourg.

La maison tiendra bien encore quelques siècles. Pendant des années, j'y ai englouti les dividendes de *L'Auto* qui ne filaient pas à la table de jeu. En 1960, la propriété avait retrouvé son allure du XVIIe siècle. On avait remplacé les dalles en granite brisées de la cour d'honneur. Les jardiniers avaient éliminé plusieurs allées de buis et traqué toute trace du potager de guerre de ma belle-mère. Dans le parc, un désordre à l'anglaise estompait les airs prétentieux de jardin à la française. Des ébénistes avaient remis d'équerre les commodes, les fauteuils, les chaises et les guéridons qui semblaient toujours prêts à coincer ou à casser. J'avais changé les huisseries et les fenêtres, les lits également. Même les parquets vallonnés par le temps comme des prairies avaient retrouvé un nivelé de place d'armes. On n'attendait plus que l'eau courante arrive dans l'île pour installer des salles de bains et en finir avec nos toilettes de chattes Ancien Régime. A chaque intervention, ma belle-mère commençait par dire « Quelle horreur ! », son expression fétiche, celle qu'elle avait prononcée à la maternité en sortant du ventre de sa mère. Ensuite, pleurant sur la poésie évanouie de sa maison, elle me transmettait les factures de restauration des tableaux de famille (essentiellement des marines et de pseudo-ancêtres) qu'elle faisait l'un après l'autre remettre à neuf par le laboratoire du musée de Vannes. Que j'étais dynamique ! Et heureuse. Cette guerre d'Algérie, je me la rappelle comme d'interminables vacances au soleil.

Mon premier passage à Alger, cela dit, fut un cauchemar. J'étais partie histoire de marivauder avec Mathias et de respirer un souffle d'air africain, pas plus. Manque de chance, je suis arrivée début juin 56. Mathias avait choisi cette période de l'année parce que, si je me rappelle bien, le ramadan tombait à ce moment-là : les opérations étaient plus ou moins suspendues des deux côtés. Les militaires recevaient leurs dames ou partaient en permission en métropole et les rebelles reprenaient leur souffle. Résultat : j'ai eu l'impression de visiter une chaudière. Quelle chaleur ! Quelle poussière ! Et ces moustiques ! A croire qu'ils n'avaient jamais vu une rousse et me prenaient pour une brioche. En arrivant, tout ce que je demandais, c'était un peu de Pépé le Moko et un doigt de muezzin. Au bout de deux jours, j'aurais cédé mes bijoux pour une poignée de nuages. Le matin, rien que d'ouvrir les yeux, on bronzait – sauf moi qui brûlais. Tout était bruyant. En ville, c'était un vacarme perpétuel. Ça ne s'arrangeait pas dans les jardins : quand les grillons et les cigales daignaient s'interrompre un instant, on entendait même fleurir les plantes. Et rien à faire contre ce climat atroce ; autant demander au Niagara de chuter moins fort. Des glaçons, je ne pensais qu'à ça du matin au soir. Pour peu qu'on l'eût servi givré, vous m'auriez fait boire leur fameux pétrole. Devant la villa qu'avait louée Mathias au bord d'une plage, la mer n'avait pas d'odeur, ne montait, ni ne descendait, n'abandonnait pas d'algues. Ça n'était qu'un décor, elle ne vivait pas. Avec ça, trop chaude. Dans le golfe, je me baigne tous les jours de juin à octobre. C'est froid, revigorant et, au bout de deux minutes, divin. Là, j'avais l'impression de mariner dans un jacuzzi. Dès le deuxième jour, j'ai craqué et suis partie m'installer à l'hôtel Saint-George. Il me fallait sur-le-champ une suite climatisée. J'ai pris celle qu'avait occupée Eisenhower pendant son séjour en 43, vaste et dotée d'une vue parfaite sur le jardin botanique et ses bestioles, soigneusement tenues à l'écart par des baies vitrés hermétiques.

Très agréable, ce « Saint-George ». Il n'y a pas de s au prénom car, réaménagé en 1880 pour les touristes anglais, il portait celui de notre saint patron. A part ça, rien de britannique. Installé dans le quartier « Mustapha Supérieur », c'était un ancien palais turc décoré dans le style arabo-mauresque, très tralala, avec des céramiques partout, des fontaines, des patios, des dentelles de pierre à chaque recoin et, au lieu de maîtres d'hôtel en smoking, des bataillons de babouches et de turbans. Je n'ai pas échappé à la visite de la casbah, sorte de village grec pouilleux auxquels tous semblaient tenir comme Pise à sa tour penchée. Le reste de la ville n'avait aucun intérêt – pour moi, en tout cas, car d'autres y semblaient très attachés. Alger avait beau être grande et peuplée, on n'y respirait pas l'air qui souffle à Paris, Londres, Rome ou même Venise. Vous pouviez vous y promener des heures avec la certitude de ne jamais croiser une des personnalités qui vous intriguent ou vous exaspèrent. On aurait dit une seconde Marseille encore plus dépenaillée. Dès que j'estimais avoir assez transpiré pour témoigner de ma politesse, je rentrais me réfugier à la piscine où les serveurs, émus de retrouver une lady à l'ancienne, m'installaient des parasols sous les palmiers à l'abri du moindre rayon de ce soleil infernal.

A la nuit tombée, quand la fournaise baissait, je me promenais avec Mathias sur le chemin des Glycines, puis on rentrait dîner au frais sous les ventilateurs. Passées les trois premières nuits ardentes à le dévorer, j'ai découvert qu'une suite du premier étage se transformait, la nuit, en tripot. Un quart d'heure plus tard, j'y étais et j'y suis retournée chaque soir. Une vraie cure de jouvence. Je me serais crue revenue à La Baule en 41. Au lieu des BOF du marché noir, je copinais avec les grossistes de Bab el-Oued, tout aussi chaleureux et guère plus distingués. Le gratin de la société algéroise n'allait pas chercher loin. Si vous songez aux pieds-noirs, conservez la fleur d'oranger et les palmiers mais oubliez le raffinement de Bagdad et les soirées de Shéhérazade. Pour lever le coude, en revanche, partager l'anisette, distribuer les cartes et mettre de la bonne humeur, ils étaient sans égal. D'autant qu'en 56, ils se faisaient encore des illusions. Par chaque fenêtre on apercevait un ou deux minarets, longues seringues coraniques prêtes à injecter du sang frais dans les rues avoisinantes, mais personne ne s'affolait. Mes copains garagistes ou négociants prenaient très au sérieux l'armée et ses « campagnes de pacification » – deux termes contradictoires qu'ils savouraient comme des pâtes confites… « Tout finira par retomber », disaient-ils comme s'ils parlaient d'un petit cyclone, en oubliant qu'après son passage, tout est peut-être calme mais détruit. C'étaient des raisonnements d'autruche mais je gardais ma lucidité pour moi. Pour une fois que je tombais sur de grosses brutes disant tout haut ce qu'elles pensent, je me suis bien gardée de prendre des airs. Ça me changeait du vide abyssal des propos politiques en France où les dirigeants continuaient à se croire aux manettes d'une grande puissance et où l'intelligentsia prenait toujours l'URSS pour le paradis des socialistes. Parfois, quand l'un ou l'autre affirmait que les Arabes ne comprennent que la force, j'insinuais du bout des lèvres que le serpent veut bien ramper, mais à condition qu'on ne lui marche pas dessus. Ils rigolaient, moi aussi et on revenait aux choses sérieuses, le poker, en général. Ensuite, à des heures impossibles, je rejoignais Mathias qui dormait à poings fermés dans la suite Eisenhower.

Après le poker, les cigarettes et le whisky, il faut une longue phase de redescente avant de trouver le sommeil. Quand je finissais par m'assoupir collée contre lui, j'avais l'impression de sombrer dans le bonheur. Lui aussi. Heureux de m'avoir entre les bras, il voyait l'avenir en rose. Comme mes compagnons de jeu et ses camarades de combat, il planait en pleine irréalité, persuadé que deux ou trois réformes et quelques bonnes opérations dans les Aurès ramèneraient bientôt le calme.

La veille de mon départ, Mathias m'avait réservé une surprise. Un dîner d'adieu au bord de la mer. Mélancolique, anxieuse à l'idée des longs mois de séparation qui nous attendaient, je n'avais qu'une envie, passer toute la nuit dans ses draps mais il n'a rien voulu entendre et, d'un coup de jeep, plein vent, on s'est retrouvé à dix kilomètres d'Alger, sur une plage. Les tables du restaurant étaient carrément pieds dans le sable. On dînait aux chandelles, impossible de faire plus romantique. Il y avait même un petit coulis d'air frais – un vrai luxe dans ces contrées. La soirée s'annonçait délicieuse. Qui est apparu dans ce conte de fées ? Kerzannec !

S'il y a une personne dont la présence ne m'a jamais manqué, c'était bien lui mais j'ai fait bonne figure pour Mathias qui semblait aux anges. Quinze ans plus tôt, à l'Ile-aux-Moines, quand on l'invitait à dîner à Bellevue, j'avais l'impression que nous-mêmes, groupe de homards du Maine, recevions à notre table une sardine à l'huile.

Depuis, une fée s'était penchée sur lui. Quand il est sorti de l'arrière d'une DS noire conduite par un chauffeur, il portait un costume colonial, beige pâle et élégant. Avec le temps, toute apparence de barde celtique avait disparu. Plutôt mince, les cheveux très courts, il était devenu presque consommable. Quand il m'a embrassée sur les deux joues, sa voix métallique, en revanche, n'avait pas changé. Ni son caractère : Monsieur savait tout, comprenait tout, tranchait de tout. Il était à Alger à titre officiel, comme chef de cabinet du garde des Sceaux, François Mitterrand – ou sous-chef, il a été évasif; cela n'avait d'ailleurs aucune importance car, comme tous les proches du pouvoir, il s'attribuait chacune de ses décisions. C'est fatal : dès qu'ils sont dans la soute, ils se prennent pour le moteur. Depuis, on a appris que son grand homme avait donné son aval à l'exécution de plusieurs citoyens français favorables à l'indépendance et qu'il avait couvert l'exécution expéditive de dizaines de militants FLN mais, ce soir-là, je ne me doutais de rien et Kerzannec s'est bien gardé de revendiquer cette preuve-là de la puissante volonté de Sa future Majesté Mitterrand Ier.

Dès les premières phrases, j'ai compris qu'ils ne se retrouvaient pas après des années loin de l'autre. En fait, depuis le départ de Mathias pour l'Irlande en 43, ils ne s'étaient jamais perdus de vue. C'est ainsi que Kerzannec avait connu avant nous son engagement dans la Légion. Ainsi qu'à présent, il maintenait le contact avec lui pour tenir Mitterrand informé des sentiments de la troupe. Avec lui et avec des tas d'autres car, pendant dix minutes, Kerzannec a évoqué tous leurs copains des années 40, les collabos, les pétainistes, les *Breiz Atao* et consorts, toutes les raclures opportunistes contre lesquelles je croyais Mathias vacciné et dont je découvris, ce soir-là, que Mitterrand faisait son miel et son édredon. Son cabinet fourmillait de puces vichyssoises. Pas étonnant qu'il ait choisi la répression à outrance en Algérie : pour une fois, la droite pouvait dérouiller les pauvres en toute bonne conscience. Je me suis permis de le faire observer. Qu'avais-je dit ! Kerzannec s'est récrié :

« Mitterrand n'est ni de droite, ni de gauche. Il n'a léché les bottes ni à Pétain, ni à de Gaulle. Il a une vision de la France. »

Tu parles ! Ce que ce jouisseur léchait d'abord, c'étaient ses babines. Dès le premier soir, à Nantes, il s'était écouté parler, savourait chacune de ses phrases et posait au pharaon. A défaut de sa vision de la France, j'ai demandé à Kerzannec si sa nouvelle Bernadette Soubirous en avait reçu une pour l'Algérie. Un an plus tôt, ministre de l'Intérieur, il avait proclamé : « L'Algérie, c'est la France. » Kerzannec en restait là :

« Vous demeurez bien une Anglaise. Les ennuis de la France vous chatouilleront toujours agréablement. Mais vous vous trompez : l'Algérie ne sera pas notre Irlande. Nous ne l'abandonnerons pas. La feuille de température est excellente. La pression baisse, le FLN et le MRA s'entre-tuent et nos réformes vont bâtir une société juste où les musulmans auront toute leur place. »

Pauvre guignol ! Il avait cru à la Bretagne libérée par les nazis, puis au gouvernail tenu d'une main ferme par Vichy et maintenant il rêvait d'une Algérie française. Je me suis fait une joie de critiquer sa vision très maigre de l'Histoire :

« Il suffit de passer une semaine ici pour voir que l'Algérie n'est pas la France. Et tant mieux : on n'a pas besoin de cinq millions de femmes voilées, ni de leurs maris mal rasés qui portent des chemises col fermé sans cravate. Dans dix ans, on sera partis et l'Algérie ne sera plus qu'une note en bas de page du Lavisse. Vous pouvez bien leur accorder le droit de vote, ils s'en moquent. Ce qu'ils réclament, c'est l'indépendance. Autant offrir un triporteur à celui qui veut un camion. Votre Mitterrand m'a l'air habile comme lui seul pour être ministre sans représenter personne, mais les grandes manœuvres n'ont pas lieu entre trois députés de rencontre au Palais Bourbon. En Algérie, vous allez perdre, comme en 70, comme en 40, comme en Indochine. Parce qu'on ne gagne pas quand on n'a aucune fierté. Comment en aurait-on avec Coty, Mollet et votre sosie de Tino Rossi ? »

Jamais pendant nos huit jours en amoureux, je n'avais tenu un propos aussi net devant Mathias. Nommé lieutenant-colonel après Dien Bien Phu, il servait la République là où elle l'avait affecté et je le ménageais, gardant mes idées pour moi. A cause de ses lubies indépendantistes, je l'avais perdu dix ans et je ne tenais pas à ce qu'il sorte à nouveau du rang en se faisant remarquer par des idées iconoclastes. Que j'étais bête ! Au lieu de le mettre en garde, j'ai voulu croire que les hommes raisonnent avec leur tête et non avec leurs tripes. Naïvement, je le leur ai dit :

« Comment deux hommes qui prônaient l'indépendance de la Bretagne et vouaient la vieille France aux gémonies peuvent-ils défendre son maintien en Algérie ? Je comprends que l'armée aime bien gonfler les muscles mais aucun de nous trois n'a plus vingt ans, vous devriez voir la réalité en face : vous ferez ici comme Mountbatten en Inde, vous amènerez les couleurs. »

On était en 56, ils m'ont prise pour une Anglaise un peu sotte et malveillante. Au lieu de répondre, Mathias a commandé du champagne. Il tenait à ne pas gâcher notre dernière soirée. Kerzannec, lui, voulait savoir si je rapportais les propos de Blaise et donc des gaullistes. Eussé-je connu les intentions du Général que je me serais tranché la langue plutôt que de les lui répéter mais, de toute manière, je les ignorais complètement. Blaise, le plus évanescent des maris, ne me racontait rien. Du reste, officiellement, il ne jouait aucun rôle. Comme tous ses compagnons de Londres, il traversait le désert en silence, nommé directeur de je ne sais plus quel service aux Archives nationales, un véritable palais dans le Marais, l'hôtel de Soubise. Le salon et la bibliothèque de Kergantelec auraient tenu dans son bureau où, à l'entendre, il lisait les journaux et, chaque matin, expédiait en une demi-heure ses tâches de la journée. Son patron, André Chamson, était un vieux copain. Ensemble, ils attendaient leur heure. Si Blaise rencontrait le Général quand il venait une fois par semaine de Colombey, il ne me faisait aucune confidence. Kerzannec, pervers comme l'ortie, a fait mine de croire à mon ignorance mais a quand même demandé comment se portait le fils de Blaise. Je lui aurais volontiers balancé ma coupe de champagne au visage. Au lieu de ça, j'ai répondu que Timmy avait hérité des gènes marins de son père et participerait pendant l'été aux championnats de France de Finn, un dériveur en solitaire. Ayant craché son venin, ce serpent de Kerzannec se l'est tenu pour dit et le dîner s'est poursuivi sur le thème unique de sa conversation : l'Algérie. Cette insistance prouvait bien que la situation n'était pas si confortable qu'il affectait de le croire mais je ne m'en suis plus mêlée. Seul m'intéressait de connaître l'époque de l'année où ce pays si « attachant » était vivable pour une Européenne piquée de climats tempérés. Un consensus s'est fait autour des mois d'avril et mai.

C'est l'époque où j'aurais dû revenir, en 1958. A l'époque, informé des projets du Général, Blaise m'en dissuada. Heureusement ! Quand j'ai observé de loin le coup d'Etat du 13 mai et l'hystérie qui s'était emparée d'Alger, j'ai béni Dieu d'être restée dans mon cher golfe. La fiesta Bab el-Oued, les youyous, l'accordéon, les drapeaux tricolores et les embrassades en public, merci bien ! Déjà, en temps normal, l'ambiance « bistrot » d'Alger me tapait sur le système ; si, en plus, toute la ville s'offrait une « troisième mi-temps » ! Pour finir, je ne suis revenue qu'en avril 61, le 10 exactement. Croyez-moi, je n'ai plus toute ma tête mais je me rappelle chaque date de ce mois maudit.

Plus de « Saint-George » pour mon second séjour. Retour à la petite villa au bord de la plage. Où j'ai admis que l'Algérie pouvait se révéler un paradis sur terre. Pendant les huit premiers jours, ce fut Paul et Virginie. On longeait la côte sur une petite plate toilée, on pêchait, on grillait le poisson, on se promenait le long des plages et on faisait l'amour dans les draps, sur le sable, en pleine mer, partout, tout le temps. Mathias me rendait folle. Songer qu'il avait quarante et un ans. On lui en aurait donné trente. Depuis vingt ans, il n'avait assisté qu'à des désastres mais il avait toujours l'air de sortir du collège, de boire de l'eau de source, de croire encore en Dieu et de prendre la vie pour une fête. Quand il ouvrait son cœur, Mathias confessait qu'à ses propres yeux, il avait tout raté mais, dès qu'apparaissait un tiers, il servait son sourire à tout le monde et à tout bout de champ. Cette pudeur me déchirait le cœur. Fort comme un ours, il était doux comme un chiot. Sa gentillesse passait tout entière dans ses yeux bleus, immenses et enchantés. Les années s'écoulaient et je restais folle de son ingénuité et de son corps. La nuit, je rêvais de sa peau si pâle et douce qu'on l'aurait dite satinée tant elle était glissante. Quand il entrait dans la chambre, je me pinçais pour ne pas lui sauter dessus ! Il aurait pu me demander n'importe quoi. Or n'importe quoi, c'est en effet ce qui lui passait par la tête. Ce pauvre chéri ne changeait pas : l'Histoire ouvrant devant lui une route à n'emprunter sous aucun prétexte, il s'apprêtait à la prendre pied au plancher. Un autre m'a ouvert les yeux.

A plusieurs reprises, Mathias m'avait parlé dans ses lettres d'un certain Isaac de Grand-Louis. Un légionnaire, comme lui, même s'ils ne s'étaient pas connus au combat. En fait ils s'étaient rencontrés à Alger où Grand-Louis, alors commandant, s'occupait des relations publiques de Massu. Sa maigreur, sa voix grave et lente, sa particule, sa taille serrée dans un uniforme aux plis impeccables, tout rappelait Pierre Fresnay dans *La Grande Illusion*. Aucun humour, un sourire aussi rare et chaud que la neige en août, il se tenait raide comme un ski pour ne rien perdre de ses précieux centimètres. Avec mes talons, je le dépassais d'une demi-tête. Mathias, lui, nous observait de plus haut encore. A priori, j'ai horreur des roquets sentencieux qui prennent la pose mais je gardais mes préventions pour moi. D'abord parce que Mathias lui vouait un culte. Ensuite parce qu'il n'était pas le seul. Officier de presse pendant deux ans, Grand-Louis avait réussi à « vendre » la bataille d'Alger et ses méthodes dignes de la Gestapo comme une belle page d'Histoire. A vingt ans, résistant, il avait été déporté à Buchenwald et, en 56, il avait sauté sur Suez. Entre-temps, bien qu'ayant échappé à Dien Bien Phu, il s'était couvert de citations en Indochine. Avec ça, très cultivé. Quand il l'accompagnait en ville, Massu le présentait comme « son aide de camp qui lit Platon dans le texte ». A feuilleter certains journaux anglo-saxons, on avait l'impression qu'Ignace de Loyola en personne tenait les points de presse. Dans la Légion bondée de têtes brûlées, il s'était aménagé un statut de super-conscience. Mathias était subjugué. Je n'ai pas échappé à un repas à Zéralda, une petite ville à vingt kilomètres d'Alger où Grand-Louis cantonnait depuis qu'il avait regagné le 1er REP.

On a dîné dans une auberge le long de la « Forêt des planteurs ». Par quel miracle je me rappelle ce lieu alors que j'oublie jusqu'au nom de gens que j'ai reçus la semaine dernière ? Mystère. On se serait cru en Sologne. Rondins de bois aux murs, grande cheminée de pierre, trophées de chasse, éclairage de couvre-feu, nappes à carreaux blancs et rouges… Un fumet de gibier vous sautait au visage en entrant. Il ne manquait que les trois Mousquetaires. Au fond de la salle, posté dans la pénombre, Grand-Louis et ses manières « vieille France » étaient ton sur ton avec le décor. Je n'ai pas échappé au baise-main. Avec une politesse « Versailles » soulignée, il a prié la serveuse d'apporter avant toute chose du champagne.

J'ai vite compris qu'à ses yeux, autant que la compagne de son camarade de combat, j'étais Madame de

Méaban. Depuis un an, membre du cabinet présidentiel, Blaise travaillait à l'Elysée. Surjouant la sympathie, Grand-Louis a commencé par faire de grands éloges de lui, de son courage, de sa fidélité au Général… Il ne l'avait jamais croisé à Buchenwald mais savait que Blaise avait creusé les mines de sel de Wansleben quand lui-même avait été affecté au revier d'un autre camp satellite. Bref : toute une mise en condition mondaine qui, en présence de Mathias, dépassait franchement les bornes de la muflerie. Mais Grand-Louis s'en moquait bien. Il avait des choses à faire savoir à de Gaulle et j'étais là pour ça. S'il me prenait pour le télégraphiste de service, le pauvre n'avait rien compris. J'ai vite saisi, en revanche, qui il était. J'ignore s'il lisait vraiment les Grecs dans leur jus mais, en cinq minutes, vous aviez compris qu'il se prélassait dans Barrès, Péguy, Bernanos ou Montherlant comme dans un duvet. Chez lui, l'élévation de pensée tenait irréprochablement sa droite. Qu'il ait échappé à Vichy relevait du miracle. Mais il en avait tiré la dangereuse leçon qu'il est légitime de désobéir. Hier le Maréchal avait trahi ; aujourd'hui, c'était le Général qui s'apprêtait à le faire. Il a montré les dents :

« Sans nous, de Gaulle ne serait pas revenu au pouvoir. On l'a rappelé pour conserver l'Algérie dans le sein de la patrie. Et maintenant, que fait-il ? Rien. Il a franchi le Rubicon et il se contente de pêcher à la ligne. En apparence, d'ailleurs. Car, en réalité, il prépare l'abandon de cette terre. Alors même que, sur le terrain, la guerre est gagnée. Le FLN se terre. L'ALN sera anéantie dès qu'elle quittera ses cachettes de Tunisie. L'armée n'acceptera pas de perdre à nouveau une guerre qu'elle a remportée. Une fois a suffi. Le coup de l'Indo ne se reproduira pas… »

J'abrège un long propos. Ce vieux garçonnet à blason prenait de Gaulle pour un ouistiti auquel on jette des cacahuètes pour qu'il fasse son numéro. Le sien faisait pitié : une crevette féodale se dressant comme les Alpes entre l'Algérie et son indépendance. Et puis l'armée, l'armée, l'armée… Je me suis limé les dents pour ne pas lui dire en face ce que je pensais de ses adolescents attardés qui gonflent leurs abdominaux et pensent avec leurs biceps. Le pire, c'est qu'il prétendait s'inspirer du modèle anglais. Ses camarades répéteraient à Alger ce qui avait réussi (!) en Afrique du Sud : couper tout lien avec la mère patrie et mener à l'indépendance et à la prospérité une Algérie française. Le peuple algérien, les pays arabes, l'Onu, de Gaulle n'auraient plus qu'à observer sans réagir ce prodige. Abasourdie, je n'ai même pas argumenté. Une seule chose m'affolait : Mathias. Sans voir qu'il prenait un vol direct pour dix années en forteresse, cet âne écoutait divaguer son ami avec l'air épanoui du ravi de la crèche. Grand-Louis lui avait interverti les fils du crâne. Je me suis juré, dès le dîner achevé, d'appeler Blaise pour qu'il le fasse muter en Allemagne, au Mali, n'importe où, loin de Zéralda et du centurion qui se prélassait dans ses Pléiades et ses lubies.

Inutile de dire qu'après cette soirée, notre lune de miel a tourné au fiel. A peine sortis du restaurant, hurlant dans la jeep, j'ai prévenu Mathias qu'il ne compte pas sur moi pour faire la visiteuse de prison. Cette aventure courait au désastre. Les Algériens étaient dans leur droit et la justice gagnerait fatalement. Tout à coup, je l'ai trouvé idiot. Résultat : Monsieur, mécontent de mon mécontentement, s'est mis à m'abandonner dans la journée. Le soir, il faisait la tête. Sans qu'on ait jamais vécu ensemble, il m'imposait des bouderies de vieux couple. Au bout de trois jours de ce traitement, j'ai décidé de rentrer à l'Ile-aux-Moines avant de prononcer des paroles irrémédiables. Alger n'était malheureusement pas New York. Aucun vol disponible avant le 21 avril. J'ai patienté. Comble de la muflerie, Mathias m'a plantée là le dernier soir. Il avait une mission à remplir ! Une jeep passerait me prendre à l'aube pour m'emmener à l'aéroport.

Elle est venue à six heures. Je dormais. Trois jeunes gens m'ont quasiment arrachée du lit. Rien à voir avec les imparfaits du subjonctif de Grand-Louis. Un Espagnol patibulaire aux joues bleues qu'on rase matin et soir et deux Russes parlant à peine le français. Rien à voir non plus avec les cadets du Palais impérial. En treillis, ils m'ont grogné de les suivre. Mes bagages ? D'autres s'en chargeraient plus tard. Ma toilette ? Aucun intérêt non plus. J'ai dû m'habiller devant eux, c'est-à-dire enfiler à la va-vite mes espadrilles, un petit pantalon corsaire et un chemisier. Direction : le camp de Zéralda. Trois minutes à bride abattue pour arriver dans un quartier général en état d'alerte. On était noyé dans les gaz d'échappement d'automitrailleuses, de camions et de jeeps. Sous le choc, je n'ai pas ouvert le bec. Inutile de jouer les princesses et de demander à voir le lieutenant-colonel Lemoine. On m'aurait ri au nez. Je me suis contentée d'observer. Pas longtemps. A peine arrivés, on m'a déposée devant un cantonnement où deux autres légionnaires m'ont prise par le bras et menée sans un mot dans une pièce vide de tout meuble. Deux jeunes femmes étaient assises par terre à même le carrelage. Nous nous sommes présentées. L'une était l'épouse d'un capitaine du 1er REP, l'autre d'un lieutenant. Elles en savaient plus long que moi. Leurs maris, eux aussi aux arrêts, avaient refusé de participer au putsch. Je suis tombée des nues. L'armée se soulevait. Grand-Louis et ses amis avaient mené à bien leur projet. Quel rôle jouait Mathias dans cette aventure ? Les deux jeunes femmes avaient la réponse : le mauvais, bien sûr. Cet abruti avait choisi de rester solidaire de ses camarades. J'ai gardé pour moi mon inquiétude – ne serait-ce que par respect pour mes deux compagnes d'infortune qui prenaient leur mal en patience et en silence. Au bout d'un moment, la plus jeune, une blonde ravissante en robe Vichy, une vraie imitation de Bardot en presque aussi mignonne, s'est juste demandé qui s'en sortirait le mieux d'elles ou de moi :

« Tant qu'à faire, je préfère ma situation à la vôtre car je pense que ce coup d'Etat ne marchera pas. Les généraux d'Algérie pouvaient faire peur aux ministres de la Quatrième République mais ils n'ont pas assez d'envergure pour renverser de Gaulle… »

J'étais bien d'accord. Ces ganaches et la « mission civilisatrice » dont ils se gargarisaient allaient droit dans le mur. La jeune femme a précisé sa pensée :

« Le plus grave dans cette affaire, c'est qu'elle n'est pas sérieuse. Si j'avais écouté mon mari, je serais tranquillement à l'hôtel à Alger. Tout l'état-major était au courant depuis plusieurs jours de l'imminence du putsch. Ils se lancent alors même qu'ils savent que les grands régiments ne les suivront pas dans l'insubordination. Tout ce que j'espère, c'est qu'ils garderont leurs nerfs et ne se vengeront pas sur nous d'un échec garanti. »

En somme, Mathias avait laissé se refermer le piège sur moi. Et, si cela se trouve, Blaise aussi : Paris devait tout savoir de ce qui se tramait à Alger chez de tels médiocres.

Pour autant, je n'avais pas peur. Mes deux codétenues, jolies et calmes, désamorçaient toute tension. Elles étaient en train de se demander si on pourrait réclamer un peu de café quand des hurlements ont franchi les murs. En un quart de seconde, nos sangs se sont glacés. Chacune de nous était en couple avec un officier de la Légion. Jamais ces hommes ne parlaient de torture. Mais il n'en est pas un seul qui n'était pas rentré un soir en s'avouant écœuré. Par quoi ? Nous le devinions toutes. Mais là l'émotion n'a duré qu'un instant. La jeune épouse du capitaine a éclaté de rire :

« On était trop tranquille. Il a fallu qu'ils arrêtent la grande duchesse de Gérolstein. Pourvu qu'ils ne mettent pas cette dingo avec nous. »

A peine avait-elle émis ce vœu qu'une sorte de Jacqueline Maillan en plein délire a été propulsée dans notre cellule. Si brutalement qu'elle s'est cassé la figure. Le temps qu'on se lève pour l'aider à se redresser, elle avait rebondi et s'était précipitée contre la porte en hurlant après ceux qui l'avait malmenée :

« J'ai bien vu vos têtes. Vous n'avez pas fini de casser des cailloux à Biribi, bande de gougnafiers. Dans trois jours vous serez au pain sec, je le distribuerai moi-même et ce sera vite fait. Et ne comptez pas m'échapper. Vos chefs fileront se cacher chez Franco et Salazar mais vous, vous serez ficelés ici, entre mes mains. Pas question de me quitter en douce. Les Arabes auront vite fait de me ramener vos bites en colliers… »

J'en passe, et des meilleures. Cette Madame Sans-Gêne était connue comme le loup blanc, c'était la femme du colonel de Kerauffret, un vieil officier digne comme un évêque et calme comme un lac. Tombé amoureux de ce volcan, il lui devait sa carrière car, côté faits d'armes, il n'en présentait aucun. A la seule idée d'être harcelés par elle, les services avaient hissé Kerauffret dans la hiérarchie sans qu'il ait jamais à souffrir la moindre pause. Qu'importe, tout le monde les aimait bien, lui ramolli comme une chiffe et elle hystérique. En Indo comme dans le bled où les soirées s'étiraient sans fin, partout où ils étaient passés, on les surnommait « le fossile et la marteau » mais chacun jubilait quand on apprenait leur arrivée : lui n'enquiquinait personne et personne n'agitait mieux qu'elle la routine. Là, cela dit, son numéro a vite fatigué tout le monde. L'heure était un peu trop grave pour ses vocalises de Castafiore. La porte s'est rouverte, un sergent est entré et, sans un mot, a balancé une gifle monumentale à la colonelle :

« Maintenant, tu la fermes sinon tu vas aller les retrouver tes chers Arabes. Je te lâcherai là où il faut et des bites, tu vas t'en prendre plein le fion. Je ne veux plus t'entendre. Compris ? »

Le message était passé. Avant de s'asseoir, la colonelle a embrassé les deux jeunes femmes, s'est présentée à moi et a pris l'incident à la légère : « Je lui rendrai sa claque dès qu'on sortira et on n'en reparlera pas. Je ne suis pas faite pour les rôles de martyre. » Ensuite, les heures se sont écoulées. A un moment, pour tuer le temps, j'ai commencé à parler de la situation politique. La colonelle m'a arrêtée sur-le-champ :

« Pas de conversation intellectuelle. On ne fera que répéter ce qu'on connaît toutes les quatre par cœur. De toute manière, seule mon opinion m'intéresse. »

Au lieu de ça, elle a commencé à réciter des fables de La Fontaine. On s'y est toutes mises jusqu'à ce qu'on manque de salive tant il faisait chaud. En début d'après-midi, nos gardiens nous ont apporté une bouteille d'eau minérale. Pour quatre ! La colonelle a hurlé et bien lui en a pris car, cinq minutes plus tard, il en est arrivé trois autres. Puis l'attente a recommencé. Je ne me rappelle plus qui a osé, la première, avouer qu'elle mourait d'envie d'aller aux toilettes. C'est moi qui me suis dévouée pour implorer la clémence des geôliers, avec succès. Une expérience à ne jamais renouveler car c'est la brute qui avait frappé la colonelle qui m'a accompagnée au bout du couloir. Son caractère n'avait pas changé entre-temps ; après m'avoir ouvert la porte de toilettes à la turque, il m'a empêché de la refermer. Pire : au lieu de se détourner poliment, il s'est installé face à moi, jambes écartées, au spectacle. Inutile de dire que j'étais grotesque. Et humiliée comme jamais. Impossible de lâcher une goutte. Au bout d'un temps infini, peut-être trente secondes, impatienté, il a commencé à ouvrir sa braguette et a proposé de me montrer comment faire. Estomaquée (c'est le cas de le dire), je l'ai prié de ranger son macaroni car je n'avais pas faim. Comme il a daigné rire, détendue, je me suis laissée aller et suis parvenue à faire mon affaire. Il a infligé le même traitement à mes trois compagnes. D'abord, soulagées, on en a ri ; il n'y avait que ça à faire. Puis on s'est posé des questions ; cette brute se serait-elle autorisé une telle grossièreté sans une forme ou une autre d'aval de ses chefs ? On se faisait peur, ça nous occupait.

Le plus inquiétant résidait dans le silence. Les heures passaient et nous n'entendions plus aucun bruit. Le vacarme des véhicules militaires avait disparu tôt le matin et aucun cri ni aucun ordre ne parvenait plus de l'extérieur. Nous n'étions même plus certaines d'avoir encore un geôlier. La colonelle qui avait vécu à Istanbul quand son mari était attaché militaire à Ankara a raconté que les visiteurs étrangers étaient saisis d'effroi lorsqu'ils pénétraient dans le palais du sultan à Topkapi tant régnait un silence de mort. Un parc immense séparait la muraille extérieure du quartier impérial mais personne n'avait le droit de parler. Des soldats manœuvraient, des fonctionnaires parcouraient les allées, toute une activité agitait les cuisines mais aucun son ne se faisait entendre, sinon les oiseaux vite éliminés par des archers. L'effet était glaçant et nous l'avons toutes crue sur parole. Une fois épuisées nos réserves de fables, on a décidé que chacune raconterait son roman préféré. La jolie blonde mariée au lieutenant a suggéré *Le Petit Prince* mais la colonelle et moi avons hurlé non en même temps. Pas cette niaiserie, pas maintenant ! La petite capitaine a suggéré *Les Mémoires d'Hadrien* et j'ai proposé *Robinson Crusoé* mais la colonelle a décroché le pompon en offrant de raconter des nouvelles de Maupassant. Idée géniale. Elle a commencé par *Boule de Suif.* C'était une conteuse-née. Enjolivée par elle, l'histoire était bien plus longue que dans le livre ; elle décrivait chaque passager de la diligence, parlait des villages traversés, donnait la recette des pâtés emportées par Boule de Suif… Quand elle en est enfin arrivée à raconter avec mille détails la nuit dans les bras de l'officier prussien, on était écroulées de rire. Pour finir, l'obscurité est tombée et on a recommencé à pester. A force de rouiller assises sur le carrelage, on avait mal partout. L'idée de passer des heures allongée par terre n'excitait personne. Bientôt on n'a plus rien vu. Aucune lumière ne filtrait par les deux lucarnes de la pièce, on se parlait à voix basse dans le noir et on avait peur. Qu'ils ne nous apportent rien à manger, ni à boire nous inquiétait. Peut-être qu'à Alger, la bataille faisait rage et qu'ils avaient d'autres soucis plus graves que quatre prisonnières. Pour finir, on s'est allongées les unes contre les autres car, en prime, on tremblait de froid. J'étais sûre de ne jamais trouver le sommeil mais quand Mathias a surgi, vers minuit, je dormais à poings fermés.

Il a ouvert la porte, m'a appelée et m'a dit de sortir en vitesse. Moi seule. Je lui ai demandé s'il était devenu fou pour me croire capable d'abandonner mes trois compagnes. A l'entendre, elles ne risquaient rien. Les putschistes savaient déjà que leur coup était manqué. Le gros des troupes ne suivait pas. Ces trois femmes seraient libérées dès le lendemain. Lui, en revanche, devait fuir et il me ramenait à la villa pour qu'on ne fasse pas des gorges chaudes des malheurs conjugaux de Blaise. Officiellement, d'après lui, il ne me serait rien arrivé. Sauf que je me moque éperdument de ce qui est officiel. J'ai donc exigé d'emmener avec moi mes trois camarades, il a cédé et, à minuit, on s'est retrouvées toutes les quatre sur la plage à manger une omelette et à rigoler. Ce fameux putsch des généraux, tout le monde convient aujourd'hui que c'était de la blague. Pour nous quatre, en tout cas, le terme est à prendre au pied de la lettre.

A peine nous avait-il déposées que Mathias était reparti au volant de sa jeep. Ni larmes, ni effusions sentimentales. En me quittant, il m'a juste laissé un papier avec un numéro de téléphone. Là, des amis à lui sauraient où le joindre. Il me faisait pitié. J'ai haussé les épaules et je suis partie retrouver mes nouvelles copines aux fourneaux.

Le lendemain matin, comme si de rien n'était, on a pris un bus pour Alger, on a franchi sans aucun problème les barrages de képis blancs et on s'est installées au « Saint-George ».

Deux jours plus tard, la comédie était jouée, Blaise m'a débloqué une place à bord du premier vol rétabli d'Air France et la colonelle a insisté pour m'accompagner en taxi à l'aéroport. On se ressemblait, elle et moi. On les prenait tous pour des imbéciles. A l'enregistrement des bagages, quand on s'est embrassées, elle m'a dit qu'elle me regretterait : il y avait longtemps qu'elle ne s'était pas autant amusée. Trois mois plus tard son mari a été élevé au grade de général. Pour elle, la tragédie s'achevait en farce.

Et, pour moi, en roman d'amour car on a commencé par patienter une heure en salle d'embarquement. Ensuite, une fois dans l'avion, la même attente a recommencé. Je ne m'énervais même pas tant j'étais abattue. Mathias m'avait accrochée comme un hameçon une fois pour toutes. La veille, devant lui, je ne ressentais que de la colère et de la déception. A présent que je l'abandonnais, j'étais en larmes. Toute ma rancœur s'était évanouie. Il me manquait. Sa légèreté d'alouette, sa gaieté de pinson, ses enthousiasmes naïfs, sa passion pour les causes perdues, tout ce qui m'exaspérait la veille le rendait soudain irremplaçable. Mes phrases méprisantes m'ont remplie de honte. J'aurais tout donné pour le prendre dans les bras, le couvrir de baisers et lui jurer que j'allais le tirer d'affaire. Grand-Louis, cette ridicule allumette se prenant pour le soleil, avait abusé de son romantisme et moi, je l'abandonnais. J'en étais malade mais cette chère France m'a tendu elle-même le remède :

au bout de deux heures d'attente, l'hôtesse a annoncé dans le micro que dix personnes devaient quitter l'avion. Une délégation officielle composée des crétins qui croyaient encore gouverner l'Algérie comptait embarquer sur-le-champ ! Leur grand talent rendait sans délai leur présence à Paris indispensable. Premier réflexe : je me suis promis de hurler d'indignation si j'étais priée de rendre ma place. On n'était pas à Cuba ! Ces abrutis de hauts fonctionnaires n'avaient qu'à attendre leur tour comme tout le monde. Mais, rassurez-vous, les pieds-noirs à bord n'ont pas eu besoin de moi pour entrer en transe. La perspective de céder dix sièges à ceux qui s'apprêtaient à les abandonner à leur sort les a sortis de leurs gonds. Les passagers hurlaient. Il a fallu évacuer l'avion. Et là, revenue dans l'aérogare, j'ai remercié cette arrogante administration française. Le temps de récupérer mes bagages, j'ai sauté dans un taxi et suis revenue au « Saint-George ». Je voulais Mathias dans mes bras, seul au monde avec moi.

Mettre la main sur lui ne fut pas si simple. Le numéro de téléphone qu'il m'avait laissé correspondait à une vieille dame charmante qui ne demandait qu'à transmettre mon message mais n'était pas sûre de le voir. Pendant deux jours je me suis rongé les sangs. Pour finir, on s'est retrouvé dans une jolie maison sur la corniche où Mathias m'a demandé de le rejoindre en taxi sans prendre de précaution particulière. Son inconscience n'avait pas de bornes :

« Ne t'en fais pas pour moi. L'armée légaliste fait semblant de nous chercher sans avoir envie de nous trouver et les Français d'Algérie ne demandent qu'à nous cacher. »

Avec lui, tout était toujours simple. Il m'a accueillie tout sourire, calme comme un arbre, plus séduisant que jamais et égal à lui-même, prêt à replonger tête baissée dans la piscine à requins. Son projet était tout simple : passer en Espagne où retrouver Salan et d'autres pour continuer l'aventure. L'aventure, c'était l'OAS ! Je n'imaginais pas à cet instant les crimes que ces illuminés commettraient bientôt mais j'ai tout de suite vu ce qui l'attendait : une vie de proscrit. Et là, je me suis effondrée en larmes, je l'ai traité d'imbécile et j'ai craqué… Une vraie crise de nerfs. Ahuri, toujours prêt à faire le mauvais choix, il a cru que je lui conseillais de se rendre comme Grand-Louis venait de le faire. Comme si j'étais du style à me démener pour envoyer l'homme de ma vie casser des cailloux en Guyane ! Alors qu'il suffisait qu'il file en Italie, puis en Irlande où attendre que les choses se tassent, que l'amnistie survienne, que de Gaulle quitte le pouvoir, que sais-je ? Qu'il demeure libre, point final.

Et qu'il cesse de rester fidèle à des abrutis incapables d'admettre que l'Algérie, c'était fini. Le pire, c'est que Mathias en convenait. Il ne se faisait aucune illusion. Seulement il ne voulait pas abandonner les soldats qu'il avait entraînés dans l'aventure. Plusieurs légionnaires avaient participé au putsch parce qu'il en était. Plus grave encore : il y avait parmi eux une poignée d'Algériens. Leur sort était réglé et je n'aurais pas versé une larme sur ces collabos mais Mathias, lui, entendait à tout prix les faire passer en Espagne. Il m'a fallu des heures pour lui faire admettre qu'à présent, c'était chacun pour soi. De toute manière, il m'avait assez seriné que la Légion n'abandonnait jamais les siens. On trouverait une cachette quelque part pour ces renégats. A la fin, j'étais agenouillée à ses pieds, suppliante. Et j'ai réussi. Il a accepté de fuir avec moi.

Ce ne fut pas si difficile. Le lendemain, Blaise lui a fait établir un passeport avec une nouvelle identité. Entré à la Légion sous le nom de Gilles Lemoine, mon Ilois chéri en est sorti sous celui de Mathias Delisle. Quant à quitter l'Algérie, rien ne fut plus simple. Timmy et un de ses camarades de l'équipe de France de voile nous ont rejoints à Alger, nous avons loué un bateau à Tipaza et, en quatre jours, après une escale à Sidi Bou Saïd, nous avons atteint la Sicile. Les garçons ont ramené le bateau à son port d'attache et nous sommes remontés, Mathias et moi, en voiture jusqu'à Rome. Vingt ans après notre première nuit ensemble, nous avons enfin accompli notre voyage de noces. Dix jours de rêve. Le plus beau souvenir de ma vie. Et le dernier. Car, après, il a tout saccagé.

CHAPITRE 15

1964. Les jeux Olympiques de Tokyo

C'est à cette époque que le vide a commencé à se faire autour de moi. D'abord, je n'y ai pas pris garde. Mieux, je me suis réjouie quand, en tête de liste, ma belle-mère a décidé de quitter Kergantelec une fois pour toutes. Elle ne changeait pas. Physiquement, à part ses cheveux qui avaient blanchi et qu'elle n'a jamais teints, elle demeurait la femme que j'avais connue à l'automne 38, mince, nerveuse, presque sanglée, toujours en tenue irréprochable. Moralement, c'était pareil : elle entretenait avec soin tous les traits de caractère qui la rendaient insupportable. Nos rapports n'avaient jamais été bons, ils étaient devenus exécrables. En son absence, je ne l'appelais plus par son nom mais « C'est comme moi », son leitmotiv. Elle n'avait jamais rien fait de sa vie mais, dès que quelqu'un tenait un propos intéressant, elle coupait la parole et y allait de son propre souvenir. Aviez-vous aimé un livre qu'elle vous interrompait pour donner son point de vue sur celui qu'elle lisait. Tout était prétexte à s'approprier la conversation. Cela atteignait des sommets de pittoresque car elle n'abandonnait aucun sujet aux autres, jusqu'aux plus triviaux. Elle avait des vues sur le prix de la viande comme sur la composition du gouvernement et si vous aviez un mot à dire sur l'évêque, elle vous racontait ses démêlés avec le recteur. Je ne parle pas de santé; nul n'était autorisé à se plaindre de la sienne sans avoir droit à une longue évocation de ses propres soucis. Elle éprouvait un besoin maladif de capter l'attention. Si quelqu'un semblait accaparer la parole, elle attendait aux aguets l'instant où il reprendrait son souffle pour glisser son avis puisqu'elle en avait sur tout.

Le week-end, quand elle habitait la maison, le moindre dîner avec des invités prenait des proportions de souper à la cour. L'argenterie, la nappe, le service en Quimper, le ceci, le cela… A soixante ans et des poussières, elle restait obsédée par le jugement d'autrui. En toute circonstance, elle voulait être la meilleure. Par ailleurs, elle n'avait jamais tort. Dans les grandes choses comme dans les insignifiantes : s'énervant dès que quelqu'un mettait en doute un souvenir ou une date, elle vociférait également si elle ne retrouvait pas le sécateur là où elle pensait l'avoir laissé et accusait tout un chacun de ne jamais ranger. Prenant des pilules pour dormir, elle cachait son portefeuille avant de se coucher et ne se rappelait pas toujours au réveil où elle l'avait dissimulé. Elle avait souvent soupçonné Nanne ou Timmy et il avait fallu, une fois, la retenir de force avant qu'elle n'aille porter plainte contre un jardinier. Si son narcissisme et son complexe de supériorité amusaient beaucoup Timmy qui l'adorait et l'envoyait promener sans ménagement, moi ils m'exaspéraient. La guerre a éclaté en 1961 ou 62 quand, l'eau courante enfin arrivée dans l'île, j'ai décidé d'installer des salles de bains. Il avait fallu trois ans de négociation pour déplacer le cadran solaire du parc que le feuillage des arbres ne rendait plus bon qu'à soutenir les plateaux d'apéritifs. La perspective de supprimer une cloison ou de percer une porte dans une maison du XVIIe siècle l'a rendue hystérique. Deux salles de bains au premier étage et une troisième au second, c'était plus qu'elle ne pouvait en supporter. Selon elle, une seule « pièce d'eau » aurait bien fait l'affaire, au rez-de-chaussée, entre la cuisine et le salon, à la place de la salle de jeu. Dans une maison de sept chambres, l'été, il suffirait de prendre sa place dans la file d'attente, point final ! Cette maison était la sienne, on n'y toucherait pas avant sa mort, on n'était pas dans un cottage de banlieue londonienne, et patati et patata... Pour finir, je suis retournée à Londres auprès de Papa qui avait atteint soixante-quinze ans et, au bout de trois semaines, les grenouilles ont capitulé : Blaise a prié sa mère de ne plus discuter. Je la tenais par l'argent de *L'Auto*. Sans mes dividendes, « sa » maison n'avait plus qu'à tomber par terre. A mon retour, la vieille a cédé et organisé le déménagement mélodramatique de ses affaires : « C'est comme moi » se repliait sur Vannes. Elle ne me supportait plus et ne me l'a pas envoyé dire :

« J'en ai assez de fermer les yeux sur vos attitudes de prima donna. A présent, j'éteins la lumière. »

Pour exprimer « clairement » mon refus de tout retour en arrière, j'ai occupé sa chambre le soir même. Et je ne l'ai plus vue pendant les deux ou trois années suivantes. Une vraie cure de jouvence. C'est fou ce qu'elle était stressante.

Il a fallu les jeux Olympiques de Tokyo pour qu'on se recroise. En 60, quand ils avaient eu lieu à Rome, Timmy n'avait pas été sélectionné pour représenter la France. Depuis juin 40, aucun désastre pire ne s'était abattu sur la famille. A dix-neuf ans, Timmy avait eu l'impression que, pour lui, la vie s'arrêtait. Tous ses projets étaient brutalement tombés à l'eau – si j'ose dire. Son caractère s'était assombri. Déjà peu bavard, il s'était enfermé dans le silence. Il ne faisait que jouer aux échecs. Tout seul, sans partenaire. Il lisait des méthodes et apprenait par cœur les parties d'anthologie du passé. Sa solitude nous inquiétait. Il n'avait pas d'amis. Aucune fille ne lui tournait autour. Si je proposais d'aller nous promener dans l'île, il suggérait qu'on aille plutôt au cinéma à Vannes, « comme ça, tu te tairas ». On aurait dit que j'étais la responsable de son échec aux sélections nationales. Du reste, il déménageait et transportait ses pénates à Bellevue chez Madame Gauvain dès que je rentrais de Nantes. Pour bien enfoncer le clou, il se faisait un plaisir de fréquenter les gens que je fuyais. Deux ou trois fois par semaine, il partait en bateau ou à vélo pour Vannes où il déjeunait avec sa grand-mère. Le plus clair de son temps, il le passait sur la grand-plage à l'école de voile de Louis où, en juillet et en août, Timmy travaillait comme moniteur. A croire que son père et moi sentions le soufre.

Pour autant mon fils me fascinait. D'abord il était beau, grand, musclé, les yeux bleus de la famille Evans, des dents blanches comme le papier. Une vraie publicité ambulante pour les vertus du climat breton. Ensuite, il intriguait. C'était mon opposé parfait, un garçon mystérieux. Quand je dis toujours ce que je crois d'entrée de jeu, lui ne révélait jamais ses pensées. A côté de lui, Blaise qui n'ouvre pas le bec avait l'air d'un moulin à paroles. Si, agacé par son silence, vous lui demandiez son avis, il répondait par une question. A part la voile et les échecs, rien ne semblait l'intéresser, même pas les filles. Qu'il n'ait pas de petite amie (mystère qui me hantait en secret) s'expliquait peut-être par son incapacité à dire tout bêtement « Je t'aime ». Parfois, la nuit, je n'en dormais pas. Mon fils était-il normal ? A Saint-François, ses profs m'avaient tous posé la question :

a-t-il des amis à l'Ile-aux-Moines ? Car, au collège, il n'en avait aucun. Il jouait au foot, il faisait de l'escrime, tout le monde l'appréciait mais il ne se liait à personne.

Dès qu'il quittait Kergantelec pour s'installer à Bellevue, je montais inspecter sa chambre au deuxième étage. J'espérais toujours trouver un journal porno caché sous les draps, mais non. Un capharnaüm de bouts, de manilles, de boussoles, d'écopes, de gaffes même... Il aurait pu ouvrir une boutique de shipchandler mais rien de personnel, à part ses éternelles photos d'oiseaux aux murs, complétées par des posters de vues maritimes. Ses vêtements, je n'en parle pas : il avait une cravate, une seule ! Mais trente bonnets de laine et des paires de bottes de toutes les couleurs. Même sa bibliothèque était consternante : à quinze ans, il lisait tout ; à présent, il n'y avait plus que des livres sur la mer. Et sur la Bretagne. Ce qui m'a étonnée jusqu'à ce que je tombe, cachée dans une chemise en carton glissée parmi des albums de Tintin, sur la correspondance que lui adressait son cher parrain. Et là, stupeur, toutes les vieilles lubies de 1940 refaisaient jour. D'Algérie puis d'Irlande, Mathias lui adressait de longues lettres affectueuses dans lesquelles il s'abandonnait à nouveau à sa passion pour la Bretagne. De vrais cours d'Histoire revue et corrigée :

« *Ne crois pas que la France est puissante. Longtemps elle a semblé invincible mais elle ne devait sa force qu'au nombre de sa population. Pendant la guerre de Cent Ans, dix fois plus peuplée que l'Angleterre, elle n'a cessé d'être vaincue par elle sur les champs de bataille. A Crécy, à Azincourt, à Poitiers, partout, les Français ont prouvé leur désordre, leur indiscipline et leur vanité. Ils chargeaient comme des matamores, empêchaient les archers de tirer, ne pensaient qu'à se mettre en valeur, ne respectaient aucun plan, n'avaient pas de stratégie. Seul l'inépuisable réservoir de paysans à enrôler les sauvait. A peine une fournée massacrée, le roi en levait une autre. En Italie plus tard, ils n'affrontèrent que de petits Etats. Même chose en Allemagne au* XVIII*e* *siècle : ils avaient l'air de vaincre car leurs ennemis n'étaient pas unis. Ils n'ont jamais dominé l'Allemagne mais le duché de Bade, le Wurtenberg ou le Palatinat. Dès que la Prusse a uni toutes ces provinces, elle a écrasé la France. Tant que l'Espagne a été puissante, elle a vaincu les Français. Surtout ne prends pas un instant au sérieux le fameux poème de Du Bellay : "France, mère des armes…" Elle n'en était que la mère abusive, une marâtre qui lançait ses troupeaux de fils contre des voisins faibles…»*

«Je t'en prie, ne lis pas de livres d'Histoire français. Tout est faux. Quand ils n'inventent pas, ils mentent par omission. Avant 1789, la France est née de l'imagination de Michelet. Elle n'existe pas. L'enseignement de la guerre de Cent Ans est un scandale qui déshonore les fameux "hussards noirs" de la République. A Nice, à Montpellier ou à Strasbourg, elle n'a jamais concerné personne. A Rouen ou à Bordeaux, ils furent du côté anglais du premier au dernier jour. Ce n'est pas un hasard si Jeanne d'Arc fut brûlée à Rouen : elle était leur ennemie, ils l'ont huée sur le bûcher. Quant à nous, Bretons, cette guerre n'a cessé de nous enrichir. Nous vendions des vivres et des chevaux aux deux camps tandis que nos hommes s'engageaient pour l'un ou pour l'autre selon le montant de la solde. Pour finir, à Rennes, ce sont les Montfort, soutenus par Londres, qui ont occupé notre trône. Un jour, on jettera à la poubelle l'Histoire de France, ce tissu plein de trous rapiécé à coups de mensonges. Il faut dénationaliser le passé…»

«Tu ne dois jamais oublier ce que fut le duché. Nous avons créé au Moyen Age un Etat puissant dont l'existence dura de

845 à 1487, six siècles et demi, bien plus longtemps que la plupart des pays qui siègent aujourd'hui à l'Onu. La Bretagne avait un territoire, un duc, un Etat, une administration, des ambassades, un commerce, une armée… En 1450, elle était plus puissante que le Portugal, l'Ecosse ou la Bohême. Le budget du duc Pierre II pesait 10 tonnes d'argent par an, autant que celui de Venise, deux fois plus que celui de la Navarre, trois fois celui de la Bavière qui, elle, resta indépendante jusqu'en 1866. La livre bretonne valait beaucoup plus que la livre tournoi française. En 1500, la flotte bretonne battant pavillon à croix noire sur fond blanc comptait 2 000 navires. Encore au XVIIe *siècle, la Bretagne était surnommée le Pérou du royaume. C'est Colbert qui nous a rayés de la carte en déclarant une guerre commerciale à l'Angleterre et en privant notre industrie textile de tous ses débouchés traditionnels. Au Louvre, les yeux et les mains qui veillaient sur nous s'appelaient incompétence et indifférence…* »

« *Je te supplie de fouiller dans la bibliothèque de Kergantelec. Tu dois connaître les Vénètes, Nominoë, Jean III, Pierre Landais, Isaac Le Chapelier, Cadoudal et les autres. Savoir que ce sont des Bretons, Pélage, Abélard ou Descartes qui, les premiers, ont confiné Dieu et ses ministres à leurs missels. Nous sommes orphelins de notre passé parce que l'Education nationale française fait son marché dans nos souvenirs comme dans un menu. Du Guesclin, la duchesse Anne et Guy Môquet leur conviennent mais ils ne mettent pas à la carte Alain le Grand, Jean IV ou La Rouërie. Ils ne présentent qu'une Bretagne blanchie, nettoyée et folklorique qui aurait toujours montré patte blanche à la France. Agir ainsi n'est pas faire son travail de professeur, c'est seulement "arranger la bossue". Ils nous observent dans le rétroviseur et ne veulent voir que le recteur de l'île de Sein, les loups de mer, le kouign-amann, les crêpes au blé noir et les Bigoudènes en sabots en train de danser le jabadao. Ne laisse pas l'occupant te parler de notre passé. Les Bretons ne sont pas des Français mais des Armoricains assignés à résidence en France... »*

Et ainsi de suite. Je ne me rappelle pas le thème de chacune de ses lettres longues et habiles. Je me souviens en revanche du ton paternel et affectueux sur lequel il injectait ses idées dans le cœur de Timmy. Sous prétexte d'amour de la Bretagne, de nostalgie du golfe, de rêveries autour de l'Ile-aux-Moines, de pensées affectueuses pour Gwenaëlle et lui, toute la rancœur de l'Irlande passait dans ses leçons de justice apparente et de vérités révélées. J'avais l'impression de retrouver mes oncles quand, petite fille à Londres, je les entendais reprocher à Papa d'être devenu un valet de la Couronne. Et je connaissais l'issue de toutes ces lubies : créer une Irlande celtique et boueuse qui déteste l'Angleterre, se ruine à enseigner un gaélique oublié de tous et, pour finir, administre une économie en loques où tout le monde parle anglais et boit anglais. De là à ramener Timmy sur terre, il y avait un pas que je ne franchissais pas. Surtout qu'il n'aille pas s'apercevoir que je fouillais sa chambre et lisais son courrier en son absence. Par chance, séduit par les idées de Mathias, il se faisait lui-même un plaisir d'asticoter son père à la moindre occasion. Là où j'aurais envoyé Timmy aux fraises en le traitant d'ignorant outrecuidant, son père développait ses arguments sans sortir de ses gonds et démontrait exactement le contraire : que l'union de la Bretagne et de la France était le plus heureux des mariages. J'ai oublié nombre de ses arguments. Je me souviens plutôt de sa patience. Blaise adorait son fils et l'Histoire. Il connaissait le passé de la Bretagne mieux que personne et les attaques de Timmy l'enchantaient. Depuis son enfance, il lui avait parlé de voile, de marins, d'aventuriers mais là, soudain, ils pouvaient s'offrir des débats plus profonds. Plus Timmy contestait ses points de vue, plus Blaise prenait du plaisir à lui répondre. Là où je m'inquiétais de l'influence des idées de Mathias, Blaise haussait les épaules avec le sourire. Sa philosophie de la vie se résumait à « Tout est moins grave qu'on ne le pense ». Blaise se réjouissait que Timmy soit incité par son parrain à lire des livres d'Histoire ; peu importe qu'à cause de ses rêveries celtiques, Mathias ait finalement dû quitter l'Ile-aux-Moines depuis vingt ans ; Blaise y voyait la preuve réjouissante qu'on demeurait une vraie famille intelligente, de celles qui ont des lubies :

« Don Quichotte ne serait pas entré dans l'Histoire s'il n'avait pas abusé de la lecture des romans de chevalerie. De Gaulle est devenu le Général parce qu'adolescent, il déclamait à haute voix les stances du Cid. Même Madame Bovary ne serait pas passée à la postérité si elle ne s'était pas gavée de romans à l'eau de rose. C'est bon, la littérature ; elle muscle le cerveau. Et tant mieux si c'est dangereux. A quoi bon vivre si on ne prend jamais de risques. Quand Mathias reverra sa vie, elle regorgera de souvenirs exotiques, de pages sanglantes et de crises. C'est plus excitant que l'existence de ton ami Louis, ce pauvre cureton à prétentions communistes qui a remisé tous ses idéaux et végète dans son trou. Je ne souhaite pas une vie à si basse teneur en audace pour mon fils. Timmy peut bien aller dans le mur, il se relèvera plus fort que les mollassons qui ne quittent jamais le milieu de la route. »

Pendant l'été 1963, dix fois, le déjeuner sous les arbres a tourné à l'affrontement affectueux du père et du fils.

On restait des heures à table. Ces souvenirs, aujourd'hui, m'enchantent. Dieu que la maison était belle et le jardin parfumé. Dès le mois de mai, on sortait du chai les tréteaux et leurs planches pour les installer sous l'if, un arbre gigantesque dont on voit la cime depuis le port et dont la légende familiale prétend qu'il date d'avant la construction de la maison en 1633. Madame Gauvain, Gwenaëlle, Miss venaient chaque jour de beau temps. Blanche et ses filles étaient souvent de la partie. Parfois, Louis remontait de la plage et les accompagnait, même le week-end quand Misia et Morvan nous rejoignaient dans l'île. Les années étaient passées, Morvan et lui se reparlaient et, à l'occasion, partaient ensemble à la pêche. Chacun y allait de son point de vue mais les face-à-face ne dégénéraient pas ; nous avions tous un rêve en commun : les jeux Olympiques.

On ne pensait qu'à Tokyo. Et Blaise plus que tout le monde. En 40 déjà, si la guerre n'avait pas éclaté, c'est au Japon que les jeux Olympiques auraient dû avoir lieu. A chaque régate de son fils, c'est avec son propre destin qu'il avait rendez-vous. En juillet 63, sur le bassin d'Arcachon, quand Timmy avait remporté les championnats de France de Flying Dutchman et la sélection pour les JO, je l'avais vu pleurer ! Retrouver la parole lui avait pris une heure. Sa reconnaissance n'avait plus de bornes : grâce à son fils, les Méaban ne passeraient pas deux fois à côté de l'Histoire. Leur nom serait gravé dans la légende de la mer. Un beau jour, toujours sous l'if, enhardie par la chaleur, le soleil, le vin blanc et l'atmosphère détendue de ces repas sans fin, j'ai tenté de les ramener sur terre – c'est le cas de le dire :

« Ce n'est qu'une série de régates. Inutile de rajouter de la pression. Notre nom survivra même si Timmy dessale. Tu es compagnon de la Libération, ça, c'est de l'Histoire. »

Qu'avais-je dit ! J'ai eu droit à une mise au point énervée. Blaise ne plaisantait même pas :

« Ma pauvre chérie, tu n'y es pas. La rivalité sportive, c'est la guerre sans ses bassesses. A part une vieille schnock victorienne comme toi, personne ne se rappelle les noms des maréchaux britanniques qui ont bâti le plus grand empire de l'Histoire tandis que tous les amoureux de la mer se souviennent de *Shamrock*, de *Velsheda*, d'*Endeavour* ou de *Ranger*, les champions de l'America's Cup. »

Blaise aurait adoré s'entraîner avec son fils. C'est lui qui avait transmis sa passion de la mer à Timmy en l'embarquant tout au long de son enfance à bord de ses *Nominoë* successifs qu'il pleuve ou qu'il vente. Mais il n'osait plus. Même Louis n'était plus au niveau. Manœuvré à deux, le Flying Dutchman exige tant de souplesse, de force et d'automaticité dans les gestes qu'ils craignaient de baisser le niveau des entraînements. Timmy ne naviguait qu'avec son futur coéquipier, Benyat, un marin basque qui passa la moitié de l'année 64 à Bellevue. Pour se préparer et pour rester autant que se peut auprès de Gwenaëlle qui ne les quittait pas. En septembre 63, un an juste avant les épreuves olympiques, Timmy, Benyat et Louis partirent même trois semaines pour le Japon, à Enoshima, la petite île où auraient lieu les régates. Inutile de préciser que ce n'était pas la Fédération Française de Voile qui payait les repérages, mais *L'Auto*. Vous m'auriez dit que c'était de l'abus de biens sociaux, je serais tombée des nues. A cette époque, personne ne venait vous chercher de poux. Tant mieux car le résultat fut au rendez-vous : à la première régate olympique, en plein brouillard, *Nominoë* termina premier devant les Italiens, loin derrière. Je ne parle pas des Néo-Zélandais, leurs pires adversaires ensuite ; noyés dans une brume à couper aux hélices, ils ont fini seizièmes. Seuls Timmy et Benyat connaissaient la baie comme leur poche pour y avoir navigué trois semaines de suite un an plus tôt.

Pour la compétition, le clan Méaban s'était déplacé en force à Enoshima, une espèce d'Ile-aux-Moines nippone où les moines, au Moyen Age, auraient pris le pouvoir. Les temples s'entassaient entre les jardins botaniques et les boutiques d'artisanat. A part les plages de sable noir qui me donnent le cafard, c'était très romantique. Louis, Gwenaëlle, ma belle-mère et moi habitions une auberge affreusement « couleur locale » située sur le flanc d'une colline au-dessus de la zone Westrely, le plan d'eau où se déroulaient les compétitions de Flying Dutchman. Les Finn, les Star et les Dragons s'affrontaient ailleurs. Le personnel ne se composait que de femmes. Quoi que vous disiez, elles s'inclinaient une fois, puis deux, puis dix et, sans comprendre un mot de ce que vous demandiez ou suggériez, en reculant, tout sourire, elles vous entraînaient là où elles avaient décidé de vous caser, puis elles disparaissaient. Infatigables, elles trottinaient du matin au soir à tout petits pas, apportant du thé qu'on n'avait pas réclamé, des serviettes, des petits gâteaux… Je n'ose pas imaginer la vie des Japonais avant l'invention du chauffage central. Déjà, en septembre, on pelait de froid. La maison était en bois et les cloisons avaient l'air en papier. Songer que quatre ans plus tard, les compétitions eurent lieu à Acapulco ! Aucun meuble nulle part, on dormait et on mangeait par terre. Dès la réception, on retirait ses chaussures. Ces dames traquaient la saleté avec une énergie de fourmi. Rien qu'en respirant, on s'excusait de polluer. Dans la journée, c'est tout juste si on n'était pas prié de porter des kimonos mais, la nuit, personne ne nous aurait interdit d'enfiler pull sur pull. A part cette fraîcheur médiévale, l'endroit était parfait. Seul gros inconvénient : ils ne connaissaient pas le vin. On est tous tombés amoureux du saké. Pendant les régates que même Louis avait du mal à suivre tant la brume aimait se promener entre les bouées, étendus ou assis sur l'herbe, on en buvait des litres en se prêtant nos jumelles. Ce fut long, interminablement long et angoissant.

La compétition se déroulait en sept régates. Au deuxième soir, la victoire finale semblait dans la poche. *Nominoë* avait remporté la première (1 423 points) et arraché la troisième place à la seconde (946 points). Les Néo-Zélandais, présentés comme les grands favoris, avaient terminé seizièmes, puis vingt et unièmes, c'est-à-dire derniers ! Juste derrière Timmy et Benyat, les Anglais et les Américains avaient déjà des centaines de points de retard. Puis, le troisième jour, avec un vent à déchirer les voiles, *Nominoë* a dessalé et fini dernier. Gwenaëlle s'est effondrée en larmes. J'ai vu avec terreur pointer le jour où nous reviendrions en France sans médaille. D'abord accablée et muette de chagrin, ma belle-mère a vite retrouvé son caractère de frustrée tatillonne et demandé s'il n'y avait pas moyen de poser une réclamation contre le navire hollandais qui avait coupé la route à son petit-fils. Avec elle, tout était simple : pour les amis, on creuse des tranchées ; pour les ennemis, on creuse des tombes ;

et on ne fait pas de prisonniers. Ces sales Bataves, il fallait les abattre. A défaut, elle a passé ses nerfs sur une charmante serveuse japonaise qui apportait du riz avec des baguettes, instruments qui la rendaient chèvre :

« Et la soupe, vous la mangez avec un couteau ? »

Pour finir, on est descendu au village où l'équipe de France était logée. Et là, Timmy, rendu hilare par le spectacle des veuves celtiques en grand deuil prématuré, nous a renvoyés boire du saké à sa santé : de toute manière, à la fin, on ne prenait que les six meilleurs classements. Cette troisième épreuve ne compterait pas, voilà tout. Ils n'avaient plus le droit à l'erreur mais ils étaient toujours en tête. Sauf que les Néo-Zélandais, soudain ressuscités, avaient remporté la manche. Sur des charbons ardents, j'ai dû quitter l'île vingt-quatre heures. Je ne pouvais plus rester trois heures par jour à me ronger les sangs face au spectacle. Il fallait que je batte des ailes, que j'échappe à la peur qui s'emparait de moi dès que le coup de canon du départ était tiré.

Il faut dire qu'entre-temps, j'avais appris l'existence d'un casino à Toreshima, sur la côte, juste en face de l'île. J'ai fui et j'ai bien fait car les Néo-Zélandais ont remporté la cinquième et la sixième régate après avoir failli subtiliser la deuxième place à *Nominoë* lors de la quatrième. Je n'aurais pas été en état de supporter un tel suspense. Divine providence : le casino était installé dans un hôtel. J'ignore comment je m'y serais rendue si j'avais dû prendre un taxi. Les Japonais fuient les étrangers comme la peste. Dès qu'on s'assied quelque part, ils se lèvent et s'éloignent. Ce n'est même pas de la xénophobie, juste l'appréhension d'avoir à donner des explications à quelqu'un qui ne comprendra rien.

Idem pour les taxis : ils ne s'arrêtent pas. A l'époque, les guides touristiques étaient d'ailleurs explicites : il fallait se poster à un feu rouge, embarquer sans demander la permission, tendre la fiche avec l'adresse où vous vous rendiez et sourire – rien d'autre. Et ne comptez pas sur un compatriote pour vous aider à Toreshima. Au Japon, tout le monde est japonais, parle japonais et basta. On ne croise jamais un blond ou un roux, je ne parle pas d'un Noir, même les Coréens sont bannis. Ces « satanées faces de citron » ont des plaques d'étain entre les oreilles. Heureusement, je n'avais qu'un ascenseur à prendre pour gagner le casino où j'ai savouré avec du saké les angoisses habituelles du blackjack, mille fois moins stressantes que celles du Flying Dutchman. Dans la journée, je lisais *La Promenade au phare* de Virginia Woolf, que j'ai eu le temps et le plaisir de relire car, tout compte fait, je suis restée trois jours. Par vice, pour le jeu, et avec l'espoir d'attirer dans ma chambre une espèce de bête gonflée comme un pneu qui servait de garde du corps à un mafieux régional. Dur comme le cuir, il entretenait une silhouette d'homme des cavernes mais japonais, c'est-à-dire imberbe et les pommettes saillantes. Comme il se tenait derrière son boss toujours prêt à lui tendre le pot si une petite envie prenait l'autre, je m'installais face à eux autour de la table de jeu et mes regards lui ont vite fait comprendre que je le trouvais extrêmement appétissant. Mais non, s'il daignait me regarder, c'était pour évaluer la taille du bain de ciment où il allait plonger cette *gaijin*. Comme compagnon fidèle, je n'ai eu que le saké pendant ces trois jours. C'était à désespérer : je n'avais plus l'âge de faire des bêtises, seulement celui d'en dire et, à Toreshima, personne ne les aurait goûtées. C'était plutôt mélancolique. Enfin, le dernier soir, j'ai gagné six cents dollars qui ont remboursé l'escapade. J'y ai vu un signe : la chance veillait sur les Méaban.

Revenue pour la septième et dernière régate, je me rappelle parfaitement cinquante ans après son résultat : premiers les Russes, deuxièmes les Hollandais et troisièmes Timmy et Benyat. Les Néo-Zélandais finissaient quatrièmes, les Anglais onzièmes et les Américains dixièmes. Conclusion : avec 6 365 points, la France était médaille d'or en Flying Dutchman. Le rêve des Méaban était accompli. Ma belle-mère et moi avons pleuré dans les bras l'une de l'autre. C'est tout dire. Restait la remise des médailles !

J'espérais qu'elle aurait lieu à Tokyo. Erreur : on est resté à Enoshima. Depuis Scrignac, capitale mondiale du sommeil réparateur, je ne m'étais pas autant ennuyée quelque part. Pour s'occuper, on achetait du matin au soir des éventails, des bâtonnets d'encens, des estampes, des coupe-papiers, des petits carnets couverts de soie… Au bout de deux jours, j'avais des cadeaux pour toute la Bretagne. L'ambassadeur de France est venu nous rejoindre au matin de la cérémonie officielle. Il avait reçu par la valise diplomatique une lettre de Blaise pour son fils. Pas question pour lui de couper court à la première *Marseillaise* de ces Jeux. Le pauvre n'a pas été déçu du voyage.

Sur le port, devant la mer, à l'emplacement du parking, une estrade avait été dressée devant deux cents chaises. Installé au premier rang à côté des diplomates anglais qui raflaient la moitié des médailles glanées en yachting, il papotait en nous adressant de petits signes d'amitié de loin car les familles – c'est-à-dire une poignée d'Australiens, de Néo-Zélandais et nous – étaient reléguées derrière les copains, les équipiers et les entraîneurs. Tout était interminable car chaque propos était prononcé en japonais, en français et en anglais. Pour tout arranger, Enoshima ajoutait mille petites minauderies orientales au protocole olympique déjà long. Avant de replonger dans l'oubli, l'île nous sortait l'ensemble de ses kimonos, de ses porcelaines et de ses courbettes. Nous étions vraiment à l'aube de l'ère audiovisuelle : il n'y avait même pas de caméras, uniquement une poignée de photographes de presse. Quand un équipage anglo-saxon recevait sa médaille, ses copains du public l'interpellaient. C'était familial. Rien de grandiose. Ni d'olympique ; on se serait cru à l'Ile-aux-Moines à l'arrivée de la Semaine du Golfe. Enfin l'heure des Flying Dutchman a sonné. Emotion garantie. Assise entre nous, Gwenaëlle avait un bras de ma belle-mère sur une épaule et sur l'autre le mien ; de l'autre main, je serrais celle de Louis ; les yeux embués, je me retenais pour ne pas pleurer en public. Au lieu de la tenue bleu marine de l'équipe de France, Timmy, magnifique, portait un jogging blanc à rayures noires. Avec sa crinière rousse, il m'a incendié les pupilles. Quand le maire d'Enoshima, mince comme une baguette de bois, lui a remis sa médaille d'or, on aurait dit qu'un petit garçon demandait un autographe à un géant. Enfin, nous nous sommes levés pour la *Marseillaise* et là, stupeur : Timmy, qui ne nous avait pas adressé un sourire depuis le début de la cérémonie, a enfilé une paire de gants noirs et a tendu au-dessus de la tête, à bout de ses bras, un Gwenn ha Du pendant que Benyat agitait un drapeau inconnu, vert, rouge et blanc, celui du pays basque. J'étais stupéfaite. Ma belle-mère m'a regardée, interloquée. Seule Gwenaëlle s'y attendait et, un sourire de pâte de fruits aux lèvres, s'est mise à applaudir. Sans comprendre le pourquoi du comment, les photographes japonais ont senti qu'il y avait anguille sous roche. Contrairement à leurs craintes, ils n'étaient pas venus pour rien et se sont jetés au pied du podium. Franchement, sur l'instant, le monde n'a pas cessé de tourner. Même l'ambassadeur a pris l'affaire pour un chahut de gamins facétieux. C'est l'entraîneur de l'équipe de France qui a mis le feu aux poudres en collant une claque à Benyat :

« Sales petits cons. Vous allez être disqualifiés. A cause de vos gamineries, la France va perdre sa seule médaille aux Jeux. Votre carrière est finie. Et vous ne serez même pas dans les archives, bande de crétins, car, dès demain, on vous réclamera la médaille pour la remettre aux Néo-Zed. Démerdez-vous pour rentrer dans vos provinces perdues. A vos frais. Vous êtes exclus de l'équipe. Je ne vous ramène pas en France. »

C'était burlesque mais surtout maladroit car tout le monde a soudain compris que l'incident cocasse était plus grave qu'il n'apparaissait. Pire : il accompagnait ses vocalises de tels gestes que Timmy a cru qu'il allait le gifler, lui a saisi la main comme il aurait attrapé un winch et d'une pichenette lui a cassé le poignet. A partir de là, il n'a plus été question de passer l'éponge sur tout ce sketch. L'entraîneur est parti pour l'infirmerie et l'affaire nous a échappé.

Je n'ose imaginer l'agitation qui se produirait aujourd'hui dans une telle circonstance. Internet, Facebook, Twitter, les blogs, les télés, les radios auraient mis le feu à la plaine. Nous n'en étions pas là mais quatre photographes excités comme des puces ont suffi à allumer la mèche. Dès le lendemain, toute la France a vu le sourire de mon fils reproduit dans *Ouest-France*, *Le Figaro* et, j'imagine, pas mal d'autres titres, à commencer par *Sud-Ouest*, le quotidien que lisaient les parents de Benyat dont le père, maire de Saint-Jean-Pied-de-Port, était comme Blaise « au service de la France » – je cite les propos de son cher fils repris par toute la presse.

A son arrivée à Orly, vingt journalistes attendaient Timmy. Sa grand-mère et moi, pour une fois sur la même longueur d'onde, l'avions supplié de ne pas aggraver le scandale par la moindre déclaration. Peine perdue. La première question a mis le feu aux poudres :

« Que pensez-vous des déclarations de votre père au *Figaro* ? »

Réponse : évidemment rien. Il ne les avait pas lues. Mais, le temps qu'on récupère les bagages, une bonne âme s'est dévouée pour nous faire passer le journal dans la zone sous douane. Blaise y traitait l'attitude de Timmy de chahut d'enfant gâté. Au passage, il ironisait sur son ignorance de l'Histoire, ramenait son amour de la Bretagne à une lubie poétique : *« Mon cher fils invente un passé romantique qui berce des rêves d'adolescent. La vérité qu'il ne veut pas voir, c'est qu'en 1487, accablés d'impôts, les Bretons n'en pouvaient plus. Quand les Français survenaient, on les acclamait. D'autant que Louis XI avait légué un Etat riche aux caisses pleines ; la première mesure dans les cités "libérées" était de baisser les taxes. C'est son peuple qui a supplié la duchesse Anne d'épouser le roi de France. La Bretagne n'a pas été conquise, elle s'est offerte. »*

Qu'attendait-on d'un collaborateur de l'Elysée ? Il n'allait pas agiter lui aussi son Gwenn ha Du ! Ma belle-mère l'a brièvement expliqué à Timmy en le priant de ne pas jeter de l'huile sur le feu par des déclarations intempestives. La pauvre aurait mieux fait de ne pas gâcher sa salive. Dans la file d'attente des taxis, Timmy a répliqué que son père avait été un grand résistant mais qu'il était désormais un collaborateur zélé et que lui-même, de toute manière, ne comptait plus jamais représenter en compétition un pays qui occupait la Bretagne. Ça n'était pas méchant et j'ai pensé que chacun mettrait le propos sur le compte de la jeunesse. C'est d'ailleurs ce qui s'est d'abord produit : *Le Canard enchaîné* a fait ses gorges chaudes de l'incident avec son humour habituel mais avec gentillesse. Au point qu'à Kergantelec, nous avons cru que tout allait tomber dans l'oubli comme le reste. Un serpent à sornettes nous attendait malheureusement au coin du bois : Kerzannec.

La chute de la Quatrième l'avait renvoyé dans la coulisse avec toute la bande Mitterrand. Mais rien ne vient à bout de ce genre de bacille. A présent, il attendait son heure tapi dans la presse. D'habitude, il noircissait de l'encre dans *L'Unité*, l'organe ennuyeux comme la pluie du parti socialiste que personne ne lisait. Mais là, pour son retour parmi nous, il m'a littéralement assommée. Signé par lui dans *France-Observateur*, un article assassin présentait l'histoire de notre famille. Son titre : « Le Dernier des Méaban ». Un vrai récital de médisances :

LE DERNIER DES MÉABAN

GRÂCE À TIMOTHÉE DE MÉABAN, LA FRANCE AURAIT PU RAPPORTER DEUX MÉDAILLES D'OR DE TOKYO. IL A PRÉFÉRÉ JETER LA SIENNE À L'EAU POUR L'OFFRIR À LA BRETAGNE. UN RÊVE FOU QUI FAIT FANTASMER TOUTE SA FAMILLE.

Finalement, nous n'aurons gagné qu'une médaille d'or aux jeux Olympiques de Tokyo, celle de Pierre Jonquères d'Oriola. Merci à son cheval. Dommage que le Flying Dutchman de Timmy de Méaban ait choisi de se saborder avant la remise des médailles. Cela aurait donné un coup de jeune à notre vieille nation : équitation et yachting offertes sur un plateau par des champions à particule. La patrie de Dior, de Chanel, de Mouton-Rothschild et de Cartier aurait bien mérité son antique renommée de « Mère des Arts et de l'Elégance ». C'était compter sans les lubies de la famille Méaban. Dans ce clan, on adore dire tout et son contraire.

Prenez son père, Blaise de Méaban. Haut fonctionnaire à l'Elysée, dans l'ombre du Général, il passe pour un héros de la Résistance et a, en effet, une belle guerre à son actif mais il oublie souvent de dire qu'il en avait loupé une autre auparavant. Car, en mai 40, lorsque des millions de Français de son âge luttaient contre l'invasion allemande, lui était en croisière amoureuse avec sa jeune épouse anglaise. C'est pour la ramener à la maison qu'il a finalement choisi de gagner Londres en juillet 40.

Cette jeune lady, Marge de Méaban, mériterait un roman à elle seule. Finalement elle n'embarqua pas pour l'Angleterre où son père travaillait auprès de Churchill. Tombée enceinte avant de lever l'ancre, elle resta en Bretagne et, pour échapper à la police allemande qui, dit-elle, recherchait l'épouse du Français Libre, elle quitta l'Ile-aux-Moines et se cacha, le temps de sa grossesse, sur le continent. Où donc ? A Scrignac, chez un recteur, l'abbé Perrot, indépendantiste breton convaincu qui avait béni la défaite de la France et demeurait depuis dans les petits papiers de la Kommandantur de Quimper. Je vous le répète : chez les Méaban, rien n'est simple. Pour finir, après une interminable grossesse, revenue à des sentiments plus patriotiques, Marge s'engagea à son tour dans la Résistance où elle glana des médailles. Pour autant, ne pensez pas qu'elle fréquenta les maquis. Pendant l'Occupation, elle eut son rond de serviette à « La Cigale », le restaurant le plus chic de Nantes et c'est au casino de La Baule qu'elle mena ses combats les plus acharnés.

Impossible d'évoquer l'étrange couple Méaban sans parler de Mathias Gauvain, leur ami intime à tous les sens du terme. Ancien camarade de dortoir de Blaise pendant leurs études chez les jésuites de Saint-François-Xavier, lui a combattu en 40 mais, libéré dès le mois de juillet, il s'est alors engagé aux côtés de ceux qui pensaient que le Reich accorderait l'indépendance à la Bretagne. Un combat mené avec assez d'énergie pour qu'à la fin de 1943, sentant la victoire changer de camp, il juge plus sage de disparaître en Irlande. D'où, protégé par son « frère » devenu une huile gaulliste, il revint en 1946 pour s'engager dans la Légion étrangère. Blessé, médaillé, fait prisonnier à Dien Bien Phu, il fut ensuite affecté en Algérie où, parvenu au grade de colonel, il participa au putsch des Généraux. Sur quoi, exfiltré en bateau avec l'aide de Marge et de son fils Timmy, il repartit pour l'Irlande. La faveur de Blaise de Méaban, son ami d'enfance, bien plus qu'un frère, et la tendresse de Marge, une aventurière qui le fascine, lui ont toujours permis d'échapper aux tribunaux.

Leur argent, aussi. Car Marge de Méaban, après la Libération, est devenue très riche grâce à la création d'un magazine, « L'Auto », qu'elle dirige main dans la main avec Morvan Bellec, un garagiste qui, en 1945, sorti extrêmement prospère de l'Occupation, fut enchanté de recycler ses capitaux sous le voile protecteur d'une résistante connue. Lui aussi possède désormais une propriété à l'Ile-aux-Moines, le fief des Méaban qui vivent dans la plus vieille maison de l'île, bâtie sous Richelieu par un corsaire. Devenue un château branlant dans les années 30 à l'arrivée de Marge, elle est aujourd'hui aussi luxueuse et confortable que le plus huppé des Relais de Campagne. Mais, aux murs, aujourd'hui comme hier, les portraits de Cadoudal voisinent avec ceux de Churchill, le Dieu vivant de Marge de Méaban, et de De Gaulle, celui de son mari.

C'est comme ça chez les Méaban : tout est dans tout et l'intelligence consiste à fonctionner sur des idées contradictoires. Aujourd'hui leur fils annonce que désormais, il participera aux compétitions internationales sous les couleurs de l'Irlande où son cher parrain l'accueillera comme un père. C'est tout lui, c'est tout eux. Et cela va durer car, dans cette famille, à l'arrivée, tout rentre dans l'ordre et on sort gagnant.

Le chien galeux ! Pour un peu, je serais montée à Paris lui crever les yeux. Au lieu de ça, assis avec moi dans la bibliothèque tandis que je lisais ce torrent d'insinuations malveillantes, un tribunal m'observait. Blaise était rentré de Paris avec le magazine qui ne serait dans les kiosques que le lendemain. En sortant de la gare de Vannes, il avait pris sa mère chez elle et, à présent, en silence, ils attendaient ma réaction. Soyons franche : j'en étais malade. Son interprétation de nos vies me laissait froide car ce n'était pas un petit copain de Mitterrand et de Pétain qui allait me donner des cours de morale. Quatre formules, en revanche, m'épouvantaient : « à Scrignac, chez l'abbé Perrot », « l'interminable grossesse », « l'ami intime à tous les sens du terme » et « le parrain tendre comme un père ». Quand j'ai osé relever la tête, Blaise, assis sur le bord de la cheminée où il avait allumé un feu, m'a souri :

« Qu'est-ce que tu en penses ?

— Un million de choses. »

Lesquelles ? « C'est comme moi » ne m'a pas laissé le loisir de les énumérer. Elle-même avait un autre point de vue :

« Moi, je n'en pense qu'une et elle me navre : tout est vrai.

— En effet, a admis Blaise. Tout est vrai, sauf tout. Chaque vérité est insidieuse. C'est un papier politique qui présente un proche du Général comme un planqué, un opportuniste et, pire que tout, une tapette. »

La vie est étrange. Entre chaque ligne de cet article, j'avais lu la menace de voir révéler le nom du vrai père de Timmy mais Blaise, lui, ne voyait que l'évocation de rapports troubles avec Mathias. Le mot « dortoir » l'empêchait de dormir. Une crapule se permettait de salir l'amitié à laquelle il tenait plus que tout au monde. En d'autres circonstances, j'en aurais ri : Kerzannec, cette petite chose gluante, faisait de Mathias un héros à la Pasolini prenant toute une famille dans ses filets amoureux. Là, j'ai juste évacué cette interprétation comme du délire :

« Arrête de te faire des films. On révèle que tu es fidèle en amitié, c'est tout à ton honneur. »

Cette légèreté n'a évidemment pas été du goût de « C'est comme moi ». Elle exigeait qu'on rédige un droit de réponse. Blaise l'a envoyée sur les roses :

« Un feu flambe longtemps si on l'alimente en bûches. Sinon il s'éteint de lui-même. N'entretenons pas une dispute qui attire l'attention sur nous. Il n'est pas question de donner à *France-Observateur* le prétexte de publier d'autres pages sur la famille. Si on réplique, ils commenteront notre droit de réponse. Le choix est de laisser passer l'orage ou d'attaquer en justice pour atteinte à la vie privée. Les frapper au portefeuille ou passer l'éponge. »

Mon choix était fait. De l'argent, nous n'en avions pas besoin. Du silence, en revanche, il m'en fallait vite avant que d'autres journaux aient l'idée de se pencher sur moi.

J'ai recommandé de faire les morts. Blaise n'attendait que ce feu vert :

« Dans quelques mois, Mitterrand se présentera aux élections présidentielles. Il n'a aucun intérêt à attirer l'attention sur les années 40. A mon avis, il va clouer le bec de Kerzannec. Sinon, il prend le risque qu'on sorte des vérités déplaisantes sur son attitude à Vichy. »

« C'est comme moi » a explosé. Pourquoi de Gaulle attendait-il pour révéler qui entourait Mitterrand ? Pourquoi ne pas dire qui était Kerzannec ? Pourquoi ne pas parler de ses liens d'amitié intime avec Bousquet, le chef de la police vichyste qui avait organisé la rafle du Vel d'Hiv ? Blaise a vite interrompu ses cris du cœur :

« Pourquoi ? Parce que Mitterrand n'a aucune chance de gagner l'an prochain. On ne gaspille pas une arme nucléaire comme ses compromissions avec Vichy avant d'être dans les cordes. Le Général sera réélu. Faire de la politique, ce n'est pas jouer à la bataille. On est aux échecs. On prépare les coups à l'avance. Mieux vaut garder sous le coude de quoi faire taire Mitterrand plus tard. L'Elysée me demande de ne pas réagir. »

Tout était dit. « C'est comme moi » a obtempéré. Cette harpie ne discutait pas les ordres venus d'en haut. Mais si Kerzannec lui échappait, je restais à portée de tir. Elle m'a clouée au mur :

« On n'en serait pas là si vous connaissiez votre fils. Vous ne le voyez jamais, vous ne lui parlez jamais, vous n'êtes jamais là et vous ignorez sa passion pour la Bretagne. N'imaginez pas qu'il changera d'idées. Il y tient comme à la prunelle de ses yeux et, si vous aviez pris le temps de l'écouter, vous sauriez qu'il est très convaincant quand il parle de “son” pays. »

J'ai fait semblant de rire en lui coupant la parole :

« Ne me dites pas que vous êtes devenue indépendantiste. Si vous avez avec lui tant de conversations, ramenez-le plutôt sur terre.

— Je m'en garderai bien. Vous croyez voir la vérité en face parce que vous observez ce qui est juste devant vous. Mais vous vous trompez, portée comme en toute chose par votre insouciance arrogante. Les cartes géographiques évoluent sans cesse et la France disparaîtra comme l'Empire romain ou l'Empire austro-hongrois. Un jour, l'Europe existera et il n'y aura plus de France mais il y aura toujours une Bretagne. Je ne vivrai plus mais mon petit-fils le verra sans doute et je ne vais sûrement pas le dissuader d'agir pour un rêve qui deviendra fatalement réalité. »

En Irlande, c'était pareil : mes tantes prenaient parti pour ou contre l'indépendance de l'Ulster selon la sympathie qu'elles éprouvaient pour tel ou tel membre de la famille. Quoi que je pense, « C'est comme moi » soutiendrait le point de vue opposé. Au contraire, quoi que dise son divin petit-fils, elle apporterait du grain à son moulin. Sans argumenter, je suis montée dans ma chambre. Pour souffler. L'alerte avait été chaude mais, si la presse ne reprenait pas les insinuations de Kerzannec, je gardais mon secret pour moi.

Et elle ne les a pas reprises. En 1964, on passait encore entre les gouttes qui, aujourd'hui, avec Internet, nous noieraient. Malheureusement, mon fils adoré me réservait une autre surprise.

CHAPITRE 16

1966. Le mariage de Timmy

Un beau jour, inattendue, en début de matinée, Misia a débarqué dans mon bureau à *L'Auto.* Une heure auparavant, on avait obtenu des photos du prototype secret de la 504 que Peugeot s'apprêtait à lancer l'année suivante sur le marché. L'équipe était aux cent coups. Il fallait changer la couverture, repenser le déroulé du journal, bâtir un film à partir de deux photos et de trois dessins, faire sonner les cloches de la promotion… J'en étais déjà à ma sixième ou septième Disque Bleu filtre et, Misia rangée dans un coin, je ne lui ai plus accordé la moindre attention. Deux heures plus tard, elle était toujours dans les parages. Elle avait quelque chose à me dire et attendait pour m'emmener déjeuner. Vers midi, je me suis donc posée avec elle devant une bouteille de whisky. Ce que l'on pouvait boire et fumer à l'époque dans la presse, c'est extravagant ! Et là, surprise, Misia m'a demandé de fermer la porte.

Une si longue patience ne lui ressemblait pas ; quant au secret, elle n'en avait jamais eu le goût. Ni celui de l'alcool. Quand j'ai porté mon verre aux lèvres, elle m'a adressé un sourire navré :

« N'hésite pas à prendre une grosse gorgée. Je te réserve une très mauvaise surprise. »

J'ai eu peur. Depuis vingt ans qu'on se connaissait, Misia était l'amie des bons jours, ma camarade préférée, celle dont la futilité rimait avec gaieté et fidélité. Avec le temps, elle était devenue la sœur que je n'avais jamais eue. A Nantes, je la voyais presque chaque jour. A l'Ile-aux-Moines, sa maison sur le port était comme un second Kergantelec. C'est même là que descendait ma belle-mère quand elle voulait passer quelques jours dans le golfe auprès de Timmy. Malgré tous ses efforts, elle n'avait jamais eu d'enfant de Morvan. Les Méaban étaient sa famille. Personne dans le clan ne résistait à son charme, tout en douceur. Inquiète, j'ai tenté de prendre à la légère son entrée en matière :

« Ne me dis pas que tu es allée sans moi au casino et que tu y as laissé ta chemise. »

Sans daigner sourire, elle a posé ses mots bien à plat, les uns derrière les autres :

« Gwenaëlle compte t'annoncer une grande nouvelle, ce soir. »

On avait fêté les dix-huit ans de Gwenaëlle en mai. L'été précédent, elle avait eu son bac. On aurait dit la jeune fille parfaite avec, du matin au soir, un sourire aux lèvres. Très jolie, un bracelet-montre aurait fait le tour de sa taille. Si vous saviez que sa mère était vietnamienne, vous lui trouviez un air eurasien ; si vous l'ignoriez, vous repériez juste une brune ravissante aux yeux en amande. Je me demande qui a inventé l'expression « face de citron » ; elle était pâle comme l'aube. Jamais elle n'avait posé une question sur sa famille indochinoise. C'était une Iloise gâtée par ses trois mères, Madame Gauvain, Miss et moi – sans compter Misia. Bonne élève, elle ne manifestait guère d'intérêt pour les études. Dans le sillage de Timmy, elle ne se passionnait que pour la mer. Elle aurait bien tenté Navale mais les maths et elle faisaient lit à part. A défaut, elle s'était inscrite en fac de médecine à Nantes où elle habitait chez Misia et Morvan. A force d'assemblage avec des pièces de récupération, c'était devenu la plus jolie des Bretonnes. Depuis des années, je ne posais sur elle que le regard de l'habitude et de la tendresse. D'ordinaire légère comme l'alouette, Misia m'a interrogée sur un ton réprobateur :

« Evidemment, tu n'as aucune idée de ce qu'elle va t'annoncer.

— Non, aucune. Peut-être qu'elle trouve médecine trop difficile. Et trop long.

— Ma pauvre chérie, quand il s'agit de ta famille, tu ne distingues plus midi de minuit. Tu ne t'es même pas aperçue que, depuis dix ans, elle observe Timmy comme la voûte céleste. »

Dieu aurait abattu son poing sur moi, je n'aurais pas été plus assommée. Soudain j'ai vu poindre un début de tragédie grecque. Le genre de pièce où chaque scène rapproche de la catastrophe sans qu'aucune intervention divine ou autre ne sorte de son lit le fleuve de la tragédie. Là, il n'y avait rien à faire, le lait allait déborder et il était impossible de baisser le gaz. Misia a pris un ton navré pour enfoncer le clou :

« Je suis désolée de te l'apprendre, les deux enfants de Mathias, Gwenaëlle et Timmy, ont décidé de se marier. C'est ce qu'elle compte te révéler ce soir. J'ai préféré te prévenir. Histoire que tu ne fasses pas une crise cardiaque dans mon salon. »

Depuis vingt ans, je redoutais que Kerzannec ressurgisse de l'oubli et révèle la vérité à Blaise et Timmy.

Finalement, c'est de mes propres lèvres qu'elle allait devoir sortir. J'ai tout de suite senti que j'en serais incapable. Comme aurait dit Rousseau, plutôt incendier ma maison que la mettre en ordre. Je suis restée silencieuse. Mon corps ne répondait plus. L'épée de Damoclès lui était tombée dessus, droite et mortelle. Misia m'a achevée :

« Reprends-toi, ta peau a l'air d'avoir glissé sur ton visage. Pense à ce que tu vas dire à Timmy.

— Merci du conseil. Il y a vingt ans que j'y réfléchis sans trouver les mots. Si je parle maintenant, je détruis ma famille. »

Misia n'avait pas fini. Elle avait également une requête à présenter :

« A part Mathias, Kerzannec et toi, seuls Morvan et moi étions au courant. Je t'interdis absolument de le révéler. Nous serons là pour t'aider à recoller les morceaux mais ne dis à personne que nous étions dans le secret, sinon notre parole n'aura aucune valeur, tu nous auras disqualifiés. Timmy est mon filleul, je l'adore, il me fait confiance, ne m'associe pas à cet interminable mensonge.

— Sale peste, tu ne me jetterais pas d'eau si j'étais en flammes.

— Au contraire, c'est ce que je suis en train de faire. Sans moi, ce soir, c'est face à Gwenaëlle que tu te serais décomposée. Ne commence pas à accuser les autres. Va plutôt voir un psychanalyste et explique-lui pourquoi tu ne parles jamais de rien de personnel avec les gens que tu aimes. Il se régalera. »

Vous m'auriez vue : un morceau de tissu jeté sur un fauteuil ! Une épave. L'heure que je redoutais depuis vingt-cinq ans avait sonné et je n'avais aucun argument, aucun discours, aucun regret sincère à présenter. Au lieu d'affronter enfin le combat, je ne cherchais qu'une échappatoire. Quand j'ai demandé si Morvan serait au dîner, Misia m'a ramenée sur terre :

« Ça suffit maintenant. Toi qui poses sans cesse à la réaliste, arrête de t'inquiéter pour ce qui n'a aucune importance. Morvan ne sera pas là. Quand je lui ai appris la nouvelle ce matin, il m'a annoncé qu'il filait au loin. Et alors ? C'est de ton fils qu'il s'agit. Tu dois lui parler les yeux dans les yeux. Et en tête à tête. »

J'ignore combien de temps je suis restée amorphe. Dix secondes, dix minutes ? Misia attendait en silence. Quand j'ai retrouvé l'usage de la parole, je lui ai juste demandé de m'aider à gagner l'Irlande. Toute seule, je n'aurais pas eu la force d'affronter Blaise, Timmy et Gwenaëlle. Il me fallait Mathias à mes côtés. Sans protester, Misia a pris les choses en main. Le chauffeur de *L'Auto* m'a conduite à Calais où j'ai attrapé au vol le dernier ferry pour Douvres. Le soir même, à l'heure d'affronter Gwenaëlle, je dormais à l'hôtel à Londres sans prévenir Papa de mon passage et, le lendemain, à l'aube, j'étais à Heathrow où j'ai trouvé une place à bord du second vol de la journée pour Dublin.

Je n'avais pas vu Mathias depuis deux ans. A l'automne 64, je l'avais rejoint trois semaines en Irlande. On avait parcouru l'île en voiture. Dans la journée, on se promenait dans la lande ou le long des plages. Le soir, on écumait les pubs. Je distinguais désormais les whiskies irlandais et les écossais. A la première gorgée, je reconnaissais la teneur en orge ou en grains. Nous en avions même trouvé à base de blé noir comme celui des menhirs, en Bretagne. Quelques nuits de noces avaient accompagné le voyage, dont ma mémoire se projetait le film, le soir, à Kergantelec, quand je somnolais toute seule près de la cheminée de la bibliothèque. Depuis, nous nous étions revus une fois à Londres mais Blaise affirmait qu'une amnistie serait bientôt accordée aux putschistes d'Alger et, optimiste, je me contentais de courriers attendris auxquels Mathias répondait une fois sur trois à sa manière assez fraîche, un peu trop centurion main de fer à mon goût – mais je n'allais pas le refaire : pour l'enflammer, il fallait le serrer dans mes bras. Si je ne venais pas en personne lui balayer le cœur, une couche de poussière s'y posait et Monsieur s'abandonnait à la solitude sans regrets.

L'appareil d'Aer Lingus a atterri à midi. Je n'avais pas dormi de la nuit. Par crainte de n'être pas dès l'aube à l'aéroport et par excitation. Vingt-huit ans s'étaient écoulés depuis que j'avais vu Mathias pour la première fois chez « Charlemagne » et je souhaitais moins que jamais guérir de lui. Depuis que j'avais pris la route pour Dublin, tous mes espoirs s'étaient réveillés. Le mariage de Gwenaëlle et Timmy, cette catastrophe, allait enfin nous débarrasser du mensonge qui m'empêchait de dire au monde que Mathias était l'homme de ma vie. En vingt-quatre heures, je m'étais fait une philosophie : c'est la peur du scandale qui était un scandale. Au passage de la douane, j'étais presque aux anges. J'allais enfin assumer mon amour.

Mathias ne m'attendait pas à la sortie. Sans doute Misia ne l'avait-elle pas joint. J'ai haussé les épaules et donné son adresse à un taxi : Mansfield Road. Il pleuvait. Cinquante ans d'indépendance et mille ans de jérémiades antianglaises avaient fait leur œuvre : tout était anglais. On roulait à gauche, la brique régnait partout, on ne voyait aucune inscription en gaélique... En un quart d'heure, on est arrivé. Dublin, ce n'est pas grand-chose. Sortis des avenues, ils devaient encore griller des moutons sur des feux de bois. La rue de Mathias aurait pu se trouver n'importe où en Angleterre : des petites maisons d'un étage, toutes joliment banales et identiques. J'ai sonné à la porte du numéro 14 et, surprise, j'ai entendu crier des enfants. Ce n'était pas un effet de mon imagination. Un petit garçon a ouvert la porte. Il devait avoir quatre ans, pas plus. Derrière lui, emporté dans son sillage, s'en tenait un second, haut comme trois pommes, le genre à avoir deux ans. Aussi poil de carotte l'un que l'autre. Un instant, j'ai cru, j'ai voulu croire que j'avais commis une erreur mais, face à moi, un drapeau blanc décorait le mur longeant l'escalier : on pouvait lire, tissé en lettres rouges, « Legio Patria Nostra » et « 1er REP ». Juste au-dessus pendait un Gwenn ha Du. M'enfoncer un coup de poing en plein plexus solaire ne m'aurait pas plus coupé le souffle. Au lieu de claquer la porte et de m'enfuir, j'ai demandé si j'étais bien chez Mathias Gauvain. Les deux rouquins n'ont pas compris un mot de ce que je disais. On aurait dit que j'avais avalé un bol entier de sciure. Ils ont disparu dans le couloir.

Une jeune femme est apparue juste après. Jeune ? Disons trente ans. Jolie ? Disons mignonne. Pas très grande, les cheveux blonds tombant aux épaules, des yeux clairs, plutôt dans des teintes grises. Rien de remarquable, sinon de belles lèvres ; épaisses, sensuelles et bien dessinées sans avoir l'air de deux steaks en pleine poire. A part cette touche prometteuse, on aurait dit une institutrice à la Charlotte Brontë, l'épouse rétrécie, bienveillante, catholique et rasoir, le modèle dont rêvent tous les sous-officiers. Elle a paru surprise mais n'a même pas demandé qui j'étais, elle ne le savait que trop bien. Avec un fort accent irlandais, elle m'a juste dit bonjour et indiqué la direction du salon en proposant de faire du thé ; sur quoi elle s'est éclipsée le temps d'appeler Mathias au téléphone et, j'imagine, au secours.

Dans le petit salon, un canapé fleuri, deux fauteuils et une table basse occupaient tout l'espace. Du chintz rose partout et, devant la fenêtre, un énorme téléviseur. De meilleure humeur, j'aurais trouvé le résultat pittoresque : le home, sweet home de rêve de la petite bourgeoisie anglaise dans le style « pas de style », Tudor contemporain ou autre. Sur le rebord de l'espèce de cheminée incrustée dans le mur, on avait glissé quelques photos dans des cadres argentées. Je me suis levée pour les voir de plus près : la première montrait un des deux petits farfadets dans les bras de Gwenaëlle. Ainsi tout le monde connaissait le ménage de Mathias, sauf moi. Ça m'a suffi. De peur que mes jambes lâchent si j'observais les autres, je me suis rassise sans aggraver mon cas. Quand la femme de Mathias a rapporté le plateau à thé, j'étais hors de combat. Vous ne m'auriez pas fait réciter l'alphabet. Je l'ai priée poliment de me laisser toute seule. Pour me détendre, j'ai juste allumé une cigarette. En la portant à mes lèvres, je me suis aperçue que j'en fumais déjà une.

Avant de quitter la pièce, la jeune femme m'avait annoncé que Mathias ne tarderait pas. Il m'aurait fallu du whisky. Enfoncée dans les coussins, j'étais envahie par le vide. M'eût-on tapé sur la cage thoracique, cela aurait résonné. Quand je songeais aux promesses que Mathias m'avait faites, il aurait aussi bien pu les imprimer sur du papier toilette. Je n'avais plus qu'un devoir : ne pas pleurer ! Quand il est enfin arrivé, toutes mes illusions s'étaient envolées. Les cheveux coupés ras, un peu enveloppé, il portait une veste en tweed et, au lieu d'un pistolet-mitrailleur, c'est un cartable qu'il a posé au pied du canapé. Je l'aimais mieux en soldat de fortune qu'en prof anglais, costaud et cool. Ce judas m'a embrassée. Je me suis dispensée des salamalecs hypocrites :

« Tu es vraiment un traître professionnel. Tu as trahi la France, puis ton frère, puis la Bretagne, puis la France à nouveau et maintenant, c'est moi qui découvre après tout le monde que tu as refait ta vie ailleurs, avec une nouvelle famille. Tu as le cœur goudronné. Tu me dégoûtes. Mais tu vas le payer. Ce que je viens te présenter, c'est la facture. »

C'est bien joli de déclamer les imprécations de Camille mais ce n'est pas clair. Mathias n'a rien compris. Au lieu de répondre, il s'est assis à côté de moi comme si de rien n'était, l'air enchanté du vieux frère qui retrouve sa sœur telle qu'elle était, acariâtre et attendrissante. C'est étrange : il faisait son numéro de charme habituel tout contre moi et c'est à Blaise que j'ai pensé. Blaise si réservé, silencieux et fragile qui n'aurait jamais pris à la légère une entrée en matière aussi agressive. Je m'apprêtais à détruire la vie de son frère, Mathias devait bien le deviner et il avait l'air heureux. Exaspérée, j'ai mis les pieds dans le plat :

« Je suis là pour t'informer que ton fils Timmy veut épouser ta fille Gwenaëlle. »

Impossible d'annoncer plus de catastrophes avec moins de mots. Je comptais dans la foulée lui faire part de ma décision : à lui de prendre enfin ses responsabilités. A part envoyer des lettres de barde archéo-celtique et des cadeaux de Noël, il ne s'était jamais occupé de leur éducation. Mais mon acte d'accusation a tourné court car ses deux fils ont dévalé l'escalier pour se jeter dans ses bras. Trop heureux de gagner quelques secondes, il a joué au père modèle et m'a présenté Eamon et Enda, adorables, blancs comme la neige et appétissants comme la pâte à crêpes, aussi mignons que Timmy à leur âge, ses sosies pour tout dire. Je les ai embrassés en caressant la tignasse rousse d'Eamon et j'ai prié leur père de les évacuer des lieux. Il leur a demandé en gaélique de remonter dans leur chambre. Quand il m'a répondu, Monsieur avait trouvé une de ces petites sentences philosophiques dont il a le secret :

« On ne ramasse pas l'eau renversée. »

Il aurait mieux fait de se taire. Ce mot, je l'ai ressenti comme la goutte de citron qui fait s'entrebâiller l'huître. Mes yeux ont commencé à s'ouvrir. Je n'ai pas répondu. Il allait devoir faire le chemin tout seul. J'en avais assez de lui servir de béquille. Il a compris et, après un long moment de réflexion, il a repris la parole :

« Ce n'est pas à moi de dire la vérité à Timmy, c'est à toi. C'est toi qui as choisi de mentir depuis le début. J'aurais été le plus heureux des hommes si j'avais pu reconnaître mon fils à sa naissance. J'ai fui l'Ile-aux-Moines pour ne pas le voir embrasser une fausse grand-mère et un père imaginaire. Parce que je me suis aplati comme un drap devant toi, j'ai dû mener une vie d'aventurier. Toute mon existence, j'ai eu l'impression de remonter un interminable couloir sans fenêtre et à présent, tu me demandes d'aller plaider coupable pour ton crime. Il n'en est pas question. Je suis à Dublin et j'y reste. A toi de faire front. »

Fallait-il que j'aime cette mauviette à la folie : j'ai d'abord trouvé cette attitude virile ! Une guimauve maintenue droite par ses bottes se déchargeait sur moi de ses responsabilités et, plutôt que de le gifler, j'ai trouvé un fond de vérité dans son raisonnement. On aurait dit Scarlett O'Hara amoureuse envers et contre tout d'Ashley quand chaque ligne d'*Autant en emporte le vent* montre que Rhett Butler est l'homme de sa vie. Comme toujours depuis ma rencontre avec Mathias, j'étais avec lui et j'étais seule. Voyant que je ne répondais pas, il a fini par suggérer de m'emmener déjeuner en ville. Je l'entendais déjà saluer tendrement Madame et promettre à ses lardons d'être de retour pour le goûter. Il me traitait du bout du cœur, comme si de rien n'était. Comme si l'affaire était entendue. Alors, sans un mot, je me suis levée, je suis retournée dans l'entrée, j'ai ramassé mon sac de voyage et décroché mon manteau. Quand Mathias a voulu enfiler le sien, je lui ai juste annoncé que nous n'avions plus rien à nous dire. Très calme, je ne me suis pas énervée. Puis je suis sortie. Depuis le temps qu'il prenait son charme pour la 2e DB à laquelle personne ne résiste, il a insisté pour m'accompagner. Trop tard ! Je lui ai claqué la porte au nez sans cacher mes sentiments :

« Tant qu'à me faire baiser, j'aime autant aller sur le trottoir. »

Je ne me rappelle même pas comment je suis revenue à l'aéroport. Cette Irlande, je n'ai rien à en dire. Tout ce que je lui demande, c'est de demeurer là-bas, à l'écart, loin de nos côtes. Plus tard, dans l'avion qui me ramenait à Londres, apitoyée par mes larmes, ma voisine, une grosse femme enjouée et marinée dans le gin, a tapé son gobelet contre le mien pour me réconforter : « Le meilleur moment dans la vie à deux, c'est quand on est seul. » Elle n'avait pas eu besoin d'une boîte noire pour déchiffrer mes sentiments. Cela dit, je pleurais moins sur Mathias que sur Blaise. Lui qui ne prononçait jamais un aveu, il m'avait dit vingt fois qu'il n'avait que son fils et moi dans la vie. Que sa mère me voue aux gémonies n'avait aucune importance mais que je le brise me hantait. Plus que d'être démasquée, je redoutais que Blaise ne retombe en dépression. A force de volonté et de traitements, il s'était tranché les nerfs mais il ne s'était jamais remis de ses deux ans à Buchenwald. Il avait fallu des années et des milliers de comprimés pour dompter la violence qui, les premières années après son retour, menaçait toujours d'exploser. Depuis, quand le spleen se profilait, il se coupait du monde, ne parlait plus, mangeait à peine. Nous redoutions toujours qu'il sombre dans la mélancolie.

Un moment, j'ai pensé l'appeler de Londres pour qu'il vienne me chercher à Orly mais cela m'aurait forcée à reconnaître que j'avais annoncé le mariage à Mathias avant d'en parler avec lui. La lâcheté et moi faisions bon ménage. J'ai préféré me réfugier à l'Ile-aux-Moines. Quand je suis arrivée, comme toujours en novembre, tout était gris, calme et rassurant. Vif et frais, l'air tendait un léger voile fortifiant sur le golfe. Des milliers de vaguelettes claires ondulaient sous une brume argentée avec laquelle elles se confondaient dans une douceur de vieille ardoise blanchie par le temps. Le temps du passage, je suis restée à l'arrière de la vedette, en plein air, sous le charme de cette immensité sans début, ni fin, dont la pâleur froide masque mille drames chez les poissons. Une fois mes affaires posées à Kergantelec, je suis partie sur la route de Brouel, un interminable chemin creux entre deux levées de terre envahie par les herbes et les ronces. En procession le long du sentier, les arbres étouffés par le lierre laissaient à peine filtrer la lumière. Tout était doux, équilibré, vert et rassurant. Toute ma vie, cette promenade m'aura amenée à la même décision : ne rien faire et laisser les choses se dénouer d'elles-mêmes. Quand je suis rentrée à la maison, ma décision était prise : attendre, c'est tout.

En finir avec Mathias avait pris dix secondes, le temps de fermer un robinet. Affronter Gwenaëlle et Timmy, en revanche, me terrorisait. J'en étais malade. Contrairement à la plupart des bourgeoises, je ne donne jamais de leçons de morale mais, comme elles, je déteste rendre des comptes. Surtout si cela doit prendre des heures. Or, c'est fou ce que le secret m'avait entraînée loin. Annoncer à Timmy la vérité sur sa naissance allait me forcer à avouer des années de mensonge. M'expliquer, me justifier, me confesser… Qui aurait la patience de m'écouter ? Je n'étais jamais passée pour une vierge pure comme le vent mais là, c'est toute ma vie qui s'écroulait comme une dune sapée par la mer. Ce serait long. Cramponnée à ma peur, j'ai passé trois jours à couver et bercer mon angoisse. Mon énergie aurait tenu dans un dé à coudre.

Puis l'heure de vérité a sonné. Le samedi matin, en fin de matinée, Timmy m'a rejointe dans le salon où je lisais *Ouest-France* et a appelé Gwenaëlle :

« Viens vite, mon cœur, Maman est là. On va lui parler. »

Qu'il appelle sa sœur « mon cœur » a déchiré le mien. Mon fils était trop beau et trop gentil. Il s'est assis en face de moi dans un des fauteuils tapissés de bleu roi, m'a adressé un sourire à rendre heureuse en enfer et m'a crucifiée tout en douceur :

« Maman, tu vas avoir une surprise comme on n'en a qu'une dans sa vie. »

Quand les lèvres de Timmy s'écartaient, on aurait dit que la lumière perçait entre les nuages. Entrée dans la pièce, Gwenaëlle s'est assise à côté de moi sur le canapé Directoire que ma belle-mère appelait, Dieu sait pourquoi, son « Récamier ». J'ai eu un choc : avec son teint de dragée, sa chemise Lacoste et son blue-jean, c'était une enfant, mince comme un crayon. Timmy et elle jouaient à la poupée et, gais comme deux pinsons, venaient m'abattre en vol. Mes mains se sont mises à transpirer. Le monde s'était arrêté de tourner. J'ai pris l'air aimable, heureuse, accueillante mais il m'était tout simplement impossible d'être attentive à ce qu'ils allaient dire. Sorti des caves de ma mémoire, m'était soudain remonté à l'esprit le premier jour où j'étais entrée dans cette même pièce avec Papa, Blaise et Mathias. Tout était brinquebalant à l'époque. Le canapé était percé, les boiseries blanches et bleues étaient fendillées, il n'y avait plus de tapis, ni de rideaux. A présent, grâce à *L'Auto*, le salon avait retrouvé tout son éclat et Timmy pensait que ce luxe allait de soi. Dans son esprit, la vie était belle et il a pris la main de Gwenaëlle pour me parler avec des caresses dans la voix :

« Maman chérie, nous allons nous marier, Gwenaëlle et moi et nous tenons absolument à ce que tu sois notre témoin. Et même notre seul témoin car cette famille, notre famille, c'est toi qui en es l'âme. »

Je suis restée silencieuse. En panne. Impossible de redémarrer. J'étais clouée sur place, le cœur troué de part en part. L'heure de vérité avait sonné, c'était le moment de leur dire que, puisqu'ils s'aimaient tant, ils feraient un frère et une sœur exceptionnels. Je n'y suis pas arrivée. Aucun mot ne pouvait franchir mes lèvres. J'ai pris Timmy contre moi, j'ai saisi la main de Gwenaëlle et je leur ai demandé s'ils en avaient parlé à Blaise. Réponse : oui. Il était aux anges. Tout le monde était au courant. Si j'avais pu appuyer sur une touche, je me serais autodétruite. Je n'en pouvais plus. Accablée de peur, de chagrin, de remords, j'ai seulement pleuré. Quelques larmes, puis d'autres, puis d'autres encore, toujours plus abondantes. Face à un tel torrent, difficile pour Timmy de croire que je ruisselais de bonheur. Mais impossible d'imaginer qu'une telle nouvelle me plongeait dans le désespoir. Il n'a pas compris. Mais il a senti que c'était grave. Mon fils m'avait toujours entendue ironiser méchamment sur le sentimentalisme grotesque des uns et des autres que je qualifiais neuf fois sur dix d'exhibitionnisme racoleur. Au bout d'un moment, il m'a demandé si cela allait. Je n'ai eu que la force de poser un baiser sur chacune de leurs mains en murmurant :

« Oui, mes chéris, tout va bien, laissez-moi juste un moment seule, cinq ou dix ans, pas plus. »

Horriblement embarrassé par ma scène, Timmy a sauté sur cette suggestion pour éclater de rire et filer. Ensuite, la course au désastre s'est poursuivie. Ni Misia, ni Morvan n'ont osé l'interrompre, par crainte d'avouer à Blaise et Timmy qu'ils leur mentaient, eux aussi, depuis vingt ans. Misia s'est même mise à étudier les dynasties Bourbon, Habsbourg et compagnie pour se rassurer sur les risques limités de la consanguinité. Louis XIV la rassurait :

« Ses enfants avec son épouse Marie-Thérèse, sa cousine germaine, étaient parfaitement normaux alors que les bâtards de la Montespan étaient tous bancaux. Et les pharaons épousaient volontiers leurs sœurs. Je me demande si nos craintes n'ont pas plus à voir avec la religion qu'avec la science. »

Heureusement qu'elle était là. A force d'imaginer le pire, le plus grotesque ou le plus pittoresque, on en arrivait certains soirs à pouffer de rire devant cette situation odieuse. Et, pour finir, comme au théâtre, on est parvenu au dernier acte. Je n'ai jamais osé parler et rien n'a interrompu la marche vers la catastrophe. Par miracle, Timmy a choisi de ne pas se marier à l'église le même jour qu'à la mairie. Pour prêter serment devant Dieu, il voulait le ban et l'arrière-ban de ses amis, des nôtres, de ses équipiers, de nos collègues. Il tenait même absolument à avoir près de lui Louis Joxe, Maurice Schumann, Lucie Aubrac et quelques autres des résistants dont Blaise était l'intime. Pour un peu, il aurait invité le Général. J'en étais malade. Mais là encore, je ne bronchais pas, tout entière soulagée à l'idée que la messe était prévue en septembre, plusieurs mois après la cérémonie civile, quand l'île serait ensoleillée et assez vide pour loger tous ses invités. En mars, devant le maire, nous ne nous sommes réunis qu'à une trentaine, la famille au sens large. Et, comme la fois précédente, le 10 mai 40, au même endroit, pour Blaise et moi, la catastrophe s'en est mêlée.

Depuis ce jour maudit, par superstition, pour ne pas porter malheur aux gens qui m'aimaient assez pour m'inviter, je n'ai plus assisté à un mariage. C'est dire que j'ai un peu oublié le protocole républicain. Je me rappelle juste que tout a commencé par un discours enthousiaste du maire. Un enfant du pays, le fils d'un héros, un écolier des Sœurs, le recordman des vainqueurs du Tour de l'Ile, un champion olympique… Il n'a rien oublié, il m'a même citée en termes plus qu'élogieux. Première dauphine de la reine de l'île à quatorze ans, Gwenaëlle eut aussi droit à son compliment. Cette union mettait le maire aux anges. Deux niaiseries de sourires illuminaient les visages dodelinant de ma belle-mère à ma droite et de Misia à ma gauche. Puis on a entamé la lecture d'articles du Code civil jusqu'à ce qu'on arrive à l'instant où le maire, sur le ton amusé du blagueur qui ressort la même vieille astuce depuis vingt ans, a observé tout sourire l'assistance pour demander si quelqu'un dans la salle avait une objection à formuler à ce mariage :

« Mais s'il ne la présente pas maintenant, qu'il ne le fasse jamais plus tard. »

Alors, comme ressorti des archives du temps, campé dans l'encadrement de la porte ouvrant sur la place du marché, en uniforme de cérémonie de colonel de la Légion étrangère, Mathias a mis un terme à tous les mensonges :

« Moi, Mathias Gauvain, colonel au Ier Régiment de parachutistes étrangers, je m'oppose à ce mariage entre mon fils Timmy et ma fille Gwenaëlle. »

Tout est mélangé dans ma mémoire mais je crois que, la première, Gwenaëlle, stupéfaite, s'est levée et a protesté :

« Mais enfin, Papa, tu es devenu fou ! »

Timmy, lui, s'est tourné vers moi, sans parler, inquiet, hébété même. Il n'a rien dit, m'a juste dévisagée, les paupières plissées comme s'il voyait revenir au loin mille souvenirs équivoques qui, soudain, s'expliquaient. Misia m'avait pris la main mais, clouée sur ma chaise, je ne pouvais pas bouger, ni même prononcer un mot ; mes jambes, ma langue, tout pesait un sac de ciment. Comme si elle voyait tout à coup une vipère à ses pieds, ma belle-mère a serré son sac contre elle et s'est éloignée sur-le-champ pour s'approcher de Timmy. Seule une réaction comptait pour moi, celle de Blaise qui ne bougeait pas de sa chaise, de l'autre côté de l'allée.

Un quart d'heure plus tôt, radieux, les cheveux désormais un peu gris lui tombant toujours sur le front, il avait applaudi l'arrivée de Timmy et l'avait embrassé comme du bon pain. Toujours aussi mince qu'à vingt ans, dans son costume Lanvin bleu marine, avec sa cravate Charvet à petits pois blancs et ses Richelieu noires, il avait l'air d'une publicité vivante pour les vertus de Wall Street. Comme sa mère, sa peau ignorait l'existence des rides qui, chez moi, creusaient déjà leurs premiers sillons. Je l'avais trouvé magnifique. A présent, la tête baissée, les mains jointes, il semblait ne rien entendre. Il n'a pas jeté un regard quand Mathias s'est approché du bureau où le maire, debout, observait sa belle cérémonie partir en morceaux. Quand il s'est finalement levé, il est allé directement vers Marie-Christine, la secrétaire de mairie, une amie d'enfance, pour lui demander à voix haute d'appeler la gendarmerie. On a tous entendu :

« Signale-leur qu'un déserteur recherché depuis le putsch d'Alger est rentré dans l'île. Qu'ils viennent sur-le-champ l'arrêter. »

Il l'aurait giflée qu'elle n'eût pas été plus humiliée. Elle l'a sèchement envoyé sur les roses :

« Non mais pour qui tu me prends ? Je ne suis pas auxiliaire de police. On est à l'Ile-aux-Moines, ici. On ne balance pas les copains. Tu n'as qu'à faire toi-même ton sale boulot. »

Blaise n'a pas protesté. Embarrassé, gêné de contredire en public le héros du bourg, le maire a dit qu'on aviserait le lendemain. Blaise lui a mis la main sur l'épaule :

« Non. Maricri a raison. Laisse tomber. Je déraillais. »

Il s'est approché de Marie-Christine, l'a embrassée et l'a remerciée :

« Tu as bien parlé. Je me le serais reproché toute ma vie. »

Puis il a pris le bras de « C'est comme moi » et il est sorti sans prononcer un mot de plus. Ni jeter un regard vers moi. Je n'ai jamais été aussi seule de ma vie. Je n'avais pas bougé de mon siège mais on aurait dit que j'avais disparu des radars. Misia m'avait quittée pour aller embrasser son filleul et personne ne me voyait, ni ne venait vers moi. Même Miss restait clouée à son siège, un sourire désolé sur les lèvres, tel un éléphant de mer qui regarde s'agiter la plage. Nul n'avait compris exactement ce qui se passait mais tout le monde sentait que j'étais la coupable. Comme d'habitude, Madame Gauvain, qui paraissait à présent de vingt ans plus âgée que ma belle-mère, tremblait d'angoisse. Folle de surprise et de bonheur de voir réapparaître son fils, elle s'était approchée de lui et tapotait discrètement sa manche d'uniforme pour lui signifier de partir vite se cacher. Quand Mathias a fini par la serrer contre lui pour l'embrasser, relevant la tête, il a sans le préméditer posé les yeux sur moi. Et là, rien. Sa vue a glissé sur moi comme sur un mur blanc. Je n'ai pas bougé. Ne sachant quelle attitude adopter, je ne voulais pas paraître m'enfuir. Un moment, j'ai cru que le maire allait me demander si l'affirmation de Mathias était vraie. Pas du tout. Il a fini par ranger ses papiers et, quand Timmy et Gwenaëlle ont emboîté le pas de Mathias, il a mené les dernières personnes présentes vers la sortie et les a accompagnées sur la place. Finalement, il n'est resté que moi dans la salle des mariages, sous l'œil de Marianne (en buste) et du Général (en photo). J'ai laissé passer un moment. Cinq minutes, vingt minutes, plus longtemps, je ne me rappelle plus. Je me souviens seulement que j'étais seule. Ils m'avaient exclue de l'équipe. Mais je n'avais pas l'intention de plaider ma cause. Une seule résolution m'habitait : je resterais à Kergantelec. Un soir, trente ans plus tôt, en septembre 1938, la mer m'avait amenée sur cette île et dans cette maison. Personne n'allait m'en chasser. C'est là que je mourrais.

Épilogue

J'en ai assez. Vous me verriez, vous auriez pitié de moi – un sentiment que je ne veux à aucun prix inspirer. Quand je parcours les pièces, on dirait une ombre qui glisse et se pose comme de la poussière. Un silence de monastère a envahi les lieux. Aucun enfant ne vient jamais là où Timmy galopait en criant. Dans ce calme, je n'entends que mes pensées et elles me dépriment. Je m'éteins comme des braises. Personne ne s'en soucie. Il y a longtemps que je me suis retirée du jeu. A quoi bon s'incruster quand on n'est plus le centre des regards ? Autrefois tout reposait sur moi, je cimentais notre clan. Puis ce mariage n'a pas eu lieu et tous m'ont maudite. S'ils avaient pu me crucifier, chaque clou de l'île y serait passé.

Les autres vieilles se raccrochent à l'Eglise mais j'avais beau mener une vie de recluse, je ne suis pas retournée à la messe voir des fermières agiter leurs chapelets. Hormis les casinos et les champs de courses, je n'ai jamais éprouvé le besoin de me réchauffer au sein d'une communauté. Le christianisme n'est qu'une espèce d'aspirine contre l'angoisse, un antidépresseur. Je ne parle pas du spectacle de ces prêtres pâles et efflanqués qui murmurent des psaumes dans des chapelles glaciales. A Rome oui, je serais allée au temple ; de vraies cérémonies avec sacrifices humains m'auraient excitée. Mais cette tendresse moisie et cette charité de vieille fille, c'est de l'euthanasie : on sort de là et il ne reste qu'à se jeter dans le port. Je n'y ai jamais songé.

Pendant des mois, je n'ai fait aucun projet. Quand je suis rentrée seule à Kergantelec, j'étais en panne. Impossible de redémarrer. Personne ne venait remettre le contact. Face à moi s'étendait un vide où je n'aurais plus qu'à compter les années. J'ai pris patience. Parfois en pleurant quand, par exemple, Timmy a fait rectifier son état civil pour devenir un Gauvain. En d'autres occasions avec un sourire diabolique, quand ma belle-mère a regagné l'asile d'où elle n'aurait jamais dû sortir. J'attendais. Les mois glissaient sur moi comme la pluie sur les rochers.

Mon père disait qu'il fallait une guerre pour remettre les compteurs à zéro dans une famille. A défaut d'un conflit mondial, nous avons eu Mai 68. Le régime gaulliste ne s'en est pas relevé. Tout a paru continuer comme avant mais le Général a quitté la scène et Blaise est réapparu. Sans de Gaulle, la politique ne l'intéressait plus, il est rentré à l'Ile-aux-Moines. L'Etat lui ayant trouvé une niche à Vannes où il dirigeait les archives départementales, il m'a rejointe à Kergantelec. Rien de conjugal. On se parlait à peine et on vivait comme à l'hôtel où les gens se croisent poliment sans se soucier de ce qui vous préoccupe. On se regardait et l'évidence sautait aux yeux : on est toujours seul, personne n'a inventé le cercueil à deux places.

Seulement voilà : le temps fait son œuvre. La fumée passe et la cheminée reste. Sachant Blaise loyal et insouciant de l'avis des autres, je n'avais jamais désespéré de le voir se rapprocher. Mieux, j'en rêvais. Comme Scarlett O'Hara, j'avais maltraité un mari merveilleux pour rêver d'un amant décevant mais mon époux, lui, n'avait pas disparu. Blaise était toujours là et je n'attendais que de le reprendre dans mes bras. J'ai oublié les trois quarts de ce que j'ai fait de ma vie mais je suis sûre du jour de nos retrouvailles : le 14 février 1970, pour la Saint-Valentin, il est rentré de Vannes avec des roses et une bouteille de champagne. Quand il m'a tendu le bouquet, j'étais assise dans le salon en train de lire le *Times* ; j'y étais abonnée car je prenais encore la comédie politique au sérieux. Ma passion pour les tabloïds est venue plus tard, quand j'ai compris que plus rien n'agiterait ma vieillesse et que les histoires croustillantes n'arriveraient plus qu'aux autres. Le temps que j'aille dans la cuisine chercher un vase, il avait sorti deux flûtes et ouvert la bouteille de Veuve Clicquot. Quand je me suis assise en face de lui, il a levé son verre pour porter un toast. En fait, c'est un coup de poing qu'il m'a envoyé :

« J'ai toujours su que Timmy était le fils de Mathias. »

A vingt ans, j'aurais trouvé un mot à répondre. A cet âge, on a la souplesse des chats. Là, je suis restée silencieuse, ébahie, incapable de réagir. Il aurait fallu me greffer un cerveau d'appoint. Blaise me souriait. Il parlait très bas, comme s'il réfléchissait à voix haute :

« Le temps perdu ne se rattrape pas et quand on a reçu un coup en pleine face, on ne se défrappe pas. Je ne veux pas saccager le dernier bien précieux qui me reste. Dans ma vie de mollusque, j'ai pris deux initiatives : t'épouser et gagner Londres. De Gaulle est parti, il me reste ma femme et je l'aime toujours. Je suis heureux d'être avec toi à Kergantelec. Et soulagé. »

Le matin même, qu'une telle déclaration tombe de ses lèvres m'aurait paru à peu près aussi imaginable que de faire remonter son cours à la Tamise. Là encore, je n'ai pas trouvé les mots. Depuis trois ans, personne ne m'avait entendue faire un commentaire sur la décomposition de la famille. Je connaissais trop « C'est comme moi » : elle aurait fait se battre deux frères siamois. Les mouches n'entrant pas dans une bouche fermée, je n'ouvrais plus le bec. Et, soudain, miraculeusement, la paix revenait. Je n'ai pas pu parler. Je n'avais plus de voix. Quand je n'ai plus pu retenir mes larmes, je suis sortie marcher sur le port, dans le froid.

Depuis la guerre, l'île s'était beaucoup enrichie mais, en février, à la nuit tombée, la côte était désertique. Dans l'obscurité, je n'ai pas osé m'aventurer dans les sentiers rocailleux du bois d'Amour, là où Blaise m'avait emmenée, à l'aube, en 43, quand il avait passé quelques heures parmi nous. Ce n'était pas le jour où me casser une jambe. Je me suis posée sur un banc, face au Grand-Pont, la cale extrême du port et j'ai pensé à lui. Rien dans son cœur n'était gravé, définitif, garanti. Blaise était fuyant, vague et rêveur. Il avait en permanence quelque chose d'entrouvert, de réservé, de pudique, de secret même, de flottant, d'engourdi ou d'indifférent. Mais il n'était pas irrésolu, au contraire. Un feu intérieur alimentait ses silences et leurs nuances. Pendant des années, j'en avais eu peur. A son retour d'Allemagne, il lui arrivait d'exploser. Son calme séduisait ceux qui ne le connaissaient pas mais affolait parfois sa mère et moi qui appréhendions les éruptions couvant sous ce lac placide. Un jour, la vieille peste l'avait comparé à un canapé de velours qui absorbe la lumière et ne la renvoie pas. Elle avait raison mais le temps avait apaisé son fils. A moins que le chagrin ne l'ait cassé. Quand je suis rentrée à Kergantelec, frigorifiée, une longue heure plus tard, il avait ouvert des huîtres et on a dîné dans la cuisine. Contrairement à l'habitude, c'est lui qui a parlé :

« Dès les premiers jours, j'aurais dû revenir. Je savais que je ne pourrais pas vivre sans toi. Ni loin de cette maison. Ma mère s'en doutait et m'avait prédit qu'entre ma colère contre toi et mon amour pour Kergantelec, je choisirais de baisser pavillon car les fureurs diminuent sans cesse tandis que la nostalgie ne fait que grandir. Elle avait raison. Même si elle se trompait en me croyant furieux contre toi. J'étais triste, tu me manquais, c'est tout. Je t'ai toujours aimée. J'en ai assez de ne plus te le dire. En me tenant à un silence opiniâtre, j'avais l'impression depuis des mois d'être un sprinter sans ligne d'arrivée… »

Je la voyais, sa mère ! Avec des airs de prophète, elle serinait ses méchancetés sur le ton d'Isaïe en train de révéler les fins dernières de l'humanité. Mais ma hargne s'était dissoute comme un sucre dans le café. Après le dîner, dans la bibliothèque, devant la cheminée, je me suis assise contre Blaise sur le canapé sans répandre mon fiel contre elle. Un miracle venait de survenir, je l'ai laissé s'épanouir et notre vie commune a commencé après trente ans de mariage. Oubliez Messaline et Néron, songez plutôt à Aucassin et Nicolette ou à Paul et Virginie ; les audaces de la vie sexuelle de mon cher mari se résumaient à la lecture des *Liaisons dangereuses*. Comme frère, en revanche, il était parfait. Nous avons vécu quinze années sereines. Il jardinait dans le parc, faisait du bateau sur un Guépard aux voiles bleu et vert et s'est lancé dans une biographie de Cicéron. Un vrai pamphlet. Il le méprisait. A ses yeux, c'était Mitterrand sur le forum. Un cuistre riche et élitiste qui n'a que la République aux lèvres mais se grise d'intrigues imaginaires, dénonce de faux complots et, ne songeant qu'au pouvoir, pactise avec les pires ennemis du peuple. Quand il est mort, en 1987, Blaise avait couvert des centaines de pages de notes, classées par thème. Elles sont toujours là. Je me demande ce qu'elles deviendront. Rien, à mon avis. Comme ce livre, elles finiront dans une malle où personne n'ira jamais fouiller.

C'est étrange mais le soir du mariage, rentrée seule à Kergantelec, j'ai éprouvé autant de soulagement que de chagrin. Depuis quatre mois, je ne vivais plus. Laisser le fils de Mathias épouser sa fille m'empêchait de dormir la nuit et, le jour, dès que cette perspective me passait par l'esprit, je me retrouvais soudain affolée, paniquée, en sueur. Depuis des mois, je ne jouais même plus au PMU, un hobby qui m'avait prise au retour des jeux Olympiques, m'occupait chaque matin et me coûtait assez cher – avec, toutefois, de divines surprises. Le casino de La Baule non plus ne m'avait pas revue depuis des mois. Je n'y ai remis les pieds qu'après le retour de Blaise à Kergantelec, lorsque *L'Auto* exigeait ma présence à Nantes. C'est-à-dire rarement. La vie du journal ne m'intéressait plus. Mes passions s'effilochaient une à une. Aller frémir sur le tapis vert m'excitait moins depuis qu'à l'angoisse des mises ne se mêlait plus le trouble du jeu sexuel. Si je restais joueuse comme les cartes, l'âge faisait son œuvre. Je n'avais pas encore l'air d'un fantôme comme aujourd'hui mais je fumais (beaucoup), je buvais (pas mal), je n'avalais rien et ma séduisante minceur évoluait vers une saisissante maigreur. Les hommes que repérait ma gourmandise ne m'accordaient aucune attention ; restaient des messieurs parvenus à maturité dont les silhouettes confortables et les propos convenables ne m'inspiraient rien. Quant à jouer les jeunesses, je n'ai jamais eu ce ridicule. Devenu bateau, le tronc ne redevient pas arbre. A cinquante ans, j'ai entamé la traversée d'un désert sexuel dont je sais maintenant qu'il n'aurait ni frontière, ni oasis. Lorsque Morvan a parlé de vendre *L'Auto*, je n'ai émis aucune réserve. Cela nous a rapporté une fortune dont j'achève de brûler les derniers restes. Ou du moins d'une moitié, l'autre étant partie en fumée dans les rêves bretons de Timmy. Car, si le casino, la presse, le sexe, l'aventure et tout ce qui donnait du piment à ma vie ont peu à peu disparu de l'horizon, la Bretagne et les rêveries celtes, elles, se sont épanouies dans le cercle familial disparu.

J'ai revu mon fils à Londres pour l'enterrement de mon père en 1972. Rêvant d'être le premier à décrocher deux médailles sous deux drapeaux différents, il avait acquis la nationalité irlandaise de ses ancêtres maternels pour tenter à nouveau sa chance aux jeux Olympiques. Ça n'avait pas marché, les sélections pour participer aux régates d'Acapulco ne l'avaient pas retenu. Du coup, resté non pas français mais breton, il est revenu vivre à Bellevue. C'est triste mais il n'a jamais eu d'enfant. Tous les deux ou trois ans, il changeait de compagne. Aucun effort de sa part dans ce domaine : il avait transformé Bellevue en Bed and Breakfast, un des premiers du Morbihan et, à une ou deux exceptions près, toutes les femmes de sa vie ont d'abord été des clientes. Aucune ne restait très longtemps. S'il avait pris à Mathias son apparence de guerrier celte, il tenait sa personnalité de Blaise : calme, silencieux, solitaire et, j'imagine, ardent au lit comme une allumette.

C'est fou comme leurs caractères se ressemblaient. Sauf, bien sûr, dans le domaine sacré de la Bretagne. Blaise n'avait jamais cru à la résurrection du vieux duché. Timmy, lui, y aura finalement consacré sa vie.

Le scandale d'Enoshima avait fait de lui un héros auprès de ceux qui partageaient son rêve. A l'époque, ils n'étaient qu'une poignée. Avec les années, puis les décennies, pourtant, les choses ont évolué. Il participait à des réunions, finançait des revues et je l'entends encore me dire sa conviction que la Bretagne vivrait plus longtemps que la France :

« Nous sommes sortis de l'Histoire sans nous battre et nous y rentrerons de la même manière, grâce aux luttes des autres. En 1945, il y avait 51 Etats à l'Onu ; en 1975, leur nombre a atteint 144 ; demain, il y en aura 200. Abattre la cloison entre une pièce bleue et une pièce rouge ne crée pas une pièce verte. La France reste la France et la Bretagne n'a pas fondu dans le décor. Une rivière peut bien se jeter dans un fleuve, elle garde sa source. Comme les Catalans, les Basques, les Ecossais ou les Flamands, nous retrouverons notre indépendance. Peu importe que nos compatriotes ne le sentent pas encore. D'autres en Europe mènent la bataille. Et Bruxelles viendra à leur secours. Elle détruira les vieux Etats européens comme Paris a éliminé les féodalités franques. Quand ils ont choisi le petit Hugues Capet pour roi, les puissants ducs de Normandie, de Bourgogne, d'Aquitaine ou les riches comtes de Toulouse, de Flandre et de Champagne pensaient n'élire qu'un petit juge chargé de problèmes administratifs. Malheureusement pour eux, ils lui avaient eux-mêmes cédé le dernier mot. Pour finir, il les a tous rayés de la carte. Bruxelles en fera autant : aucune frontière n'est gravée dans le marbre. Nous retrouverons les nôtres car une rivière peut bien être à sec, elle conserve son nom. Un jour, il y aura à nouveau des Bretons dans le monde. »

Ces propos et tant d'autres dans le même esprit, Timmy me les a tenus pendant de longues soirées, durant des années. Car j'ai aussi récupéré mon fils. Après la mort de Blaise. Au lendemain de son enterrement. Des obsèques comme seule l'Ile-aux-Moines peut en offrir à un des siens ! Le préfet était là, toute l'élite de la Résistance bretonne aussi, ainsi bien sûr que ses vieux camarades de Wansleben. Tous trépignaient de lui rendre hommage mais ces discours convenus ne lui avaient jamais plu et j'avais cédé au vieux recteur Robin, qui officiait dans l'île avant mon arrivée et que Blaise aimait tendrement. Revenu finir ses jours parmi nous, il m'avait demandé de dire la messe et de mener seule la cérémonie. Quelle idée m'a prise d'accepter ? Je me le demande encore. Robin était déjà ivre quand le cercueil est entré dans l'église. La veille, il m'avait interrogée un long moment pour rafraîchir ses souvenirs et préparer son texte mais, quand il est monté en chaire pour lire au terme d'une douloureuse escalade son hommage, il s'est contenté de déchiffrer à voix haute mais inintelligible le grand article paru dans *Ouest-France*. Si encore il était allé au bout ! Mais non. Après cinq ou six minutes laborieuses, il s'est arrêté en 1941. Comme ça. Sans rime ni raison. Puis il est redescendu vers l'autel et a repris en pilotage automatique le cours de son office sans même évoquer sa déportation, son gaullisme et son rôle à l'Elysée. En vérité, à ce moment-là, je restais plus touchée qu'exaspérée. A mon avis, Blaise riait sous cape. Sa vieille île chérie lui jouait un dernier tour de mère farceuse. Mais ça n'était pas fini. A la sortie, passé dans la sacristie pour appuyer sur la touche du tableau électrique déclenchant la sonnerie des cloches, le doigt tremblant de Robin a appuyé sur le carillon au lieu du glas. En vérité, je ne m'en serais même pas rendu compte si Misia, excédée, ne me l'avait fait remarquer. J'ai haussé les épaules. Le pire restait à venir. Quand on a escorté le corps dans le cimetière, juste derrière l'église, Robin s'est arrêté dès l'entrée sans aller pour la bénédiction jusqu'à la tombe de granite rose des Méaban avec sa sublime croix celtique et ses dizaines de bouquets de fleurs. Restés sur la place, la plupart de nos amis et de nos camarades se sont retrouvés incapables de se recueillir avec nous. Au lieu d'en rire, à bout d'énervement, je me suis effondrée en larmes – ce que je m'étais juré de ne pas faire. Enfin les choses se sont arrangées. Robin a disparu, tout le monde s'est avancé jusqu'à notre tombe et Geoffroy, le meilleur ami de Blaise dans les mines de sel allemandes, a parlé de lui avec des mots simples et vrais qui nous ont tous fait pleurer. Alors mes copains communistes de Saint-Marcel et les autres ont entonné un *Chant des Partisans* tellement bouleversant qu'aujourd'hui encore, écrivant ce texte, je trempe ma feuille de larmes. Dieu que j'ai aimé cette chanson ! Dieu, que la Résistance fut une période noble…

Plus tard, avec Misia, il nous est arrivé cent fois de rire aux éclats au souvenir de toute cette comédie. Elle rappelait volontiers un des refrains de Morvan selon qui « il y avait toujours un curé pour se dévouer quand il fallait qu'un abruti surgisse et se couvre de ridicule ». L'enterrement de Blaise et la décomposition des corps constitués sont devenus un running gag à Kergantelec. D'autant que de cette catastrophe est sorti un miracle : Timmy est revenu. Lui non plus ne voulait pas renoncer à la maison de son enfance. Bellevue le faisait vivre mais, comme pour Blaise ou moi, Kergantelec était sa raison de vivre. La bibliothèque était son endroit préféré au monde. Il y était plus heureux même qu'à la barre de ses bateaux. Nos vieux livres, en particulier ceux consacrés à l'histoire du duché et à ses saints, constituaient le plus précieux de ses trésors. Du vivant de Blaise, cependant, il ne nous rendait que des visites. Ils s'étaient retrouvés, ils naviguaient souvent et, un hiver, ils avaient même convoyé ensemble un navire de croisière jusqu'en Martinique mais Timmy ne voulait plus habiter auprès de nous. Il a fallu la mort de Blaise et ces obsèques de vaudeville pour que son « fils » se rende compte qu'il n'avait jamais cessé d'aimer l'homme auquel il aurait voulu que tous rendent un hommage respectueux. Alors, il est rentré à Kergantelec et a pris ses quartiers dans la chambre de son « père » tandis que Gwenaëlle, abandonnant Nantes, fermait le Bed and Breakfast et revenait installer son cabinet médical à Bellevue.

Pendant dix ans, il est resté auprès de moi. L'hiver, il partait faire le skipper aux Antilles ; l'été, il rentrait naviguer dans le golfe et soigner des heures durant nos vieux livres dans l'atelier de reliure qu'il avait aménagé dans le chai. Si je voulais, aujourd'hui, je pourrais offrir une bibliothèque bretonne entière à n'importe quelle ville du duché. Mais je ne le ferai pas. Je suis la dernière des Méaban et tous leurs trésors seront là quand quelqu'un viendra ranger mes affaires et refermer nos vieux volets. Bientôt, j'espère.

Je ne sors presque plus. Certains matins, allongée dans mon lit, toute rouillée, je ne me rappelle pas si nous sommes au printemps ou en automne qui, sur l'île, durent six mois chacun. En juillet et août, on a de merveilleuses journées où la mer est tiède. Rien de plus et c'est très bien ainsi, j'ai horreur de la chaleur. Du froid également mais l'hiver, c'est pour les autres. Une année, en 1986, il a neigé. Toute l'île s'est cassé la jambe. Même Mathias, venu passer les fêtes à Bellevue. Le pauvre a attendu six heures dans un couloir à la clinique Sainte-Claire de Vannes.

C'était Verdun. Les chirurgiens n'avaient jamais vu ça. A la demande de Gwenaëlle, je suis allée à son chevet. Il avait encore de l'allure. Avec sa moustache, il m'a rappelé mon père, très colonel de l'Armée des Indes. Mais que ce fut triste. Il n'aurait même plus trouvé la force de soulever une mitraillette. Sa jambe n'était que la goutte d'eau qui fait déborder le vase. Gwenaëlle m'avait parlé d'une aorte comprimée et de rythme cardiaque erratique. Je n'avais rien à lui dire. Lui non plus. A la mort de Blaise, il m'avait envoyé une longue lettre. Pleine de regrets. Des simagrées. Je n'avais pas répondu. Je n'avais plus envie de partager mes souvenirs avec lui. Ni de m'accrocher à sa main comme à la dernière bouée. Ce qui avait été passion, impulsions, vertige et rêveries s'était affaissé en fatigue, ennui et philosophie. Je lui ai offert une boîte de chocolats, je l'ai embrassé sur le front et je suis rentrée sur l'île.

Que c'est long de tuer le temps, assise dans un fauteuil. L'immense maison de mes souvenirs est plongée dans l'obscurité. Seule une lumière éclaire encore la fenêtre derrière laquelle j'écris en cherchant de l'air. Penser que Timmy me surnommait « Mère agitée à très agitée ». J'ai froid.

Il pleut...

TABLE

Cet ouvrage a été imprimé
dans les ateliers de
GRAFICA VENETA S.p.A.
en juillet 2014

Mise en pages Datamatics

PAPIER À BASE DE
FIBRES CERTIFIÉES

Grasset s'engage pour
l'environnement en réduisant
l'empreinte carbone de ses livres.
Celle de cet exemplaire est de :
1 kg éq. CO_2
Rendez-vous sur
www.grasset-durable.fr

N° d'édition : 18490
Première édition dépôt légal : septembre 2014
Nouveau tirage dépôt légal : septembre 2014
Imprimé en Italie